Sybille Schrödter

Die Lebküchnerin

PIPER

Zu diesem Buch

Nürnberg im Jahr 1387: Die junge Nonne Benedicta ist untröstlich. Zwar ist ihr mit ihrer besten Freundin, der Köchin Agnes, die Flucht aus dem Kloster Engelthal gelungen, doch dabei wurde der Mann ihres Herzens vom Pfeil einer Armbrust getroffen. Agnes zieht weiter nach Nürnberg zu ihrem Verlobten, dem Bäcker Anselm, aber was soll aus Benedicta werden? Da kommt ihnen die rettende Idee: Agnes nimmt die Freundin mit und gibt sie als ihre heiratswillige Schwester aus. Anselms Vater ist anfangs weder von der Verlobten seines Sohnes noch von deren Schwester sonderlich angetan. Aber dann erweisen sich die beiden Frauen als wahrer Segen für die Bäckerei, denn sie verfügen über ein Rezept für herrlich schmeckende Lebkuchen, mit dem sie bereits im Kloster Aufsehen erregt haben. Doch wie sollen sie an die teuren Zutaten und Gewürze kommen? Da erhalten sie von unerwarteter Seite Hilfe. Ein undurchschaubarer Kaufmann beliefert sie mit Gewürzen und Honig. Der Erfolg lässt nicht lange auf sich warten, doch es kommt auch zu Neid, Hass und tödlichen Intrigen ... In ihrem farbenprächtigen Roman entführt uns Sybille Schrödter mit Liebe zum historischen Detail in die Welt des mittelalterlichen Nürnberg.

Sybille Schrödter lebt als Autorin in Hamburg. Sie war Anwältin, Kabarettistin und Sängerin, ehe sie zum Schreiben kam. Von ihr erschienen unter anderem Erzählungen, Krimis wie »Das Engelstor zur Hölle« und unter dem Pseudonym Tiana Faber ihr erster historischer Roman, »Die Tochter des Würfelspielers«.
Weiteres zur Autorin: www.sybilleschroedter.de

Sybille Schrödter

Die Lebküchnerin

Historischer Roman

Piper München Zürich

Mehr über unsere Autoren und Bücher:
www.piper.de

FSC
Mix
Produktgruppe aus vorbildlich bewirtschafteten Wäldern und anderen kontrollierten Herkünften
www.fsc.org Zert.-Nr. SGS-COC-2452

Originalausgabe
November 2009

Umschlaggestaltung: semper smile, München
Umschlagabbildung: Bridgeman Art Library/Getty Images
Autorenfoto: Andres Schlippe, Berlin
Satz: Filmsatz Schröter, München
Papier: Munken Print von Arctic Paper Munkedals AB, Schweden
Druck und Bindung: C. H. Beck, Nördlingen
Printed in Germany ISBN 978-3-492-25447-2

Prolog

Das Mädchen zitterte am ganzen Körper, obwohl es seinen wärmenden Fellmantel mit klammen Fingern vor der Brust zusammenhielt.

Sie war sehr hoch gewachsen für eine Zwölfjährige, dürr wie eine Bohnenstange, und sie besaß eine helle Haut, die in diesem Augenblick so leblos wirkte wie die einer Toten. Eine dunkle Locke blitzte vorwitzig unter ihrer Haube hervor. Aus ihren braunen Augen rannen heiße Tränen, aber sie gab keinen Klagelaut von sich. Dennoch konnte jenes stumme Leiden den Schmerz nicht verringern, der ihr das Herz zu zerreißen drohte. Im Gegenteil, es fiel ihr unendlich schwer, nicht laut aufzuschluchzen, aber damit hätte sie sich mit Sicherheit den Zorn ihrer Stiefmutter zugezogen. Nur allzu gut erinnerte sie sich daran, wie man sie vor einigen Tagen an den Haaren vom Totenbett ihres Vaters fortgezogen und sie unter Androhung von Schlägen geheißen hatte, ihre Habseligkeiten zu packen. Und zwar nur so viel, wie in eine kleine Reisekiste passte.

Diese hölzerne Kiste stand nun neben ihr am Boden – genauso verloren wie sie selbst. Fassungslos lauschte sie den Worten, die ihre Stiefmutter mit der fremden Frau wechselte. Wenn sie das Gespräch richtig verstand, wurde darin ihr weiteres Schicksal besiegelt. Sie wollte dagegen aufbegehren. Warum tat man ihr das an? Hatte sie nicht schon genug gelitten? Warum hatte sie mit dem Tod ihres Vaters für alle Zeiten das Recht verwirkt, im Haus ihrer Kindheit zu leben? Warum zwang man sie dazu, fortan hinter diesen dicken Mauern zu leben? Ein kalter Schauer lief ihr über den Rücken, als sie sich vorstellte, niemals mehr im eigenen Bett zu schlafen. Der Vater hatte ihr den Stoff für die schweren Vorhänge jüngst von einer seiner Handelsreisen mitgebracht. Wie oft hatten sie ihr Zuflucht vor der

Schelte ihrer Stiefmutter gewährt. Ein besseres Versteck hatte es im ganzen Haus nicht gegeben, als sich schlafend zu stellen.

Das Mädchen seufzte. Es schmerzte sie, an das wunderschöne Himmelbett zu denken. Es war so weich, und in die Bettstellen waren Blumen geschnitzt. Wie oft hatte sie sich auf ihrem Lager in eine himmlische Welt hineingeträumt und Zwiesprache mit ihrer Mutter gehalten, die sie als Engel oben in den Wolken vermutete.

Das Mädchen warf einen sehnsüchtigen Blick zum Himmel hinauf, doch der war genauso düster wie ihre Stimmung. Schwere Regenwolken hingen bis fast auf die Erde hinab.

Die fremde Frau sprach gerade von himmlischen Heerscharen dort droben. Wo mochten die an diesem grauen Tag wohl sein?, fragte sich das Mädchen.

»Sagt, ehrwürdige Frau Priorin, diesen Ring braucht das Kind doch nicht, wenn es sich mit unserem Herrn Jesus Christus vermählt, oder?« Mit diesen Worten trat die Stiefmutter ganz nahe an das Mädchen heran, griff, ohne eine Antwort abzuwarten, nach dessen schmalen Händen und zog ihm wortlos einen goldenen Ring mit Rubin vom Finger.

Die Priorin runzelte die Stirn und wollte etwas erwidern, aber da hatte die füllige Matrone das Schmuckstück bereits hurtig in ihrem ledernen Geldsack verschwinden lassen.

Bitte nicht den Ring meiner Mutter!, wollte das verzweifelte Mädchen schreien. Doch der warnende Blick der Stiefmutter hielt sie davon ab.

»Nun schau doch nicht so gierig, als wolle ich dir etwas nehmen, mein Kind. Es wird doch alles das Deinige bleiben, nur kannst du es nicht mehr verwalten. So werde ich Obacht geben auf das Erbe deines Vaters. Und der Wunsch deines Vaters war nun einmal, dass du dem Herrn dienen sollst. Du willst doch nicht ungehorsam sein gegenüber deinem geliebten Vater, oder?« Bei diesen Worten streckte sie die Hand nach dem Gesicht des Mädchens aus.

Das Mädchen zuckte ängstlich zurück, doch seine Stiefmutter streichelte ihm nun mit ihren dicken Fingern über das Gesicht. Das Mädchen hatte eine Ohrfeige erwartet. Die Zwölfjährige wusste in diesem Augenblick jedoch nicht, was schlimmer war: den brennenden Schmerz auf der Wange zu fühlen oder diese Finger, die ihr grob die Wangen kneteten. Abermals erzitterte sie unter einem eisigen Schauder, denn sie allein wusste, dass ihre Stiefmutter die Priorin belog. Niemals hätte ihr Vater gewollt, dass man ihr auf diese Weise das Zuhause nahm.

Im Gegenteil, wie oft hatte er seiner Tochter in allen Einzelheiten ausgemalt, wie er später von seinem Stuhl aus zuschauen würde, wie ihre Kinderschar durch das Haus tobte. Ja, er hatte einmal sogar schon einen Ehemann für sie ins Auge gefasst. Einen jungen Regensburger von adliger Herkunft wie sie selbst, der ihr allerdings ganz und gar nicht zugesagt hatte. »Vater, bitte, warte noch ein wenig. Ich möchte später einen stattlichen Burschen heiraten, keinen kleinen Mann, dem ich schon jetzt über den Kopf gewachsen bin«, hatte sie ihn beschworen. Und er hatte lachend versprochen, nach einem anderen Ehemann Ausschau zu halten.

»Träumst du, mein Kind? Ich mache mich jetzt auf den Weg und überlasse dich der Obhut der Frau Priorin. Behüt' dich Gott!«

Mit diesen Worten wandte sich die Stiefmutter um und eilte schnellen Schrittes zur Pforte.

Mit einem dumpfen Schlag schloss sich das schwere Tor aus Eichenholz hinter dem Mädchen.

I. Teil

Im Traum nur lieb' ich dich!
Wie könnt' in wachen Tagen
Ich mich so nah dir wagen –
Im Traum nur lieb' ich dich!

Im Traum nur lieb' ich dich!
Da schwindet alles Zagen
Da darf dein Mund mir sagen:
Im Traum auch lieb' ich dich!

Ferdinand von Saar (1833–1906)

1

Erbarmungslos brannte die Sonne vom Himmel und tauchte das Kloster Engelthal in eine schläfrige Hitze. Benedicta und Agnes suchten rasche Abkühlung im Kreuzgang. Stöhnend lehnten sie sich gegen die Steine der Innenmauern, die so dick waren, dass sie sich nicht aufheizen konnten. Unter ihrem Schleier fühlte sich Benedictas Kopf an, als müsse er verbrennen. Und wieder einmal beneidete sie Agnes glühend darum, dass sie nicht dazu verdammt war, eine solche Kopfbedeckung zu tragen. Ach, wie gern wäre Benedicta doch auch eine Köchin gewesen, die sich nach Herzenslust und ohne den störenden Schleier in der Küche nützlich machen durfte.

»Warum schickt sie dich eigentlich immer in der Mittagshitze mit mir in den Kräutergarten?«, fragte Agnes und musterte die Freundin durchdringend.

Benedicta schnaubte verächtlich. »Walburga ist die Schwester meiner Stiefmutter und scheint nur eines im Sinn zu haben: mich zu quälen. Wieder habe ich deshalb das Mittagsgebet versäumt, und wieder werde ich deshalb Ärger bekommen. Aber wenn ich es verweigere, dann schlägt sie mich.«

»Dann sag doch der Frau Priorin, wer schuld daran ist. Die mag dich nämlich. Ein Wunder, dass sie überhaupt einen Menschen ins Herz geschlossen hat, das doch aus Stein sein soll.«

Benedicta zuckte mit den Achseln. »Von dieser Zuneigung habe ich noch wenig verspürt. Natürlich habe ich der ehrwürdigen Priorin beim ersten Mal empört berichtet, dass Walburga mich unter Androhung von Schlägen in den Garten gejagt hat. Die Schwester aber hat es geleugnet, und ich wurde für meine Lügen bestraft. Das habe ich nun vom Petzen. Wieso glaubst Du, dass die Priorin mich mag?«

»Ihr gestrenger Blick wird milder, wenn sie dich betrachtet«, erwiderte Agnes.

»Ob mit mildem Blick oder zornig funkelnden Augen, sie wird mich bestrafen«, seufzte Benedicta.

»Gut, dann eil geschwind zur Kirche. Ich sammle die Kräuter schon allein ein«, schlug Agnes vor, aber Benedicta hörte ihr gar nicht mehr zu. Ihre Aufmerksamkeit galt dem jungen Mann, der nun schnellen Schrittes auf sie zutrat.

»Grüßt Euch, Schwester Benedicta«, sagte er strahlend und fügte, während er sie unverwandt ansah, hastig hinzu: »Wisst Ihr, wo meine Tante ist?«

Benedicta räusperte sich und wandte sich an Agnes, deren Blick neugierig von der Freundin zu dem jungen Fechtmeister wanderte. In Agnes' Augen stand die Frage geschrieben, ob Benedicta ihm wohl antworten werde, war es den Schwestern doch verboten, mit fremden Männern zu sprechen.

»Ich glaube, in deiner Küche warten schon alle auf die Kräuter«, sagte die junge Nonne mit Nachdruck an Agnes gewandt. Die verstand, warum Benedicta sie fortschickte, und entfernte sich mit einem knappen Gruß und dem Anflug eines Lächelns im Gesicht.

»Ich vermute, die ehrwürdige Frau Priorin ist in der Johanneskirche beim Mittagsgebet«, raunte Benedicta und versuchte, dem Blick des stattlichen Fechtmeisters auszuweichen. Zu groß war ihre Sorge, dass er in ihren Augen etwas lesen könnte, das nicht für ihn bestimmt war. Sie spürte, wie ihre Wangen noch heißer wurden, als sie ohnehin schon waren.

»Und Ihr seid nicht dort? Seid Ihr gar vor der heiligen Verpflichtung geflüchtet?«, fragte der junge Mann schmunzelnd.

Wollte er sich etwa über sie lustig machen?

Wütend funkelte sie ihn an. »Nein, Schwester Walburga hat mich in den Kräutergarten geschickt und wird nun ihre helle Freude daran haben, wenn Eure Tante mich wegen meines Fehlens schilt, denn Schwester Walburga wird ihr frech ins Gesicht lügen, dass das eine dumme Ausrede von mir sei.« Erschöpft hielt sie inne.

Der Fechtmeister lächelte. »Wisst Ihr, dass Ihr noch hübscher seid, wenn Ihr Euch so richtig in Zorn redet?«

»Nein, mein Herr, und wenn ich ganz ehrlich bin, kümmert es mich auch nicht«, presste sie schnippisch hervor. Hoffentlich merkt er nicht, dass ich lüge, dachte sie. Wie oft schon hatte sie sich gefragt, ob er sie wohl ebenso ansprechend fand wie sie ihn. Trotzdem, es schickte sich nicht, einer Schwester schöne Augen zu machen. Wenn die Priorin erfuhr, dass sie, statt in der Kirche zu beten, mit deren Neffen im Kreuzgang schöntat ...

Benedicta senkte das Haupt und schlug züchtig die Augen nieder. »Bitte, mein Herr, sprecht mich nie wieder an. Ihr wisst doch, dass es uns verboten ist, mit Fremden zu reden«, hauchte sie, sichtlich bemüht, beschämt zu klingen.

Statt sich bei ihr zu entschuldigen, brach der Fechtmeister in lautes Gelächter aus. Er lachte so ansteckend, dass Benedicta gern eingestimmt hätte, aber sie durfte sich auf keinen Fall unziemlich verhalten. Sonst würde er womöglich seiner Tante erzählen, wie schamlos sie sich aufgeführt hatte.

Plötzlich aber wurde der junge Mann ganz still und raunte dann bedauernd: »Ach, Schwester Benedicta, was gäbe ich darum, wenn ich Euch mit nach Nürnberg nehmen, dort sesshaft werden und Euch zu meiner Frau machen könnte. Ihr seid das entzückendste weibliche Geschöpf, das ich kenne, aber ich muss mich leider damit abfinden, dass Ihr Euch für ein Leben im Dienst des Herrn entschieden habt. Verzeiht meine groben Scherze ...«

»Dass Ihr es wagt ...!«, fauchte Benedicta und rauschte empört davon.

Erst als sie um eine Ecke gebogen war, blieb sie stehen und lauschte dem Schlag ihres pochenden Herzens. Was hätte sie darum gegeben, mit dem Fechtmeister nach Nürnberg zu reiten! Und was erst darum, seine Frau werden zu dürfen! Die Ehefrau eines richtigen Mannes aus Fleisch und Blut, der sie in den Arm nehmen und halten würde, wenn sie einmal traurig war. Doch ihre süßen Träume waren nur von kurzer Dauer. Dann siegte die Wut. Was bildet er sich eigentlich ein, so mit mir zu sprechen?, schoss es ihr durch den Kopf. Am ganzen Körper zitternd machte sie sich auf den Weg zur Kirche, doch es war zu spät. Das Gotteshaus war leer, das Mittagsgebet vorüber. Es blieb ihr nichts anderes übrig, als sich in den Speisesaal zu begeben und sich bei Priorin Leonore für ihr Fernbleiben zu entschuldigen. Vielleicht sollte sie ein Unwohlsein vorschieben.

Für den Weg zum Refektorium ließ sie sich allerdings viel Zeit. Gedankenversunken schlich sie durch die Klostergänge. In ihrem Kopf ging alles wild durcheinander. Wie sie das Klosterleben leid war! Immer wieder musste sie sich gegen Walburgas Bösartigkeiten verteidigen, und ständig träumte sie von der Welt außerhalb der Mauern. Zu allem Überfluss spukte ihr nun auch noch dieser unverschämte Fechtmeister im Kopf herum. Er mag mich genauso gern wie ich ihn, frohlockte sie, um sich im nächsten Augenblick für diesen Gedanken zu schämen. Sie hatte der weltlichen Liebe für alle Ewigkeiten entsagt. Sie allein wusste, dass sie es nicht freiwillig getan hatte, aber nun war sie Nonne geworden und konnte es nicht mehr ändern. Sie musste den jungen Mann ein für alle Male vergessen. Das fiel ihr überaus schwer, denn immer stattlicher stand er vor ihrem inneren Auge. So groß und blond, mit seinem kantigen Gesicht, dem energischen Kinn und den grünen Augen, in denen sie wie in einem tiefen See hätte versinken mögen.

Hör endlich auf, an ihn zu denken!, schalt sich Benedicta, als sie die Tür zum Speisesaal öffnete. Ängstlich blickte sie in die Runde. Alle Augen waren auf sie gerichtet.

»Schwester Benedicta, Ihr habt schon wieder das Mittagsgebet geschwänzt!«, ertönte Walburgas vorwurfsvolle Stimme durch den ganzen Saal. Mit einem verstohlenen Blick zum Platz der Priorin stellte Benedicta erleichtert fest, dass dieser leer war. Sie atmete auf. Priorin Leonore war noch nicht bei Tisch erschienen. Vorerst blieb Benedicta also das Donnerwetter erspart. Mit gesenktem Kopf durchquerte sie den Saal und nahm schweigend ihren Platz ein. Um sie herum summte es so laut wie in einem Bienenstock. Eigentlich herrschte bei Tisch ein Schweigegebot, aber wenn die Priorin nicht anwesend war, schwatzten alle wild durcheinander. Walburga war zwar dafür bekannt, dass sie der Priorin grundsätzlich jeden Verstoß gegen die klösterlichen Regeln zutrug, nicht aber das Schwatzen. Konnte sie selbst die Zunge doch nur schwer im Zaum halten.

Benedicta aber hing stumm ihren Gedanken nach, die schon wieder entgegen allen guten Vorsätzen zu dem jungen Fechtmeister abschweiften. Selbst die Scham darüber, an einen Mann aus Fleisch und Blut zu denken, half da nicht weiter.

Plötzlich erstarb das Geschwätz ringsum, und es wurde gespenstisch still im Saal. Obwohl Benedicta nicht von ihrem Brot aufsah, wusste sie genau, dass Leonore den Raum betreten hatte. Benedicta machte sich sogleich noch kleiner an ihrem Platz. Vielleicht würde der Kelch dieses Mal an ihr vorübergehen, wenn sie fast unter den Tisch rutschte. Vielleicht würde die Priorin sie dann einfach übersehen und mit Schelte verschonen. Im Speisesaal hätte man eine Nadel fallen hören können, und das Geplapper war gänzlich verstummt.

Nach dem Essen versuchte sich Benedicta unauffällig aus dem Saal zu schleichen, lief der Priorin jedoch geradewegs in die Arme.

»Gleich nach dem Gebet erwarte ich Euch in meiner Amtskammer«, befahl diese in einem Ton, der keinen

Widerstand duldete, und durchbohrte die junge Nonne mit Blicken. »Und denkt Euch auf dem Wege zu mir schon einmal eine angemessene Strafe für Euren Ungehorsam aus.«

2

Als Benedicta wenig später mit gesenktem Haupt die Amtskammer der Priorin betrat, befürchtete sie das Schlimmste.

»Setzt Euch!«, befahl Leonore.

Benedicta gehorchte und war sichtlich bemüht, die Priorin nicht anzusehen.

»Schwester Benedicta, Ihr bereitet mir großen Kummer«, begann Leonore ohne Umschweife.

Benedicta hielt den Kopf immer noch gesenkt.

»Ihr wisst, dass Ihr nicht mit Fremden sprechen dürft, oder?«, hakte die Priorin mit scharfer Stimme nach.

Schuldbewusst nickte Benedicta. Dann hat mich also doch jemand beobachtet, als ich mit dem Fechtmeister sprach, schloss sie aus den Worten der Priorin und stieß einen tiefen Seufzer aus. Der galt der Strafpredigt, die nun unweigerlich folgen würde. Ja, Benedicta hätte sogar den Wortlaut der Predigt mitsprechen können, die sie nun erwartete. *Mein Kind, bei aller Liebe, aber Ihr dient dem Herrn nicht, wie es das Gelübde von Euch verlangt. Nehmt Euch ein Beispiel an Schwester Dietlinde, die eifrig Schwester Christines Schriften studiert …* Benedicta war so tief in Gedanken versunken, dass sie erst aufmerkte, als sie Leonore sagen hörte: »Ich werde ein ernstes Wort mit Walburga reden. Fortan steht Ihr allein unter meinem Befehl. Lasst Euch von ihr nicht mehr in den Garten schicken, denn ab heute ist es ihr untersagt, überhaupt ein Wort an Euch zu richten …«

Mit großen Augen starrte Benedicta die Priorin an. »Ihr glaubt mir also?«

»Sagen wir es einmal so: Mein Neffe hat ein gutes Wort

für Euch eingelegt. Mehr kann er nicht für Euch tun. Ich habe ihm nämlich strengstens untersagt, Euch noch einmal anzusprechen. Sollte er mein Wort missachten, darf er mich leider nicht mehr besuchen. Wenn er es noch einmal versucht, geht mit gesenktem Kopf an ihm vorüber. Von Euch verlange ich unbedingten Gehorsam. Kein Wort mehr zu ihm! Habt Ihr verstanden?«

Benedicta nickte eifrig. So milde hatte sie sich die Strafpredigt beileibe nicht vorgestellt. Vielleicht hat Agnes recht, und die ehrwürdige Priorin mag mich wirklich, dachte Benedicta, aber sie hatte sich zu früh gefreut. Leonores Stimme bekam plötzlich den gewohnt strengen Klang.

»Mein Kind, bei aller Liebe, aber Ihr dient dem Herrn nicht, wie es das Gelübde verlangt. Nehmt Euch ein Beispiel an Schwester Dietlinde, die eifrig Schwester Christines Schriften studiert und die sich kürzlich so in das Bild Christi vertiefte, dass ihr Blut statt Tränen aus den Augen tropfte ...«

»Das behauptet sie. Habt Ihr sie mit eigenen Augen gesehen, diese blutigen Tränen?«, rutschte es Benedicta heraus, und erschrocken über die eigene Dreistigkeit schlug sie sich die Hand vor den Mund.

Die Augen der Priorin wurden zu schmalen Schlitzen. »Wollt Ihr damit sagen, dass sie uns an der Nase herumführt? Versündigt Euch nicht noch mehr! Nicht an Schwester Dietlinde! Sie steht nämlich fest im Glauben und besitzt jene Demut, die Euch gänzlich fehlt.«

»Aber ist es nicht möglich, dass sie sich wieder einmal mit der Rute so arg kasteit hat, dass das Blut in Strömen floss? Und sie es sich ins Gesicht wischte? Seit wir nicht mehr gemeinsam im Dormitorium nächtigen und jede Ordensfrau in ihrer eigenen Zelle schläft, kann das doch niemand mehr nachprüfen«, beharrte Benedicta trotzig – und bereute ihre vorlauten Worte im gleichen Augenblick bitterlich.

Der letzte Rest von Milde war aus dem Gesicht der Priorin gewichen, und sie musterte Benedicta mit strafendem Blick.

»Haltet ein mit Euren frevelhaften Beschuldigungen!«, fauchte sie. »Und nun büßt auf bloßen Knien in Eurer Zelle«, fügte sie nicht minder wütend hinzu. »Bittet den Herrn um Vergebung, bis ich Euch höchstpersönlich erlaube aufzustehen, und wenn es bis zum Jüngsten Tag dauert.«

Entsetzt starrte Benedicta die Priorin an. Schon häufig hatte diese sie bestraft, aber dass sie auf bloßen Knien herumrutschen sollte, das konnte sie doch nicht ernsthaft von ihr verlangen.

»Aber ...«, wollte sie aufbegehren, wurde aber heftig unterbrochen.

»Und nun geht mir aus den Augen, aber rasch!«, brüllte Leonore. »Ich werde Euch lehren, was es heißt, eine Braut Christi zu sein!«

Hastig und immer noch fassungslos verließ Benedicta die Amtszelle. Mit gesenktem Haupt schlich sie in ihre karge Kammer. Dort ließ sie sich trotzig mit bloßen Knien auf den kalten Steinboden fallen und faltete die Hände. Doch statt die Nähe zum Herrn zu suchen, überkam Benedicta die Sehnsucht nach der Welt außerhalb der Klostermauern mit solcher Heftigkeit, dass ihr die Tränen in die Augen schossen. Sie dachte an die süßen Träume, die sie früher im warmen Himmelbett gehabt hatte. Damals, als sie noch unter dem Schutz ihres gütigen Vaters gestanden hatte. In Gedanken hatte sie den Vater immer gern auf Reisen begleitet. Von überall her sah sie sich die köstlichsten Gewürze mitnehmen. So wie ihr Vater sie stets von seinen Reisen mitgebracht hatte. Mit diesen Zutaten hatte sie ihm dann köstliche Brote gebacken. In seinem Haus hatte es einen eigenen Ofen gegeben. Der Vater hätte ihr niemals verboten, mit der Köchin zusammen für ihn das Brot zu backen, um sie stattdessen zum Beten zu schicken.

Einmal hatte sie süßes Brot gebacken. Ihr war, als wäre

es gestern gewesen. Sie meinte, den unverwechselbaren Duft von Zimt wahrzunehmen. Mit einer Prise scharfen Ingwers, den er einmal mitgebracht hatte. War das wirklich schon fünf lange Jahre her?

Benedictas Blick fiel auf eine Rute, die neben ihrer Schlafstatt am Boden lag. Sie schüttelte sich. Sie hatte sie noch niemals benutzt, verstand sie doch beim besten Willen nicht, warum sie sich selbst Schmerzen zufügen sollte. Um dann mit ihrem Blut zu prahlen wie Schwester Dietlinde? Nein, sie liebte den Herrn auf ihre Weise, wie sie ihn als kleines Kind geliebt hatte. Wollte der Herr Jesus wirklich, dass sie litt, weil er gelitten hatte?

Ihre Gedanken schweiften zum Fechtmeister ab. Vor ein paar Monaten erst war er von einer langen Reise zurückgekehrt, die ihn als wandernden Lehrer in verschiedene Städte und an die unterschiedlichsten Höfe verschlagen hatte, wo er die Söhne der Adligen im Schwertfechten unterrichtet hatte. Nun wollte er für längere Zeit in Nürnberg bleiben. Die Bürger der reichen Stadt waren begierig darauf, den richtigen Umgang mit dem Schwert zu erlernen, und er würde wohl eine ganze Weile in dieser Stadt verweilen. Wie gern hätte Benedicta ihm einmal beim Fechten zugesehen …

Sie hatte den Gedanken kaum zu Ende geführt, da kniff sie sich kräftig in den Arm. Ich darf nicht an ihn denken, schalt sie sich und kniff sich noch einmal. Auf diese Weise versuchte sie, mit aller Macht jegliche Gedanken an den jungen Mann zu unterdrücken. Streng ging sie mit sich ins Gericht. Ich darf keinen Gedanken an ihn verschwenden. Außerdem geht es mich nichts an, was er treibt. Im Übrigen dürfte ich seine Pläne gar nicht kennen …

Erschöpft hielt sie inne. Es nutzte nichts. Was immer sie sich einredete, ihre Gedanken blieben bei dem Fechtmeister, der ihr bislang immer nur im Vorbeigehen einen freundlichen Gruß geschenkt hatte. Aber heute? Da hatten sie richtig miteinander geplaudert.

Und trotzdem kannte sie seine Pläne schon länger. Allein bei dem Gedanken daran, wie sie neulich ein Ohr an die Tür der Amtskammer gepresst hatte, bis es heiß geworden war, nur um ein Gespräch zwischen seiner Tante und ihm zu belauschen, lief sie rot an.

Benedicta fröstelte und war versucht, das Gewand über die nackten Knie zu ziehen, weil der Schmerz sich kaum mehr leugnen ließ. Dann habe ich mich wenigstens so gequält, bis Blut fließt, dachte sie trotzig. Dass ihre Knie inzwischen vom groben Stein des Bodens aufgescheuert waren, dessen war Benedicta sich sicher. Und das war ihr ganz recht. Das Blut sollte ruhig in Strömen fließen, um der Priorin vorzuführen, wie gemein diese Strafe war. Wenn sie überhaupt einmal kommt, um mich von meinen Qualen zu erlösen, durchfuhr es Benedicta eiskalt. Doch so angestrengt sie auch lauschte, es blieb still auf dem Gang vor ihrer Kammer. Nur einmal meinte sie, die trippelnden Schritte der Mitschwestern zu hören, als sie zum Abendgebet huschten. Inzwischen war es stockdunkel in der Zelle. Kein Lichtstrahl drang mehr durch das winzige Fenster. Der Schmerz in Benedictas Knien wurde unerträglich, aber sie stand nicht auf. Sie biss die Zähne zusammen und war fest entschlossen, für ihren Frevel ernsthaft Buße zu tun. Sie hätte Dietlindes mystisches Erlebnis niemals so unverhohlen anzweifeln dürfen, obwohl sie es nach wie vor für Aufschneiderei hielt. Aber Benedicta wusste auch, wie man sich im Kloster nichts sehnlicher wünschte, als dass endlich wieder einmal ein Wunder geschah. Seit Schwester Christine Ebner mit ihren Visionen, die sie auf Geheiß ihres Beichtvaters im Jahre 1317 niedergeschrieben hatte, zu landesweiter Berühmtheit gelangt war, hatte Kloster Engelthal niemals mehr eine derartig bekannte Mystikerin hervorgebracht. Bis auf Schwester Adelheit Langmann, aber selbst die hatte nicht annähernd an Christine Ebners Ruhm herangereicht. Auf jeden Fall hatten die beiden frommen Frauen dazu beigetragen, dass Kloster

Engelthal der Ruf voraneilte, ein Ort der wahrhaftigen Engel zu sein. Deshalb gab es auch immer wieder Schwestern, die sich gern damit hervorgetan hätten, dem Herrn zum Greifen nahe zu sein und dann wegen ihrer Visionen bedeutenden Männern mit Rat zur Seite zu stehen. Natürlich konnte Benedicta das verstehen, denn welche von den Mitschwestern hätte nicht gern den Kaiser empfangen, so wie es Schwester Christine damals mit Kaiser Karl erlebt hatte? Andererseits hegte Benedicta eine gewisse Skepsis gegenüber diesen Streberinnen, die nach mystischen Erfahrungen lechzten. Und Dietlinde war die schlimmste von allen. Doch sie, Benedicta, würde es nicht noch einmal wagen, ihre Meinung über die ehrgeizige Schwester zu äußern. Trotzdem, tiefe Einsicht in ihre Verfehlungen wollte sich beim besten Willen nicht einstellen. Im Gegenteil. Der Zorn erfasste sie. Wenn sie ehrlich zu sich war, und das war sie in diesem Augenblick ganz sicher, dann trieben nicht Demut und Schuldbewusstsein sie dazu, in dieser Stellung zu verharren, sondern Stolz und das sichere Gefühl, Unrecht zu erdulden. Doch was hatte sie in Christine Ebners Schriften erst kürzlich gelesen? *Du sollst um kein Ding klagen, das man dir zuwider tut.* Das jedenfalls hatte Gott der berühmten Schwester im Gebet geraten. Benedicta hatte dieser Satz tief beeindruckt, weil sie dies für ein nahezu unerreichbares Ziel hielt. Sie jedenfalls konnte es nicht so einfach in die Tat umsetzen. Wie oft sann sie darüber nach, womit sie sich an Schwester Walburga eines schönen Tages wohl für die böswilligen Quälereien rächen konnte.

Priorin Leonore wird bittere Tränen vergießen, wenn sie mich eines Tages verhungert und geschunden auf dem kalten Zellenboden findet, dachte Benedicta noch, während ihr die Augen zum wiederholten Male zufielen und sie nicht mehr die Kraft verspürte, der Müdigkeit zu trotzen.

3 Ein leise gestöhntes: »O Herr, das habe ich nicht gewollt!« aus dem Munde der Priorin ließ Benedicta aus tiefem Schlaf schrecken. Sie schlug die Augen auf und blickte im Schein einer Fackel in Leonores besorgtes Gesicht.

»Wie konnte mir das nur passieren? Ich habe Euch völlig vergessen. Und Ihr habt Euch nicht vom Fleck gerührt. Wie konnte ich Euch nur so unrecht tun?«, stammelte Leonore und half Benedicta, sich von den kalten Steinen zu erheben. Der jungen Nonne zitterten so heftig die Knie, dass die Priorin sie auf dem Weg zur Bettstatt stützen musste. Als sich Benedicta stöhnend ausgestreckt hatte, zog die Priorin einen Kanten Brot hervor und reichte ihn ihr. Zunächst wollte Benedicta ihn trotzig verweigern, aber dann siegte der Hunger. Sie ergriff das Brot und schlang es gierig hinunter.

»Eigentlich wollte ich Euch viel eher erlösen.« Leonores Stimme klang erschüttert, und Benedicta empfand bei diesen Worten eine gewisse Genugtuung. Um zu unterstreichen, was man ihr angetan hatte, stöhnte sie heftig auf. »Aua, aua!«

»Bitte, verzeiht mir! Ich hatte heute Nachmittag Besuch von unserem Provinzial, und wir haben über einem Problem gebrütet. Im Nürnberger Predigerkloster liegt das gesamte Küchenpersonal mit einem Fieber danieder. Und in wenigen Tagen beginnen unsere sommerlichen Fastentage, an denen wir ausschließlich Pfefferkuchen zu uns nehmen dürfen. Es gibt auch keinen Nachschub mehr, und es würde viel zu teuer, wenn wir sie außer Haus für uns backen ließen. Sagt jedenfalls der Provinzial. Und wir wissen doch alle, wie er auf dem Geldsäckel sitzt.«

Seufzend hielt sie inne. »Ach, was rede ich so viel?«, entschuldigte sie sich. »Nun verlangt er, dass wir die Pfefferkuchen in unserem Ofen backen. Wie denn?, habe ich ihn gefragt. Wir kennen das Rezept doch gar nicht. Das ist ihm gleich. Wir sollen uns etwas einfallen lassen, denn der

Mönch, der das Backen in Nürnberg zu beaufsichtigen pflegte, ist dem Fieber erlegen. Es gibt kein Rezept. Wer von unseren Schwestern aber könnte Lebkuchen backen?«

Benedicta lauschte wie gebannt, und ihre Miene hellte sich zunehmend auf. Vor Freude schlug ihr Herz immer höher, denn zum einen hatte ihr Leonore noch nie so viele persönliche Worte geschenkt, zum anderen erkannte sie die Gelegenheit, der Priorin aus einer denkbar misslichen Lage zu helfen.

Vergessen waren Schmerzen und Schmach. Vor Begeisterung funkelten Benedictas Augen, und ihre Wangen glühten. »Ich könnte es zusammen mit der Agnes versuchen«, schlug sie aufgeregt vor. »Ich habe doch schon einmal mit ihr aus lauter Spaß Lebkuchen gebacken, weil uns die aus dem Kloster der Nürnberger Brüder nicht sonderlich gemundet haben, und da …«

Am Blick der Priorin war unschwer zu erkennen, dass Benedicta wieder einmal dabei war, sich um Kopf und Kragen zu reden.

»So, so, Ihr habt also mit der Köchin zusammen gebacken, weil Euch die Lebkuchen der Nürnberger Mönche nicht schmeckten. Ihr wisst, dass Ihr in der Küche nichts verloren habt, nicht wahr? Oder habt Ihr vergessen, dass ich Euch unlängst untersagte, auch nur einen Schritt in die Küche zu setzen, nachdem Euer größtes Vergnügen darin bestand, Brot zu backen, statt zu beten?« Leonores Stimme klang scharf.

Betreten schüttelte Benedicta den Kopf.

»Ihr werdet verstehen, dass ich Euch nach allem, was Ihr mir eben gestanden habt, selbst wenn ich wollte und trotz meiner Not auf keinen Fall mit dieser Aufgabe betrauen kann. Wenn überhaupt, dann würde ich Euch diese Aufgabe nur erteilen, wenn Ihr endlich Demut und Gehorsam gelernt habt. Also, vielleicht nie …«

Benedicta biss sich auf die Lippen, doch dann wagte sie einen letzten Vorstoß. »Ehrwürdige Priorin, ich werde alles tun, was Ihr von mir verlangt. Ich werde tagelang auf den Knien beten, ich werde mir das Bildnis des Herrn ansehen, bis mir schwindlig wird und ich Visionen habe, aber bitte, lasst mich mit Agnes ...« Verzweifelt ergriff Benedicta ein Bildnis des Herrn am Kreuz und betrachtete es inbrünstig. »Ich werde Blut weinen, wenn Ihr mich bloß in die Küche lasst und ...«

»Nein, auf keinen Fall«, erwiderte die Priorin entschieden. »Ich werde Schwester Dietlinde fragen. Sie soll sich gemeinsam mit der Köchin an die Arbeit machen«, fügte sie mit schneidender Stimme hinzu.

»Das könnt Ihr mir nicht antun. Dietlinde hat noch nie im Leben einen Teig gerührt. Die Lebkuchen werden ungenießbar sein. Ich hingegen habe mir ein so schmackhaftes Rezept ausgedacht. Es ist süß und ...«

»Mein liebes Kind, und wenn schon. Die Lebkuchen dienen als unsere Fastenspeise, und die muss nicht süß sein. Sie dient der Entsagung und nicht der Völlerei. Nun sagt mir nur noch: Was gehört in einen solchen Teig?«

Benedicta schwieg trotzig.

»Ich höre!«, bellte die Priorin und trommelte mit den Fingern auf dem Tisch herum.

»Mehl, Gewürze, Honig und Zucker«, erwiderte Benedicta, so schnell, dass Leonore es nicht verstehen konnte.

»Gut, dann kommt morgen früh in meine Amtskammer und schreibt es mir auf!«, verlangte die Priorin. »Und vergesst die Mengen nicht!«

»Die weiß ich nicht. Wir haben es nach Gefühl gemischt. Und versucht gar nicht erst, die Agnes zu fragen. Die hat sich das Rezept nicht gemerkt. Das weiß ich sicher.«

»Benedicta, Ihr seid störrischer als ein alter Esel! Aber nun wird es mir eine besondere Freude sein, Schwester Dietlinde zu bitten«, zischte die Priorin.

»Möge Schwester Dietlindes Teig hart wie ein Stein werden!«, stieß Benedicta wutentbrannt hervor.

»Hätte ich Euch nicht schon bestraft, ich täte es jetzt für

Euer loses Mundwerk. Und nun schlaft recht gut, damit Ihr das Morgengebet nicht versäumt.«

Mit diesen Worten verließ die Priorin Benedictas Zelle.

Die junge Nonne lag noch lange wach. Wenn sie wenigstens in die Küche gedurft und Brote hätte backen dürfen, dann hätte sie dem Klosterleben vielleicht noch etwas abgewinnen können. Aber so? Ich soll leiden wie der Herr, das ist mein Schicksal, versuchte Benedicta sich selbst zur weisen Einsicht zu bewegen, doch vergeblich. Das Grummeln in ihrem Innern blieb stark und mächtig. Als bald darauf ein Gewitter über Engelthal niederging, entsprachen die Blitze und das Donnergrollen dem Aufruhr in ihrem Herzen.

4

Zwar wagte Walburga ihre Mitschwester in den folgenden Tagen nicht mehr anzusprechen, trotzdem fühlte sich Benedicta auf Schritt und Tritt verfolgt. Mit den Blicken eines Raubvogels beobachtete die verbissene Alte ihre junge Mitschwester. Benedictas Laune, die während der Fastentage noch schlechter geworden war, besserte sich dadurch keineswegs. Ständig knurrte ihr der Magen, und die Lebkuchen, die Agnes unter Dietlindes Anleitung herstellen musste, schmeckten schauderhaft. Hätte Benedicta keine Angst gehabt, ohne Speise zu verhungern, sie hätte die steinharte braune Masse nicht angerührt, die alles, nur nicht süß schmeckte.

Zu allem Überfluss hatte die Priorin sie dazu verurteilt, zehn Tage lang allein in ihrer Zelle Zwiesprache mit dem Herrn zu halten, nachdem sie sich lautstark über den scheußlichen Fraß beschwert hatte. Wasser und einen Teller mit der furchtbaren Speise hatte man ihr mitgegeben, doch abgeschlossen hatte Leonore nicht. So nutzte Benedicta jede Gelegenheit, ihrem Gefängnis zu entkommen, ungesehen durch das Kloster zu streifen und mit dem Gärtner zu plaudern.

Von ihm wusste sie auch, dass heute ihr Glückstag war, denn Walburga lag mit Fieber danieder, und die Priorin war nach Nürnberg gereist, sodass Benedicta es wagen konnte, sich heimlich mit Agnes im Klostergarten zu treffen.

Endlich die wärmende Sonne!, freute sich Benedicta, als ihre Augen sich an das grelle Tageslicht gewöhnt hatten. Agnes kam ihr schon ungeduldig im Kreuzgang entgegengeeilt. Sie schien außer sich vor Wut.

»Warum hat die Priorin nicht dich das Rezept zusammenstellen lassen? Die ehrwürdige Schwester Dietlinde schwört darauf, auf den Honig zu verzichten und dafür mehr Mehl zu nehmen. Sie behauptet, die Süße zu genießen, sei eine Sünde. Es schmeckt ekelerregend, aber keiner traut sich, etwas zu sagen«, schimpfte sie.

Angewidert verzog Benedicta das Gesicht. »Keiner bis auf mich. Ich habe mich beschwert, und du siehst, wohin mich das gebracht hat. Diese Fladen schmecken widerlich! Dagegen waren die Lebkuchen der Nürnberger Mönche eine wahre Köstlichkeit. Ich hoffe nur, dass bald eine Beschwerde aus Nürnberg eintrifft, nachdem die erste Lieferung angekommen ist. Ich glaube kaum, dass der Provinzial über dieses ungenießbare Zeug erfreut ist. Wo er doch so gerne isst! Glaub mir, ich habe die Priorin schier angebettelt, mich in die Küche zu lassen, wobei ich ihr leider verraten habe, dass wir beide vor Jahren einmal gemeinsam köstliche Lebkuchen gebacken haben. Ach, Agnes, wenn du wüsstest, wie sehr mich das alles quält. Dieses Leben, eingesperrt hinter dicken Mauern!«

Erstaunt betrachtete Agnes die Freundin und rückte ein wenig näher. »War es denn nicht dein Herzenswunsch, im Engelthal zu leben?«

Entschieden schüttelte Benedicta den Kopf. »Nein, niemals. Meine Stiefmutter Adelheit brachte mich nach dem Tod meines Vaters gegen meinen Willen hierher. Sie behauptet, es sei der erklärte Wunsch meines Vaters gewesen, und sie zeigte der Priorin ein Schriftstück, worin er dies verfügt haben soll. Doch das hätte er niemals getan. Wie oft sagte er, ich würde bestimmt einmal eine wunderbare Mutter.«

Agnes stöhnte auf. »Mich hat man einfach vor den Toren des Klosters abgelegt. Kein Mensch weiß, woher ich komme, aber man glaubt, ich sei das Kind der ersten Köchin, denn die war am nächsten Tag spurlos verschwunden. So ganz aus freien Stücken bin ich also auch nicht hier.«

»Oh, verzeih, dass ich so über mein Schicksal jammere! Ich bin nur entsetzlich enttäuscht, dass ich mein Geschick nicht entfalten darf«, entgegnete Benedicta entschuldigend.

»Wir wollen beide nicht mit unserem Schicksal hadern«, schlug Agnes vor. »Es ist einfach nur schade, dass die Priorin dich nicht in die Küche lässt. Ich kann Schwester Dietlindes frömmelnden Ton und ihr dummes Geschwätz nicht mehr ertragen. Ständig erzählt sie mit glasigem Blick, dass ihr der Herr Jesus Christus leibhaftig erschienen sei. Die Küchenmädchen hängen an ihren Lippen, aber ich glaube nicht, dass der Herr sich so häufig auf Erden zeigt.«

»Ich glaube, sie hat das alles in Christine Ebners Schriften gelesen«, erwiderte Benedicta scharfzüngig und erkannte an dem fragenden Blick der Freundin, dass diese offenbar nicht wusste, wer diese Christine war.

»Christine Ebner war eine Dominikanerinnen-Schwester in Engelthal. Vor nunmehr über vierzig Jahren war sie Priorin. Nach einem erfüllten Leben im Dienst des Herrn starb sie hochbetagt im Jahr 1357 in unserem Kloster ...« Benedicta stockte. Ganz im Gegensatz zu mir, sollte ich wohl ergänzen, schoss es ihr durch den Kopf. »Sie hinterließ ein Tagebuch. Um sie zu sehen, reiste sogar Kaiser Karl nach Engelthal. Viele große Männer ließen sich auf der Durchreise von ihr segnen. Stell dir vor, was sie einst voller Stolz notierte und was ich auswendig gelernt habe, damit es mich endlich erfüllen möge: *Ich lag bei größtem Frost nur mit einem Hemd bekleidet auf der Erde und kasteite mich mit Ruten, Dornen und Nesseln, dass ich wund wurde und viel geblutet habe. Der Rock klebte mir am Rücken, so dass ich lange Zeit nicht wagte, mich anzulehnen, weil der Schmerz so heftig war.*«

Voller Abscheu schüttelte sich Agnes. »Und sie hat wirklich geglaubt, dass der Herr Jesus sie dann lieber hat?«

Benedicta nickte. »Fast alle Schwestern glauben daran, und viele von ihnen streben nach diesem höchsten Leiden, um dem Herren näher zu sein. Schwester Adelheit Langmann soll sich sogar mit einer Igelhaut geschlagen haben.«

»Pfui Teufel!«, rief Agnes und verzog angewidert das Gesicht.

»Sie glauben, dass sie durch das irdische Leiden Gott näher sind und dass er erst, wenn sie blutend daniederliegen, überhaupt mit ihnen spricht. Und dass sie dann seine Botschaften in ihren Visionen wiedergeben können an uns, die wir Gott nicht so nahe sind. Manche glauben sogar, dass sie zu Engeln werden …«

»Ja, ja, das predigt uns Schwester Dietlinde auch von morgens bis abends. Dass sie bald ein Engel sein wird! Und während sie diese schrecklichen Lebkuchen backen lässt, erzählt sie uns in allen Einzelheiten von den alten Schwestern drüben im Siechhaus. Dass sie sich nicht behandeln lassen wollen, sondern lieber mit Löchern groß wie Eier daniederliegen. Und sie sind auch noch stolz darauf! Sei ehrlich. Glaubst du auch, dass Leiden und Krankheit, Siechtum und Sterben so ungemein erstrebenswert sind?«

Benedicta blickte verlegen zur Seite. Sie wollte weder lügen noch die heilige Sache der Schwestern verraten. Wie konnte sie der Freundin nur antworten, ohne sich des einen oder des anderen schuldig zu machen? Sie rang nach Worten, doch dann hatte sie sich eine passende Erklärung zurechtgelegt.

»Ich glaube, dass es die Schwestern als ihr höchstes Ziel

begreifen, und ich täte es ihnen gern gleich, aber ich kann es nicht – und schon gar nicht mit einem Gefühl der Glückseligkeit. Und weißt du was? Ich glaube nicht, dass der Herr mich weniger liebt, wenn ich, statt mich zu geißeln, für schmackhafte Lebkuchen sorge.«

»Schwester Dietlinde beklagt sich unentwegt bitterlich bei uns, dass sie in der Küche ihre Zeit verschwende, die sie für ihre Vertiefung in das Leiden Christi viel besser hätte gebrauchen könne. Sie sagte sogar, sie beneide dich darum, dass du in deiner Zelle bleiben musst. Und wie froh sie sei, wenn sie eine Woche lang keinen Menschen sehen müsse … und dass es ungerecht sei, dass man dich ungestört zum Herrn beten lasse. Sie gäbe alles darum, mit dir zu tauschen …«

»Das hat sie wirklich gesagt? Agnes, ich habe einen glänzenden Einfall!«, unterbrach Benedicta ihre Freundin plötzlich ganz aufgeregt und lächelte spitzbübisch. Sie näherte sich dem Ohr der Köchin. »Wir werden der armen Schwester ihren Wunsch erfüllen. Komm mit in die Küche! Ich werde ihr ein verlockendes Angebot unterbreiten«, flüsterte sie.

Übermütig fasste sie Agnes bei der Hand und zog sie mit sich fort.

5

Agnes wollte schier vor Neugier platzen und bestürmte Benedicta auf dem ganzen Weg zur Küche mit Fragen.

»Nun spann mich doch nicht dermaßen auf die Folter! Was hast du vor?«

»Lass dich überraschen! Du wirst noch früh genug dahinterkommen«, erwiderte Benedicta lachend.

Als sie die Küche betraten, fanden sie Schwester Dietlinde genauso vor, wie Agnes es der Freundin gerade beschrieben hatte. Beschwörend führte sie das Wort und wurde dabei von den Küchenmädchen umlagert.

»Als ich im vierzehnten Jahr war, lag ich vor einem Altar und zwang meine Sinne so sehr, dass mir das Blut zu Mund, Nase und Ohren herauskam …«

»Das hat sie doch tatsächlich aus dem Tagebuch der Christine Ebner gestohlen. So schrieb diese über Schwester Mechthild Krumpestin«, raunte Benedicta Agnes zu, bevor sie sich vor der frommen Mitschwester aufbaute. »Und das ist Euch wirklich genauso widerfahren, Schwester Dietlinde? Am eigenen Leib? Überlegt recht gut, was Ihr antwortet. Lügen ist eine Sünde«, sagte sie mit spöttischer Stimme.

»Was habt Ihr hier zu suchen? Soviel ich weiß, solltet Ihr in Eurer Zelle sein und Euch in Demut üben«, giftete Dietlinde zurück, aber an dem erschrockenen Blick erkannte Benedicta unschwer, dass sie ins Schwarze getroffen hatte.

»Aus diesem Grund, liebe Schwester, bin ich hier«, erwiderte Benedicta übertrieben ehrerbietig. »Ihr wisst, dass das Wunder, das Ihr da gerade für Euch beansprucht, in diesem Kloster einst einer anderen Schwester widerfuhr und dass unsere ehrwürdige Christine Ebner jenes Erlebnis wortwörtlich in ihrem Tagebuch schilderte. Ach, Ihr dürft Euch glücklich schätzen, dass Euch ebensolche Gnade widerfährt wie Schwester Mechthild! Ihr kennt doch die Geschichte ihres Leidenswegs, oder?«

Genüsslich weidete sich Benedicta an dem satten Rot, welches Schwester Dietlindes blasses Gesicht bei jedem ihrer Worte dunkler färbte.

»Benedicta, wenn Ihr nicht augenblicklich in Eure Zelle zurückkehrt, werde ich der Frau Priorin davon berichten müssen!«, schrie Dietlinde mit sich überschlagender Stimme.

Agnes machte eine Bewegung, die den Küchenmädchen bedeutete, sich außer Hörweite zu begeben. Sie selbst blieb stehen und beobachtete voller Spannung das weitere Vorgehen der Freundin.

»Schwester Dietlinde, darf ich Euch zuvor eine Frage stellen? Was würde die ehrwürdigste Priorin wohl sagen, wenn sie erführe, dass Ihr in der Küche die Leiden der Mechthild Krumpestin als Eure eigenen ausgebt?«

Dietlindes Gesichtsfarbe wechselte von Tiefrot zu Kalkweiß. »Nein, das ist nicht wahr!«

»Ihr dürft nicht lügen, aber wenn Ihr alles gesteht, wird Euch vielleicht vergeben«, ermutigte Benedicta ihre Mitschwester scheinbar versöhnlich. Dabei weidete sie sich an Dietlindes Hilflosigkeit.

Verstört blickte die ertappte Schwester von Benedicta zu Agnes.

»Ihr werdet es doch nicht etwa der hochverehrten Priorin verraten?«

Benedicta schüttelte den Kopf und lächelte. »Niemals, ich habe noch niemals jemanden verpetzt. Außerdem ist mir zurzeit verboten, überhaupt zu sprechen. Aber hört mein Angebot und überlegt gut, ob wir die Priorin in diese Angelegenheit einweihen sollten.«

»Was könntet Ihr mir schon anbieten?« Dietlindes Stimme bebte vor Verachtung für die unfromme Mitschwester.

»Wie ich hörte, vermisst Ihr das Beten, das Geißeln und den Dienst am Herrn, weil Ihr in der Küche stehen müsst. Strebt Ihr nicht nach neuen Erlebnissen, die Euch dem Herrn näher bringen? Wollt Ihr nicht eines Tages die Schmerzen der Mechthild wirklich am eigenen Leib erspüren?«

»Ja, schon, aber wie könntet Ihr mir schon dabei helfen? Ausgerechnet Ihr, die das Leiden bekanntlich scheut?«

»Ihr irrt. Nur ich kann Euch von Eurem Elend erlösen. Ich muss noch lange Tage in meiner Zelle beten. Ich werde also weder in der Kirche noch an einem anderen Ort vermutet. Man glaubt mich in meiner Zelle, in der mich keine Menschenseele besuchen darf. Und am wenigstens vermutet man mich in der Küche«, entgegnete Benedicta mit verschmitztem Lächeln.

»Ich verstehe nicht ganz, was Ihr von mir wollt.«

Agnes stöhnte laut auf. »Das verstehe ja selbst ich. Und ich kann weder lesen noch schreiben oder fromme Sprüche von mir geben. Sie will statt deiner in der Küche stehen, und du kann dich statt ihrer ungestört in Benedictas Zelle dem Gebet widmen.«

»Und wenn jemand davon erfährt? Das ist doch ungehorsam«, widersprach Dietlinde heftig.

»Priorin Leonore ist für eine Woche zu den Schwestern nach Nürnberg gereist, und Schwester Walburga liegt mit einem Fieber danieder«, erklärte Benedicta eifrig. »Also, die Einzigen, die überhaupt nach mir sehen könnten, sind keine Gefahr. Und keine der anderen Schwestern betritt freiwillig die Küche. Außerdem sind nicht alle solche Klatschbasen wie Walburga ...«

»Ich weiß nicht ...«, murmelte Dietlinde zweifelnd.

»Bedenkt nur, wie viel kostbare Zeit Euch verloren ginge, wenn Ihr weiterhin in der Küche bleiben würdet ...«

»Schon, ich spüre förmlich, dass ich es bald geschafft habe. Wenn ich mich nur weiter ungestört in das Leiden des Herrn versenken könnte, wäre ich bald am Ziel. Doch was habt Ihr davon? Warum solltet Ihr mir ein solches Angebot machen? Mein Seelenheil dürfte Euch kaum am Herzen liegen.«

»Ich?« Gekünstelt stöhnte Benedicta auf und redete in dermaßen hochtrabendem Ton weiter, dass Agnes die Lachtränen in den Augen standen.

»Ich habe Buße zu tun. Strenge Buße, denn ich diene dem Herrn zu wenig. Mir fehlt es an Demut. Ich hasse es, in einer Küche zu stehen, genau wie Ihr, aber ich will diesen Dienst als Strafe auf mich nehmen. Und Euch, die Ihr mir im Glauben so weit voraus seid, dieses Opfer bringen.« Benedictas Stimme klang so ernst, dass Dietlinde ihr zu glauben schien.

»Aber, aber ...« Mehr brachte sie nicht heraus.

»Lasst gut sein, ehrwürdige Schwester, geht schnell

an Eurer Werk, und lasst mich hier meine Sünden bereuen.«

Dietlinde zögerte noch, bedankte sich dann aber überschwänglich.

»Ich tue es allein für mein eigenes Seelenheil. Ihr braucht Euch nicht zu bedanken. Ich bin Euch zu Dank verpflichtet«, erklärte Benedicta verschmitzt. »Ihr müsst mir nur eines versprechen ...«, fügte sie dann leise hinzu.

»Ach, das hätte ich mir denken können! Die Sache hat doch einen Haken«, unterbrach Dietlinde ihre Mitschwester.

»Nein, es ist nur zu Eurem Wohl! Sollte uns irgendjemand auf die Schliche kommen, müsst Ihr schwören, dass die Lebkuchen von Euch sind. Ihr kennt doch unsere Priorin. Sie duldet keinen Ungehorsam, auch dann nicht, wenn man sich dessen im Namen des Herrn schuldig machte.«

»Oh, habt vielen Dank, Ihr seid so umsichtig«, erwiderte Dietlinde ehrlich gerührt über Benedictas Selbstlosigkeit und eilte mit dem Schwur auf den Lippen, niemandem auch nur ein Sterbenswort zu verraten, von dannen.

Erst als sie längst um die Ecke gebogen war, brach Agnes in schallendes Gelächter aus, und Benedicta fiel erleichtert mit ein.

6

Benedicta nahm eine Schürze vom Haken und band sie sich geschickt um. »Wo sind die übel schmeckenden Fladen, die den wohlklingenden Namen Lebkuchen nicht verdienen?«, fragte sie voller Schaffensdrang.

Agnes führte sie sogleich in die Speisekammer und deutete auf Berge von fertigen hellbraunen Pfefferkuchen.

»Das sind die Lebkuchen für Nürnberg. Übermorgen kommt ein Bote des Klosters und holt sie ab.«

Benedicta überlegte. Was sollte sie damit anfangen? Sie den Mönchen und Nonnen nach Nürnberg senden und nur für Engelthal neue backen? Aber hatten die frommen

Schwestern und Brüder nicht auch Besseres verdient als diese schrecklich schmeckende Speise?

Benedicta stieß einen tiefen Seufzer aus. »Werft sie den Schweinen zum Fraß vor!«, ordnete sie an und erntete mit diesen Worten die staunenden Blicke der Küchenmädchen. »Wer von euch ist bereit, mit mir in den nächsten Tagen, wenn es sein muss, auch in den Nächten beim Schein der Fackel in der Küche zu stehen, um schmackhafte Lebkuchen zuzubereiten? Dafür dürft ihr davon so viel essen, wie ihr wollt.«

Angewidert verzogen sie die Gesichter.

»Ich verspreche euch, dass jene Lebkuchen, die wir unter Anleitung von Schwester Benedicta backen, eine wahre Köstlichkeit sind und dass sie euch hervorragend munden werden!«, rief Agnes voller Begeisterung.

Die Küchenmädchen blieben weiterhin misstrauisch.

»Holt den Honig herbei!«, rief Benedicta.

Bei der Erwähnung des süßen Nektars hellten sich die Gesichter der Mägde sogleich auf.

»Ihr müsst mir aber eins versprechen: kein Wort zu den ehrwürdigen Schwestern! Wenn ihr gefragt werdet, dann sagt, alles geschehe unter Aufsicht von Schwester Dietlinde«, ergänzte Benedicta und bekam ganz rote Wangen vor lauter Aufregung. Dann verteilte sie die Aufgaben.

»Ihr zwei holt den Honig, du bringst mir Zimt und Kardamom. Und du besorgst mir Zucker und Mehl.«

»Zucker? Nein, ehrwürdige Schwester, das darf ich nicht. Den teuren Zucker hat Schwester Dietlinde verschlossen. Wir dürfen ihn nicht nehmen«, widersprach eine Küchenmagd, ein Mädchen von etwa vierzehn Jahren mit rotem Haar.

»Wie heißt du?«, fragte Benedicta.

»Theresa«, erwiderte das Mädchen schüchtern.

»Du weißt, wo der Schlüssel ist?«

Theresa nickte schwach.

»Dann hol ihn! Schwester Dietlinde betet, um dem Herrn

näher zu sein, und wir backen Lebkuchen. Mein Wort gilt. Und ich sage: Her mit dem Zucker! Also, worauf wartest du noch?«

Theresa zögerte immer noch, aber als Benedicta ihr ein aufmunterndes Lächeln schenkte, lief sie nach dem Zucker. Auch die anderen Küchenmädchen stoben in alle Richtungen davon, um zu erledigen, was Benedicta ihnen aufgetragen hatte.

»Hoffentlich kommt uns keiner auf die Schliche«, seufzte Agnes und bereitete den Trog für den Teig vor.

»Sag mir, wann hat sich das letzte Mal eine der Schwestern in die Küche verirrt, ohne dass man es ihr ausdrücklich befahl?«

Agnes zuckte mit den Achseln.

»Noch nie«, gab sie zu. »Die Einzige, die aus freien Stücken hier erschien, das warst von Anfang an du.«

»Siehst du. Also lass uns fröhlich ans Werk gehen und nicht alles so schwarz sehen«, sagte Benedicta und wartete ungeduldig darauf, dass die Küchenmädchen mit den Zutaten zurückkehrten.

»Benedicta? Hast du eigentlich neulich mit dem Fechtmeister gesprochen oder nicht?«

Die Frage kam so überraschend, dass die junge Nonne sogleich einen heißen Kopf bekam.

»Ich habe es mir beinahe gedacht«, bemerkte Agnes mit einem wissenden Blick auf Benedictas gerötetes Gesicht.

»Ich habe das Wort nicht an ihn gerichtet«, versuchte sie sich herauszureden, doch Agnes schenkte ihr ein breites Lächeln.

»Dein Gesicht verrät es mir. Heute wie neulich. Du magst den jungen Fechtmeister sehr, oder?«

»Ich bin mit Jesus Christus vermählt. Hast du das schon vergessen?«, gab Benedicta heftig zurück.

Agnes stöhnte auf. »Schon gut, ich will dich nicht weiter quälen. Ich weiß, dass du niemals heiraten kannst. Es ist nur so ... Ich habe neulich einen jungen Schwarzbäcker kennengelernt, als ich die Priorin nach Nürnberg begleitete und allein über den Markt schlendern durfte. Als ich ihn so stattlich an seinem Stand stehen sah, da ging mir sofort das Herz auf. Er lächelte mich an, und dann folgte er mir flugs, und wir gingen gemeinsam über den Markt. Ich glaube, ich habe ihn arg verliebt angeschaut. Und ich meinte eben, in deinem Blick gelesen zu haben, dass es dir ähnlich ergangen ist ...«

»Du meinst, das laute Pochen des Herzens und dieses Kribbeln?« Benedicta deutete auf ihren Bauch.

»Genau das«, erwiderte Agnes und lief nun selbst rot an. »Und die Knie geben nach ...«

»Schweig, Agnes!«, befahl Benedicta. »Für dich mögen das herrliche Gefühle sein. Für mich aber ist es wie das Kosten verbotener Früchte. Was gäbe ich darum, mit dir zu tauschen! Du darfst ungestraft an deinen Bäcker denken, ich aber darf den Fechtmeister nicht einmal ansehen, geschweige denn das Wort an ihn richten.«

»Anselm will nach Engelthal kommen, sobald der Sommer vorüber ist, und mich heiraten. Noch hat er nicht genügend Geld, um mir ein Brautgeschenk zu überreichen, und außerdem wünscht sein Vater sich sicher keine Waise als Braut seines Sohnes, weil dann doch kein Brautvater das Fest ausrichten wird. Anselm will aber keine andere zur Frau als mich. Er hat mich inständig gebeten, ihm noch einige Monde Zeit zu geben, damit er seinen Vater davon überzeugen kann, ihn nicht mit der Tochter des Weißbäckers zu vermählen, der gegenüber sein Handwerk betreibt«, offenbarte Agnes ihr zögernd.

»Heißt es, dass du mich dann verlassen wirst?« Benedicta schossen augenblicklich Tränen in die Augen.

»Wenn er seinen Vater umstimmen kann, dann werde ich mit ihm gehen. Schade, dass ich dich nicht mitnehmen kann nach Nürnberg.«

»Ach, Agnes, ich verfluche den Tag, an dem ich das Gelübde abgelegt habe, mein Leben hinter diesen Klostermauern zu verbringen. Manchmal bin ich so weit, dass ich flüchten möchte ...«

»Dann komm doch mit! Du schleichst mit mir davon.«

Traurig blickte Benedicta die Freundin an. »Das ist noch niemandem gut bekommen. Denk nur daran, was mit Schwester Johanna geschehen ist. Man hat sie gleich vor der Mauer wieder eingefangen und an einen anderen Ort verbracht. Dort wird sie das Tageslicht wohl nicht mehr sehen. Das Gelübde zu brechen, ist eine Todsünde. Verstehst du?«

Agnes nickte sichtlich betroffen. »Entschuldige, dass ich so arglos dahergeredet habe, aber ...«

»Schnell, schweig und setz eine fröhliche Miene auf! Die Mägde kehren zurück.«

Voller Begeisterung schleppten die Küchenmädchen die Zutaten herbei. Sie schienen inzwischen tatsächlich zu hoffen, dass die Nonne ein Wunder vollbringen werde.

Benedicta schüttelte die Gedanken an Agnes' mögliche Heirat rasch ab und widmete sich mit Feuereifer der Zubereitung des Teiges. Zunächst schüttete sie Mehl und Gewürze in den Trog und vermischte alles miteinander.

»Und jetzt den Honig und den Zucker!«, verlangte sie.

Theresa reichte ihr den Zuckertopf, aus dem Benedicta sich reichlich bediente, was ihr einen scheelen Blick der Freundin einbrachte.

»Schon gut, ich nehme nicht alles von dem teuren Zucker«, sagte Benedicta beschwichtigend und verlangte nach Honig.

Ein Küchenmädchen hielt ihr einen Topf hin, bei dem gerade eben der Boden mit dem köstlichen Nektar bedeckt war.

»Das reicht nie und nimmer für hundert Lebkuchen.« Benedicta blickte das Küchenmädchen fragend an. Die sah verlegen zu Boden.

»Das ist die Menge, die uns Schwester Dietlinde zu benutzen erlaubte«, erklärte sie kleinlaut.

Benedicta lachte laut auf. »Dann wundert es mich nicht, dass ihre Lebkuchen ungenießbar sind. Schnell, füllt den Topf bis zum Rand.«

Als das Mädchen mit dem Honig zurückkehrte, goss Benedicta ihn genüsslich in den Trog und versuchte, alles so zu vermengen, dass eine weiche Masse entstand, doch das misslang ihr gründlich. Das Ergebnis ihrer Mühen war ein harter Teig, der sich nicht kneten ließ, sondern wie ein bröselnder Felsblock in ihren Händen lag. Gebannt schauten ihr die Küchenmädchen auf die Finger, was es nicht unbedingt besser machte. Stöhnend versuchte sie noch einmal, den Teig weicher zu kneten, aber sie schaffte es nicht.

»Was glotzt ihr so? Habt ihr nichts zu tun?«, fauchte Agnes die Gafferinnen an, die hastig auseinanderstoben.

»Was haben wir beim letzten Mal nur anders gemacht?«, seufzte Benedicta.

Agnes zuckte mit den Achseln. »Wir haben genau diese Zutaten benutzt.«

»Gut, dann geben wir noch ein wenig Mehl hinzu, um den Teig geschmeidiger zu machen«, schlug Benedicta vor, und schon schüttete Agnes etwas davon auf den Klumpen, doch es nutzte nichts. Er blieb steinhart und war nicht weiterzuverarbeiten.

Benedicta starrte den Brocken so beschwörend an, als ließe er sich auf diese Weise erweichen.

»Wir brauchen etwas Flüssiges«, dachte Benedicta laut und erbat sich noch etwas Honig, den ihr eines der Küchenmädchen, die sich inzwischen allesamt wieder um Benedicta geschart hatten, eilfertig reichte. Benedicta versuchte, ihn in den Teig zu rühren, aber er ließ sich nicht mit der Masse in ihrem Trog verbinden. Die Küchenmädchen sahen ihr mitleidig zu.

»Habt ihr nichts anderes zu tun, als Maulaffen feilzuhalten?«, giftete Agnes die Mädchen an und verscheuchte sie.

»Was haben wir nur falsch gemacht?«, stöhnte Benedicta.

»Wenn ich das nur wüsste!«, erwiderte Agnes.

Und die beiden Frauen verfielen in grüblerisches Schweigen. Was hatten sie anders gemacht als beim letzten Mal?

7

Seit Stunden ging Benedicta nachdenklich in der Küche auf und ab. Einige Male blieb sie vor dem Topf mit dem Honig stehen, tauchte einen Finger hinein und leckte ihn gedankenverloren ab. Plötzlich erhellte sich ihr Gesicht, und sie naschte noch einmal von dem süßen Nektar.

»Wenn ich mich nicht täusche, war der Honig beim letzten Mal wärmer!«, rief sie aufgeregt und forderte Agnes auf, auch eine Fingerspitze voll zu nehmen.

Die Köchin tat, was die Freundin verlangte, und stimmte ihr zu. »Ja, du hast recht, aber wie willst du ihn erwärmen?«

»Ich werde ihn kochen«, erwiderte Benedicta begeistert. Vor Freude hatte sie rote Wangen bekommen. »Ich glaube, so wird er uns gelingen«, frohlockte sie.

Mit diesen Worten füllte sie ein wenig Honig in einen Kessel, fügte Zucker hinzu und ließ beides zusammen heiß werden. Bald schon entstand eine zähflüssige Masse, die Benedicta vorsichtig in den Trog goss.

Als sie abermals mit dem Kneten begann, spürte sie es sofort. Während der Teig eben noch hart und nicht zu verarbeiten war, wurde er nun weich und locker. So geschmeidig, dass es für Benedicta ein Leichtes war, ihn zu kneten.

Die Küchenmädchen hatten sich wieder angeschlichen, und alle Blicke richteten sich auf Benedictas Hände. Dieses Mal scheuchte Agnes die Mägde nicht fort, sondern ließ sie an dem Erfolg teilhaben. Erleichtert lächelte sie in sich hinein.

»Wer möchte kosten?«, fragte Benedicta schließlich in die Runde. Vier Finger schnellten in die Höhe. Agnes hielt sich zurück.

Benedicta lachte. »Wenn ihr alle davon kostet, bleibt nichts mehr zum Backen übrig.« Sie deutete auf Theresa. »Komm, du sollst probieren und mir sagen, ob du bereust, den verbotenen Zucker aus dem Schrank genommen zu haben.«

Theresa strahlte über das ganze Gesicht, als sie einen Finger in den Teig tauchte und ihn genüsslich ableckte.

»Ich bereue nichts. Es schmeckt himmlisch!«, rief sie entzückt aus.

»Gut, dann lasst uns den Teig kneten und Lebkuchen daraus backen. Und wenn sie dann so köstlich munden wie der Teig, dann schafft ihr weitere Zutaten herbei, aber vorher soll Agnes kosten.«

Die Köchin bohrte einen Finger in den Teig und schleckte ihn gierig ab.

»Wunderbar!«, stöhnte sie und nickte ihrer Freundin aufmunternd zu. »Worauf wartet ihr noch?«, rief sie den Küchenmädchen zu und trieb sie zur Arbeit an. Doch plötzlich zögerte sie. »Haltet ein!«

Verwirrt blickte Benedicta die Köchin an, doch diese hob mahnend den Finger in die Höhe. »Eier!«, befahl sie. »Wir haben die Eier vergessen.«

Da fiel es Benedicta wieder ein. Letztes Mal hatten sie tatsächlich zum Schluss noch Eier dazugegeben. Sofort schickte sie eine Magd in den Keller, welche zu holen.

»Wie schön, dass du daran gedacht hast!«, rief Benedicta der Freundin zu und umarmte sie überschwänglich. Wie hatte sie das bloß vergessen können, nachdem sie beim letzten Mal versehentlich ein schwarzes Ei in den Teig gerührt und damit erst einmal alles verdorben hatten?

»Erinnerst du dich noch, wie das gestunken hat?«, fragte sie Agnes.

Die nickte und hielt sich mit übertriebener Geste die Nase zu. »Ganz entsetzlich gestunken«, bestätigte sie.

Als das Mädchen mit dem Korb voller Eier zurückkehrte,

seufzte Benedicta. »Schade, dass wir es von außen nicht erkennen können, welche Eier stinken.«

»Von außen nicht«, bestätigte Agnes lächelnd. »Trotzdem lässt sich verhindern, dass der ganze Teig verdirbt. Das habe ich inzwischen gelernt.«

Agnes gab einigen der Mädchen die Anweisung, das Eigelb von dem Weißen zu trennen, wobei diese sich recht geschickt anstellten.

Als Benedicta in die Schüssel mit der hellen Flüssigkeit der Eiweiße blickte, klatschte sie vor Entzücken in die Hände. Doch in dem Gefäß mit dem Eigelb schwamm tatsächlich ein stinkendes dunkles Ei, und sie rümpfte die Nase.

Agnes roch an der Schüssel mit dem Eiweiß. Da stank gar nichts. »Wenn ich im Gelb ein verdorbenes Ei finde, dann nehme ich zum Kochen stets nur das Helle und schlage es ein wenig auf. Dann wird es herrlich weiß und verleiht der Speise einen ganz besonderen Geschmack«, erklärte sie der Freundin.

Benedicta beobachtete alles mit höchster Aufmerksamkeit. »Worauf wartet ihr noch?«, rief sie tatendurstig. »Rührt allein das Weiße noch ein wenig durch, und dann hinein damit in den Teig!«

Als Benedicta das Eiweiß unter den Teig knetete, wurde er so geschmeidig, dass es eine wahre Freude war. Auch Agnes griff in den Teig, um dessen Festigkeit zu überprüfen.

»Das Gelbe macht den Teig schwer, das Weiße macht ihn leicht«, frohlockte sie. »Wir werden nur noch das Weiße nehmen.«

Vor Freude hüpfte Benedicta durch die Küche. »Und nun formen wir Lebkuchen daraus, die wirklich munden. Aber erst einmal backen wir nur zwanzig Küchlein und warten ab, was aus dem Ofen kommt.«

Agnes lächelte beseelt. Auch sie hegte keinen Zweifel daran, dass ihnen die Lebkuchen mindestens so gut gelingen würden wie beim letzten Mal.

Fleißige Hände formten aus dem weichen Teig eckige flache Kuchen und legten sie sorgfältig in den Ofen. Nun hieß es nur noch anheizen und abwarten.

Als Benedicta nach einer kleinen Ewigkeit einen Blick in den Ofen warf, erstarrte sie. Wo sie vorhin wohlgeformte Küchlein in den Ofen geschoben hatten, fand sie nun nach allen Seiten zerlaufene Fladen vor. Teilweise war der Teig ineinander- und übereinandergeflossen. Der ganze Ofen war ein einziger formloser Lebkuchen, der überdies festklebte, auch wenn er köstlich duftete. Erhitzt entfaltete sich das Aroma der Gewürze zur vollen Blüte.

Benedicta schaffte es, ein kleines Stück von dem Lebkuchen aus dem Ofen zu kratzen. Seufzend steckte sie es in den Mund und verdrehte beim ersten Bissen vor Entzücken die Augen.

»Es mundet!«, rief sie aus, doch sogleich verfinsterte sich ihre Miene. »Aber was nützt uns der Geschmack, wenn der Teig zerläuft und im Ofen kleben bleibt? So können wir sie jedenfalls niemandem anbieten.«

Mitleidig musterte Agnes die Freundin. »Darf ich kosten?«, fragte sie zaghaft.

Benedicta nickte und blickte enttäuscht in die Runde.

»Nehmt euch von dem Lebkuchen, was ihr in ganzen Teilen ergattern könnt, und dann säubert den Ofen von den Resten!«, befahl sie und versuchte, fröhlich zu klingen.

Unter lautem Gejohle stürzten die Küchenmädchen alle zugleich zum Ofen, und kaum hatten sie sich die Stücke der Lebkuchen in die hungrigen Mäuler geschoben, erhob sich ein einziges Schmatzen und Seufzen.

»Sie schmecken himmlisch!«, jubelte Theresa, und alle anderen stimmten ihr zu.

»Was nützt es, wenn man sie nicht essen kann?«, murmelte Benedicta traurig. Ihr standen die Tränen in den Augen. »Macht den Ofen sauber! Ich habe den Mund zu voll genommen. Ihr müsst wohl weiter vorliebnehmen mit den Lebkuchen von Schwester Dietlinde«, seufzte sie und ließ sich auf einen Hocker sinken.

»Und was fangen wir mit dem restlichen Teig an?«, fragte Theresa.

Benedicta zuckte mit den Achseln.

»Du willst doch nicht etwa aufgeben?« In Agnes' Stimme schwang ein leichter Vorwurf mit.

»Du siehst doch, was wir trotz aller Schufterei erreicht haben. Ich habe meine Fähigkeiten überschätzt. Ich sollte doch lieber in meiner Zelle beten.«

»Hör auf zu jammern! In zwei Tagen kommt der Bote des Nürnberger Klosters, und morgen zur Frühspeisung muss für die Schwestern etwas auf dem Tisch stehen. Wie du dich erinnerst, haben wir Dietlindes Kuchen an die Schweine verfüttert. Was meinst du, welchen Ärger wir bekommen, wenn keine Lebkuchen mehr da sind! Also, lass uns zunächst darüber nachdenken, warum unser Teig damals im heißen Ofen nicht in alle Richtungen zerlief.«

Benedicta versuchte sich zu erinnern.

»Wir haben den Teig geknetet, wir haben die Kuchen geformt, und dann haben wir sie in den Ofen ... Halt, haben wir sie nicht einige Stunden lang am Ofen stehen gelassen, weil ich zum Gebet musste?«

Mit diesen Worten sprang sie auf, nahm einen Klumpen Teig aus dem Trog, formte ihn zu einem Viereck und tippte mit der Fingerspitze darauf, die daraufhin beinahe am Teig festklebte.

»Agnes, das könnte die Lösung sein. Weißt du noch, wie wir damals dachten, sie seien schon fertig, als wir wieder in die Küche kamen? Ihre Oberfläche war fest und ...« Sie unterbrach sich und winkte die Küchenmädchen heran. »Formt den Teig flugs zu Lebkuchen, und dann lassen wir sie für ein paar Stunden stehen. Am besten auf dem Ofen. Erst dann backen wir sie.«

»Schwester Benedicta«, warf Theresa schüchtern ein, »dann ist es ja tiefe Nacht.«

»Ja und?«, erwiderte Agnes barsch. »Habt ihr der Schwester nicht versprochen, bei Tag und Nacht für sie zu arbeiten? Wir haben keine andere Wahl. Morgen früh müssen wir den Schwestern eine Mahlzeit auf den Tisch bringen, die halbwegs nach Lebkuchen aussieht. Los, ihr beide formt sie. Und ihr säubert den Ofen, damit wir später die guten Lebkuchen hineinschieben können.«

Missmutig machten sich die Küchenmädchen an die Arbeit. Das Vergnügen am Lebkuchenbacken war ihnen gründlich vergangen. Besonders den beiden, die den Ofen säuberten, denn es war eine Heidenarbeit, den Teig vom Stein abzukratzen.

»Wir schaffen das schon«, sagte Agnes zur Ermutigung ihrer Freundin, die immer noch über etwas nachzugrübeln schien.

Gedankenverloren starrte Benedicta zu den Küchenmädchen hinüber, die die Lebkuchen formten.

»Vielleicht haben wir die Lösung gefunden, dass der Teig nicht auseinanderläuft, aber was sollen wir tun, damit der Teig nicht am Boden festklebt?«

»Das war allerdings beim letzten Mal genauso«, widersprach Agnes. »Und das wussten auch die Nürnberger Brüder nie zu verhindern«, fügte sie hastig hinzu. »Die Lebkuchen kleben eben im Ofen fest, und wir müssen sie mit dem Schieber vom Boden lösen.«

»Ich möchte aber, dass sie nicht am Boden kleben, sondern dass wir sie braun gebrannt und wohlgeformt aus dem Ofen holen können.«

Während Benedicta weiter darüber nachsann, wie sie das bewerkstelligen sollte, lauschte sie mit halbem Ohr, worüber sich die Küchenmädchen beim Säubern des Ofens unterhielten.

»Bevor ich noch einmal Schwester Dietlindes ungenießbares Gebäck zu mir nehme, ernähre ich mich eher von Hostien.« Das war Theresas Stimme.

Hostien?, dachte Benedicta, und ihr Gesicht hellte sich

merklich auf. »Mir fällt etwas ein!«, rief sie laut. »Oblaten! Natürlich – Oblaten! Wir gießen den Teig auf Oblaten!«

»Und woher sollen wir die Oblaten nehmen?«, fragte Agnes skeptisch.

»Für den ersten Versuch holen wir welche aus der Kirche, und wenn es wirklich gelingt, dann stellen wir selbst welche her.«

»Ich hoffe, es gelingt«, jammerte eines der Küchenmädchen, das gerade dabei war, mit den Fingernägeln die Teigreste aus dem Ofen zu kratzen.

»Wartet, ich bin gleich wieder da. Ich hole die Oblaten«, erklärte Benedicta entschlossen. Inzwischen glaubte sie wieder an den Erfolg. Oblaten waren so staubtrocken, dass sie mit Sicherheit nicht im Ofen festklebten.

»Du gehst nicht!«, widersprach Agnes ihr mit schneidender Stimme.

Benedicta sah die Freundin erschrocken an. »Du glaubst nicht daran, oder?«, fragte sie verzagt.

Agnes lachte. »Und ob ich daran glaube. Ich halte es nur für gefährlich, wenn du dich in der Kirche blicken lässt. Du solltest doch in deiner Zelle schmoren! Schon vergessen? Außerdem weiß ich, wo die Oblaten lagern und wie man sie herstellt, weil Schwester Gertrude mich stets zur Hilfe holt, wenn sie wieder Oblaten backen muss. Außerdem weiß ich, wo sie ihr Hostieneisen aufbewahrt.«

Benedicta musterte die Freundin zweifelnd. »Ich möchte keine von euch in Gefahr bringen. Wenn die Sache herauskommt, wird man euch als Diebsgesindel brandmarken.«

»Verlass dich auf mich. Mich erwischt schon niemand. Und schließlich muss doch jemand Oblaten herstellen, wenn der Versuch gelingt«, erwiderte Agnes schmunzelnd und machte sich, ohne eine Antwort abzuwarten, auf den Weg zur Sakristei.

Benedicta missfiel es, dass Agnes sich unnötig dieser Gefahr aussetzte, aber andererseits wollte sie unbedingt erfahren, ob die Lebkuchen wirklich besser gelangen, wenn der Teig auf die Oblaten gegossen wurde. Und sie war froh, dass die Freundin sich mit dem Herstellen von Oblaten auskannte.

Wenig später kehrte Agnes mit hochroten Wangen und zwei Händen voller Oblaten zurück. Sofort machten sich alle ans Werk. Es war gar nicht so leicht, nur so viel Teig auf eine Oblate zu streichen, dass er ihnen nicht an allen Seiten davonfloss. Nachdem sie alle Vierecke zu kleinen, runden Küchlein geknetet hatten, waren sie bereits geübt, und es ging ihnen fast wie von selbst von der Hand. Nun galt es nur noch zu warten.

8

Die Küchenmädchen schliefen auf dem Boden, während Benedicta und Agnes abwechselnd alle Augenblicke zu den runden Lebkuchen schlichen und mit der Fingerspitze darauf herumdrückten.

Es war Benedicta, die nach vielen Stunden erleichtert ausrief: »Es ist, als ob sie fertig wären. Ich glaube, wir können es wagen.«

Agnes wollte gerade die Küchenmädchen wecken, als Benedicta ihr zuflüsterte: »Lass sie schlafen! Wenn alles gelingt, dann brauchen wir sie Tag und Nacht, bis der Bote aus Nürnberg kommt und seine Lieferung abholt.«

Benedicta wollte erst einmal nur Lebkuchen für sich, Agnes und die Mädchen backen und dann, wenn sie mit dem Ergebnis zufrieden wäre, die Fastenspeise für die Schwestern. Da hörte sie die Glocken der Kirche zur vierten Nachtstunde schlagen. Erschrocken blickten sich die Freundinnen an.

»Wenn die Lebkuchen zur achten Nachtstunde auf den Tisch der Schwestern kommen und ihnen nicht den Mund verbrennen sollen, müssen wir es wagen, alle auf einmal zu backen«, stellte Benedicta seufzend fest.

Agnes nickte und machte sich an die Arbeit und schob sämtliche Lebkuchen in den Ofen. Gespannt hockten sie sich auf den Boden, fest entschlossen, das Ergebnis im Wachen abzuwarten, doch schließlich nickten sie abwechselnd ein.

Benedicta erwachte aus einem kurzen Schläfchen, als Agnes aufgeregt rief: »Sie sind fertig!«

Damit weckte sie auf einen Schlag auch alle Küchenmädchen. Die kamen neugierig herbei und beobachteten gebannt Benedicta. Die aber traute sich kaum zuzugreifen.

Mit zittrigen Händen holte sie schließlich den ersten duftenden Lebkuchen aus dem Ofen und hielt ihn triumphierend hoch. Er sah wunderschön aus. Sie nahm einen herzhaften Bissen und rief noch mit vollem Mund aus: »So lassen sich Oblaten essen!«

Dann forderte sie die Küchenmädchen auf, ebenfalls je einen fertigen Lebkuchen zu probieren.

Es folgte ein einvernehmliches Schmatzen. Und dann stimmten sie fast gleichzeitig den Lobgesang auf das köstliche Gebäck an. Und keine von ihnen beschwerte sich, dass sie nach der kurzen Ruhe auf dem Küchenboden gleich wieder arbeiten musste. Im Gegenteil, sie priesen diese Kuchen, während sie sich eifrig nachnahmen.

»Gut, gut, schon gut«, lachte Benedicta. »Mäßigt euch und esst den Schwestern nicht die Fastenspeise weg! Nun werden wir die Aufgaben verteilen, bevor wir uns an die richtige Arbeit machen, denn morgen kommt ein Reiter aus Nürnberg, um die Lebkuchen für die Mönche und die Schwestern zu holen. Wir müssen also heute noch einmal so viele herstellen, wie wir sie den Schweinen zum Fressen gegeben haben …«

Da hob Theresa eifrig den Finger. »Ehrwürdige Schwester, ich glaube kaum, dass der Vorrat an Kardamom und Zimt genügt, um einen solchen Berg von Lebkuchen zu backen, wie die Priorin es uns befohlen hat.«

»O je, dass uns die Gewürze ausgehen könnten, habe ich nicht bedacht«, seufzte Benedicta und warf der Köchin einen fragenden Blick zu.

»Der Gewürzhändler kommt in den nächsten Tagen mit Nachschub, aber das kann für unseren Plan zu spät sein.« Agnes runzelte die Stirn, überlegte und wandte sich schließlich an Benedicta. »Vielleicht hat mein Bäcker derlei Gewürze.«

»Was soll ein Bäcker mit den Gewürzen des Orients, wenn er doch schwarzes Brot backt?«, gab Benedicta zweifelnd zurück.

»Anselm hat mich auf dem Markt zu einem Stand mitgenommen. Der Händler hielt ganz köstliche Gewürze feil. Anselm schien ihn gut zu kennen und sagte, dass ich später, wenn ich erst seine Frau bin, auf dem Markt einkaufen kann, wonach mir der Sinn steht«, ergänzte Agnes verschämt.

»Dann nichts wie hin zu deinem Bäcker!«, rief Benedicta übermütig und lachte über das empörte Gesicht der Freundin. Dann fügte sie ernst hinzu: »Nein, du kannst sicher nicht zu ihm gehen, bevor er um deine Hand angehalten hat, aber ihn über einen Boten um einen Gefallen bitten, das kannst du wohl.«

»Über welchen Boten?«, erwiderte Agnes unschlüssig.

»Wir beauftragen den Abgesandten des Nürnberger Klosters, den Bäcker um die nötigen Gewürze zu bitten. Der Bote soll sie uns sogleich bringen. Dann haben wir schon übermorgen alles, was wir brauchen. Und heute kommen wir mit den Vorräten aus, die wir noch haben. Aber nun lass mich überlegen, in welchem Verhältnis ich die Zutaten in den Trog gerührt habe.«

Benedicta legte die Stirn in Falten, und nachdem sie die fertigen Lebkuchen gezählt hatte, dachte sie scharf nach. Dreiunddreißig der köstlichsten Lebkuchen lagen noch auf dem Tisch. Bisher hatte jedes Küchenmädchen höchstens zwei der Gebäckstücke gegessen, Agnes und sie je eins.

Benedicta rechnete. Wenn sie für vierzig Lebkuchen diese Menge an Zutaten gebraucht hatte, wie viel benötigte sie dann für hundert? Denn genau hundert Stück wollte der

Abgesandte des Klosters morgen abholen. Ein paar mehr musste sie wohl herstellen, damit die Schwestern in Engelthal auch am morgigen Tag etwas zum Essen hatten. Und morgen im Laufe des Tages würden sie sich auch daranmachen, den Vorrat für Engelthal zu backen. Übermorgen dann würde, wenn alles nach Plan ging, auch der Nachschub an Gewürzen eintreffen.

Und wenn wir dem Boten sagen, es geschieht alles auf Befehl der Priorin, dann kann es nur gelingen, dachte Benedicta befriedigt und rieb sich die Hände.

Das alles bedeutete zwar noch ungemein viel Arbeit, aber trotzdem war sie erfüllt von dem Gedanken, dass sie den Gaumen der Nonnen und Mönche bald mit dem Geschmack ihrer Lebkuchen kitzeln würde. Das erzeugte ein völlig anderes Gefühl in ihr, als wenn sie auf dem Boden kniete und den Herrn anrief. Insgeheim hoffte sie, der Herr werde diese Art von Mühe genauso würdigen wie stundenlanges Beten.

Zur achten Nachtstunde brachte Theresa die Lebkuchen zum Speisesaal der Schwestern. In der Küche herrschte große Aufregung. Was würden sie sagen? Wie würden sie diese Köstlichkeit aufnehmen?

Kaum war Theresa zurückgekehrt, wurde sie mit neugierigen Fragen bedrängt, und sie schilderte haargenau, wie überrascht die Schwestern gewesen waren, als sie in die süße Köstlichkeit gebissen hatten. Schwester Walburga habe immer nur geseufzt: »Ein Geschenk des Himmels, ein Geschenk des Himmels!«

»Und dann?«, fragte Agnes gespannt.

»Dann musste ich fort, sonst wäre aufgefallen, wie ich den Schwestern auf Mund und Augen starrte«, erwiderte Theresa artig.

Benedicta strahlte, als sie hörte, wie gut ihr Backwerk angekommen war. Mit Feuereifer machte sie sich daran, die Zutaten erneut zusammenzuschütten. Mittels der warmen, flüssigen Masse aus Honig und Zucker, vermischt mit dem Eiweiß, gelang es ihr tatsächlich, im größten aller Tröge einen Riesenteig zu kneten, der sich so leicht bearbeiten ließ, dass es ein wahres Vergnügen war.

Fleißige Hände verteilten nun den Teig flink auf den von Agnes selbst gemachten Oblaten, und wieder andere schoben die fertig geformten Lebkuchen in den Ofen. Zwei der Küchenmädchen stöhnten bereits über Bauchweh, weil sie zu viel von dem Teig und dem Gebäck genascht hatten.

Nur Agnes, die abseits an einem anderen Tisch stand, blickte so manches Mal neiderfüllt zu ihnen hinüber, denn sie musste in aller Eile die Oblaten herstellen, um das Hostieneisen möglichst schnell wieder an seinen Platz in der Sakristei zurücklegen zu können.

Die Zeit bis zum nächsten Abend verging in Windeseile, und als sich die Nacht über Engelthal legte, waren sie alle erfüllt von dem Tagwerk. Sie legten die fertigen Lebkuchen Stück für Stück in einen Korb und formten so lange neue Lebkuchen, bis Zimt und Kardamom zur Neige gingen.

»Noch ungefähr fünfundzwanzig werden wir morgen schaffen. Dann müssen wir auf die Gewürze warten«, bemerkte Benedicta, während ihr beinahe die Augen zufielen.

Agnes allerdings ließ sich keine Müdigkeit anmerken, sondern erteilte unermüdlich Befehle. Die letzten geformten Lebkuchen ließen sie auf dem Ofen stehen, damit sie am nächsten Morgen trocken und fest waren, bevor sie gebacken werden konnten.

Als schließlich der allerletzte fertige Lebkuchen aus dem Ofen geholt war, dankte Benedicta den Mädchen und schlich sich hinüber in ihre Kammer. Dort fiel sie auf das Lager und schlief sofort ein. Sie war so erschöpft von der Arbeitsnacht, dass sie am Morgen nur einmal kurz erwachte, weil sie die Stimme des Fechtmeisters vernommen zu haben glaubte, doch so angestrengt sie auch lauschte, es blieb alles still dort draußen. Ich habe wohl geträumt, dachte sie und schlief mit dem Klang der unwirklichen Stimme im Ohr selig weiter.

9 Am nächsten Morgen wartete Agnes ungeduldig auf ihre Freundin. Der Abgesandte des Nürnberger Klosters hatte früher als angenommen die Lebkuchen für die dortigen Brüder und Schwestern abgeholt. Und er hatte der Köchin hoch und heilig versprochen, dem Bäcker Anselm Heller in der Torgasse auszurichten, dass Agnes aus dem Kloster Engelthal um sofortige Lieferung von Kardamom und Zimt für einhundert süße kleine Brote bitte. Ein bisschen mulmig war Agnes dabei schon zumute. Was sollte Anselm denken, wenn sie eine solche Bitte an ihn richtete? Gewöhnlich ließ das Kloster bei den Gewürzhändlern einkaufen. Außerdem hatten sie doch gar kein Geld, die wertvolle Ware zu bezahlen. Es hätte gerade noch gefehlt, dass der Bote bei der Priorin um Bezahlung für die Gewürze bat. Wie gut, dass Priorin Leonore noch in Nürnberg weilt, dachte Agnes. Und doch, ihr war merkwürdig zumute, obwohl sie eigentlich allen Grund zur Freude hatte. Die Lebkuchen waren ein voller Erfolg!

Theresa hatte früh am Morgen die Lebkuchen für die Schwestern zum Refektorium gebracht und auf Geheiß von Agnes beiläufig erwähnt, dass Schwester Dietlinde sich heute selbst übertroffen habe. Theresa war kichernd zurückgekehrt und hatte berichtet, dass die erste Schwester, die in einen Lebkuchen gebissen hatte, »Oh, mein Gott!« ausgerufen habe.

Das muss ich unbedingt Benedicta erzählen, ging es Agnes durch den Kopf, und sie wurde zunehmend unruhig. Wo blieb sie nur?

Die Lebkuchen waren bereits alle gebacken und kühlten nun ab, doch die Freundin war immer noch nicht erschienen. Dabei wollte sie doch noch fünfundzwanzig weitere backen, bis morgen der Nachschub an Gewürzen eintraf.

Agnes wartete noch eine Weile, bis sie es schließlich nicht mehr aushielt. Entweder war Benedicta etwas zugestoßen, oder sie schlief vor lauter Erschöpfung wegen der durchwachten Nacht so lange. Wie dem auch immer sein mochte,

Agnes musste nach dem Rechten sehen. Einmal abgesehen davon, dass die Küchenmädchen darauf brannten, neuen Teig zu verarbeiten, war es wichtig, die geheime Unternehmung möglichst bald zu Ende zu führen. Agnes hatte da so ein seltsames Gefühl im Bauch.

Entschlossen schlich sie sich zu Benedictas Kammer und pochte leise an die Tür. Als sie keine Antwort erhielt, schlüpfte sie unauffällig hinein und näherte sich auf Zehenspitzen der Bettstatt der Freundin. Die lag voll bekleidet auf ihrem Lager und lächelte im Schlaf. Agnes wollte sie gerade wecken, als sie die Freundin »Julian! Julian!« seufzen hörte.

Die Köchin atmete tief durch. Das kann nicht gut gehen, dachte sie erschrocken. Ihr Herz steht in Flammen und schlägt voller Leidenschaft für einen anderen als ihren himmlischen Bräutigam. Wenn das nur die Priorin nicht erfährt!

Vorsichtig tippte Agnes ihr auf die Schulter.

Mit halb erschrockenem Blick und einem letzten versonnenen Lächeln auf den Lippen setzte sich die junge Nonne auf und blickte die Köchin fragend an. Schließlich war sie soeben mit Julian auf seinem Pferd durch die Wälder geritten. Ein himmlisches Gefühl. Warum musste Agnes sie dabei stören?

»Wo bin ich?«, fragte sie und rieb sich verschlafen die Augen.

»Jedenfalls nicht bei deinem Julian«, erwiderte Agnes ungerührt.

»Julian? Wie kommst du darauf, dass ich annehmen könnte, beim Fechtmeister zu sein?«, fuhr Benedicta sie an.

»Weil du seinen Namen gestöhnt hast. Ich glaube jedenfalls nicht, dass der Herr Jesus auf diese Anrede hört. Sehr vertraut seid ihr da, der Fechtmeister und du, wenn ihr euch bereits bei eurem Namen nennt.«

Benedicta zuckte unmerklich zusammen. »Nein, er hat mir seinen Namen noch nicht genannt, obwohl er mich bei meinem nennt. Ich hörte einmal, wie seine Tante ihn so rief. Und ich habe wirklich seinen Namen im Schlaf …?«, fragte sie kleinlaut nach.

»Ja, aber das habe nur ich gehört, und wenn du nicht versehentlich beim Gebet nach ihm rufst, bleibt es auch unser Geheimnis. So, und nun komm schnell. Lass uns mit dem Tagwerk beginnen. Du musst den Teig für weitere fünfundzwanzig Lebkuchen kneten. Die Bestellung der Gewürze habe ich aufgegeben. Ach, wenn das nur alles gut geht.«

»Ich hoffe nur, du hast nicht zu viel versprochen, als du sagtest, dein Bäcker könne uns die Gewürze des Orients besorgen.«

»Ich meine nicht die Gewürze. Da ist so ein merkwürdiges Grummeln in meinem Bauch. Ich glaube, wir sollten uns beeilen.«

»Und warum hast du nicht damit begonnen, den Teig zu kneten, wenn dich die Angst vor Entdeckung schon im Bauch kitzelt?«, fragte Benedicta belustigt.

»Weil du das Rezept hütest wie deinen Augapfel und ich dir während der letzten Tage nicht gründlich genug auf die Finger geguckt habe, um über die Mengen Bescheid zu wissen. Das werde ich aber heute nachholen«, erwiderte Agnes in scharfem Ton und zog die Freundin an den Händen von der Bettstatt. »Mach dich nur über mich lustig«, fügte sie beleidigt hinzu. »Ich kenne dieses Grummeln in meinem Bauch besser als du. Immer wenn ich glaube, ich hätte einen Mühlstein verschluckt, dann geschieht etwas.«

»Aber was soll denn geschehen? Morgen Nacht haben wir unser Werk getan, und keiner wird je etwas davon erfahren«, lachte Benedicta.

Schweigend schlichen sie zur Küche. Dort herrschte großes Gekicher. Theresa gab gerade zum Besten, was sie soeben im Klosterhof aufgeschnappt hatte. Dass nämlich die Schwestern beim Genuss des schmackhaften Backwerks abermals in helle Verzückung geraten waren und sich gegenseitig mit Lobpreisungen auf Schwester Dietlinde übertroffen hatten.

»Dann hurtig ans Werk, damit sie sich die nächsten Tage daran satt essen können, bevor sie wieder die Lebkuchen der Mönche bekommen«, befahl Benedicta und band sich die Schürze um.

Mit wachsender Begeisterung mischte Benedicta Mehl, Zimt und Kardamom mit einer guten Portion des Eiweißes und rührte schließlich den mit Zucker gemischten und erhitzten Honig darunter.

Wieder entstand eine weiche, leicht zu verarbeitende Masse. Dieses Mal war der Teig noch geschmeidiger, nachdem sie den erhitzten Honig hinzugefügt hatte.

»Er wird immer vollkommener«, frohlockte Benedicta, während die Küchenmädchen den Teig auf die Oblaten strichen. Sie summten fröhlich vor sich hin und waren wie Benedicta überzeugt davon, dass sich ihr unermüdlicher Einsatz für die gute Sache gelohnt hatte.

Schnell waren fünfundzwanzig runde Lebkuchen fertig, doch damit hatte sich der Vorrat an Zimt und Kardamom in der Tat endgültig erschöpft.

Jene fünfundzwanzig Lebkuchen ruhten gerade auf dem Ofen, als Benedicta zur Tür sah und ihren Augen nicht trauen wollte. Da trat eine hochgewachsene Frau ein, die vornehm gekleidet war und sie abschätzend musterte.

Wie unsere Priorin, dachte Benedicta noch, als sie begriff, dass es wirklich die ehrwürdige Priorin war, doch da war es schon zu spät, um aus der Küche zu fliehen.

10

Benedicta, Agnes und die Küchenmädchen starrten Priorin Leonore an wie eine Erscheinung. Deren finsterer Blick verhieß nichts Gutes.

»Wo ist Schwester Dietlinde?«, fragte sie drohend.

»Was wollt Ihr denn hier? Ich denke, Ihr seid in Nürnberg«, rutschte es Benedicta heraus.

»So, dachtet Ihr das? Persönliche Gründe, die Euch nichts angehen, haben mich bereits gestern nach Engelthal zurückgeführt, aber das beantwortet meine Frage nicht. Wo ist Dietlinde? Das möchte ich augenblicklich aus Eurem Mund erfahren.« Zornig funkelte die Priorin Benedicta an.

»Sie … sie ist … also, sie hat eine kleine Pause eingelegt und wollte kurz ein Gebet sprechen, bevor sie weiter Lebkuchen backt.«

»Bevor sie weiter Lebkuchen backt?«, gab Priorin Leonore mit einem spöttischen Unterton zurück und heftete den Blick auf den Korb voll süßer Kuchen. Ehe sich's Benedicta versah, nahm sie sich einen davon.

»Da ich heute Morgen auf das Frühmahl verzichtet habe, kam ich noch gar nicht in den Genuss dieser Fastenspeise, von der alle reden!«

Ohne den Blick von Benedicta zu lassen, biss sie hinein, und kaum hatte sie den Bissen hinuntergeschluckt, fragte sie: »Ihr wollt mir also weismachen, dass diese Rezeptur von Schwester Dietlinde stammt? Und dass sie gar auf den Gedanken gekommen ist, Lebkuchen auf unseren geheiligten Hostien zu backen?« Leonores Stimme bekam etwas Lauerndes.

Benedicta zog es vor, eine Antwort schuldig zu bleiben. Zu lügen, war eine größere Sünde, als einfach zu schweigen. Und so presste sie die Lippen fest aufeinander.

Die Priorin hingegen deutete nun auf Theresa, die wie die anderen Küchenmädchen das überraschende Erscheinen der Vorsteherin voller Entsetzen verfolgte.

»Du, mein Kind, holst Schwester Dietlinde sofort aus ihrer Zelle. Sag ihr nur, sie werde in der Küche gebraucht. Hast du verstanden? Kein Wort, dass ich sie hier erwarte.«

Theresa knickste und schlich mit gesenktem Kopf davon.

»Habt Ihr mir vielleicht etwas zu sagen, bevor es Eure

Mitschwester offenbart, die mir sicherlich nicht ins Gesicht zu lügen wagt, Benedicta?«, fragte Leonore nachdrücklich und richtete sich drohend auf.

Benedicta wurde ganz übel vor lauter Sorge. Was, wenn Schwester Dietlinde sich nicht an die Abmachung hielt und sie verriet? Und überhaupt, warum hatte die Priorin sie noch gar nicht gefragt, was sie hier in der Küche suchte? Ahnte sie etwa längst, was gespielt wurde? Benedictas Knie wurden weich, als die Priorin sie abschätzig musterte. »Und nun wollt Ihr mir sicher verraten, was Ihr hier treibt. Da Ihr doch in Eurer Zelle knien und Zwiesprache mit dem Herrn halten solltet.«

Benedicta atmete tief durch, bevor sie mit heiserer Stimme antwortete. »Ich hatte nichts mehr von der Fastenspeise in meiner Kammer, und mir wurde schwarz vor Augen. Da bin ich in die Küche geschlichen, um mir ein paar von Dietlindes Lebkuchen zu holen.«

Nun war es tatsächlich geschehen! Nun hatte sie gelogen. Benedicta war alles andere als wohl in ihrer Haut.

»Ach, wirklich?«, hakte die Priorin mit beißendem Spott nach und reichte Benedicta den Lebkuchen, in den sie soeben gebissen hatte. »Dann bedient Euch, mein armes Kind, Ihr sollt nicht verhungern. Und freut Euch an dem Wappen unseres Klosters, das auf der Unterseite der Oblate prangt.«

Damit hielt sie Benedicta den Lebkuchen fordernd unter die Nase. Die aber hatte die Hände trotzig auf dem Rücken verschränkt. Sie wollte auf keinen Fall einen Bissen nehmen.

»Ich habe gesagt, Ihr sollt einen Bissen zu Euch nehmen! Das war keine Bitte, das war ein Befehl.«

Zögernd griff Benedicta zu und biss lustlos in das Gebäck. Sie verzog keine Miene.

»Nun, wie schmeckt Euch der Lebkuchen?«

Benedicta zuckte mit den Achseln.

»Ich weiß nicht«, raunte sie kaum hörbar.

»Ach, seid Ihr gar so fromm geworden, dass Ihr keinen Unterschied mehr wahrnehmt zwischen süß und fad, zwischen Gut und Böse, zwischen Gehorsam und Ungehorsam? Und Eure Augen weigern sich, unser Klosterwappen auf der Unterseite des Kuchens zu erkennen?«

Errötend blickte Benedicta zu Boden und schwieg. Daran, dass das Hostieneisen das Zeichen des Klosters Engelthal in die Oblate einprägen würde, daran hatte sie nicht gedacht.

»Und Ihr schmeckt wirklich nichts?«, hakte die Priorin nach.

Benedicta schüttelte den Kopf und betrachtete angestrengt die Spitzen ihrer Schuhe.

»Das ist aber höchst beunruhigend«, fuhr Leonore fort. »Wobei Ihr doch sonst eine überaus feine Zunge habt. Da wundert es mich schon, dass Ihr nicht in Verzückung geratet wie heute Morgen der gesamte Speisesaal. Man berichtete mir, dass es ein Schmatzen und ein wonniges Gestöhn gab, als die Schwestern die Fastenspeise verzehrten. Und Ihr schmeckt gar nichts? Und Ihr brecht nicht in Danksagungen für Schwester Dietlinde aus? Merkwürdig, findet Ihr nicht auch?«

Benedicta heftete den Blick weiter auf den Boden.

»Seht mich gefälligst an, wenn ich mit Euch rede!«, schnaubte Leonore.

Widerwillig hob Benedicta den Kopf. Tränen standen ihr in den Augen. Sie kämpfte mit sich. Am liebsten würde sie gleich alles gestehen, aber schließlich hatte sie Dietlinde zum Schweigen gezwungen. Da durfte sie nicht diejenige sein, die es entgegen der Abmachung ausplauderte. Das wäre gemein.

»Ich schwöre, ich kam in die Küche, weil der Hunger mich hertrieb. Damit habe ich gesündigt, und ich gestehe es. Aber vielleicht lasst Ihr mich noch einmal kosten. Wenn es einen Unterschied zu den anderen Lebkuchen gibt, will ich es Euch sagen.«

Die Priorin ließ sie daraufhin gleich noch einmal abbeißen. Benedicta kaute auf dem Lebkuchen herum, als hätte sie keine Ahnung, was er für Zutaten enthielt. Dann verdrehte sie gespielt die Augen und seufzte. »O ja, jetzt schmecke ich es auch. Dietlinde wird sicherlich mehr Honig benutzt haben.«

»Meint Ihr? Gut, dann können wir sie ja gleich selbst fragen. Da kommt sie nämlich schon.«

Wie ein geprügelter Hund betrat Schwester Dietlinde die Küche.

»Nun, liebe Schwester Dietlinde, ich bin gekommen, um Euch von der Begeisterung Eurer Mitschwestern über Eure köstlichen Lebkuchen zu berichten. Ich gebe zu, sie sind schmackhaft, doch hatte ich Euch nicht angehalten, mit dem Honig ein wenig sparsamer umzugehen? Und wie kommt Ihr gar dazu, sie auf Hostien zu backen?«

Wie vom Donner gerührt starrte Schwester Dietlinde die Vorsteherin an. »Aber ... niemals würde ich unsere Hostien ...«

»So, niemals? Kostet, wenn Ihr an meinen Worten zweifelt.« Die Priorin hielt ihr einen Lebkuchen hin.

Widerwillig griff Dietlinde danach. Vorsichtig nahm sie einen Bissen und spukte ihn sogleich in hohem Bogen wieder aus.

»Das ist Teufelswerk!«, schrie sie. Dann drehte sie den Lebkuchen um, starrte auf die Oblate und warf Benedicta einen vernichtenden Blick zu.

Täuschte sich Benedicta, die dem Gespräch ängstlich folgte, oder musste sich Priorin Leonore ein Lächeln verkneifen? »Teufelswerk?«, fragte sie. »Das halte ich für übertrieben. Ich würde eher sagen, es ist eine süße Versuchung, die die Schwestern in der Fastenzeit vom Beten ablenkt ...« Dann stockte sie, während sie Dietlinde streng musterte und weitersprach. »Wie konnte es bloß geschehen, dass in Eurem doch so sparsam gesüßten und steinharten Lebkuchen nun der Honig nur so strömt und die

Speise schier auf der Zunge zergeht? Und dass Ihr Euch der Hostien als Unterlage bedient?«

Ihr Ton war wieder scharf geworden, und der Anflug des Lächelns auf ihren Lippen war gänzlich verschwunden.

Benedicta bekam fast ein wenig Mitleid mit Dietlinde, denn die Priorin durchbohrte die arme Schwester förmlich mit strengen Blicken.

Hoffentlich hält sie ihren Mund und verrät uns nicht, dachte Benedicta noch, als sich die Mitschwester bereits auf die Knie geworfen hatte und die Priorin um Verzeihung bat. Dabei deutete sie mit dem Zeigefinger auf Benedicta.

»Sie hat mich dazu angestiftet«, jammerte sie. »Sie hat behauptet, sie wolle in der Küche Buße tun und wider Willen für mich in der Küche stehen. Ich konnte doch nicht ahnen, dass sie das als Vorwand benutzt, die Lebkuchen mit teuflischer Süße zu versehen. Und wenn ich geahnt hätte, dass sie unsere Hostien entweiht ... O Herr, sie war es, o Herr, vergib mir, sie war es!«

Das Gesicht verzerrt, streckte Schwester Dietlinde die gefalteten Hände zum Himmel, als wolle sie den Herrgott nötigen, ein Wort zu ihrer Verteidigung vorzubringen.

»Schwester Dietlinde, Ihr solltet den Herren nicht anrufen, während Ihr andere beschuldigt, Euer Unrecht begangen zu haben. Ihr hattet den Befehl, in der Küche Lebkuchen herzustellen, und was habt Ihr getan? Ihr seid in Eure Zelle gegangen und habt gebetet. Dafür muss ich Euch bestrafen, und Euer Verhalten enttäuscht mich zutiefst. Von Euch hätte ich Ungehorsam am wenigsten erwartet. Ob Schwester Benedicta Euch dazu anstiftete, steht auf einem ganz anderen Blatt, aber sie wird Euch wohl kaum Schläge angedroht haben, oder?«

Dietlinde schüttelte den Kopf und bettelte die Priorin immer noch auf Knien an, sie bis auf Weiteres ohne Essen in ihrer Zelle büßen zu lassen. Sie versprach, sich nie wieder dem Willen der Priorin zu widersetzen, auch dann nicht, wenn man sie mit einer List dazu brächte. Während

Dietlinde dies beschwor, warf sie Benedicta einen hasserfüllten Blick zu.

»Nein, mein liebes Kind, Ihr habt es vorerst nicht verdient, mit dem Herrn Jesus zu leiden«, schlug ihr die Priorin die Bitte nach einsamer Buße ab. »Vielmehr werdet Ihr bis auf Weiteres Agnes und den Mägden beim Küchendienst helfen.«

»Küchendienst?«, wiederholte Dietlinde, und es klang so, als hätte die Vorsteherin sie zu strengster Folter verurteilt.

»Genau, das heißt, Ihr helft, das Essen aufzutragen, das Gemüse zu putzen, den Herd anzufeuern. Die Mägde werden Euch schon sagen, wo sie Eure Hilfe benötigen. Und nächste Woche, wenn die Fastenzeit vorüber ist, werdet Ihr auch beim Kochen helfen, und Ihr werdet weiterhin Lebkuchen backen ...«

»Aber ...«, brachte Dietlinde hervor, doch weiter kam sie nicht, weil Leonore ihr energisch über den Mund fuhr.

»Fangt an! Worauf wartet Ihr noch? Seht die Tröge voller Teigreste, die spült Ihr, bis sie wieder glänzen. Und wenn Ihr am Abend noch genügend Kraft habt, dann widmet Euch dem Gebet!«

Sichtlich erschüttert machte sich Dietlinde ohne weitere Widerrede an einem Trog zu schaffen. Fassungslos beobachtete Benedicta das Geschehen. Sie hätte nicht erwartet, dass die Priorin Dietlinde so hart für ihr hinterhältiges Petzen bestrafen würde. Sie überlegte gerade, welche Strafe sie selbst zu erwarten hatte, da hörte sie Leonore schon in scharfem Ton zischen: »Und Ihr, Schwester Benedicta, folgt mir auf der Stelle nach draußen.«

Wieder einmal senkte Benedicta schuldbewusst ihr Haupt und trottete wie ein geprügelter Hund hinter der Priorin her.

11

Schweigend und schnellen Schrittes eilte die Priorin auf die Klosterzellen zu.

Wenn sie doch bloß schimpfen und mir meine Sünden vorhalten würde! Das wäre mir allemal lieber als dieser stumme Vorwurf, dachte Benedicta beklommen. Vor allem waren sie bereits an der Amtszelle vorbeigegangen. Benedicta hatte vermutet, dass dort ein Donnerwetter auf sie niederprasseln würde. Aber wohin ging es jetzt? Wohin wollte die Priorin sie nur bringen? Ein ungutes Gefühl beschlich Benedicta, als sie auf den Zellentrakt der Schwestern zusteuerten.

Als sie schließlich ihre eigene Zellentür erreichten, hielt die Priorin abrupt inne und wandte sich anklagend zu der Übeltäterin um. Dabei stieß Priorin Leonore einen tiefen Seufzer aus. »Ich weiß nicht mehr, was ich mit Euch anfangen soll.«

Als Benedicta die Milde in Leonores Stimme vernahm, ließ sie jegliche Vorsicht fahren. »Warum darf ich nicht endlich das tun, was ich am besten kann? Lebkuchen backen! Sie sind doch auch nach der Fastenzeit noch begehrt. Als Nachspeise …«

»Schweigt!«, herrschte Priorin Leonore Benedicta nun wütend an. »Ich werde Euch schon lehren, was es heißt, dem Herrn zu dienen. Und glaubt mir, es ist nur zu Eurem Besten. Ihr werdet Euch eine weitere Woche lang in Eure Zelle eingeschlossen in das Leiden des Herrn vertiefen. Danach erkennt Ihr vielleicht endlich einmal, was es bedeutet, die Braut des Herrn zu sein und sich in Gehorsam zu üben. Und am eigenen Leib erfahren, was es mit der Demut auf sich hat.«

Benedicta schluckte trocken. Ihr war bei diesen Worten gänzlich der Mut vergangen, überhaupt noch etwas zu antworten, geschweige denn, Widerworte zu geben. Es hatte ja doch keinen Zweck, und so ließ sie sich widerspruchslos in ihre Zelle einsperren.

Solange noch ein Rest fahlen Lichtes durch das winzige

Fenster fiel, stierte Benedicta auf das Bild des gekreuzigten Christus, in der Hoffnung, sie werde Reue empfinden, doch stattdessen wurde sie so wütend, dass sie bald am ganzen Körper zitterte. Das Bildnis des Herrn schenkte ihr kein Fünkchen Trost, und die Tatsache, dass sie in der kalten Kammer eingesperrt war, brachte sie nicht eine Spur den Leiden Christi näher. Im Gegenteil, sie wünschte sich sehnlich, die Mauern für immer überwinden und in Freiheit leben zu können, statt eines Tages aus diesem Gefängnis geradewegs in den Himmel zu kommen. Schließlich überkam die irdische Müdigkeit sie mit solcher Macht, dass sie erschöpft einschlief.

Mitten in der Nacht erwachte Benedicta. Obwohl es in der Zelle unangenehm kalt war, schwitzte sie. Ihr Magen knurrte, und ihr war übel vor Hunger. Sie dachte an ihre frisch gebackenen, köstlichen Lebkuchen, und das Wasser lief ihr im Mund zusammen.

Was hatte sie nur geträumt? Sie konnte sich zunächst nur schwach daran erinnern, doch dann stand alles wieder zum Greifen nahe vor ihrem inneren Auge. Nicht der Herr war ihr im Traum erschienen, sondern ihr Vater. Wie gütig er sie angesehen und wie eindringlich er auf sie eingeredet hatte! Ihr Herzschlag beschleunigte sich, denn nun hörte sie jedes seiner Worte, als stünde er leibhaftig neben ihr. *Mein Kind, ich habe nicht gewollt, dass du dein Leben im Kloster verbringst. Ich schätze die ehrwürdigen Schwestern hoch, aber du, du bist aus anderem Holz geschnitzt. Du gehört in das Leben dort draußen. Hadere nicht länger mit deinem Schicksal. Geh hinaus und lebe deine Bestimmung.*

Über seinem kahlen Haupt hatte eine Sonne geleuchtet. So hell, dass sie Benedicta im Schlaf erwärmt hatte.

»Vater!«, schluchzte sie. »Vater!«

Mit einem Mal hielt sie inne und erschauderte. Das war kein bloßer Traum, dachte sie aufgeregt, das war eine Botschaft vom Herrn dort oben. Nur er allein weiß, dass ich ihm in meiner Zelle nicht dienen kann.

Mit pochendem Herzen setzte sie sich kerzengerade auf. Ihre Berufung war eine gänzlich andere als die ihrer Mitschwestern, und sie hatte eine Vision: eine Lichtung mitten im Wald. Das Sonnenlicht scheint auf das Moos am Boden und bringt es zum Leuchten. Mit bloßen Füßen steht sie, Benedicta, auf dem Waldboden und dreht sich im Kreis. Schnell und immer schneller. Die wallenden dunklen Locken wehen ihr um den Kopf und strahlen in der Sonne plötzlich golden …

Benedictas Atem beschleunigte sich. Sie hielt die Hände wie im Gebet gefaltet. Mit Gottes Hilfe würde sie einen Weg finden, die Mauern von Engelthal zu überwinden, denn dort draußen wartete das wahre Leben auf sie.

Schluchzend kniete sie vor ihrem Lager nieder und dankte dem Herrn für diese Botschaft, die er ihr – dessen war sie sich sicher – niemals gesandt hätte, wenn sie stur dem Versprechen ihres Gelübdes und nicht der Stimme ihres Herzens gefolgt wäre.

Doch so inniglich sie den Herrn anflehte, ihr den Weg aus diesen Mauern hinaus zu weisen – in der klammen Kammer und vor allem in ihrem Innern herrschte mit einem Mal eine zermürbende Stille. Schließlich zweifelte sie daran, ob sie den Traum auch wirklich richtig gedeutet hatte.

Traurig legte sie sich auf ihr Bett zurück und versuchte, an etwas Schönes zu denken, aber ihr wollte beim besten Willen nichts anderes einfallen als das zerknitterte Gesicht Walburgas, deren kleine Augen sie lauernd verfolgten. Noch keine Schwester hat es je gewagt, ihr Gelübde zu brechen, hörte Benedicta die brüchige Stimme der alten Nonne flüstern. *Noch keine. Hast du gehört? Keine!*

Benedicta hielt sich die Ohren zu und wälzte sich von einer Seite auf die andere, aber die Stimme in ihrem Innern wurde nicht müde, ihr zu bekräftigen, dass es kein Entrinnen aus dieser Hölle gab. Dabei hatte Walburga diese Worte nie wirklich ausgesprochen. Es war zum Verzweifeln. Jetzt hörte sie schon Stimmen, die es gar nicht gab.

Plötzlich erstarrte sie. Träumte oder wachte sie? Wieder meinte sie, in der Ferne den Fechtmeister sprechen zu hören. Genauso wie in der Nacht zuvor, doch dann war alles still.

Ja, jetzt höre ich schon Stimmen, die es gar nicht gibt!, dachte Benedicta beklommen.

12

Fechtmeister Julian von Ehrenreit weilte nun bereits seit vier Tagen und Nächten im Kloster Engelthal. In einer Kammer weitab von den Zellen der Schwestern und dem Gemach seiner Tante erholte er sich von einer kleinen Verletzung am Arm, die er sich bei seinem Unterricht auf dem Fechtboden zugezogen hatte. Einer seiner Schüler hatte mit einem Schwert sehr ungeschickt hantiert. Julian marterte sich seitdem mit der Frage, ob er wirklich der richtige Mann war, den verwöhnten Söhnen der Nürnberger Geschlechter den Umgang mit dem Schwert beizubringen.

Er war froh, dass seine Tante gerade in Nürnberg gewesen war und er mit ihr gemeinsam nach Engelthal hatte reiten können. Seinetwegen hatte sie sogar ihren Besuch im Katharinenkloster abgebrochen. Sie war der festen Überzeugung, dass die Wunde nur mittels ihrer besonderen Kräutermischung zu heilen war. Daran hegte Julian zwar leise Zweifel, aber es schmeichelte ihm, wie rührend sie sich um ihn kümmerte. Er genoss die Abgeschiedenheit des Klosters, denn dies kam seinem Bedürfnis nach Ruhe entgegen. Zu viel ging ihm in den letzten Tagen durch den Kopf. War er wirklich ein guter Fechtmeister geworden, oder war dieser Beruf nicht letztlich immer nur ein trotziges Aufbegehren gegen seinen Vater geblieben? Hatte er ihm damit nicht vordringlich beweisen wollen, dass doch ein Ritter in ihm steckte? So gern Julian das Schwert auch führte, sein Können hatte nicht genügt, um in die höchsten Kreise der Fechtmeister aufgenommen zu werden. Der alte Meister Liechtenauer, den man unlängst zu Grabe getragen hatte, war nicht zimperlich gewesen mit seinem Urteil über Julians Können. Es klang ihm noch immer in den Ohren. Ihr seid ein tapferer junger Mann, aber ich kann Euch nicht in meine Gesellschaft aufnehmen. Ihr wäret ein guter Krieger mit Dolch und Morgenstern, aber Ihr werdet niemals der *Erste* unter den Schwertkämpfern sein.

Der gute Liechtenauer hatte recht, dachte Julian bitter, ich werde nie zu den Besten gehören. Aber was soll ich sonst mit mir anfangen? Zu Hause bei meinem Vater zu Kreuze kriechen, auf der Burg Müßiggang betreiben und als Edler auf Turnieren glänzen? Bei diesem Gedanken schüttelte sich Julian. Dann blieb er doch lieber ein mittelmäßiger Fechtmeister, der auf eigenen Füßen stand. Wenn er eines Tages Herr der Burg würde, dann sähe es anders aus, aber sein Vater wollte ihn ausdrücklich nicht zum Erben bestimmen. Dafür hatte der alte Herr Konstantin vorgesehen; nur – der verabscheute das Leben auf der Burg und hatte sich längst in die Stadt geflüchtet.

Es war also nicht so sehr die Wunde an seinem Arm, die ihn quälte, als vielmehr der Gedanke an seine Zukunft. Sicher hätte ich auch auf Burg Ehrenreit genesen können, ging es Julian durch den Kopf, doch allein bei dem Gedanken an sein Zuhause verfinsterte sich seine Miene. Sein Bruder hätte sich bestimmt gefreut, aber was war mit seinem Vater? Nein, diesen abwertenden Blick, mit dem er ihn zeitlebens gemustert hatte, konnte Julian, je älter er wurde, immer schlechter ertragen. Was er auch tat, es nutzte nichts. Der Vater ließ ihn spüren, dass er ihm nicht so lieb war wie der Bruder. Schon von klein auf hatte er seinem Vater nichts recht machen können. Nach dem Tod der Mutter, die ihn stets beschützt hatte wie eine Glucke ihr Junges, war er dem unberechenbaren Zorn seines Vaters schutzlos ausgeliefert gewesen. Nur dank Konstantins Eingreifen hatte er seine Kindheit und Jugend schadlos überstanden. Immer wenn es brenzlig wurde, hatte sich sein Bruder ritterlich vor ihn gestellt und dem Vater Einhalt geboten. Von Konstantin ließ sich der verbitterte alte Herr in die Schranken weisen. Ach, Konstantin, ging es ihm wehmütig durch den Kopf, einen besseren Bruder als dich gibt es nicht. Wie gern wäre ich deinetwegen zur Burg geritten – aber so?

Und wie würde sein Vater erst wieder die Schmach beklagen, dass sich ein Ehrenreit als niederer Fechtmeister durch das Leben schlug! Nein, Julian war seit seiner Rückkehr nur ein einziges Mal zur Burg geritten, und das hatte ihm genügt. Es stand ihm ganz und gar nicht der Sinn danach, schon wieder die groben Beschimpfungen seines Vaters über sich ergehen zu lassen. Er hasste diesen Unfrieden, der stets herrschte, wenn er mit dem alten Ritter zusammentraf, selbst wenn er, Julian, alles klaglos über sich ergehen ließ. Wie würde es erst enden, wenn er seinem Vater vorhielt, wie der wohl zu seinem Reichtum gekommen war? Alle wussten es, aber keiner wagte, darüber zu sprechen. Man hatte den Ritter von Ehrenreit niemals für seine Raubzüge zur Verantwortung gezogen, weil jedermann ihn fürchtete.

Hier im Kloster hatte Julian seit jeher auf seltsame Weise seine innere Ruhe gefunden. Er liebte das Kloster. Konstantin hänselte ihn ein ums andere Mal ob seiner engen Beziehung zu Engelthal. Möchtest du vielleicht selbst ein Mönchlein werden?, pflegte er dann in seiner spöttischen Art zu fragen.

Sein Bruder aber meinte es niemals böse. Ganz im Gegensatz zu seinem Vater. Der hieß es gar nicht gut, wenn sein Sohn im Kloster bei »der heiligen Tante« weilte, wie er die Schwester seiner Frau gern zu bezeichnen pflegte. Was hast du dort zu suchen?, hatte er ihn in der Vergangenheit jedes Mal angefahren, wenn Julian vom Besuch bei der Tante heimgekehrt war. Und stets grimmig hatte der Alte hinzugefügt: »Sie soll schweigend dem Herrn dienen, aber dir keinerlei Flausen in den Kopf setzen. Du bist ohnehin viel zu weich.«

Julian seufzte. Tante Leonore war dem Vater seit jeher ein Dorn im Auge. Warum auch immer. Weil es ruchbar geworden war, dass sie einst einen Mann geliebt hatte, bevor sie sich mit Jesus verheiratet hatte?

Es klopfte, und ohne eine Antwort abzuwarten, trat seine Tante in die Gästekammer, die prächtiger ausgestattet war als jeder andere Wohnraum des Klosters. Sogar ein Himmelbett lud zum weichen Schlafen ein.

Julian zuckte ein wenig zusammen, weil er sich ertappt fühlte. Hoffentlich erriet sie seine Gedanken nicht, die sich, wie schon so oft, um Tante Leonores Geheimnis drehten. So manches Mal war er versucht gewesen, sie zu fragen, was es mit ihrem Ritter auf sich gehabt hatte, aber Tante Leonore war keine Frau, der man ungestraft persönliche Fragen stellen durfte. Sie konnte sehr abweisend sein und ließ sich auch niemals von ihm umarmen. Trotzdem bestand zwischen ihnen seit seiner Kindheit eine enge Verbindung, der sich beide nicht entziehen konnten.

Wortlos stellte die Tante ihm eine Schüssel hin. Er durfte natürlich nicht mit den Schwestern bei Tisch sitzen. So brachte sie ihm das karge Morgenmahl, nachdem die Schwestern schon in aller Herrgottsfrühe ihre Fastenspeise eingenommen hatten.

»Sagt lieber gleich, ob es die Pfefferkuchen sind, die Ihr mir vorgestern brachtet. Dann übe ich freiwilligen Verzicht«, sagte er belustigt, während er ein Gebäckstück herausnahm und, ohne eine Antwort seiner Tante abzuwarten, vorsichtig hineinbiss.

»Köstlich! Was ist das?«, rief er aus.

Das Gesicht der Tante verfinsterte sich, und sie erwiderte ausweichend: »Es muss aufgegessen werden.«

Julian blickte verzückt drein, als er sich den würzig süßen Geschmack genüsslich auf der Zunge zergehen ließ. »Oh, Tante, das ist ja eine Verführung der Sinne! Und so etwas esst Ihr zur Fastenzeit im Kloster? Das ist doch viel zu süß für die Bräute Christi.« Er sah sie schelmisch an und fuhr mit dem Schwärmen fort. »Warum gibt es derlei Naschwerk nicht in Nürnberg? Es mundet so himmlisch gut.« Wohlig seufzend griff er nach einem weiteren Lebkuchen.

Leonore fuchtelte ihm bedrohlich mit dem Finger vor der Nase herum. »Mein lieber Junge, lob sie nur ja nicht in den Himmel! Zugegeben, sie schmecken wirklich gut. Da gebe ich dir recht, aber die Schwester, die das Rezept erfunden hat, schmort in ihrer Zelle, weil sie nicht befugt war, in der Küche zu stehen.«

»Ach, liebe Muhme, Ihr seid doch eigentlich gar nicht so streng. Belobigt sie, statt sie zu strafen!« Mit diesen Worten griff er noch einmal gierig zu.

»Mir sind die Hände gebunden. Ich weiß nicht mehr, was ich mit ihr anfangen soll. Im Grunde genommen ist sie ohne Arg und tief im Herzen auch gottesfürchtig, aber sie hat nun einmal gelobt, im Dienst des Herrn zu stehen.«

Plötzlich schwante Julian etwas. Fragend sah er seine Tante an. »Ist zufällig die Rede von Schwester Benedicta?«

Tante Leonore nickte stumm, aber dann fuhr sie ihn gleich an. »Versuch ja nicht wieder, sie in Schutz zu nehmen oder ihr Verhalten zu entschuldigen. Sie ist widerspenstig und fern davon, ihrem Herrn in Demut zu dienen ...«

Lächelnd unterbrach Julian die Priorin. »Liebe Muhme, ich will es nicht an Ehrerbietung mangeln lassen, aber wie ich hörte, wart Ihr, als man Euch mit siebzehn Jahren ins Kloster brachte, auch nicht allzu bereit, dem Herrn zu dienen.«

Leonores feines, blasses Gesicht lief tiefrot an. »Wie kommst du dazu, so dummes Zeug zu reden?«, rief sie aufgebracht.

Julian zuckte zusammen. Seine Tante war eine gestrenge Frau, keine Frage, aber sie pflegte selten laut zu werden, geschweige denn zu fluchen.

»Entschuldigt, Muhme, ich weiß auch nicht, warum mir das herausgerutscht ist. Es war, es war …«

Julian suchte nach den richtigen Worten, um davon abzulenken, dass er sehr wohl wusste, was ihn zu dieser frechen Bemerkung hatte hinreißen lassen.

Leonore aber blickte ihn durchdringend an. »Wer behauptet das?«

Julian wusste vor lauter Verlegenheit nicht, wohin er blicken sollte. Er zog es vor, das Thema zu wechseln, indem er noch einmal herzhaft in den Lebkuchen biss und den Geschmack in den höchsten Tönen lobte.

»Wer?«, unterbrach ihn mit schneidender Stimme die Tante.

Es hatte keinen Sinn, noch länger Ausflüchte zu gebrauchen. »Vater hat bei meinem letzten und nicht unbedingt erfreulichen Besuch auf der Burg wieder einmal einen derben Scherz gemacht, als ich ihm Eure Grüße ausrichtete.«

Statt etwas zu erwidern, wurde Leonore weiß um die Nase.

»Ihr kennt Vater doch«, beeilte sich Julian zu sagen.

Leonore nickte versonnen, doch dann fügte sie scharf hinzu: »Sag so etwas niemals wieder!«

Er versprach es und schwieg eine Weile, bis er plötzlich fragte: »Verratet mir nur eines: Ist Schwester Benedicta aus freien Stücken hier?«

Leonore versteckte sich wieder hinter ihrer strengen Miene. »Es war der letzte Wunsch ihres Vaters«, bemerkte sie scheinbar unbeteiligt. »Nachdem er vor fünf Jahren gestorben war, brachte ihre Stiefmutter sie hierher. Als ich das Mädchen unter vier Augen sprach, offenbarte es mir unter Tränen, dass es nach Hause wolle. Damals zweifelte ich daran, ob es wirklich dem Willen des Vaters entsprach, sie ins Kloster zu bringen. Ich schickte der Stiefmutter einen Boten und bat um eine Unterredung. Zu diesem Gespräch brachte sie ein Dokument mit, worin der Vater eindeutig verfügte, dass seine Tochter nach Engelthal gebracht werden solle. Dafür vermachte er uns einen kleinen Teil seines Vermögens. Du musst wissen, er besaß ein angesehenes Handelshaus ...«

»Und den großen Teils seines Vermögens? Wer verwaltet den?«, fuhr Julian ungeduldig dazwischen.

»Der Sohn jener Stiefmutter. Er ist ein ehrbarer Kaufmann aus Regensburg und spendet jedes Jahr für unser Kloster.«

»Regensburg? Und warum hat man sie nicht dort ins Kloster gegeben? Mit Verlaub, liebe Tante, hier stimmt etwas nicht. Schwester Benedicta ist von Grund auf ehrlich und hat ein großes Herz. Wenn sie sich den Regeln nicht unterwirft, dann nur aus einem Grund: Sie gehört nicht hierher!«

»Julian, wir wollen uns nicht schon wieder über Schwester Benedicta streiten. Ich habe dir beim letzten Mal deutlich gesagt, dass du nicht einmal das Wort an sie richten darfst.«

Julian stöhnte übertrieben auf.

»Ich kann dir nur das eine raten«, fuhr Tante Leonore fort. Tu, was ich dir sage. Glaubst du wirklich, mir sei entgangen, dass du dein Herz an Schwester Benedicta verloren hast? Aber ich sage es dir ein letztes Mal im Guten: Kümmere dich nicht um ihr Schicksal. Wenn du ihr etwas Gutes tun willst, dann lass sie endlich in Ruhe. Wie oft muss ich dir das noch sagen? Sie hat das Gelübde abgelegt. Sie kann ihrem Versprechen nicht mehr entfliehen. Jedes Wort, das du ihr schenkst, macht sie schwankend. Also, gib mir dein Ehrenwort, dass du Schwester Benedicta in Zukunft meidest. Solange du ihr zeigst, wie sehr du sie magst, fühlt sie sich nicht als Braut Christi, sondern verzehrt sich danach, in deinen Armen zu liegen. Glaubst du, das ahne ich nicht?«

»Gut«, seufzte der junge Fechtmeister nach dieser beschwörenden Predigt seiner Tante widerwillig. »Ich lasse sie in Ruhe, aber nur dann, wenn Ihr dem Mädchen zugesteht, weiterhin diese köstlichen Lebkuchen zu backen.« Er sah seine Tante gewinnend an, sie aber wandte sich unwirsch von ihm ab.

»Nein, nein und noch einmal nein! Wenn ich ihr das durchgehen lasse, dann verlangt sie über kurz oder lang, dass ich ihr gestatte, über die Klostermauern hinwegsehen zu dürfen. Und das ist unmöglich, Julian! Bitte glaub mir, sie ist hier in guten Händen ...«

»Ja, zum Dank dafür, dass sie Euch diese Köstlichkeiten schenkt, sperrt Ihr sie in die kalte Zelle ein.«

»Mein Junge, ich setze alle Hoffnung darauf, dass auch dieses Kind schließlich seine gottgewollte Bestimmung findet, so wie ich es einst geschafft habe. Sieh her, ich bin die Priorin ...«

Leonore unterbrach sich hastig und lief rot an.

»Gottgewollt?«, schimpfte Julian. »Es war Euer Vater, der dies bestimmte. Und Hand aufs Herz, ehrwürdige Tante, konntet Ihr den Ritter tatsächlich jemals ganz vergessen?«

Zornflammend rang Leonore nach Luft. »Was erlaubst du dir?«, schrie sie, und ihr schönes, ebenmäßiges Gesicht, an dem das Alter beinahe spurlos vorübergegangen war, verzerrte sich zu einer hässlichen Fratze. »Habe ich dich nicht gerade erst angehalten, diesen Unsinn, den dein Vater über mich verbreitet, für dich zu behalten?«

»Ja schon«, erwiderte Julian ungerührt, und er fügte versöhnlicher hinzu: »Aber könnt Ihr dieses Mädchen nicht wenigstens aus Mitgefühl und weil Ihr wisst, wie schwer es ist, den weltlichen Verzicht zu üben, ihre Lebkuchen backen lassen? Wenn ich Euch hoch und heilig verspreche, nie mehr auch nur ein einziges Wort an sie zu richten, werdet Ihr sie dann zurück in die Küche lassen?«

Leonore lachte gequält auf. »Könntest du deinen Blick sehen, wenn du nur von ihr sprichst! Deine Augen sind gierig wie die unserer Schweine, wenn wir ihnen Futter geben.«

»Soll ich mich vor Euch auf die Knie werfen, in der Kirche schwören oder mich geißeln, damit Ihr mir glaubt? Nun ja, ich mag sie mehr, als ich sie mögen dürfte. Das ist die Wahrheit. Und gerade deshalb würde ich ihr niemals Schaden zufügen.«

»Beweis es mir!«, erwiderte die Tante hart. »Heirate eine andere, und zwar bald. Dann wird sich ihre Hoffnung zerschlagen, dass du sie hier herausholst, und sie wird zur Einsicht kommen, dass das Kloster ihrer wahren Bestimmung entspricht.«

»Warum wünscht Ihr Euch eigentlich, dass sie so leiden muss wie einst Ihr selbst?«, fragte der junge Fechtmeister in scharfem Ton.

»Ich sage es dir zum allerletzten Mal. Wag es nicht noch einmal, die Lügen deines Vaters zu wiederholen«, zischte Leonore und fügte versöhnlicher hinzu: »Wenn du der armen Benedicta zeigst, dass du eine andere liebst, dann ist sie endlich frei, den reinen Weg zum Herrn zu finden. Bitte, tu mir den Gefallen. Das ist doch nicht so schwer. Du bist ein hübscher, wohlgestalteter junger Mann.« Sie errötete leicht, während sie die letzten Worte sprach.

»Gut, ich heirate eine andere«, erwiderte Julian matt. »Aber nur, wenn Ihr sie spätestens an jenem Tag, da ich eine andere zur Frau nehme, diese vermaledeiten Lebkuchen backen lasst.«

»Schwör es!«

»Ich schwöre.«

Mit diesen Worten biss er noch einmal herzhaft in einen Lebkuchen, doch er konnte die verführerische Süße nicht mehr genießen. Zu sehr lastete das Versprechen, das er seiner Tante soeben gegeben hatte, auf seiner Seele. Es war sicher nicht schwer, in Nürnberg eine Braut zu finden. Im Gegenteil, Alisa, die Tochter seines Fechtmeisters Arnold, in dessen Haus er zurzeit in Nürnberg lebte, wartete nur darauf, dass er ihr einen Antrag machte. Er mochte das hübsche Mädchen mit den blonden Locken, das ihm sicherlich eine brave Ehefrau sein würde, aber würde sein Herz je so heftig für sie schlagen wie für Benedicta? Wenn er an Benedicta dachte, fiel ihm nicht als Erstes ein, dass sie ihm eine brave Frau wäre, sondern sein Körper sprach unmittelbar auf sie an. Ja, er begehrte sie – und nicht etwa Alisa, die er nicht erst erobern musste.

»Ich verlasse mich auf dein Wort«, mahnte seine Tante ihn.

Welch dummer und leichtsinniger Schwur!, dachte Julian zornig, kurz nachdem seine Tante die Kammer verlassen hatte. Sein Zorn galt vor allem seinen eigenen Worten, aber auch dem Drängen der Tante. Warum bin ich nur stets bestrebt, ihr zu Gefallen zu sein?, fragte er sich verzweifelt.

13

Seit geraumer Zeit überlegte Julian, wie er sein voreiliges Versprechen wohl widerrufen könne, ohne seine Tante noch mehr gegen sich aufzubringen.

Ich sage ihr einfach, wie es ist. Dass ich das Mädchen, das ich auf der Stelle zur Frau nehmen könnte, nicht liebe, beschloss er schließlich und machte sich ohne Zögern auf den Weg zu ihrer Amtskammer.

Sie musterte ihn bereits bei seinem Eintreten so durchdringend, dass er es kaum wagte, sofort mit seinem Anliegen herauszuplatzen.

»Nun, was gibt es?«, fragte sie forschend.

»Ich … ich, liebe Muhme, ich …«, stammelte Julian.

Ein lautes Gepolter von draußen erlöste ihn von seinem Gestammel. Erregte Stimmen näherten sich, und schon klopfte jemand heftig an die Tür.

»Tretet ein!«, bat Leonore höflich, und kaum hatte sie die Worte ausgesprochen, da stolperte bereits Bruder Asenius, der die Küche im Nürnberger Predigerkloster unter sich hatte, in die Kammer und grüßte die Priorin mit ehrerbietiger Verneigung.

Dann hielt der Ordensbruder schnaufend inne. Er war

ein untersetzter kleiner Mann mit einem riesigen Leibesumfang und damit das ganze Gegenteil zur hoch gewachsenen, schlanken Priorin, die jetzt aufgestanden war, um ihn ebenfalls zu begrüßen.

»Ihr seid noch blass vom langen Krankenlager. Was führt Euch her?«, fragte die Priorin und musterte den schwitzenden Mönch eindringlich.

Dieser schnaufte noch ein paarmal, bevor er die Sprache wiederfand. »Mich schickt unser höchster Herr, der ehrwürdige Provinzial. Ich soll Euch eine Botschaft überbringen. Er bittet inständig darum, dass die Lebkuchen fortan nicht mehr von uns hergestellt werden, jetzt, da Bruder Antonius von uns gegangen ist, dessen Aufgabe das Backen bekanntlich war. Die Fastenspeise soll vielmehr in Eurer Küche zubereitet werden.«

Zweifelnd betrachtete Leonore den Besucher. »In unserer Küche?«, fragte sie gedehnt.

»Ja, genau, der ehrwürdige Provinzial war begeistert von den neuen Lebkuchen, die Ihr uns geliefert habt, und er hätte gern mehr davon. Eure Küche soll das Gebäck in Zukunft allein herstellen.« Letzteres klang ein wenig beleidigt.

»Und warum fahrt Ihr nicht fort mit der Fertigung, die doch schon so lange in Händen Eures Klosters liegt? Warum wollt Ihr keine Lebkuchen mehr backen? Ihr kennt doch das Rezept des verblichenen Bruders Antonius, oder?«, fragte Leonore spitz.

»Das frage ich mich auch«, entgegnete der Mönch sichtlich verärgert. »Natürlich könnte ich sie ebenso gut backen lassen. Und sie haben doch stets gemundet. Ein wenig mehr Honig hineinzumischen, ist schließlich keine Kunst. Was soll denn an Euren besser sein als an meinen?«

»Das wüsste ich auch gern«, murmelte die Priorin und warf ihrem Neffen, dessen Mund sich zu einem breiten Grinsen verzogen hatte, einen mahnenden Blick zu.

»Der Provinzial hat mir aufgetragen, Euch zu bestellen,

man wolle die Lebkuchen in Zukunft genauso wohlschmeckend wie die letzte Lieferung. Und stellt Euch vor, für das Kloster will er die doppelte Menge, und dann möchte er sie sogar auf dem Markt verkaufen lassen. Er glaubt, damit ließen sich unsere Kassen füllen. Ich habe ja noch nicht einmal einen dieser Lebkuchen kosten können, weil ich krank daniederlag. Und als ich wieder auf den Beinen war, hatte man sie restlos verzehrt. Ja, man verlangt sogar, dass die Oblaten weiter mit Eurem Hostieneisen hergestellt werden.«

»Wie bitte?«, fragte die Priorin sichtlich entsetzt.

Julian sah seine Tante triumphierend an. »Genauso wohlschmeckend sollen sie werden wie die letzte Lieferung? Und die doppelte Menge?«, fragte er spöttisch.

»Genauso!«, schnaufte der dicke Mönch.

»Sagt Eurem altehrwürdigen Provinzial, dass wir unser Bestes tun werden«, entgegnete die Priorin steif.

»Nicht Euer Bestes«, ergänzte der Mönch heiser. »Er will fortan genau jene, die er vor zwei Tagen bekommen hat. Weiß der Teufel, was die Brüder an diesen Lebkuchen finden. Es geht das Gerücht, einige hätten so lange davon gegessen, bis sie ... « Er machte eine eindeutige Geste, die besagte, dass die Brüder sich bis zum Erbrechen überfressen hatten.

»Selbstverständlich wird die Schwester, die das vollbracht hat, ihr Wunderwerk wiederholen«, versicherte Julian. »Soll ich ihr schon einmal die freudige Nachricht überbringen, dass sie dringend in der Küche gebraucht wird? Ich meine, sie muss sich sputen, wenn sie die doppelte Menge backen soll ...«

»Untersteh dich!«, zischte Leonore.

Verwirrt blickte der Mönch von der Tante zum Neffen.

»Meine Muhme wollte sagen, dass sie der Schwester sogleich höchstpersönlich die frohe Botschaft überbringen wird, und zwar mit Freuden«, erklärte Julian mit spitzbübischem Lächeln.

»Dann kann ich dem altehrwürdigen Provinzial also mitteilen, dass alles seinen Gang geht und dass diese Lebkuchen nun sogleich als Fastenspeise und Nachtisch hergestellt werden.«

»Ja, das könnt ihr«, erwiderte Priorin Leonore schroff.

Kaum hatte der Mönch unter Ehrerbietungen die Kammer verlassen, wandte sich Julian entschieden seiner Tante zu. »Und nun eilt und befreit die Arme rasch aus ihrer Zelle!«, forderte er ungeduldig.

»Nein, mein Lieber, ich warte noch ein wenig. Solange sie braucht, um ein klein bisschen mehr Demut zu lernen«, entgegnete sie hastig, und die Kälte in ihrer Stimme schien keinen Widerspruch zu dulden.

Deshalb zögerte Julian zunächst, ihr zu entgegnen, was ihm auf der Zunge lag, aber dann konnte er sich nicht mehr beherrschen. »Was hat Euch nur so hart gemacht? Warum mauert Ihr sie nicht gleich ein? Dann müsst Ihr Euch keine Sorge um ihren Glauben mehr machen. Ach, Muhme, schlägt denn gar kein Herz in Eurer Brust? Benedicta wollte ebenso wenig ins Kloster wie Ihr damals. Ihr teilt dasselbe Schicksal!«, rief er.

»Ich warne dich. Wenn du noch einmal mit diesem Unsinn anfängst, den dein bösartiger Vater in die Welt setzt, dann ...« Sie stockte und fügte hastig hinzu: »... und Ungehorsam, mein lieber Junge, ist eine Todsünde.«

Mit diesen Worten drehte sie sich auf dem Absatz um und ließ ihren Neffen allein in der Amtskammer zurück.

Julian sah ihr eine Weile verunsichert hinterher. Was war nur in sie gefahren? Sonst war sie doch immer ein Muster an Beherrschung. So wie sie sich verhält, muss doch etwas an der Sache mit dem Ritter sein, mutmaßte er, bevor er sich entschlossen auf den verbotenen Weg machte.

Die Vorstellung, diese junge Frau, die auf ihn wie das blühende Leben wirkte, noch einen Augenblick länger eingesperrt zu wissen, wollte ihm schier das Herz zerreißen. War seine Tante blind? Benedicta von Altmühl gehörte nicht nach Engelthal. Seine Tante musste sie doch nur einmal aufmerksam betrachten wie einen freien Menschen, nicht wie eine Nonne! Diese wachen braunen Augen strahlten Lebensgier aus und würden sich niemals derart in Christi Leiden versenken, wie es einer Dominikanerin abverlangt wurde. Wo die Schwestern in mystischen Erlebnissen ihre Erfüllung zu finden glaubten, blitzte Benedicta die Lust auf die Welt dort draußen aus jeder Pore.

Bei dem Gedanken an Benedictas lebendiges Wesen stieß Julian einen tiefen Seufzer aus. Ich kann nichts dagegen tun, ich liebe sie, schoss es ihm beinahe verwundert durch den Kopf. Das Beste wäre wohl, ich würde rasch abreisen, schnellstens heiraten und so bald keinen Fuß mehr auf den Klosterboden setzen, sprach er sich gut zu, aber seine Füße taten das Gegenteil. Schritt für Schritt schlich er in Richtung der Zellen, einem Ort, den zu betreten jedem Fremden strengstens untersagt war.

Ich muss umkehren, riet ihm gerade eine innere Stimme, als er hinter sich rasche Schritte nahen hörte. Er zuckte zusammen. Wie gern hätte er sich versteckt, aber es gab weit und breit nicht einmal eine Nische, in der er sich hätte verbergen können. So atmete er einmal tief durch und erwartete das Schlimmste, als die Frau ihn überholte, ohne ihn auch nur eines Blickes zu würdigen.

Die Muhme, befürchtete er im ersten Schrecken, doch dann erkannte er die Köchin namens Agnes. Das ist ein Wink des Schicksals, sagte er sich und nahm seinen ganzen Mut zusammen.

»Agnes, könnt Ihr mir helfen? Ich wüsste gern, in welcher Zelle die ehrwürdige Schwester Benedicta wohnt.«

Statt eine Antwort auf seine Frage zu geben, fuhr Agnes entrüstet herum und funkelte ihn wütend ein.

»Ihr wisst schon, dass es Euch verboten ist, die Zellen der Schwestern aufzusuchen, oder?«

Julian nickte schuldbewusst. »Ja, natürlich, doch mich

schickt meine Tante, der Schwester eine Botschaft zu überbringen.«

»Mein Herr!«, fauchte Agnes. »Ich bin vielleicht nicht des Lesens und Schreibens mächtig, doch auch wenn Ihr hundertmal der Neffe der ehrwürdigen Priorin seid, niemals würde sie einen fremden Mann zu den Nonnen schicken, und bestimmt nicht ausgerechnet Euch zu Schwester Benedicta!«

»Ja, ich gestehe, Ihr habt mich der Lüge überführt. Ich komme heimlich, aber glaubt mir, ich habe der Schwester wirklich gute Nachrichten zu überbringen.«

Agnes stöhnte auf. »Das kann jeder behaupten!«

»So glaubt mir doch! Der Provinzial verlangt, dass nur sie fortan die Lebkuchen backt.«

»Das ist ja wunderbar!«, rief Agnes aus, doch dann fügte sie schnippisch hinzu: »Diese Nachricht kann auch ich ihr überbringen!«

Julian sah das Küchenmädchen listig an. »Ist es Euch denn erlaubt, sie zu besuchen?«

Agnes lief rot an.

»Nun, seht Ihr. Ich verrate Euch nicht, und Ihr verratet mich nicht. Bitte, erbarmt Euch meiner!«

»Gut, folgt mir« knurrte Agnes, »aber das eine sage ich Euch: Wenn Ihr die Arme damit in noch größere Schwierigkeiten bringt, dann bekommt Ihr es mit mir zu tun.«

Julian blickte sich noch einmal vorsichtig um, bevor er Agnes mit klopfendem Herzen nachschlich.

14

Benedicta bebte vor Kälte und Hunger und war entsetzlich müde. Sie hatte es gänzlich aufgegeben, das Bildnis des Herrn zu betrachten, sondern lag auf ihrem Lager und starrte zur Decke hinauf. Derweil grübelte sie darüber nach, wie sie es wohl am besten anstellen konnte, aus dem Kloster zu flüchten. Ob sie sich auf dem Wagen verstecken sollte, wenn der Müller sein Mehl lieferte? In

Gedanken ging sie alle Händler durch, die Waren an das Kloster lieferten. Und dann?, fragte sie sich. Was, wenn sie in das Haus ihres Vaters flüchtete? Doch kaum versuchte sie sich dies auszumalen, da überfiel sie mit aller Macht eine bittere Erkenntnis: Ihre Stiefmutter würde sie mit Sicherheit den Knechten des Provinzials ausliefern, und dann würde man sie mit Gewalt zurückbringen oder – noch schlimmer – in ein abgelegenes anderes Kloster verbannen. Heiße Tränen stiegen ihr in die Augen. Wenn nicht nach Hause, wohin konnte sie denn dann als mittellose Frau überhaupt gefahrlos gehen?

Nirgendwohin!, beantwortete sie sich die Frage selbst und schluchzte verzweifelt auf. Es sei denn, ich heirate, fiel ihr plötzlich ein, und ihr Herz pochte bei dem Gedanken wie wild. Aber das wird nur ein frommer Wunsch bleiben, dachte sie traurig, weil der Fechtmeister sich ebenso wenig versündigen wird wie ich mich selbst. Ich bin eine Gefangene, und das werde ich ewig bleiben.

Wenn man mich wenigstens meine Lebkuchen zubereiten ließe, schoss es ihr durch den Kopf. Da hörte sie, wie der Schlüssel an der Außenseite der Tür umgedreht wurde. Das konnte nur Agnes sein, die ihr jeden Tag heimlich ein Stückchen Brot oder einen Lebkuchen in die Zelle brachte.

Gebannt sah Benedicta zur Tür und erstarrte. Nicht nur die Köchin betrat hastig die Zelle, sondern ihr folgte auf den Fuß der Fechtmeister, der die Tür leise hinter sich zuzog und ihr ein Zeichen machte, keinen Laut von sich zu geben.

»Was wollt Ihr denn hier?«, flüsterte Benedicta, nachdem sie sich von ihrem ersten Schrecken erholt hatte.

»Ich bringe Euch eine gute Nachricht«, erwiderte der Fechtmeister, während Agnes ihr den Kanten Brot reichte, den Benedicta mit Heißhunger hinunterschlang.

»Hört gut zu! Eben war Bruder Asenius im Auftrag des Provinzials bei meiner Tante. Der Provinzial bittet sie um etwas, was so viel heißt, als dass er es fordert. Also, die

Lebkuchen sollen fortan in Engelthal hergestellt werden, und zwar genau so, wie sie vor zwei Tagen geliefert wurden. Und das nicht nur zum Verzehr in den Klöstern, sondern auch zum Verkauf auf dem Nürnberger Markt.«

Benedicta wollte kaum glauben, was sie da aus Julians Mund hörte. »Aber das bedeutet ja, dass ich die Herstellung beaufsichtigen muss, weil ich doch als Einzige das Rezept …« Sie stockte und sah fragend zu Agnes hinüber.

Die lächelte verschmitzt. »Du meinst, es sei denn, ich würde das Rezept kennen. Tja, das tut mir leid. Ich bedaure meine Dummheit, aber ich kann mir so etwas einfach nicht merken. Doch, halt, da fällt es mir wieder ein. Man nehme Mehl, mische es mit Zimt und Kardamom. So habe ich es bei der ehrwürdigen Schwester Dietlinde gelernt.«

Da brach Benedicta in ein lautes, befreiendes Lachen aus. Julian, der gar nicht genug davon bekommen konnte, Benedicta wieder glücklich zu sehen, fiel in das Lachen ein.

»Habt acht«, ermahnte Agnes die beiden. »Wenn Walburga einen Mann aus deiner Zelle lachen hört, meldet sie dies sogleich beim Provinzial.«

Augenblicklich verstummten Benedicta und Julian, aber ihre Augen lachten weiter. Dabei sahen sie einander inniglich an.

»Bringt Euch nicht unnötig in Gefahr«, raunte Agnes Julian zu. »Wir müssen dich jetzt leider wieder verlassen. Und tu nur recht überrascht, wenn die Frau Priorin es dir später mitteilt.«

»Sie hat recht«, murmelte Benedicta und konnte den Blick doch nicht von dem Fechtmeister lassen. Ihm schien es genauso zu ergehen. Ich möchte ihn nur ein einziges Mal berühren, dachte sie voller Sehnsucht, und ohne groß zu überlegen, hob sie die Hand und streichelte ihm zärtlich über die Wangen.

»Habt Dank, dass Ihr mir diese Botschaft überbracht habt«, hauchte sie. Täuschte sie sich, oder verfärbte sich das kantige Gesicht des Fechtmeisters über und über rot?

»Ich … ja, das habe ich doch gern getan. Ich … wenn es Euch nur gut geht, dann geht es mir auch gut«, gestand er ihr stammelnd. Und ehe er sichs versah, küsste Benedicta ihn auf den Mund.

Sie war selbst am meisten überrascht von ihrem Mut, und als sie sein verdutztes Gesicht sah, flüsterte sie: »Verzeiht mir, aber ich wollte ein einziges Mal im Leben etwas anderes küssen als ein Bildnis.«

Julian schien sich schnell wieder gefasst zu haben. Er strahlte über das ganze Gesicht und hauchte verträumt: »Oh, für so etwas Himmlisches müsst Ihr Euch nicht entschuldigen …«

»Bitte, seid doch nicht so leichtsinnig! Lasst uns fortgehen, bevor wir entdeckt werden«, unterbrach Agnes das zärtliche Geplänkel, das sie peinlich zu berühren schien.

»Gehabt Euch wohl, und vergesst mich nicht, denn wir werden uns niemals wiedersehen. Ich muss vernünftig sein und das Kloster noch heute verlassen«, verkündete Julian mit ernster Miene.

Benedicta seufzte. »Es wird das Beste sein, aber geht nicht, ohne dass ich Euch verrate, wie gern ich Euch folgen würde, denn mein größter Wunsch wäre …«

Sanft legte ihr Julian einen Finger auf den Mund. »Bitte sagt es nicht, denn sonst entführe ich Euch auf der Stelle und …«

In diesem Augenblick flog die Tür auf, und die Priorin stürzte in die Kammer. Entgeistert blieb sie stehen, als sie ihres Neffen gewahr wurde. Kurz wanderte ihr zorniger Blick zu Agnes, nachdem sie durch Benedicta hindurchzusehen schien, als wäre sie gar nicht da, bevor sie drohend vor Julian Aufstellung nahm.

»Julian, verlass augenblicklich diese Kammer und warte im Gästezimmer auf mich. Du kannst aber schon deine Sachen packen, denn du wirst Engelthal heute noch verlassen und niemals mehr hierher zurückkehren.«

»Sehr wohl, liebe Muhme«, murmelte er mit einem spöttischen Unterton.

Julian versuchte, Benedicta noch einen tröstenden Blick zuzuwerfen, aber die hatte die Augen gesenkt. Wortlos verließ der junge Fechtmeister die Klosterzelle.

»Also hatte Schwester Walburga recht, als ich sie fragte, wo ich dich fände«, fauchte die Priorin Agnes an. »Sie sagte mir, du hättest dich bestimmt wieder zu Schwester Benedicta geschlichen, um ihr etwas zu essen zu bringen. Stimmt das?«

Auch Agnes hatte den Kopf gesenkt. »Sieh mich an, wenn ich mit dir spreche!«, schrie Leonore sie an. »Ich will wissen, ob du ihr etwas zu essen gebracht hast!«

Schuldbewusst blickte Agnes die Priorin aus großen braunen Augen an und nickte.

»Dafür würde ich dich gern bestrafen, aber leider brauche ich deine Hilfe. Du hast doch mit der da …« Leonore stockte und deutete verächtlich auf Benedicta, bevor sie hastig fortfuhr. »… die Lebkuchen gebacken, oder?«

Wieder nickte Agnes nur.

»Gut, dann gehst du jetzt in die Küche und backst Lebkuchen, bis ich dir sage, dass es genug ist. Wenn du Zutaten brauchst, gib mir Bescheid, aber nun beeil dich! Der altehrwürdige Provinzial erwartet schnellstens eine Lieferung. Und zwar sollen sie genauso schmecken wie jene, die ihr vor ein paar Tagen gebacken habt. Halte dich also an das Rezept, nach dem ihr die Kuchen hinter meinem Rücken zubereitet habt.«

Agnes wurde rot. Sie suchte Benedictas Blick. In deren traurigen Augen stand geschrieben: Tu, was sie sagt!

Die Köchin zögerte noch einen Augenblick, doch dann presste sie heiser hervor: »Hochehrwürdige Priorin, wie gern würde ich Eurem Befehl Folge leisten. Allein, ich kann nicht.«

»Was soll das denn nun wieder heißen?«, fuhr die Priorin sie an.

»Ich kenne Benedictas Rezept nicht. Nur sie allein kann diese Lebkuchen herstellen.«

Benedicta traute sich nicht, die Freundin anzusehen. Sie war zutiefst gerührt, dass diese sogar für sie log, denn natürlich kannte Agnes das Geheimnis mit dem erhitzten Gemisch aus Honig und Zucker. Und sie wusste inzwischen auch genau, wie viel von welcher Zutat vonnöten war, damit die Mischung so herrlich schmackhaft und nach den Wünschen der Nürnberger Brüder gelang.

»Ist es wahr, Benedicta, dass Ihr allein das Geheimnis des Rezeptes kennt?«, fragte Leonore streng.

Benedicta sah der Priorin offen in die Augen. »Ja, Agnes sagt die Wahrheit. Nur ich kann diese besonderen Lebkuchen backen.«

»Oder Ihr könnt endlich das Rezept preisgeben und danach in Eurer Zelle verrotten!«, zischte die Priorin.

»Das werde ich tunlichst unterlassen, und wenn Ihr mich einmauert. Dann bekommt der Provinzial eben Dietlindes Lebkuchen, aber ich verrotte lieber hinter diesen Mauern, als mich selbst zu verraten.«

»Benedicta, Ihr seid starrsinnig und unbeugsam. Das wird Euch noch einmal das Genick brechen.«

Täuschte sich Benedicta, oder schwang gar ein wenig Bewunderung in der Stimme der Priorin mit?

»Und überhaupt, woher wisst Ihr, dass der Provinzial …?« Leonore unterbrach sich und gab sich die Antwort selbst. »Mein Neffe. Deshalb hat er den Frevel begangen und sich in den Zellentrakt geschlichen. Nur um Euch zu verraten, dass Ihr mich in der Hand habt. Das gibt Euch also die Sicherheit, Euch so widerspenstig zu gebärden. Gut, ich habe keine Wahl. Ihr geht in die Küche, und zwar sofort, aber ich werde nichts unversucht lassen, um das Rezept in Erfahrung zu bringen. Und wenn mir das gelungen ist, dann werdet Ihr dafür büßen, dass Ihr Euch mir widersetzt habt. Aber erst einmal nehme ich mir meinen Neffen vor.«

Während sich Leonore immer mehr in Zorn redete, war Benedicta bei ihrem letzten Satz auf die Knie gefallen. »Bitte, lasst Euren Zorn nicht an Eurem Neffen aus!«, flehte sie. »Er wollte Euch bestimmt nicht hintergehen. Er …«

»Schweigt!«, fuhr die Priorin sie an und forderte sie auf, sich sogleich in der Küche einzufinden und hurtig mit der Herstellung der Lebkuchen zu beginnen.

Kaum war Leonore aus der Zelle gerauscht, fielen sich die Freundinnen erleichtert in die Arme, doch hastig ließ Benedicta Agnes wieder los.

»Er hat sich nur meinetwegen ihren Zorn zugezogen«, murmelte sie leicht verzückt.

»Ja, gut, aber er hätte auch nicht in Eure Zelle kommen dürfen, um Euch vom Befehl des Provinzials zu berichten. Ich wollte ihn davon abhalten, aber er war nicht davon abzubringen. Und weißt du, dass mir genau das die allergrößte Sorge bereitet? Ich spüre ein Unheil nahen. Das kann nicht gut gehen. Hast du nicht selbst gesagt, dass du dein Gelübde nicht brechen darfst? Benedicta, sei vorsichtig, ich spüre das Unheil in meinem Bauch …«

»Ha, jetzt fehlt nur noch, dass du eines Tages ähnliche Visionen bekommst wie Schwester Dietlinde!«, lachte Benedicta.

»Dazu brauche ich keine Visionen«, brummte Agnes. »Dazu brauche ich nicht einmal den Mühlstein in meinem Bauch, sondern nur Augen im Kopf.«

15

Seit geraumer Zeit wartete Julian in der Gästekammer nun schon ungeduldig auf seine Tante. Er hatte bereits gepackt. Noch war es draußen hell, und er wollte nicht im Dunklen nach Nürnberg reiten. Ihn lähmte die Sorge um Benedicta. Was ließe sich seine Tante noch an Strafen einfallen, jetzt, da sie einen Mann in ihrer Zelle angetroffen hatte? Unruhig ging er auf und ab, bis er es nicht mehr aushielt. Entschlossen nahm er sein Bündel und machte sich auf die Suche nach seiner Tante. Je eher er fortgeritten wäre, desto besser für Benedicta.

Julian fand seine Tante in ihrer Amtszelle. Mit aufgestützten Armen saß sie an ihrem Tisch, und als sie bei seinem Eintreten den Kopf hob, war ihr Gesicht von Tränen überströmt.

»Muhme, was ist geschehen?«, fragte Julian ehrlich besorgt. So hatte er seine Tante noch nie gesehen. Sie war stets die Beherrschung in Person und zeigte selten eine Regung ihres Herzens.

Entschieden wischte sie sich mit dem Ärmel ihres Gewandes eine Träne aus dem Auge und versuchte ihr strenges Gesicht aufzusetzen, was ihr gründlich misslang.

Sie sieht bemitleidenswert aus, ging es dem Fechtmeister durch den Kopf. Er war unsicher, ob er sie trösten sollte oder nicht. Viel mehr als das Befinden seiner Tante beschäftigte ihn allerdings Benedictas Schicksal. Die Frage, wie es der Schwester erging, lag ihm schon auf der Zunge, doch angesichts der düsteren Stimmung seiner Tante schien es ihm unangebracht, sie sofort mit Fragen nach der Verursacherin ihrer Verzweiflung zu bedrängen. Also wartete er, dass sie ihm erst einmal eine Antwort auf seine Frage gab, die er noch einmal mit Nachdruck wiederholte. »Muhme, nun sagt doch bloß, was ist mit Euch?«

Leonore stöhnte gequält auf. »Du bist schuld. Du hast mich in diese Lage gebracht. Wende deinen Blick von mir! Ich will nicht, dass du mich so verzweifelt siehst.«

Julian hielt den Atem an. Vielleicht wäre es besser gewesen, einfach zu gehen, doch dann erklärte er reumütig: »Liebe Muhme, Ihr habt recht, ich allein bin schuld. Ich hätte die Schwester niemals aufsuchen dürfen. Bitte bestraft mich statt ihrer!«

Seine Tante sah ihn mit leerem Blick an. So, als höre sie ihm gar nicht zu. »Ich weiß mir keinen Rat mehr. Es ist mir, als würde ich mein ganzes Leid noch einmal erleben und die Klosterwelt mit den Augen dieses Mädchens sehen. Es ist nicht wahr, als ich dir sagte, ich hätte mich seinerzeit sogleich in mein Schicksal gefügt. Nein, in den ersten Jahren hatte ich wie Benedicta nur einen Wunsch: wieder in die Welt hinausgelassen zu werden. Ich haderte mit meinem Schicksal, obwohl ich wusste, dass er tot war. Die Priorin machte mir klar, dass es keinen Weg zurück gibt, wenn wir das Gelübde erst einmal abgelegt haben. Dann haben wir keine andere Wahl mehr, als uns auf das Klosterleben und unseren Dienst am Herrn einzulassen. Ich habe von dem Tag an so viel gebetet wie niemals zuvor. Und siehe da – was mir vorher als schreckliches Schicksal erschien, führte mich nach und nach ans Licht. Das, mein Junge, wünsche ich mir auch für Schwester Benedicta. Aber du lebst, du bist ein freier Mann, und du zeigst ihr deine Zuneigung entgegen allen Verboten. Wie soll ein so wankelmütiger Mensch wie die junge Schwester da Stärke bewahren? Du darfst das Kloster erst wieder betreten, wenn du …«

»Gut, ich werde heiraten«, unterbrach Julian seine Tante hastig und fügte leise hinzu: »Es gibt dort in Nürnberg ein Mädchen, das nur auf meinen Antrag wartet. Ihr Vater ist mein Fechtlehrer. Solange ich in Nürnberg unterrichte, wohne ich in seinem Haus. Alisa ist wunderschön. Sie wird Euch gefallen. Ich werde Benedicta niemals wiedersehen. Das verspreche ich Euch. Wenn ich Euch das nächste Mal besuche, dann nur mit meiner Frau, und dann halte ich mich an die klösterlichen Regeln. Ich schwöre bei Gott, dass ich dieses Menschenkind niemals mehr in Versuchung führen werde. Doch glaubt nicht, dass mich edle Motive dazu bringen. Nein, ich liebe sie von ganzem Herzen und möchte ihr das Leben nicht noch schwerer machen, als es ohnehin schon ist. Wenngleich ich meine Zweifel habe, dass sie sich jemals freiwillig …«

»Und wenn schon! Selbst wenn man sie gegen den Willen ihres seligen Vaters hergebracht hat, das Gelübde ist stärker als alle Versprechungen zuvor. Sie ist Christi Braut, daran gibt es nichts mehr zu deuteln.«

»Ich weiß«, stöhnte Julian. Er sah seine Tante durchdringend an. »Ob Ihr mir noch eine Bitte gewährt?«

»Wenn du mich um die Erlaubnis ersuchen willst, sie ein letztes Mal zu sehen, lautet meine Antwort: Nein!«

»Aber …«

»Ich befehle dir ausdrücklich, dass du sofort gen Nürnberg reitest. Sonst wird es womöglich noch dunkel, bevor du den Wald durchquert hast. Und ich möchte auf keinen Fall, dass du dem guten Kind noch mehr den Kopf verdrehst, indem du dich womöglich tränenreich von ihr verabschiedest.«

Mit diesen Worten vertiefte sie sich in ein Schriftstück und machte ihm mehr als deutlich, dass seine Anwesenheit im Kloster Engelthal nicht länger erwünscht war.

»Gehabt Euch wohl, Muhme!«, murmelte Julian und eilte geradewegs zu den Stallungen, um sein Pferd zu satteln. Dabei kam er allerdings an der Küche vorbei. Erst verlangsamte er seine Schritte lediglich, dann blieb er stehen, schloss die Augen und betete, dass ihm Benedicta ein letztes Mal begegnen möge. Er war sich sicher, dass sein brennendes Verlangen nach ihr schneller vergehen würde, wenn er sich angemessen von ihr verabschieden durfte.

Eine erschrockene Stimme unterbrach jäh sein Gebet. »Julian, ist Euch nicht wohl?«

Er riss die Augen auf, sah in Benedictas besorgtes Gesicht, und ein Strahlen erhellte seine gequälten Züge.

»Ich wusste doch, dass wir unter dem Schutz des Herrn dort oben stehen!«, rief er erleichtert aus und fügte leise hinzu: »Ich werde fortreiten und alsbald nicht mehr zu Besuch kommen. Und wenn, werden wir uns nicht mehr sehen. Und ich kehre nur mit meiner Ehefrau zurück …«

»Mit Eurer Ehefrau?«, unterbrach sie ihn erschrocken.

Julian stieß einen tiefen Seufzer aus. »Ich schwöre Euch

bei meinem Leben. Es gibt keine. Doch meine Tante meinte, es würde uns beiden leichter fallen, Verzicht zu üben, wenn ich eines Tages eine andere zur Frau nähme. Ginge es nach mir, wärt Ihr diese eine, denn lieben werde ich immer nur …«

Benedicta trat einen beherzten Schritt auf ihn zu und legte ihm die Finger auf den Mund, um ihn sanft zum Schweigen zu bringen.

»Ihr habt recht. Möge Euch eine Frau begegnen, die Ihr zur Braut nehmen wollt. Ich möchte mich nun auch für alle Zeiten von Euch verabschieden«, hauchte sie, nahm ihre Finger fort und bot ihm stattdessen ihre Lippen zum Kuss.

Er schien zunächst ein wenig verstört, doch dann küsste er sie lange und innig.

»Das muss genügen für den Rest meines Lebens«, raunte sie mit heiserer Stimme, nachdem sich ihre Lippen voneinander gelöst hatten. Sie versuchte, heiter zu klingen, was ihr nicht gänzlich gelang.

»Bitte, schick mich fort, Benedicta, ich kann keine andere als dich heiraten. Ich will diesen Verzicht nicht üben. Komm, sonst muss ich dich entführen, ehe du dichs versiehst«, stieß Julian verzweifelt hervor.

Benedictas Herz klopfte bis zum Hals. Wenn er sie wirklich mitnehmen wollte – durfte sie sich diese einmalige Gelegenheit dann wirklich entgehen lassen? Unter seinem Schutz würden die Schergen des Provinzials sie bestimmt nicht so leicht wieder einfangen.

»Ich schließe die Augen und zähle bis zehn. Wenn du dann immer noch da bist, dann sehe ich das als Zeichen des Himmels und lasse mich von dir entführen«, erwiderte sie scheinbar scherzend, während ihr ein dicker Kloß im Hals beinahe die Luft zum Atmen nahm. Er ist ein Ehrenmann, er wagt es nicht, dachte sie verzagt. Trotzdem schloss sie die Augen und zählte.

Julian blieb zunächst wie angewurzelt stehen, doch dann trat er einige Schritte rückwärts, wobei er den Blick nicht von ihr ließ. So und nicht anders wollte er sie in Erinnerung behalten. Sie strahlte vor Liebe und Verlangen. Kein anderer wird sie jemals so schön sehen, dachte er, wandte sich hastig um und eilte davon, ohne noch einmal zurückzublicken.

Julian aber irrte sich. Noch jemand hatte das überirdische Strahlen der Liebe in Benedictas Augen gesehen, bevor sie diese geschlossen und zu zählen begonnen hatte.

Und diese Person sah auch die tiefe Enttäuschung im Gesicht der jungen Frau, als sie bei »Zehn« die Augen öffnete und der junge Mann fort war.

16

Benedicta schuftete Tag für Tag beinahe bis zum Umfallen in der Küche. Ihre Lebkuchen fanden reißenden Absatz. Sie hatte den Eindruck, die Nürnberger Mönche würden das Dreifache von dem verzehren, was sie sonst gegessen hatten. Bei allem Kummer um die verlorene Liebe hatte Benedicta das große Glück, dass ihr die Küchenmädchen gewogen waren. Keine von ihnen wäre jemals auf den Gedanken gekommen, die Zutaten oder die Mischung der Gewürze weiterzugeben, die sie inzwischen allesamt kannten, obwohl die Priorin tatsächlich versuchte, Theresa danach auszufragen. Die aber schwieg wie ein Grab. Bei Agnes hatte die Priorin es erst gar nicht mehr versucht.

Benedicta schaffte es, die anderen für das Backen zu begeistern und sie mit ihrer Fröhlichkeit anzustecken. Wenn sie dann abends erschöpft im Bett lag, betete sie mehr und inbrünstiger als vorher, obwohl sie sich dem Herrn immer noch in der Küche am nächsten fühlte.

Im Ansehen der Mitschwestern war sie merklich aufgestiegen, weil so viele von ihnen der süßen Versuchung nicht widerstehen konnten und den Genuss der Lebkuchen als willkommenen Ausgleich zu ihrem sonstigen Sehnen nach Leiden sahen. Manche klopften heimlich an die Türe, weil sie wussten, dass Benedicta ihnen immer außer der Reihe Backwerk zuschob.

Selbst Walburga pochte so manches Mal nach Einbruch der Dunkelheit an ihre Tür, um den einen oder anderen Leckerbissen zu erbitten. Das verschaffte Benedicta jedes Mal eine gewisse Genugtuung, denn die garstige Schwester konnte ihr gegenüber von ausgesuchter Freundlichkeit sein, wenn es um die begehrten Lebkuchen ging.

Nur wenn Benedicta nach manchem hartem Arbeitstag nicht einschlafen konnte, kehrten die wehmutsvollen Gedanken an Julian zurück, und sie zermarterte sich das Hirn mit der Frage, wie es ihm wohl erging. Natürlich wünschte sie ihm, dass er dort draußen eine richtige Braut fand, wenngleich ihr allein der Gedanke, er könne eine andere so küssen, wie er sie geküsst hatte, einen Stich ins Herz versetzte.

Doch abgesehen von diesen nächtlichen Dämonen, die sie hin und wieder heimsuchten, war dies die schönste Zeit, die sie je im Kloster verbracht hatte. Sie wurde gebraucht und geachtet und durfte mit ihrer Hände Arbeit zum leiblichen Wohl der Mitschwestern beitragen.

Auch an diesem Tag schuftete Benedicta bereits seit Stunden in der Küche, bis ein Schrei sie von ihrem frisch angerührten Teig hochriss. Wie Agnes und Theresa hielt auch sie inne und lauschte gespannt dem schrillen Kreischen von draußen, das immer lauter wurde und immer näher kam.

Theresa konnte ihre Neugier nicht zügeln und lief hinaus in den Hof. Nach wenigen Minuten kehrte sie kopfschüttelnd zurück.

»Dietlinde hat an den Innenseiten ihrer Hände blutende Male entdeckt.«

Schon rannten alle Küchenmädchen nach draußen, um sich mit eigenen Augen von dem Wunder der offenen Wunden zu überzeugen. Benedicta und Agnes blieben ratlos zurück.

»Sie ließe sich noch ans Kreuz schlagen, um Christi Leiden nachzueifern«, seufzte Benedicta, und die Freundin pflichtete ihr mit stummem Nicken bei. Dann machten sie sich wieder an die Arbeit. Der Teig musste geformt und auf die Oblaten gegossen werden. Da blieb keine Zeit für ein Wunder. Ein Wunder, an dessen göttlichem Ursprung Benedicta insgeheim ihre Zweifel hegte.

Zur selben Zeit saß Priorin Leonore an ihrem Tisch in der Amtszelle und las befriedigt eine Botschaft des Provinzials. Darin bedankte er sich überschwänglich für die zuverlässige Lieferung der Lebkuchen und versicherte ihr, dass es den Brüdern munde und dass man fortan noch mehr davon bestelle. Wider Willen musste Leonore schmunzeln. Eigentlich war sie ganz froh, dass sich das widerspenstige Kind in den letzten Wochen so gut in die Gemeinschaft eingefügt hatte. Sie besuchte, ohne zu murren, die Gebete, in die sie sich mehr denn je vertiefte, um danach wieder in ihrer Küche zu verschwinden. Vielleicht hatte sie, Leonore, sich geirrt, und das Mädchen fand durch die Erfüllung, die ihr die Arbeit verschaffte, eher zum wahren Glauben als auf nackten Knien in ihrer Zelle.

Es klopfte. Unmerklich zuckte Leonore zusammen. Wer mochte das um diese Zeit sein?

»Tretet ein!«, rief sie forsch.

»Ach, Schwester Walburga, Ihr schon wieder!« Die letzten Worte bereute sie sogleich, denn es war nicht richtig, der betagten Nonne vorzuhalten, dass sie ihrer zahlreichen Besuche überdrüssig war. Und doch entsprach diese Abneigung Leonores ehrlichem Gefühl. Wahrscheinlich wollte Walburga sich nur wieder einmal über die Verfehlungen einer jungen Schwester auslassen. Leonore verachtete Walburga im Grunde ihres Herzens wegen der ständigen Verleumdungen.

Umso erstaunter war sie, als Schwester Walburga ihr nun begeistert davon berichtete, dass Schwester Dietlinde die Male des Herrn an den Händen trug. Angesichts dieser Neuigkeit verspürte Leonore allerdings ein gewisses Unbehagen. Sie ärgerte sich maßlos darüber, dass in ihren Gedanken Benedictas ketzerische Stimme laut wurde, die da bohrend fragte: *Habt Ihr es mit eigenen Augen gesehen?*

Um sich nicht in Zweifeln zu verlieren, stand Leonore entschlossen auf. »Gut, dann werde ich ihr einen Besuch abstatten, und wenn ich die Wunden mit eigenen Augen begutachtet habe, lasse ich den Provinzial holen, der Zeugnis darüber ablegen soll, dass Dietlinde diese Gnade widerfahren ist.«

»Der Provinzial ist bereits unterwegs«, entgegnete Walburga hastig.

Leonore musterte die Nonne verblüfft.

»Ich habe ihn holen lassen«, ergänzte Walburga sichtlich beschämt.

»Ihr?«, brachte Leonore vorwurfsvoll hervor.

»Es war meine Pflicht, denn es besteht der dringende Verdacht, dass eine unserer jungen Schwestern das Keuschheitsgelübde gebrochen hat.« Walburgas Ton war unterwürfig und drohend zugleich.

»Und warum kommt Ihr damit nicht zuerst zu mir?«, fragte Leonore vorwurfsvoll.

Walburga wand sich. »Ach, ehrwürdige Priorin, ich habe mich so sehr gequält mit der Frage, was ich mit meinem Wissen anfangen soll, aber dann … ja, dann überwog die Sorge, Ihr könntet … also, es handelt sich um Euren Neffen …«

Leonore wich alles Blut aus dem Gesicht. Das Herz pochte ihr bis zum Hals. Bitte, lass es nicht wahr sein, betete sie inständig, aber dann erlangte sie ihre Fassung zurück und funkelte die Nonne zornig an. »Ich verstehe nicht ganz, was Ihr mir damit sagen wollt. Mein Neffe, der Fechtmeister Julian von Ehrenreit, ist bereits seit mehr als drei Wochen fort. Was versucht Ihr ihm anzuhängen?«

»Es tut mir leid, hochehrwürdige Priorin, aber ich war Augenzeugin, als er die Schwester Benedicta ... also etwas Furchtbares ...« Sie brach ab, doch Leonore forderte sie ungeduldig auf, ihr auf der Stelle zu sagen, was sie Furchtbares hatte mit ansehen müssen.

»Er hat sie auf den Mund geküsst!«, platzte Walburgas schließlich heraus, und ihre Blicke funkelten geradezu triumphierend.

»Und das würdet Ihr vor dem Provinzial beschwören?«

Walburga hob beschwörend die Hände gen Himmel. »Ich muss, hochwerte Priorin, ich muss, denn Unkeuschheit ist eine Todsünde, und wir können die Schwester nicht mehr länger in unserer Mitte dulden. Sie muss bestraft werden, denn sie fielen übereinander her wie die Tiere. Das durfte ich dem ehrwürdigen Provinzial doch nicht verheimlichen, oder?«

»Aber Ihr wisst schon, dass der Provinzial große Stücke auf ihre Lebkuchen hält?« Leonore war nach Kräften bemüht, sich auf keinen Fall anmerken zu lassen, wie diese Nachricht sie erschütterte.

Walburga zischte voller Verachtung durch ihre Zähne. »Das weiß doch hier jeder, und umso wichtiger ist es, dass ihm die Augen geöffnet werden.«

Leonore straffte die Schultern und fragte mit letzter Kraft: »Und Ihr könnt beschwören, dass die beiden ...?«

»Ich höre zwar manchmal nicht mehr so gut, aber die Augen, die wollen noch«, erwiderte Walburga mit selbstgefälligem Lächeln.

Ich muss ihr die Beobachtung ausreden, ging es Leonore durch den Kopf, doch da waren von draußen dröhnende Männerstimmen zu hören. Zu spät, dachte sie, denn ihr schwante, dass es nur der Provinzial sein konnte, der inmitten der klösterlichen Stille so laute Reden führte.

»Wann habt Ihr ihm Bescheid gesagt?«, fragte Leonore scharf.

»Schon vor drei Tagen.«

»Gut, dann lassen wir ihn vorerst das Wunder bestaunen«, erklärte Leonore streng und erhob sich von ihrem Stuhl, um dem Provinzial entgegenzueilen. Sie erschrak schier zu Tode, als sie ihn in Begleitung zweier schwer bewaffneter Klosterknechte antraf.

»Oh, hochehrwürdiger Provinzial, was verschafft mir die Ehre Eures Besuches?«, fragte sie übertrieben erstaunt. »Ihr seid sicher gekommen, um das Wunder der Dietlinde mit eigenen Augen zu beschauen.«

»Wunder? Dietlinde?« Der Provinzial schien verwirrt.

»Hat die frohe Botschaft Euch denn noch nicht erreicht?«, fragte sie betont ungläubig. »Wir haben doch schon vor Tagen einen Boten geschickt, der Euch das Wunder kundtun sollte.«

Walburga wollte gegen diese offensichtliche Lüge der Priorin protestieren, doch diese warf der alten Schwester einen warnenden Blick zu.

Der Provinzial schnaubte vor Entrüstung. »Nein, man hat uns keinen Bescheid gegeben. Wir erhielten lediglich die Nachricht, dass eine Schwester ihr Gelübde gebrochen und in Unkeuschheit …«

»Hochverehrter Provinzial«, unterbrach Leonore ihn entschlossen und hakte sich vertraulich bei ihm unter, »was gilt schon Unkeuschheit gegen das Wunder der Wundmale Christi? Kommt, überzeugt Euch selbst!«

Der Provinzial blieb unschlüssig stehen. Ihm schien diese vertrauliche Seite der sonst so gestrengen Priorin ein wenig unheimlich zu sein.

»Kommt rasch! Es wäre doch eine große Ehre, würde Engelthal noch einmal zu dem Ruhm gelangen, den Christine Ebner unserem Kloster einst bescherte«, schmeichelte Leonore und forderte den Provinzial zum Mitkommen auf.

Ein triumphierendes Lächeln huschte über dessen Gesicht. Die Aussicht auf ein Wunder in seinem Kloster stimmte ihn milde. Erfreut ließ er sich von der Priorin mitziehen, doch kaum hatte er seinen dicken Leib in Bewegung gesetzt, als Walburga ihm nachgelaufen kam und sich ihm in den Weg stellte.

»Herr, ich bin die Schwester, die Euch die Botschaft überbrachte. Ich kann die Unkeuschheit unserer Mitschwester bezeugen. Hört mich an! Wollt Ihr denn nicht die ganze Wahrheit erfahren?«

»Schwester Walburga, was erlaubt Ihr Euch?«, fuhr Leonore die Nonne an. Die wollte etwas erwidern, aber auch dem Provinzial missfiel dieses respektlose Benehmen gegenüber der Priorin offenbar zutiefst.

Verärgert schnaubte er. »Schwester, bitte! Macht den Weg frei und geht mir aus den Augen. Ihr seht doch, dass die ehrwürdige Priorin und ich einem Wunder beiwohnen müssen. Wartet gefälligst, bis Euer Anliegen an der Reihe ist.«

Mit diesen Worten machte der Provinzial einen großen Bogen um die wie zur Salzsäule erstarrte Walburga und ließ keinen Zweifel daran, dass sie ihn in diesem erhabenen Augenblick mit ihrer dummen Geschichte verschonen solle.

17

Auf dem Flur vor Dietlindes Zelle lagerten bereits zahlreiche Schaulustige. Das Wunder hatte sich wie ein Lauffeuer herumgesprochen. Alle waren herbeigeeilt, um die Zeichen Gottes zu bestaunen. Von den Schwestern bis zu den Küchenmädchen. Vom Gärtner bis zum Pferdeknecht und vom Brauer bis zum Schweinehirten. Eigentlich durfte kein Fremder diesen Flügel des Klosters betreten, aber angesichts eines Wunders kümmerte sich keiner um klösterliche Regeln. Alle verlangten nach dem Segen der engelsgleichen Schwester.

Als der Provinzial und die Priorin sich näherten, trat die neugierige Menge ehrfurchtsvoll zur Seite und bildete eine Gasse für die beiden Würdenträger.

Blass und erschöpft lag Dietlinde auf ihrem Lager, die Hände auf der Bettdecke, sodass die Wundmale auf den

Handrücken nicht zu übersehen waren. Die Priorin erschrak. Die Wunden sahen täuschend echt aus. Als sei ein Nagel durch die Hände gestoßen worden. Und doch überfielen Leonore die Zweifel an der Echtheit mit solcher Macht, dass ihr schlecht wurde bei dem Gedanken, man könne eine Engelthaler Schwester womöglich als Betrügerin entlarven. Und dann erblickte sie etwas Blutbeflecktes unter dem Bett hervorlugen. Damit hatte sie sich das Wunder also beigebracht!

Leonore fühlte eine Ohnmacht nahen. Sie atmete tief durch und betete, dass der Provinzial das falsche Spiel der Schwester nicht so leicht durchschauen möge wie sie selbst. Als sie den Mann, dessen Atem vor Aufregung pfiff, mit einem Seitenblick streifte, schöpfte sie allerdings Hoffnung, denn verzückt starrte er auf die angeblichen Wundmale.

Leonore nutzte seine Leichtgläubigkeit, um ihrerseits begeistert zu tun. Laut seufzend begab sie sich zum Lager der betrügerischen Schwester und versetzte dem verräterischen Werkzeug unauffällig einen Fußtritt, sodass es unter dem Lager verschwand. Unter lauten Lobpreisungen betastete sie die frischen Wunden und warf sich schließlich auf die Knie. Sie murmelte, scheinbar ergriffen von der Gnade des Herrn, Gebete vor sich hin. Diese Zurschaustellung ihrer Ehrerbietung schien so überzeugend, dass nun auch der Provinzial auf die Knie fiel und zu Gott betete.

Leonore atmete auf. Keiner außer ihr hatte einen Blick auf das Schnittwerkzeug erhaschen können, mit dem sich Dietlinde selber verstümmelt hatte. Kein Wunder, dass sie so bleich ist, dachte die Priorin ungerührt, es wird sicher ganz entsetzlich geschmerzt haben.

»Wie geht es Euch, ehrwürdige Schwester?«, fragte der Dominikaner die Betrügerin und nahm ergriffen ihre Hand, um das Wundmal zu küssen.

»Gut«, hauchte Schwester Dietlinde und genoss ganz offensichtlich den Rummel, der um sie veranstaltet wurde.

»Macht es Euch etwas aus, wenn ich den Burggrafen an

Euer Lager bestelle?«, fragte der Provinzial begeistert. »Es wird nämlich allerhöchste Zeit, dass wieder einmal ein Wunder in Engelthal geschieht.«

»Ja, lasst ihn an mein Lager treten und sich von den Wunden des Herrn mit eigenen Augen überzeugen«, entgegnete Dietlinde eine Spur zu lebendig, wie Leonore fand. Ihr fehlt das rechte Maß an Entrücktheit, dachte sie. Sie befürchtete, dass der Provinzial ihr doch noch auf die Schliche kommen und sich dann erbost auf die Geschichte mit der unkeuschen Nonne stürzen würde. Und das durfte auf keinen Fall geschehen! Leonore hoffte nämlich, dass das neue Wunder von Kloster Engelthal alles andere unwichtig und klein erscheinen lassen würde. So unwichtig, dass er die Verfehlung der Schwester schlichtweg vergessen würde.

Ihre Hoffnung wurde jäh zerstört, nachdem sie die Zelle der Nonne wenig später zusammen mit dem Provinzial verlassen hatte. Noch auf dem Flur blieb er stehen und sah sie prüfend an.

»So, liebe Leonore, nun erzählt mir, ob die Geschichte mit der unkeuschen Nonne wahr ist. Ich denke, wir sollten sie und auch den jungen Mann ins Gebet nehmen, um uns ein eigenes Urteil zu bilden.«

»Ja, das sollten wir wohl«, entgegnete die Priorin tonlos.

Der Provinzial rieb sich die Hände. »Das kommt mir gar nicht ganz unpassend. Stellt Euch vor, wir feiern einerseits eine neue stigmatisierte Schwester, und andererseits vollziehen wir eine gerechte Strafe an einer ungehorsamen Schwester. Das ist sogar sehr gut für unseren Ruf, wird doch zurzeit überall geklagt, dass in den Klöstern zunehmend ein Verfall der Sitten Einzug hält. Wenn wir unsere Schwester hart bestrafen, werden viele besorgte Väter ihre Töchter zu uns bringen und nicht mit dem Vermögen geizen, das sie uns geben, damit sie bei uns wohl aufgehoben sind. Was meint Ihr, wir könnten sie verbannen oder …«

»Ehrwürdiger Provinzial, wir tun uns keinen Gefallen,

wenn man uns der Grausamkeit bezichtigt. Und ich weiß nicht, ob eine unkeusche Nonne überhaupt gut für unser Ansehen ist. Vielleicht sollten wir einfach darüber hinweggehen.«

Nachdenklich rieb sich der Provinzial das Kinn.

»Ihr habt recht. Eine unkeusche Nonne können wir zurzeit gar nicht gebrauchen. Das schädigt unseren guten Ruf. Wir müssen es also geschickter anstellen. Ja, wir müssen uns ihrer unauffällig entledigen, denn behalten können wir sie natürlich nicht.« Sein Gesicht erhellte sich. »Was haltet Ihr davon, wenn wir die beiden fliehen und auf der Flucht von den Knechten erlegen lassen?«

»Ehrwürdiger Provinzial, sie sind kein Wild!«, erwiderte Leonore voller Empörung. Zu ihrem großen Entsetzen lachte der Provinzial laut auf.

»Verehrte Priorin, seit wann seid Ihr so zart besaitet? Ihr müsst doch zugeben, dass wir großen Zulauf an neuen Schwestern zu erwarten hätten, würden wir die Schwester, die ihr Gelübde bricht, samt ihrem Verführer unauffällig aus der Welt schaffen. Und andererseits könnten wir ein Wunder im Kloster vorweisen. Und großer Zulauf bedeutet große Mitgift.« Allein bei dem Gedanken rieb er sich befriedigt die Hände.

»Ja, schon«, entgegnete Leonore zögernd. »Aber Ihr sollt wissen, dass es sich bei der Beschuldigten um jene Schwester handelt, die die köstlichen Lebkuchen zubereitet. Und auch diese dienen zurzeit dem guten Ruf unseres Klosters.«

»Oh!«, entfuhr es dem Provinzial. »Da kann ich nur hoffen, dass sich der Verdacht als unbegründet erweist. Müssten wir sie weit fortbringen, aus dem Orden ausschließen oder gar auf der Flucht vom Pfeil einer Armbrust durchbohren lassen, täte mir das unendlich leid. Wir haben alles in die Wege geleitet, um ihre Lebkuchen demnächst auch auf dem Markt zu verkaufen. Und wer ist der junge Mann?«

»Es ist der Fechtmeister Julian von Ehrenreit«, erwiderte die Priorin seufzend.

»So, so!«, entfuhr es dem Provinzial, und er musterte Leonore stirnrunzelnd von oben bis unten.

»Ist das nicht der Sohn Eurer seligen Schwester?«, fragte er lauernd.

Leonore nickte.

»Deshalb hat sich diese Schwester sogleich an mich gewandt. Ich verstehe. Daher Euer Zögern. Dann werde ich wohl allein zu Gericht sitzen müssen über die jungen Leute. Schafft mir Euren Neffen unter einem Vorwand heran, aber flugs. Ihm wird nichts geschehen. Er soll nur Zeugnis ablegen und sich dann im Kloster niemals mehr blicken lassen. Und es versteht sich von selbst, dass Ihr kein Wort verlauten lasst. Ansonsten seid Ihr die längste Zeit Priorin gewesen.«

»Und wie verfahre ich mit Schwester Benedicta? Sie wird doch argwöhnisch, wenn ich sie nicht mehr in der Küche arbeiten lasse.«

»Die der Unkeuschheit beschuldigte Schwester lasst Ihr so lange unbehelligt Lebkuchen backen, bis ihr Liebhaber eingetroffen ist. Und sagt ihr, sie müsse gleich die doppelte Menge herstellen. Die lasst dann sogleich nach Nürnberg schaffen. Sie darf nicht erfahren, dass Euer Neffe kommt. Tut so, als wäre nichts geschehen, damit sie sich in Sicherheit wiegt. Und sorgt dafür, dass die Köchin und die Küchenmädchen ihr bei der Arbeit genau auf die Finger schauen. Wir brauchen das Rezept, falls die Schwester uns verlassen muss. Wenn Euer Neffe angekommen ist, sagt mir Bescheid, dann soll Schwester Walburga von Angesicht zu Angesicht mit den beiden wiederholen, was sie gesehen haben will. Und Gnade Gott, wenn ihre Aussage zutrifft!«

»Was hat sie denn überhaupt genau gesehen?«, fragte Leonore zögernd und betete, dass er das Zittern in ihrer Stimme nicht hörte.

»Was wohl?«, schnaubte der Provinzial. »Sie behauptet, dass die beiden … muss ich das denn wirklich vor Euch aussprechen?« Der dicke kleine Mann geriet mächtig ins Schwitzen.

Leonore aber wurde leichenblass. Sie ahnte in diesem Augenblick, dass Schwester Walburga durch nichts davon zu überzeugen war, ihre Aussage noch einmal zu überdenken. Im Gegenteil, sie neigte wohl eher dazu, schamlos zu übertreiben und Dinge zu beschwören, die Benedicta ewige Verdammnis oder die Verbannung an einen finsteren Ort einbringen würde.

»Aber … aber wann soll das gewesen sein? Es ist an die drei Wochen her, dass er mich zum letzten Mal in Engelthal besuchte«, versuchte Leonore Schwester Walburgas Glaubwürdigkeit zu erschüttern.

»Richtig, es soll am Tag seiner Abreise vorgefallen sein«, erwiderte er. »Aber nun schaut nicht so entsetzt! Den beiden wird nichts geschehen.«

Letzteres betonte er so überdeutlich, dass Leonore der falsche Zungenschlag beinahe den Atem nahm. Er hielt an seinem Plan fest, sie flüchten und aus dem Weg schaffen zu lassen. Dessen war sich Leonore sicher. Sie schluckte trocken und erkannte schmerzhaft, dass etwas Furchtbares geschehen würde, wenn sie nichts unternahm. Beim Gedanken an die Gefahr, in der die junge Nonne schwebte, erzitterte sie. Dennoch bemühte sie sich, einen kühlen Kopf zu bewahren, während ein Plan in ihr heranreifte.

»Ich lasse sofort nach meinem Neffen rufen. In spätestens zwei Tagen wird er eingetroffen sein. Ich für meinen Teil vermute allerdings, dass Schwester Walburgas Phantasie wieder einmal mit ihr durchgegangen ist. Ihr müsst wissen, dass sie gern übel über ihre Mitschwestern spricht, und so manche Beschuldigung hat sich hernach als völlig haltlos erwiesen. Es könnte leicht geschehen, dass wir uns lächerlich machen.«

Der Provinzial warf Leonore einen durchdringenden

Blick zu. »Ich glaube kaum, dass sich eine Schwester in Walburgas Alter, die noch niemals an den verbotenen Früchten weltlicher Liebe genascht hat, sich so etwas Schändliches auszudenken vermag wie … Ehrwürdige Priorin, versucht Ihr nicht gerade, die Schwester in ein schlechtes Licht zu rücken, damit die beiden ungeschoren aus der Sache herauskommen, besonders Euer Neffe? So schändlich das Verhalten der jungen Schwester auch sein mag, aber seinetwegen wird sie uns in Zukunft womöglich nie mehr mit ihren herrlichen Lebkuchen beglücken können. Und dafür würde ich ihm gern einen Denkzettel verpassen, aber keine Sorge, ihm werde ich nichts anhaben.«

Sein Ton war scharf, und Leonore ahnte, dass ihr nicht mehr viel Zeit blieb, denn je eindringlicher er ihr versicherte, dass er Julian nichts antun werde, desto stärker wuchs in ihr die Gewissheit, dass er bei seinem Plan geblieben war, den beiden die Flucht zu ermöglichen und ihnen dann die bewaffneten Knechte hinterherzujagen. Er will sie alle beide loswerden, um den guten Ruf Engelthals zu erhalten, dachte sie, während eine eisige Kälte ihr vom Nacken kommend den ganzen Rücken entlangrieselte.

Mit letzter Kraft rang sie sich ein falsches Lächeln ab und gurrte: »Wie dem auch immer sei, heute sollt Ihr Euch auf Engelthal willkommen geheißen fühlen. Ich lasse Wein für Euch und Eure Knechte aus dem Keller holen.«

Angewidert verzog der Prinzipal das Gesicht, während er hastig erwiderte: »Der Wein aus Eurem Weinberg ist gar köstlich, aber mir steht nicht der Sinn danach.«

»Werter Provinzial, wer spricht denn von unserem Weinberg? Wir haben eine Lieferung aus Tirol bekommen …«

»Tiroler Wein?« Die Miene des Klosterfürsten hellte sich merklich auf. Leonore lächelte immer noch falsch.

»Ich weiß wohl, dass Euch unser Tropfen zu sauer ist, doch Ihr habt doch sicher nichts gegen einige Krüge Tiroler Wein und ein üppiges Mahl einzuwenden, oder?«

»Nun, da sage ich doch nicht Nein«, schmunzelte der Provinzial und strich sich genüsslich über den fetten Wanst.

18

Walburga hatte seit zwei Nächten kaum Schlaf gefunden. Auch in dieser Nacht wälzte sie sich wieder unruhig von einer Seite auf die andere. Der Provinzial weilte bereits seit zwei Tagen im Kloster und hatte sie immer noch nicht zu den ungeheuerlichen Vorfällen befragt. Stattdessen hörte sie seine Knechte bis in die Nächte hinein trunken lachen und laut singen. Der Wein muss ja in Strömen fließen, dachte sie voller Missbilligung.

Das war eine böse Schmach gewesen, wie der Provinzial sie vor allen gedemütigt hatte. In den Weg hatte sie sich ihm gestellt, und er hatte sie einfach fortgeschickt. Ob Benedicta ihn mit ihren Lebkuchen verhext hat oder ob er sich auch lieber am Wein schadlos hält, statt seines Amtes zu walten?, fragte sie sich zornig und warf sich wieder auf die andere Seite, was bei ihrem vollgefressenen Leib gar nicht so einfach war.

Doch sie dachte nicht nur voller Zorn an den Provinzial, sondern auch an die Priorin, die Benedictas Frevel ganz offensichtlich deckte. Und an ihre Schwester Adelheit, die seit Jahren von ihr verlangte, den Willen ihrer Stieftochter zu brechen, und die glaubte, das sei ein Kinderspiel.

Walburga hatte vom ersten Tag an alles getan, um Benedicta einzuschüchtern, doch nichts hatte dieses sture Mädchen nachhaltig beeindrucken können. Und nun thronte sie auch noch stolz in der Küche als Herrin über die unverschämten Köstlichkeiten. Walburga ärgerte sich maßlos darüber, dass auch sie Benedictas süßer Versuchung verfallen war. Wie gern hätte sie aus lauter Trotz auf den Verzehr der Lebkuchen verzichtet, doch sie schaffte es nicht. Im Gegenteil, sie aß bei Tisch stets eine doppelte Portion, weil ihr Dietlinde ihre Lebkuchen auch noch schenkte.

Auch entblödete sich Walburga nicht, heimlich bei der jungen Schwester um eine zusätzliche Gabe zu betteln. Wie sehr sie sich selbst dafür verabscheute, wenn sie nächtens an Benedictas Tür scharrte, um noch mehr von dem klebrigen Zeug zu ergattern. Wenn das ihre Schwester erfahren hätte!

Doch nun ist es bald vorbei, dachte Walburga grimmig. Dann habe ich wieder ein reines Gewissen, weil ich meine Pflicht getan und Engelthal von einem wuchernden Geschwür befreit habe. Wenn der Provinzial sie doch endlich vorließe! Wie Adelheit wohl frohlocken würde, wenn sie erführe, dass man Benedicta weit fortbrachte!

Walburga seufzte, während sie an ihre Schwester dachte und daran, dass sie, Walburga, stets alles tat, was die Ältere ihr abverlangte. Dabei verstand sie im Grunde genommen gar nicht, warum ihre Schwester das ungeliebte Stiefkind so sehr fürchtete. Benedicta war doch bis in alle Ewigkeit eingesperrt. Wie sollte sie jemals zu einer Gefahr für Adelheit werden? Sie verwaltete doch schließlich das Vermögen ihres verstorbenen Mannes, ihr Sohn führte das Handelshaus, und sie lebten in Saus und Braus in dem schönen Haus am Fluss.

Warum ist sie dir solch ein Dorn im Auge? Das hatte sie ihre Schwester neulich in einer Botschaft gefragt. Gesehen hatte sie Adelheit nicht mehr, seit man Walburga als junge Frau ins Kloster gebracht hatte, aber der Adelheit treu ergebene Knecht Willbald überbrachte in schöner Regelmäßigkeit Botschaften von Regensburg nach Engelthal und umgekehrt.

Warum fürchtest du Benedicta eigentlich so? Sie wird doch niemals mehr aus dem Kloster entkommen und kann dir dein Vermögen nicht streitig machen. Genau diese Worte hatte sie der Schwester mit einem Gänsekiel auf das Pergament geschrieben. Adelheit war wie sie, Walburga, des Schreibens mächtig.

Die Antwort ihrer Schwester hatte Walburga kalte Schauer über den Rücken gejagt. *Ich habe schon vor dem Tod ihres Vaters geträumt, sie nähme mir eines Tages alles und würde mich wie einen räudigen Hund ertränken. Deshalb brachte ich sie ins Kloster. Und trotzdem träume ich es immer wieder. Ich weiß ja, dass sie hinter den Klostermauern leben und auch dort sterben wird. Und trotzdem bin ich erst frei von meinen Ängsten, wenn sie im kühlen Grab liegt. Aber da Du sie ja nimmer dazu bringen kannst, ihrem unwürdigen Leben ein Ende zu bereiten, werde ich weiter von diesen Träumen gequält, und sie werden immer schlimmer.*

Nun wird sie zwar nicht im Grab enden, aber hinter den unüberwindbaren Mauern eines dunklen Klosters im hohen Norden, aus dem es kein Entrinnen gibt, dachte Walburga und wunderte sich darüber, dass ihr der Gedanke so wenig Befriedigung verschaffte.

Ihre Schwester hatte anfangs beteuert, das Mädchen sei bösartig. Walburga hatte ihr geglaubt, doch mittlerweile wagte Walburga diese Behauptung arg zu bezweifeln. Das Mädchen hatte ihr, wenn sie genau überlegte, noch nie etwas Böses angetan. Und wer so köstliche Lebkuchen backen konnte …

Doch kaum waren Walburgas Gedanken wieder bei jener Demütigung angelangt, die ihr wegen der unkeuschen jungen Frau widerfahren war, flammte der alte Hass, den ihre Schwester einst gegen Benedicta gesät hatte, wieder auf. Diese widerspenstige junge Nonne war allein schuld daran, dass sie sich vor dem Provinzial lächerlich gemacht hatte. Weil keiner ihr, Walburga, Glauben schenken wollte, dass dieses Mädchen sein Gelübde gebrochen hatte.

Dabei hatte sie es mit eigenen Augen gesehen. Wie die Tiere waren der Fechtmeister und die lüsterne Schwester übereinander hergefallen. Die Erinnerung daran ekelte und erregte sie zugleich. Ihre Leiber und Münder ineinander verschlungen.

Je angestrengter Walburga mit geschlossenen Augen an diese Sünde dachte, desto verschwommener wurde das Bild. Schließlich spürte sie nur noch die Wollust, die von den beiden ausgeströmt war. Ihr wurde heiß, doch dann riss sie erschrocken die Augen auf.

Sie musste unbedingt bei der Wahrheit bleiben. Zu lügen, wäre eine Sünde, aber was hatte sie wirklich gesehen?

Hatten sie noch gestanden oder sich bereits auf der Erde gewälzt wie die Tiere? Waren sie angezogen gewesen, oder hatten sie sich bereits ihrer Kleidung entledigt?

Wieder schloss Walburga die Augen und steigerte sich immer tiefer hinein in das vermeintlich Wahrgenommene. Und wieder wechselten sich Verlangen und Ekel ab, bis der Ekel die Überhand gewann.

Mit einem Mal wurde das Bild wieder klarer. Sie hatten einander geküsst, was auch schon schlimm genug war, wie Walburga fand. Und dann hatte sie ihn fortgeschickt. Aber hatte sie ihm nicht zu verstehen gegeben, dass sie mit ihm flüchten würde? Ja, genau, das musste sie dem Provinzial unbedingt berichten!

Walburga versagte sich, noch einmal an die beiden Sünder zu denken oder sich gar der Hitze ihrer Lenden hinzugeben. Wenn es ihr nicht gelänge, würde sie sich geißeln müssen!

Walburga war so aufgewühlt, dass auch weiterhin nicht mehr an Schlaf zu denken war. Noch unruhiger als zuvor wälzte sie sich von einer Seite auf die andere. Schließlich erhob sie sich ächzend und quälte sich mit der Frage, was ihr wohl helfen würde, doch noch zur Ruhe zu kommen.

Ihr fiel nur ein einziges Mittelchen ein. Jene köstlichen Lebkuchen! Einen einzigen nur, der ihr ein warmes Gefühl im Leib bereitete und dessen Süße sie schläfrig machte. Ein allerletztes Mal würde sie sich erniedrigen, indem sie bei Schwester Benedicta um eine milde Gabe bettelte.

19 In einem anderen Flügel des Klosters betrat zur selben Stunde der junge Fechtmeister, noch verschwitzt vom schnellen Ritt, die Amtskammer seiner Tante. Er fand sie im Schein einer Fackel im tiefen Gebet versunken. Julian räusperte sich. Erschrocken fuhr Leonore herum. Auch er erschrak, als er ihr zerfurchtes Gesicht sah.

»Muhme, was ist geschehen? Warum lasst Ihr mich holen, warum sollte ich sofort kommen – und warum bei Nacht? Ihr hattet Glück, dass die Tore der Stadt noch nicht geschlossen waren, als der Bote kam. Ich war der Letzte, der die Stadt verließ. Und warum sollte ich mich hüten, einem Menschen zu begegnen? Euer Knecht richtete mir aus, ich solle mich zu Euch schleichen. Das Pferd draußen vor dem Tor anbinden. Und im Hof liegen zwei fremde, bewaffnete Kerle und schnarchen, dass es einem angst und bange wird. Was hat das alles zu bedeuten?«

Seine Stimme war vor Aufregung ganz laut geworden.

Leonore aber legte den Finger auf ihren Mund zum Zeichen, dass er schweigen und näher kommen solle.

Als er so dicht bei ihr stand, dass sie einander berührten, flüsterte Leonore ihm beschwörend ins Ohr: »Julian, es ist etwas Schreckliches geschehen. Der Provinzial beschuldigt Schwester Benedicta und dich, euch versündigt zu haben …«

»Aber …«, versuchte sich der Fechtmeister zu verteidigen, doch seine Tante fauchte: »Sag nichts, was du bereuen könntest! Eine Schwester hat gesehen, dass ihr euch umarmt und geküsst habt. Und wer weiß, wie weit ihr diese Unzucht getrieben habt. Ich will es gar nicht wissen. Ich befürchte das Schlimmste! Versuch ja nicht zu leugnen. Schwester Walburga wird alles daransetzen, dass der Provinzial Benedicta schwer bestraft, wenn nicht gar töten lässt. Und dich gleich mit!«

»O Gott, das habe ich nicht gewollt!«, entfuhr es Julian entsetzt.

»Deine Einsicht kommt zu spät, und deshalb gibt es nur eine Möglichkeit. Du liebst sie doch, oder?«

Julian nickte und sah seine Tante fragend an.

»Dann heirate sie und zieh weit fort mit ihr. In Nürnberg bist du nicht sicher, denn bis dorthin reicht der Arm des Provinzials. Er wird alles tun, damit diese Schande nicht ruchbar wird. Geht so weit fort, wie ihr könnt. Fechtmeister werden schließlich überall gesucht. Oder flüchtet euch auf die Burg Ehrenreit. Dort wagt sich keiner hin.«

»Aber … aber wie soll ich denn … ich meine, sie ist doch hier eingesperrt …«, stammelte Julian und wurde dabei so blass wie die gekalkte Wand hinter ihm. »Ich habe doch inzwischen nach Eurem Befehl gehandelt und einer … ich kann doch nicht einfach … ich meine, wie stellt Ihr Euch das vor?« Er wirkte gequält und rang nach Luft.

Leonore stöhnte laut auf.

»Verstehst du nicht, was ich dir sagen will? Man trachtet dir nach dem Leben. Sobald der Provinzial Walburga angehört hat, wird er dir das Angebot machen, gemeinsam mit Benedicta zu fliehen. Und dann wird er euch meucheln … Dazu darf es nicht kommen. Mein Junge, warum habe ich dich wohl bei Nacht herkommen lassen? Weil du im Schutz der Dunkelheit mit ihr fliehen wirst, und zwar heute noch. Hast du verstanden?«

»Aber was ist mir Euch? Ihr seid die Priorin …«

Leonore sah ihn entgeistert an. »Das soll allein meine Sorge sein, aber was ist mit dir? Warum zögerst du? Wir haben keine Zeit zu verlieren. Der Provinzial will an euch ein Exempel statuieren, und er wird vor nichts zurückschrecken, um Engelthal zu einem Musterbeispiel klösterlichen Lebens zu machen.«

»Und was werdet Ihr tun?«, wiederholte der Fechtmeister, als begreife er die Dringlichkeit der Lage noch immer nicht.

»Ich weiß natürlich von nichts und werde empört sein über meinen Neffen und diese Schwester, die ihr Gelübde bricht und sich dann bei Nacht und Nebel davonmacht«, erwiderte Leonore unwirsch und sah ihren Neffen verärgert an. »Junge, begreifst du nicht, was ich dir sage? Ihr müsst das Kloster verlassen, und zwar schnell!«

»Aber, aber …«, stammelte Julian und verfiel in düsteres Schweigen.

Leonore funkelte ihn zornig an, trat einen Schritt auf ihn zu und schüttelte ihn, der mit leerem Blick durch sie hindurchzusehen schien.

»Julian, mein Junge! Was ist mit dir geschehen? Ich dachte, du liebst sie und wünschst dir nichts sehnlicher, als sie zur Frau zu nehmen. Habe ich mich getäuscht? War das alles nur Spielerei? Aber geküsst hast du sie doch? Ja oder nein? Gib es zu!«

»Und weiß sie es schon?«, fragte Julian, statt ihr zu antworten.

Leonore schüttelte den Kopf. »Nein, sie weiß gar nichts. Auch nicht, in welcher Gefahr sie schwebt. Sie backt zufrieden ihre Lebkuchen und ahnt nicht, dass man sie entweder in ein Kloster im Norden bringen will, dessen Mauern dicker sind als diese, oder dass man sie, was ich viel mehr befürchte, gar auf der Flucht vom Pfeil einer Armbrust niederstrecken lassen wird.«

»Ich eile zu ihr und hole sie«, erklärte der Fechtmeister scheinbar entschlossen, aber in seinem Gesicht stand der Zweifel geschrieben, als er sich auf dem Absatz umdrehte.

Energisch hielt ihn Leonore am Mantel fest. »Du bleibst hier und verhältst dich ruhig. Ich erledige das. Und solltest du Zweifel hegen, ob du sie wirklich genug liebst, dann ist es jetzt zu spät. Das hättest du dir überlegen müssen, bevor du sie verführt hast. Du stehst in der Pflicht.«

Mit diesen Worten ließ die Priorin Julian allein in ihrer Kammer zurück. Alle paar Schritte auf dem Weg zu Benedictas Zelle blieb sie stehen und horchte, ob ihr jemand folgte. Das Herz klopfte ihr bis zum Hals. Sie wusste, dass sie große Schuld auf sich lud, aber das Mädchen und vor allem ihren geliebten Julian den ehrgeizigen Bestrafungsplänen des Provinzials auszuliefern, nein, das brachte sie nicht übers Herz. Und es gab noch einen weiteren Grund, warum sie jetzt handeln musste. Nicht auszudenken, was geschähe, wenn die junge Frau bereits eine Frucht der Liebe unter dem Herzen trug. Wenn es zu spät war. Wie damals bei ihr. Diese Seelenpein konnte und wollte sie diesem Menschenkind nicht zumuten. Und auch ihm nicht. Wenigstens er sollte seine Liebe leben dürfen. Hoffentlich ist er so mutig, wie ich glaube, hoffentlich liebt er sie so sehr, dachte sie mit bangem Herzen. Am ganzen Körper zitternd blieb sie vor Benedictas Zellentür stehen.

Als ich Julian die Fluchtpläne auseinandersetzte, verhielt er sich nicht gerade wie ein Held, schoss es ihr besorgt durch den Kopf. Was nützt mir mein kühner Plan, wenn Julian zu feige ist, ihn auszuführen? Was geht nur in seinem Kopf vor? Er lässt sich doch sonst nicht so leicht verunsichern. Bin ich nicht immer stolz gewesen auf seinen unbeugsamen Willen und seinen sagenhaften Mut?

Die Priorin atmete noch einmal tief durch und betrat dann eilig die stockdunkle Zelle der Schwester. Sie hatte mit allem gerechnet, nur nicht mit Benedictas entsetztem Aufschrei. »Wer seid Ihr?«

»Ich bin es, die Priorin, schweigt und hört mir gut zu. Schwester Walburga hat Euch in sündiger Umarmung mit meinem Neffen beobachtet. In den nächsten Tagen sollt Ihr dem Provinzial vorgeführt werden ...«

»Aber ..., aber ... das ...«, stammelte Benedicta, doch Leonore unterbrach sie wütend. »Wagt es nicht zu leugnen! Und hört mir einfach zu. Ihr sollt der Unkeuschheit überführt werden. Und dann, das dürft Ihr mir glauben, wird er Euch fortbringen lassen und für immer hinter Klostermauern sperren. Und auch meinen Neffen wird er nicht ungeschoren davonkommen lassen. Das kann ich nicht verantworten. Ihr seid frei. Mein Neffe wird Euch in Sicherheit bringen. Er wartet schon auf Euch.«

In diesem Augenblick unterbrach ein leises Klopfen ihre Rede.

»Versteckt Euch dort hinten in der Ecke!«, flüsterte Benedicta noch, war mit einem Satz bei der Tür und öffnete sie einen Spaltbreit.

Dort draußen, vom fahlen Schein des vollen Mondes beschienen, stand Walburga. Bevor sie etwas sagen konnte, hatte Benedicta bereits neben sich gegriffen und der Schwester wortlos einen Lebkuchen gereicht.

»Habt Dank, aber könnte ich vielleicht zwei davon ...«, murmelte Walburga sichtlich verdutzt, doch da hatte Benedicta die Tür bereits wieder hinter sich zugezogen.

Schwer atmend blieb Benedicta eine Weile so stehen. Auch von der Priorin war nicht mehr zu hören als ihr rasselnder Atem.

Erst nachdem Walburgas Schritte verklungen waren, raunte Benedicta ungläubig in die Dunkelheit hinein: »Und Ihr wollt mich wirklich ziehen lassen?«

»Redet nicht, folgt mir und geht auf leisen Sohlen. Wenn wir ertappt werden, geht es nicht nur Euch an den Kragen«, erwiderte die Priorin streng und tastete sich zur Tür.

»Ihr seid zu gütig«, seufzte Benedicta und konnte es immer noch nicht fassen.

»Freut Euch nicht zu früh. Ich knüpfe alles an eine Bedingung«, entgegnete die Priorin scharf.

»Was immer Ihr wollt!«

Benedicta trat zusammen mit der Priorin hinaus auf den Gang. Dort bemerkte sie im Schein des fahlen Mondlichts das bleiche Gesicht der Priorin. Sie erschrak. Die nackte Angst spiegelte sich darin wider. So verletzlich hatte Benedicta die Priorin noch nie zuvor gesehen. Sie wollte etwas Tröstendes sagen, aber ihr fiel nichts ein. Alles war so schrecklich verwirrend, doch ehe sie sichs versah, hatte Leonore wieder ihr strenges und abweisendes Gesicht aufgesetzt.

»Meine Bedingung lautet: Ihr schleicht zum Schlafsaal

der Köchin und der Mägde und erteilt Agnes die ausdrückliche Erlaubnis, mir Euer Rezept für die Lebkuchen zu verraten …«

»Ihr wisst also, dass sie Euch belog, als sie behauptete, das Rezept nicht zu kennen?«, fragte Benedicta erschrocken.

»Schweigt, Unglückliche!«, zischte die Priorin und fügte beschwörend hinzu: »Geht zu Agnes und fordert sie dazu auf, morgen in der Küche die Lebkuchen nach Eurem Rezept zu backen. So wie ich ihre Treue zu Euch kenne, verriete sie das Rezept ohne Eure ausdrückliche Erlaubnis sonst nicht einmal unter der Folter. Und dann werden sich alle fragen, warum der Fluss der allerseits geliebten Lebkuchen so plötzlich versiegt ist. Denn seid gewiss: Wenn Ihr erst einmal über alle Berge seid, wird der Provinzial so tun, als wäre niemals dergleichen in Engelthal vorgekommen. Aber wenn uns die Lebkuchen erhalten bleiben, wird das zumindest seinen Zorn ein wenig mildern.«

»Aber was soll Agnes denn denken, wenn ich sie nachts aufsuche?«, gab Benedicta zu bedenken.

Sichtlich verärgert stöhnte Leonore auf. »Lasst Euch etwas einfallen! Ihr seid doch sonst nicht um Ausreden verlegen. Natürlich werdet Ihr dem Mädchen kein Sterbenswort von Eurem Vorhaben verraten. Sagt ihr, Ihr seid krank, Ihr werdet morgen bestimmt daniederliegen, und deshalb darf sie die Lebkuchen nach Eurem Rezept backen. Nun hinfort! Wir haben keine Zeit zu verlieren. Noch liegen der Provinzial und seine Schergen berauscht auf ihrem Lager. Danach kommt sofort in meine Amtskammer geschlichen. Es ist zu gefährlich, wenn man uns zusammen sieht.«

Mit diesen Worten entfernte sich die Priorin auf leisen Sohlen. Benedicta aber lehnte sich erst einmal an die Mauern des Kreuzgangs. Das Herz pochte ihr bis zum Hals. Sie konnte kaum fassen, wie gut das Schicksal es mit ihr meinte, und war sich nun ganz sicher, dass der Herr da oben seine Hände im Spiel hatte. Ein klein wenig bedauerte sie allerdings, in Zukunft nicht mehr den köstlichen Teig kneten und den würzigen Duft einatmen zu dürfen, wenn das Gebäck aus dem Ofen kam. Ich werde Julian Lebkuchen backen, nahm sie sich vor und errötete bei dem Gedanken, dass sie ja in Zukunft mit dem Fechtmeister unter einem Dach leben würde. Das aber konnte und wollte sie sich in diesem Augenblick lieber noch gar nicht so recht vorstellen, denn es löste mehr Angst als Freude in ihr aus.

20

Zusammen mit den Küchenmädchen schlief Agnes in einem düsteren Schlafsaal. Beim Betreten des großen Raumes fragte sich Benedicta, in welchem der vielen Betten die Freundin wohl nächtigte. Zum Glück fiel ein Mondstrahl durchs Fenster, und sie erkannte schemenhafte Umrisse.

Auf leisen Sohlen näherte sich Benedicta dem vorderen Bett. Ein feuerroter Schopf lugte unter dem Laken hervor. Theresa, schloss Benedicta daraus und schlich zum nächsten Lager, auf dem unverkennbar ihre Freundin schnarchte.

»Agnes!«, raunte Benedicta ihr ins Ohr. »Agnes!«

Die Antwort war ein widerwilliges Knurren, bevor sich die Freundin auf die andere Seite warf. Es half nichts. Benedicta beugte sich hinunter und schüttelte sie leicht. Wie vom Blitz getroffen, schoss Agnes hoch, riss die Augen auf und stieß einen spitzen Schrei aus.

Benedicta presste ihr die Hand auf den Mund. »Ich bin es, Benedicta«, flüsterte sie, bevor sie den eisernen Griff lockerte. Während sich die Freundin von ihrem Schrecken erholte, blickte sich Benedicta ängstlich um. Alles blieb still. Sie atmete auf. Keiner schien Agnes' Aufschrei gehört zu haben.

»Was willst du denn hier mitten in der Nacht?«, fauchte Agnes, nicht eben begeistert über den nächtlichen Besuch.

»Ich muss dich schnell um etwas bitten. Wenn du morgen in die Küche gehst, dann back die Lebkuchen nach unserem Rezept, auch wenn ich am morgigen Tag nicht in die Küche komme. Hörst du? Und wenn die Priorin dich nach dem Rezept fragt, dann gibst du es ihr, damit sie es aufschreiben kann. Sollte eine andere Schwester als ich fortan die Aufsicht über die Lebkuchen führen, dann arbeite Seite an Seite mit ihr, so wie du es mit mir getan hast.«

»Ich kenne das Rezept doch gar nicht«, erwiderte Agnes trotzig.

»Doch, ab morgen kennst du es. Ich bitte dich darum. Das musste ich versprechen, wenn ich fort …« Benedicta stockte und fuhr verlegen fort: »Mir ist wichtig, dass die Lebkuchen gebacken werden, auch wenn ich morgen nicht komme.« Sie wandte den Blick ab. Es fiel ihr schwer, der Freundin ihre Flucht zu verheimlichen.

»Warum solltest du nicht kommen?«, fragte Agnes misstrauisch.

Benedicta stieß einen tiefen Seufzer aus und zögerte, der Freundin frech ins Gesicht zu lügen. »Ich bin krank«, erklärte sie dann jedoch atemlos. »Der Bauch schmerzt. Ich muss morgen das Bett hüten.«

Agnes betrachtete sie zweifelnd. »Du siehst aus wie das blühende Leben. Deine Wangen schimmern gesund wie reife Äpfel, und deine Augen leuchten wie zwei Sterne. Das erkenne ich sogar im fahlen Mondlicht …«

»Das ist das Fieber«, fuhr Benedicta hastig dazwischen.

Ehe sie sichs versah, hatte Agnes ihr die Hand auf die Stirn gelegt. »Merkwürdig. Deine Stirn ist kalt wie das Eis auf einem Wintersee. Benedicta, sieh mich an! Was verheimlichst du mir?«

»Ich … ich … ich weiß doch selbst nicht, ich …«, stammelte Benedicta verzweifelt. Wie konnte die Priorin nur verlangen, dass sie die Freundin belog? Das war eine Sünde, und es widerstrebte ihr aus tiefster Seele.

»Agnes, bitte, tu einfach, was ich dir sage! Ich kann es dir nicht erklären. Vertrau mir, bitte! Back die Lebkuchen ab sofort nach unserem Rezept und frag nicht weiter nach!«

Während ihrer letzten Worte konnte sie sich nicht mehr beherrschen. Sie biss sich auf die Lippen, um die drängenden Tränen zu unterdrücken, aber es gelang ihr nicht. Kein Laut entrang sich ihrer Kehle, aber das salzige Nass lief ihr wie ein Sturzbach über das Gesicht.

Agnes wusste nicht so recht, was sie tun sollte. Schließlich umarmte sie die Freundin und schwor ihr, alles zu tun, was sie von ihr verlangte. Benedicta aber befreite sich hastig aus der Umarmung und stürzte, ohne sich noch einmal umzuwenden, aus dem Schlafsaal ins Freie. Blind vor Tränen stolperte sie zu ihrer Zelle, um wenigstens das Holzkreuz mit in ihr neues Leben zu nehmen.

Sie tastete sich blind zu ihrem Lager und hielt das Kreuz mit einem einzigen Griff in den Händen. Es war stockdunkel in der Kammer. Sie hielt die Luft an. Es war so still, dass sie ihr eigenes Herz klopfen hörte. Und dann ihren eigenen Atem – aber warum rasselte der so entsetzlich? Und überhaupt, sie hielt doch die Luft an … Ihr war unheimlich zumute. Sie eilte aus ihrer Zelle, als wäre der Teufel hinter ihr her.

Erst als sie bei der Amtskammer angelangt war, wagte sie wieder laut zu atmen. Plötzlich wusste sie, dass es kein Hirngespinst gewesen war. Ein Fremder war in ihrer Zelle gewesen. Kein Geist, sondern ein Mensch aus Fleisch und Blut.

Sie überlegte noch, ob sie der Priorin davon berichten sollte, doch da hörte sie bereits die Stimme des Fechtmeisters besorgt fragen: »Benedicta, Ihr seht entsetzlich aus. Habt keine Angst! Es wird Euch nichts geschehen. Glaubt mir. Könnt Ihr reiten?«

»Woher soll sie das können? Sie war noch ein Kind, als sie ins Kloster kam …«, antwortete die Priorin an ihrer Stelle.

»Mein Vater hat es mich früh gelehrt«, widersprach Benedicta und sah Julian zum ersten Mal an diesem Abend richtig an. Sie hatte ihn wohler in Erinnerung. Er wirkte so entsetzlich bleich. Wo war das Funkeln geblieben, das sonst sternengleich in seinen Augen geglitzert hatte? Ob er Angst hatte, mit ihr in eine ungewisse Zukunft zu flüchten? Genau solche Angst wie sie bei dem Gedanken an ein Leben mit ihm?

»Geht in Gottes Namen, aber geht schnell!«, befahl die Priorin ungeduldig und fügte mit scharfer Stimme hinzu: »Ich werde stets leugnen, dass ich etwas mit Eurer Flucht zu tun habe. Wir werden uns niemals wiedersehen.«

Täuschte sich Benedicta, oder schimmerte es feucht in den Augen der Priorin, als sie entschlossen auf ihren Neffen zutrat? Sie zögerte für einen Augenblick, bevor sie ihn schluchzend umarmte.

»Mein Junge!«, rief sie aus, während sie ihn fest an sich drückte. »Mein Junge!«

Julian stand das Erstaunen über ihren überraschenden Gefühlsausbruch ins Gesicht geschrieben, doch er ging trotzdem ohne Zögern darauf ein und erwiderte die Umarmung.

»Mein Junge, mein geliebter Junge«, stammelte die Priorin noch einmal, doch dann ließ sie ihn so plötzlich los, wie sie ihm zuvor in die Arme geflogen war. Sie setzte sich eilig zurück hinter ihren Arbeitstisch und sagte steif: »Nun kann ich nichts mehr für Euch tun – und nun fort mit Euch!«

Jetzt war es Benedicta, die mit den Tränen kämpfte, denn die Priorin hatte sich mit keinem Wort von ihr verabschiedet.

»Habt Dank, ehrwürdige Priorin«, sagte sie mit bebender Stimme.

»Julian, sei gut zu ihr!«, wandte sich Leonore an ihren Neffen, ohne Benedicta dabei auch nur eines Blickes zu würdigen.

»Macht Euch keine Sorge, liebe Muhme, ich bringe sie sicher von hier fort. Das verspreche ich bei meinem Leben. Ihr wisst doch, dass sich mit mir und meinem Schwert keiner straflos anlegt. Wir werden uns nach Italien durchschlagen. Auf meinen Reisen sind mir einige der dortigen Fechtmeister begegnet, und ich kann gewiss noch etwas von ihnen lernen. Und sie von mir …«

»Nun geht doch endlich! Sonst wird eure Flucht noch entdeckt, bevor ihr die Mauern des Klosters endgültig verlassen habt«, unterbrach ihn die Priorin unwirsch.

»Keiner schleicht nachts durch die Gänge, liebe Muhme. Geht Ihr nur getrost in Euer Bett. Bis die Klosterknechte ihren Rausch ausgeschlafen haben, kann es noch dauern. Ihr Atem dünstet einen ganzen Weinberg aus. Bis sie unsere Flucht bemerken, sind wir bereits über alle Berge. Und wer weiß, ob sie dann überhaupt reiten können? Außerdem werde ich sie um eines ihrer Pferde erleichtern, damit wir schneller vorwärtskommen als mit einem einzigen Pferd.«

Benedicta hörte gar nicht mehr, was Julian sagte, denn plötzlich legte sich die Trauer wie ein schweres schwarzes Tuch über ihr Herz. Wenn ich doch bloß Agnes mitnehmen könnte! Was ihr in den nächtlichen Träumen wie eine Offenbarung erschienen war, versetzte sie plötzlich in Angst und Schrecken. Ich kenne den Fechtmeister doch gar nicht, dachte sie verzweifelt. Wie kann ich seine Frau werden?

Hilfesuchend sah sie die Priorin an, als könne sie ihr mit einem Rat zur Seite stehen. Die aber war immer noch damit beschäftigt, die Spuren ihrer eigenen Tränen zu verwischen. Immer wieder fuhr sie sich mit dem Ärmel ihrer Kotte über das schmerzverzerrte Gesicht. Bei diesem erbarmungswürdigen Anblick verlor auch Benedicta jegliche Beherrschung.

»Ich weiß nicht, wie ich Euch das jemals danken soll«, schluchzte sie und warf sich der Priorin ungehemmt in die Arme. Sie klammerte sich an sie wie eine Ertrinkende, war

Leonore doch die letzte Brücke zu einer Welt, die Benedicta für alle Zeiten hinter sich lassen musste. Sosehr sie diese Mauern stets gehasst hatte, sie hatten ihr auch eine gewisse Geborgenheit geschenkt.

»Seid meinem Neffen eine gute Frau, und erfreut ihn ab und an mit Euren köstlichen Lebkuchen, jetzt, da wir auf Eure Künste verzichten müssen«, raunte die Priorin, während sie sich sanft aus der Umklammerung befreite.

Benedicta versuchte zu lächeln, was ihr nicht wirklich gelang. Mit dem zu einem Grinsen verzogenen schiefen Mund sah sie noch unglücklicher aus.

»Ich verspreche es hoch und heilig«, erklärte Benedicta mit fester Stimme, als wolle sie sich selbst Mut zusprechen. »Ich werde ihm eine gute Frau sein.«

Plötzlich hörten sie draußen schleichende Schritte. Alle drei hielten die Luft an und starrten angstvoll zur Tür. Wenn sie jetzt aufgerissen wurde, waren sie verloren! Doch genauso plötzlich, wie die Schritte sich genähert hatten, entfernten sie sich wieder.

Der Fechtmeister fand als Erster die Sprache wieder. »Wenn tatsächlich jemand nachts durch die Gänge schleicht, breche ich doch lieber schnellstens auf. Nur eines noch, Muhme. Wenn Ihr Konstantin seht, dann sagt ihm, dass ich den Frevel begangen habe, eine Eurer Schwestern aus dem Kloster zu entführen, und wohl niemals mehr zurückkehren werde. Wie gern trüge ich Euch einen Gruß für ihn auf, aber niemand darf wissen, dass wir Euch die Flucht zu verdanken haben. Nicht einmal mein geliebter Bruder.«

Mit diesen Worten reichte er Benedicta die Hand. Ohne sich noch einmal umzuwenden, verließen sie gemeinsam die Amtszelle und eilten durch den Kreuzgang auf das Südtor zu.

Wie oft habe ich hier mit Agnes geplaudert, dachte sie wehmütig, kaum dass sie die vertrauten Mauern des Kreuzganges hinter sich gelassen hatten.

Doch da traten sie bereits Hand in Hand durch die eiserne Pforte ins Freie. In diesem Augenblick fühlte sich Benedicta dem Fechtmeister beinahe so nahe wie in ihren Träumen.

Seine Hände waren weich und warm, seine Stimme klang zärtlich, als er flüsterte: »Vertraut mir! Der Herr wird uns vergeben, dass wir unser beider Schwüre nicht halten konnten.«

Sie hörte gar nicht auf seine Worte, sondern nur auf den Klang seiner tiefen Stimme. Angenehme Schauer rieselten durch ihren Körper.

»Du bist endlich frei und wirst die Meine sein.« Seine Stimme klang wie eine sanfte Liebkosung.

Benedicta schickte einen staunenden Blick zum funkelnden Sternenhimmel hinauf. Es war alles so unwirklich. Der volle Mond, der Schrei der Käuzchen, die geöffnete Klosterpforte, durch die sie diese Mauern für immer hinter sich lassen würde ... und der junge Fechtmeister, wie er im fahlen Mondlicht so stolz und stattlich dastand.

»Ich muss noch einmal hinein«, raunte er, »und das Pferd des Provinzials holen, damit wir schneller vorankommen als auf einem Gaul.«

Und schon war er wieder beim Tor und öffnete es mit einem quietschenden Geräusch, das in Benedictas Ohren wie ein einziger Vorwurf klang. Warum verlässt du uns, Schwester, warum?, schien die Pforte zu klagen. Plötzlich war Benedicta entsetzlich bang zumute, so allein hier draußen. Am liebsten wäre sie in ihre Zelle zurückgerannt.

Zum Trost kuschelte sie sich ganz dicht an Julians Pferd, das draußen vor dem Tor an einen Baum angebunden stand, und sie zwang sich, an etwas Schönes zu denken. Welch prächtiges Pferd es doch war! Ein so großes, dunkles Tier hatte Benedicta noch niemals gesehen. Ihr Vater und sie waren stets auf den ungleich kleineren Zeltern geritten. Noch näher rückte sie an das edle Tier heran und streichelte ihm versonnen über die Mähne. Und tatsächlich, die

Wärme des Pferdes schenkte Benedicta ein Gefühl von Geborgenheit, und sie traute sich, den Blick in die Ferne schweifen zu lassen.

Dort hinten lag der rettende Wald, und sie sehnte sich nach dem Schutz der riesigen Baumkronen. Sosehr sie sich auch vor dem Kommenden fürchtete, an das Zurück verschwendete sie nun keinen Gedanken mehr.

»Benedicta«, flüsterte Julian, und sie drehte sich erfreut um. Er machte ihr ein Zeichen, ihm das Tor zu öffnen, denn er führte einen Zelter mit sich. Das Tier war genauso leise wie Julian, während es mit ihm in die Freiheit trabte. Kaum hatte er es neben seinem Pferd angebunden, umfasste er vorsichtig Benedictas Hüften und hob sie auf sein prächtiges pechschwarzes Ross.

»O je!«, entfuhr es ihr vor Schreck, als sie einen verzweifelten Blick nach unten wagte.

»Wir tauschen die Pferde, sobald wir im Wald in Sicherheit sind«, flüsterte er ihr ermutigend zu. »Ich schwöre es dir, du kannst den Schwarzen beruhigt reiten. Er sieht gefährlicher aus, als er ist, doch er ist schneller. Auf ihm entkommst du immer, was auch geschehen mag. Hast du gehört? Was auch immer geschieht – wenn ich dir nicht folgen kann, dann lässt du dich vom Schwarzen zur Burg Ehrenreit bringen …«

Wie vertraut er mit mir redet!, dachte Benedicta.

Seine Worte wurden jäh von einem quietschenden Geräusch unterbrochen, und Julian und Benedicta fuhren erschrocken zusammen. Als Benedicta sich zögernd umwandte, um dem Feind ins Auge zu sehen, erstarrte sie, bevor ein Lächeln ihr Gesicht erhellte. Es war Agnes, die da mit einem Bündel in der Hand aus der Pforte trat und sie vorwurfsvoll ansah.

»Mich wolltest du also hier zurücklassen! Hast du tatsächlich geglaubt, ich hätte dir deine Geschichte abgenommen? Wenn ich morgen nicht komme … Ha! Da wusste ich doch, was gespielt wurde!«, raunte sie statt einer Begrüßung leise zu ihrer Freundin auf dem hohen Ross hinauf.

»O nein, die hat uns gerade noch gefehlt!«, murmelte Julian, bevor er die Köchin wortlos packte, auf den Zelter setzte und hinter ihr aufsprang. Als sie sich wehren wollte, fuhr er sie an. »Wir nehmen dich nur mit, wenn du uns nicht unnötig in Gefahr bringst. Also halt dich an der Mähne fest und tu nur, was ich dir sage!«

Murrend gehorchte Agnes.

»Nun reite los, Benedicta! Hab keine Angst. Was immer mit mir geschehen mag, reite voran, dreh dich niemals um und steig nicht vom Pferd, wenn ich nicht in deiner Nähe bin«, ordnete Julian mit heiserer Stimme an, während er sein Pferd in Bewegung setzte.

Benedicta zögerte noch, als ein schriller Schrei die Stille der Nacht zerriss. »Hilfe! Wacht auf, ihr Knechte! Benedicta will mit dem Fechtmeister Julian von Ehrenreit aus dem Kloster fliehen!«

21

Wie der Wind preschte der Schwarze durch die Nacht. An dem Zelter vorbei war er mitten hinein in den dunklen Wald galoppiert. Benedicta stand Todesängste aus. Jeden Augenblick befürchtete sie, abgeworfen zu werden und sich das Genick zu brechen. Ich habe den Mund wohl doch etwas zu voll genommen, als ich behauptete, reiten zu können, sagte sie sich, während sie immer tiefer in das Dunkel des Waldes eintauchten. Der wilde Rappe schien den Weg durch den Wald blind zu kennen, obwohl er manches Mal vom Weg abkam und durch allerlei Gestrüpp brach. Die Äste der Bäume peitschten Benedicta ins Gesicht und ihre nackten Beine.

Ich werde völlig zerschunden sein, wenn ich den Schergen entkommen bin, dachte sie, denn eines schien ihr gewiss: Sie konnte keiner einholen, aber was war mit Julian und Agnes?

Plötzlich gelangte sie aus dem dunklen Wald hinaus und geradewegs auf eine Lichtung, die sich malerisch im Schein des Vollmondes ausbreitete. Hier will ich auf meine Freunde warten, beschloss sie und grübelte noch darüber nach, wie sie das wilde Pferd zum Stehen bringen sollte, als es von selbst innehielt. Sie überlegte nicht lange, sprang mit einem Satz von seinem Rücken und landete unsanft auf dem Waldboden. Doch schon während sie sich aufrappelte, merkte sie, dass sie unverletzt geblieben war.

Erschöpft ergriff sie das schwarze Pferd bei den Zügeln und führte es unter einen Baum. Dort band sie es an und hockte sich auf die Erde. Dabei lauschte sie angestrengt in die Stille der Nacht hinein. Wann kommen die beiden endlich?, fragte sie sich ungeduldig. Immer wieder beschlich sie die Angst, dass die Klosterknechte doch flinker gewesen waren, als Julian es für möglich gehalten hatte.

Doch was war das? Benedictas Herz klopfte bis zum Hals, als sie lautes Getrappel und Geschrei aus dem Wald vernahm. Genau aus der Richtung, aus der sie gekommen war!

Sie sind ihnen auf den Fersen, durchfuhr es sie eiskalt, und sie dachte nicht daran, Julians Befehl zu folgen und auf dem schnellen Schwarzen einfach davonzujagen. Niemals würde sie Julian und Agnes in einer gefährlichen Lage zurücklassen und sich selbst in Sicherheit bringen. Nein, wenn die Schergen die beiden ergriffen, dann wollte sie sich nicht feige aus dem Staub machen. Dann sollten sie auch ihrer habhaft werden.

Doch im hellen Schein der Lichtung eine Zielscheibe für die Verfolger abzugeben, das schien ihr auch keine Heldentat. Im Gegenteil, sie brauchte einen geeigneten Platz, von dem aus sie das Geschehen beobachten und den Gefährten notfalls helfen konnte. Behände sprang sie vom Waldboden auf, band das Pferd los und führte es von der Lichtung weg hinter eine alte Eiche, deren Stamm so breit war, dass sowohl das Pferd als auch sie sich dahinter verstecken konnten.

Dort angekommen, fing Benedicta am ganzen Körper zu zittern an. Es war nicht nur die nächtliche Kälte, die ihr durch alle Glieder fuhr, sondern die Angst, dass ihre Flucht bereits hier auf einer Lichtung unweit des Klosters endete.

Angespannt lauschte sie und hielt den Atem an. Das Pferdegetrappel und die Schreie kamen immer näher, und ihre Verfolger schienen schon durch das Unterholz zu brechen. Es hörte sich nicht so an wie zwei betrunkene Klosterknechte, sondern wie ein ganzes Heer.

Vor Entsetzen schloss Benedicta die Augen, um sie gleich wieder zu öffnen. Sie erwartete eine bis zu den Zähnen bewaffnete Verfolgerschar. Doch als sie den Zelter des Provinzials gemächlich auf die Lichtung traben sah, war ihr fast zum Lachen zumute. Und hoch zu Ross saßen Julian und Agnes.

Benedicta wollte schon ihr Versteck verlassen und den Freunden entgegenlaufen, da sah sie etwas durch die Luft sausen, unmittelbar auf Julians Rücken zu.

O Gott, ein Pfeil!, dachte sie noch, da bäumte sich Julian auch schon auf und stürzte mit einem Aufschrei vom Pferd.

Das Gebrüll der Verfolger hörte sich so an, als würde ein Kampf ausgefochten. Wütende Schreie drangen bis auf die Lichtung. Trotz der nahenden Gefahr zögerte Benedicta keinen Augenblick lang, sondern eilte aus ihrer Deckung hervor, um nach Julian zu sehen. Sie beugte sich zu ihm hinunter und erstarrte. Er lag bäuchlings mit dem Gesicht nach unten auf dem Waldboden, und aus seinem Wams ragte der schwere Pfeil einer Armbrust. Ohne nachzudenken, zog Benedicta ihn mit einem einzigen Griff aus dem verwundeten Fleisch und schleuderte ihn von sich. Die Wunde blutete stark. Julian stöhnte leise auf, und Benedicta drehte seinen Körper mit aller Kraft auf den Rücken.

Wortlos war auch Agnes vom Pferd gestiegen, um ihrer Freundin zu helfen. Der Zelter setzte sich derweil in Bewegung und wollte gemächlich in den Wald zurücktraben. Agnes versuchte noch, ihn daran zu hindern, da hielt sie plötzlich inne.

»Hörst du das? Es … es ist plötzlich so still«, flüsterte sie ängstlich.

»Bitte, versteckt euch!«, keuchte Julian. Er bemühte sich, die Augen öffnen, aber es gelang ihm nicht. Offensichtlich war er zu schwach, um die schweren Lider zu heben.

»Aber ich kann dich doch hier nicht liegen lassen«, widersprach Benedicta energisch und zog seinen Oberkörper vorsichtig auf ihren Schoss. Zärtlich strich sie ihm über das blonde Haar, das ihm am Kopf klebte. Er war schweißnass.

»Bitte!«, flehte er. »Bitte, Benedicta, lasst euch vom Schwarzen nach Schloss Ehrenreit bringen und sag meinem Bruder …« Er biss die Zähne aufeinander, und seiner Kehle entstieg ein unterdrücktes Stöhnen. Doch dann erhob er die Stimme von Neuem. »Sag meinem Bruder, er soll euch umgehend in Sicherheit bringen. Nicht meinem Vater. Hast du verstanden? Auf keinen Fall meinem Vater!«

»Du sollst nicht so viel sprechen«, ermahnte Benedicta ihn und fügte beschwörend hinzu: »Wir bleiben bei dir. Die Gefahr ist gebannt. Die Knechte sind ins Kloster zurückgekehrt, weil sie offensichtlich glauben, sie hätten uns niedergestreckt.«

In diesem Augenblick ertönte ein mörderischer Schrei aus dem Wald heraus. So nahe, dass Benedicta und Agnes erschrocken zusammenzuckten.

»Nun geht doch endlich! Versteckt euch, um Himmels willen!« Bei diesen Worten versuchte sich Julian aufzurichten, doch er sank kraftlos auf ihren Schoß zurück. Sein Kopf hing leblos zur Seite.

»Julian?«, rief Benedicta ängstlich und immer wieder. »Julian?« Aber er rührte sich nicht mehr, obwohl sie ihn wie von Sinnen schüttelte.

»Benedicta?«, fragte Agnes mit belegter Stimme. »Was ist das? Da kommt etwas aus dem Wald! Was ist das bloß?«

Benedicta ließ von Julian ab und hielt den Atem an.

Tatsächlich. Das Geräusch menschlicher Schritte war ganz deutlich zu hören, nur kein Pferdegetrappel. Es näherte sich ihnen offenbar jemand zu Fuß.

»Komm jetzt! Wir müssen uns retten«, bettelte Agnes, doch Benedicta wollte Julian auf keinen Fall seinem Schicksal überlassen. Sie legte seinen Oberkörper vorsichtig auf dem Waldboden ab, beugte sich tief zu ihm hinunter, presste ihr Ohr auf seine Brust und lauschte dem Schlag seines Herzens.

»Hör nur! Er atmet noch. Wir müssen ihn auf seine Burg bringen!«, rief sie beglückt, doch da hatte Agnes sie bereits an den Schultern gepackt und zog sie mit sich. Benedicta wehrte sich nach Kräften, aber Agnes' Griff war eisern, und die Küchenmagd erwies sich als die Stärkere.

Als Benedicta vor Schmerz aufschrie, packte Agnes noch härter zu und zischte wütend: »Kannst du nicht ein einziges Mal gehorchen? Dein Julian hat befohlen, dass du dich rettest. Also rette dich!«

Das genügte, um Benedicta zum Schweigen zu bringen. Stumm folgte sie der Freundin.

Kaum waren sie hinter der riesigen Eiche angekommen, als ein Mann die Lichtung betrat. Er war hoch gewachsen und führte ein lahmendes weißes Pferd am Zügel. Er trug einen langen schwarzen Mantel, dessen Kapuze er so tief ins Gesicht gezogen hatte, dass das Gesicht nicht zu erkennen war. Über der Schulter trug er eine Armbrust. Benedicta schüttelte sich vor Unbehagen. Hatte dieser Fremde Julian den gemeinen Bolzen hinterrücks in den Rücken geschossen?

Unvermittelt blieb der Mann stehen, drehte sich um und brüllte etwas in den Wald zurück. Benedicta konnte die Worte nicht verstehen, aber es klang, als nenne er einen Namen. Dieser Eindruck verstärkte sich, als er noch einmal wie angewurzelt stehen blieb und zum Wald hinüberstarrte. Nachdem er eine ganze Weile immer verzweifelter in den Wald hineingerufen hatte, ging er endlich weiter. Er war nur wenige Schritte weit gekommen, brach sein Pferd ganz plötzlich zusammen – genau an der Stelle, an der Julian lag. Vor Entsetzen schlug sich Benedicta die Hand vor den Mund.

Hoffentlich hat das Pferd Julian mit seinem Gewicht nicht unter sich begraben!, durchfuhr es Benedicta eiskalt, und sie reckte den Hals so weit vor, dass Agnes sie schon zurückzerren wollte. Dieses Mal aber gelang es ihr, sich loszureißen.

»Ich will mich wenigstens davon überzeugen, dass er nicht von einem Pferd erdrückt wird!«, zischte sie wütend und richtete den Blick gebannt auf das Geschehen auf der Lichtung. Offenbar war das Pferd genau neben Julian niedergestürzt. Erleichtert atmete Benedicta auf, als sie sah, dass sich der Fremde zu Julian hinunterbeugte.

Wenn ich doch bloß sein Gesicht sähe! Dann wüsste ich, welche Absichten er hegt, durchfuhr es Benedicta eiskalt. Denn inzwischen schüttelte der Fremde mit dem Kapuzenmantel Julians leblosen Körper wie von Sinnen.

Er will sich vergewissern, ob er wirklich tot ist, mutmaßte Benedicta und erschauderte. Wer war dieser Fremde? Etwa einer der Knechte, die der Provinzial ihnen hinterhergehetzt hatte? Aber warum kamen ihm die anderen nicht zu Hilfe? Man hatte ihr doch nur von zwei Klosterknechten berichtet. Gehörte er etwa nicht zu ihnen? Hatte er die Schergen des Provinzials gar in die Flucht geschlagen?

Benedicta hielt den Atem an und überlegte, ob sie Julian diesem unheimlichen Fremden überlassen sollte. Nein!, entschied sie schließlich. Niemals! Ich muss ihn retten.

Beherzt trat sie einen weiteren Schritt zur Seite und trat dabei auf einen Ast. Ein knackendes Geräusch durchbrach die Stille des Waldes, und Benedicta schreckte hinter den Baum zurück.

Der Fremde aber fuhr herum, griff behände nach seiner Armbrust, legte einen Pfeil ein und schoss ihn blitzschnell in ihre Richtung ab.

Benedicta hörte, wie sich der schwere Bolzen tief in den Stamm der Eiche bohrte. Zitternd ergriff sie Agnes' Hand. Es tat ihr leid, dass sie die Freundin mit in Gefahr brachte.

Der Mann, der den Pfeil aus der Hocke abgeschossen hatte und immer noch am Boden neben Julian kauerte, sprang nun flink auf und näherte sich auf leisen Sohlen dem Baum.

Warum nur hat er die Kapuze so tief ins Gesicht gezogen?, fragte sich Benedicta, die das Antlitz ihres Henkers sehen wollte, zum wiederholten Mal. Dass er sie umbringen würde, stand für sie außer Frage. Sie wurde ganz ruhig bei dem Gedanken, dass ihr letztes Stündlein geschlagen hatte. Das ist die Strafe des Herrn, dachte sie.

Der Fremde stand nun fast vor der Eiche, doch bevor er sie umrunden konnte, ertönte ein lautes Gewieher.

Das Pferd – ich habe den Schwarzen völlig vergessen!, schoss es Benedicta durch den Kopf. Jetzt spätestens ahnt er, dass sich noch jemand auf der Lichtung aufhält.

Der Mann drehte sich langsam um, entfernte sich von der Eiche und ging mit ruhigem Schritt auf den Schwarzen zu, der sich in seiner ganzen Schönheit aufgebäumt hatte.

»Ruhig, mein Alter, ruhig!«, sprach der Fremde fast zärtlich auf das Tier ein, das nun ganz ruhig dastand und sich von dem Mann über die Mähne streichen ließ. Doch dann wandte er sich von dem Pferd ab, hockte sich wieder neben Julian und drehte ihn ächzend auf die Seite. Er untersuchte seinen Rücken, tastete ihn ab und blickte sich, als er die Wunde entdeckt hatte, verwundert um. Für den Bruchteil eines Augenblickes konnte Benedicta seinen Mund sehen. Einen strengen Mund mit zusammengepressten Lippen.

An der Eiche, hinter der sich die beiden jungen Frauen versteckt hielten, blieb sein Blick hängen. Das allerdings konnte sie nur erahnen, denn die Augen waren immer noch unter der Kapuze versteckt.

»Er hat gesehen, dass der Bolzen herausgezogen wurde. Ich gehe zu ihm und bitte ihn, Julian aus diesem schrecklichen Wald fortzubringen. Er ist keiner von den Knechten. Sonst würde er sich doch nicht um Julian kümmern. Er wird mir nichts tun«, flüsterte Benedicta entschlossen und wollte sich gerade aus ihrem Versteck hinauswagen, als sie wieder diesen stechenden Schmerz am Handgelenk spürte.

»Du wirst nirgendwo hingehen!«, fauchte Agnes und verstärkte ihren eisernen Griff um Benedictas Handgelenk. Dann starrte sie ebenfalls gebannt auf die Lichtung.

»Oh, mein Gott, er kommt her! Schau nur! Er wird uns aufspüren und umbringen.«

Benedicta und ihre Freundin rückten noch enger zusammen, damit der unheimliche Mann nur ja keinen Zipfel ihrer Kleidung erspähte. Wie zwei ängstliche Kinder hielten sie einander fest umklammert und wagten nicht zu atmen. Auch Benedicta verging jetzt der Mut, sich dem Fremden zu stellen.

Mit jedem Schritt, den dieser sich näherte, wuchs Benedictas lähmende Furcht. Dieses Mal wollte sich gar keine Ruhe in ihrem Innern ausbreiten. Im Gegenteil, Todesangst durchfuhr sie, und sie fühlte, wie sehr sie am Leben hing. Ich muss doch wissen, wie es dort draußen in der Welt wirklich ist, bevor ich sterbe, dachte sie verzweifelt.

Der Mann mit dem Kapuzenmantel war mittlerweile so dicht an die Eiche herangetreten, dass Benedicta glaubte, den Hauch seines stinkenden Atems zu spüren, doch in dem Augenblick, als nur noch ein einziger Schritt gefehlt hätte, um sie zu entdecken, erhob sich ein klägliches Stöhnen von der Lichtung her.

Julian!, dachte Benedicta und erwartete mit angehaltenem Atem den nächsten Seufzer. Doch es blieb ruhig. Auf der Lichtung und unter der alten Eiche war es totenstill, bis sich die Schritte eilig entfernten.

Kaum hatte der Fremde ihnen den Rücken zugekehrt, traute sich Benedicta, hinter der Eiche hervorzulugen. Mit bangem Blick folgte sie seinen Bewegungen.

Wieder hockte sich der Mann im schwarzen Mantel zu Julian auf den Waldboden und schien mit ihm zu sprechen. Und Julian antwortete ihm offenbar, denn seine Stimme drang schwach bis zur Eiche herüber, obwohl die Worte nicht zu verstehen waren. Es klang wie fernes Gemurmel.

Dann herrschte wieder Stille. Der Fremde richtete sich auf, blieb für einen Augenblick regungslos stehen, bevor er den Körper des Fechtmeisters mit einem einzigen Griff packte. An Julians Armen, die leblos herunterhingen, erkannte Benedicta unschwer, dass er wieder ohnmächtig geworden war. Der Fremde hievte den schlaffen Körper schwer atmend auf den Schwarzen. Er legte ihn wie einen nassen Sack quer über dem Pferderücken ab und überzeugte sich davon, dass er nicht vom Pferd fallen konnte.

Dann trat der Mann im Kapuzenmantel noch einmal auf die Lichtung und näherte sich vorsichtig dem weißen Pferd, das auf dem Waldboden lag und leise vor sich hinschnaubte, und versuchte es zum Aufstehen zu bewegen. Erst schien es dem Pferd sogar zu gelingen, doch dann gab das lahme Bein unter dem Gewicht des schweren Körpers nach, und es sank erneut zu Boden.

Den gebrochenen Blick des Pferdes, als es sich noch einmal vergeblich aufzubäumen versuchte, würde Benedicta ihr Leben lang nicht vergessen. Das stumme Leiden, das in seinen Augen geschrieben stand, war kaum zu ertragen. Sie wandte den Kopf ab, doch nur für einen winzigen Augenblick. Dann siegte die Neugier. Was hatte der Fremde vor?

Sie sah nun mit an, wie er sich zu dem verletzten Tier beugte und ihm etwas ins Ohr flüsterte, bevor er einen

Dolch aus dem Mantel zog und ihn dem Pferd mit einem heiseren Aufschrei in den Hals rammte. Eine rote Fontäne sprudelte hervor und bedeckte den Waldboden im Nu mit einer großen Blutlache. Ungeachtet dessen stand der Fremde auf, beugte sich noch einmal hinunter und streichelte dem Tier über den toten Leib. Schließlich wandte er sich jäh um und eilte zu dem Schwarzen hinüber, ohne sein totes Pferd auch nur noch eines Blickes zu würdigen.

Benedictas Aufschrei war stumm, minderte ihr Entsetzen aber nicht im Geringsten. Was hätte sie in diesem Augenblick darum gegeben, den Körper dieses Fremden mit einem Dolch zu durchbohren und sein Blut spritzen zu sehen. Er hatte das Tier kaltblütig getötet. Nein, ein guter Mensch war er mit Sicherheit nicht!

Agnes hielt sich die Hand vor den Mund und war totenbleich im Gesicht, doch erst als sich der Mann mit einem Satz hinter Julian auf den Schwarzen geschwungen hatte und mit ihm fortgeritten war, wagte sie es, sich in einem Schwall zu übergeben.

»Was war das nur für ein Mörderbube? Was wird er erst mit Julian anstellen, falls der noch ein Funken Leben im Leib hat?«, fragte Benedicta voller Entsetzen, während sie sich am Stamm der Eiche entlang auf den bemoosten Waldboden rutschen ließ. Agnes zuckte die Achseln und tat es der Freundin gleich.

»Das mit dem Pferd, das musste er tun«, erwiderte sie nach einer Weile des Schweigens.

»Warum? Warum musste er das arme Tier töten?«, fauchte Benedicta zurück.

»Wenn ein Pferd sich am Bein verletzt, wird es nie mehr laufen können. Und diejenigen, denen die Pferde mehr bedeuten als nur Ackervieh, die erbarmen sich ihrer und erlösen sie von ihren Qualen«, murmelte Agnes.

»Trotzdem, es ist eine unverzeihliche Sünde«, gab Benedicta empört zurück. »Der Herr verlangt, dass wir das Leiden ertragen und uns ihm nicht entziehen.«

»Wenn du so denkst, solltest du schnellstens zu den Schwestern zurückkehren. Wirf dich vor ihnen in den Schmutz und bitte um Vergebung«, fuhr die Freundin sie daraufhin an.

»Aber ein Tier umzubringen, das ist eine Sünde, die nach Bestrafung schreit.«

»Es ist auch eine Sünde, aus dem Kloster zu flüchten. Was er auch immer für ein unheimlicher Geselle ist, aber das hat er wohlgetan. Doch woher sollst du das wissen? Du weißt ja gar nicht, wie das Leben dort draußen wirklich ist. Gute Männer töten ihre Tiere, damit sie nicht leiden müssen. So halten es die Menschen im Dorf jedenfalls.«

Mit diesen Worten stand Agnes auf und klopfte sich den Schmutz des Waldbodens vom Kleid. Wütend wandte sie sich der Freundin zu. »Ich gehe jetzt nach Nürnberg zu meinem Bräutigam, und du, du kehrst am besten artig ins Kloster zurück. Ich glaube, für das Leben außerhalb der Klostermauern bist du nicht geschaffen. Du urteilst gar zu schnell über andere und vergisst, was du ihnen angetan hast.«

Trotzig wandte sich Agnes zum Gehen. »Oh, Agnes, ich habe so entsetzlichen Durst«, sagte Benedicta, als hätte sie die harten Worte der Freundin gar nicht gehört.

»Siehst du, du erwartest, dass jetzt eine Magd herbeieilt und dir einen Krug Wein kredenzt ...«

»Nein, das tue ich nicht. Ich ...«, stotterte Benedicta und versuchte, die aufsteigenden Tränen zu unterdrücken. Verzweifelt fügte sie hinzu: »Ich habe sehr wohl gehört, was du über mich denkst, aber du weißt genau, dass es ungerecht und gemein ist.«

»Gemein ist, dass du dich nicht davor scheust, mich zu belügen. Oder hast du mich nicht täuschen wollen, als du sagtest, du würdest am morgigen Tag mit Fieber daniederliegen?«, schimpfte Agnes.

Benedicta blieb ihr eine Antwort schuldig und brach

stattdessen in verzweifelte Tränen aus. Agnes kämpfte mit sich, ob sie die Freundin trösten und umarmen sollte.

»Ich allein bin schuld daran, dass Julian diese Flucht womöglich mit dem Leben bezahlt. Dir will ich die Wahrheit sagen: Ich habe ihn geküsst«, schniefte Benedicta.

Agnes stemmte die Hände in die Hüften. »Benedicta! Was erzählst du mir da bloß, als wäre es dein bestgehütetes Geheimnis? Hast du das etwa vergessen? Ich war doch dabei, als du ihn in deiner Zelle mit einem Kuss überfallen hast. Mir war gar nicht wohl bei dem Anblick, aber ich bin deine Freundin. Niemals wäre mir ein Sterbenswort über die Lippen gekommen. Selbst unter der Folter hätte man es nicht aus mir herausgepresst. Aber du vertraust mir nicht! Warum sonst solltest du mich belogen haben? Warum hast du mir verheimlicht, dass du aus dem Kloster flüchten willst? Hattest du Angst, ich würde dich begleiten? Bedeute ich dir so wenig, dass du mich allein zurücklassen wolltest?«

Benedicta sah Agnes schuldbewusst an. »Ich wollte es dir doch nicht verheimlichen, aber die Priorin hat es mir befohlen …«

»Die Priorin wusste von eurer Flucht?«, unterbrach Agnes sie fassungslos. Benedicta nickte beschämt.

»Walburga hat den Provinzial aus Nürnberg geholt und ihm berichtet, dass ich unkeusch war. Und er wollte nun über Julian und mich Gericht halten …«

»Und warst du unkeusch?«

Benedicta seufzte. »Ich habe ihn geküsst und mir nichts sehnlicher gewünscht, als seine Frau zu werden, doch nur im Traume. Verstehst du? Und dann ging alles so schnell, und die Priorin befahl mir, mit ihm zu fliehen.«

»Und da hast du entschieden, mit ihm zu gehen und mich zurückzulassen, damit ich weiter deine Lebkuchen backen kann?« Mit diesen Worten wandte sich Agnes entschieden von ihrer Freundin ab.

Benedicta sah ihr flehend hinterher. Agnes entfernte sich

rasch, doch dann sah sie sich noch einmal um. In ihren Augen lagen Bedauern und Entschlossenheit in einem.

»Ich gehe nun nach Nürnberg, und hier trennen sich unsere Wege.«

Da gab es für Benedicta kein Halten mehr, und sie rannte der Freundin hinterher.

»Ich möchte mit dir zusammenbleiben! Du bist doch meine liebste Gefährtin.«

Agnes blieb stehen und musterte Benedicta feindselig. »Jetzt vielleicht, nachdem dir dein Fechtmeister nicht mehr helfen kann.«

»Aber wo soll ich denn bloß hin?«, fragte Benedicta schier verzweifelt.

»Hat er nicht gesagt, du sollst zu seiner Burg gehen?«, entgegnete Agnes ungerührt. » Hat er nicht gesagt: Geh du zur Burg Ehrenreit? Die liegt übrigens nicht weit von hier entfernt. Ich kenne eine Magd, die dort dient. Also, hochehrwürdige Benedicta von Altmühl, schlaft Euch aus, und morgen früh macht Euch auf den Weg, denn dort seid Ihr unter Euresgleichen.«

Agnes deutete einen übertriebenen Knicks an.

»Hör auf damit!«, flehte Benedicta sie an, doch die Freundin dachte gar nicht daran. Übertrieben warf sie sich vor Benedicta auf die Knie. »Ich bin von niederem Stand. Sagt mir, was ich Euch bringen darf!«

»Bitte, hör auf damit!«, flehte Benedicta erneut.

Agnes rappelte sich vom Boden auf. »Ich hatte nie vor, deinem Bräutigam und dir zur Last zu fallen. Nein, ich musste nur schnell fort, weil ich ohne dich keinen Tag länger im Kloster leben wollte.«

Mit diesen Worten wandte Agnes sich von Benedicta ab, doch ihre Freundin klammerte sich verzweifelt am Ärmel ihres Unterkleides fest.

»Es tut mir leid, dass ich dich belogen habe, denn glaub mir: Der Gedanke, dass wir uns trennen müssen, hat mir große Schmerzen bereitet. Dich kenne ich schon so lange und den Fechtmeister doch nur vom Ansehen und ein wenig vom Tändeln. Bitte, lass mich mit dir in die Stadt gehen. Ich wollte immer eine von euch sein«, bettelte die hochwohlgeborene Benedicta von Altmühl die Köchin an.

»Das ist nicht möglich! Das ist wirklich nicht möglich«, presste Agnes gequält heraus, bevor sie sich endgültig von Benedicta abwandte und losrannte.

Wie betäubt blieb Benedicta stehen. Wohin sollte sie sich wenden? Wenn sie zur Burg Ehrenreit ging, war es doch nur eine Frage der Zeit, wann der Provinzial Knechte schickte, um sie zu holen. Wenn sie dort nicht bereits auf sie warteten, denn Walburga hatte den Namen des Fechtmeisters schließlich laut genug in die Nacht hinausgeschrien. Nein, auf die Burg konnte sie auf keinen Fall. Jetzt habe ich keinen Menschen mehr auf der ganzen Welt, dachte sie voller Selbstmitleid und sah nur noch einen einzigen Ausweg: reumütig ins Kloster zurückzukehren. Wenn sie großes Glück hatte, ließ man ihr die Lebkuchenbäckerei. Benedicta nahm sich vor, Priorin Leonore in Zukunft zur noch Freude zu bereiten. Mit einer gewissen Zärtlichkeit dachte sie an die Frau, die ihr zur Flucht verholfen hatte. Und mit dem Gedanken an Leonore kam auch die Angst. Was, wenn jemand Wind davon bekommen hatte, dass die Priorin ihnen diese Flucht überhaupt erst ermöglicht hatte? Würde man sie nicht hart dafür bestrafen?

Ich werde leugnen, dass die Priorin etwas von unserer Flucht wusste, und aus mir soll die demütigste Schwester von ganz Engelthal werden. Ich werde so lange beten, bis ich aus Wundmalen blute und hohe Herren mir ihre Aufwartung machen. Das jedenfalls nahm sich Benedicta in diesem Augenblick ganz fest vor.

22

Benedicta verließ die Lichtung und schlug entschlossen die Richtung ein, aus der sie gekommen war. Vor ihr lag nun die stockfinstere Nacht. Zögernd blieb sie stehen. Noch war sie nicht weit entfernt von der sicheren Lichtung. Doch wenn sie bei Nacht in den Wald ginge, wäre sie gewiss verloren. Sie wusste auch gar nicht genau, auf welchem Weg das Pferd sie bis hierher getragen hatte. Ich muss warten, bis der Morgen graut, sagte sie sich. Und so kehrte sie zielstrebig zurück an jenen Platz unter der alten Eiche, um sich dort schlafen zu legen. Doch als sie dort ankam, stutzte sie, denn es saß schon jemand dort.

»Ich habe Angst so allein«, erklärte Agnes kleinlaut. »Ich nehme dich mit nach Nürnberg«, ergänzte sie entschuldigend. »Aber dann musst du eine der Meinen sein. Stell dir vor, ich bringe meinem Bäcker eine entflohene Schwester von adligem Stand ins Haus. Nein, wenn du bei mir bleibst, dann musst du eine Köchin sein wie ich. Ohne den Schleier der Schwestern …«

Agnes hatte ihren Satz noch nicht vollendet, als sich Benedicta schon mit einem einzigen Griff von ihrer verräterischen Kopfbedeckung befreite. Verflogen war der Gedanke an eine freiwillige Rückkehr ins Kloster.

»Darum habe ich dich schon immer beneidet, dass du keinen Schleier tragen musst«, lachte sie, doch dann wurde sie gleich wieder ernst. »Ich tue alles, was du mir aufträgst, wenn ich dich nur begleiten darf. Wohin soll ich denn sonst? Was habe ich auf einer fremden Burg verloren, wenn Julian womöglich nicht mehr am Leben ist? Was, wenn sein Vater erfährt, dass er sich meinetwegen in diese Gefahr gebracht hat? Und wenn er lebt, dann wird er mich in Nürnberg finden. Auch kann ich nicht zum Haus meines Vaters zurückkehren, denn meine Stiefmutter wird nicht zögern, mich an den Haaren ins Kloster zurückzuschleifen. Wie oft habe ich geträumt, die Mauern des Klosters hinter mir zu lassen, so wie du es jederzeit tun konntest. Jetzt lass mich doch endlich eine von den Deinen sein!«

In Agnes' Augen schimmerte es verdächtig feucht. Sie griff nach Benedictas Hand.»Es tut mir leid, dass ich so garstig war«, murmelte sie. »Aber es kränkt mich nun einmal so sehr, dass du mich belogen hast.« Seufzend hielt sie inne.

»Ich verstehe dich doch, aber nun lass es uns vergessen. Sag mir lieber, wie ich als Köchin aussehen muss – und vor allem, wie ich heißen soll!«

»Wie du heißen sollst?«, gab Agnes verwundert zurück.

»Benedicta, das klingt nach Schwester Benedicta. Stell dir vor, sie suchen nach uns in der Stadt, und jedermann weiß, dass ich Benedicta heiße. Als ich ein Kind war, da wollte ich immer Brunhild heißen wie meine selige Mutter.«

»Brunhild?«, gab Agnes zweifelnd zu bedenken, doch dann fügte sie aufmunternd hinzu. »Dann lass uns gleich morgen nach Nürnberg gehen, Brunhild.«

Mit diesen Worten zog Agnes ihr wollenes Überkleid aus und reichte es dem frisch gebackenen Küchenmädchen.

»Der edle Stoff deines Gewandes könnte dich verraten. Wir müssen es leider zurücklassen.«

Ohne mit der Wimper zu zucken, entledigte sich Benedicta ihrer Surkotte und wollte sich gerade das kratzende, ärmellose braune Kleid der Freundin über den Kopf ziehen, als sie innehielt.

»Aber du kannst doch nicht im Hemd zu deinem Bäcker kommen!«

Agnes lächelte. »Es hat sein Gutes, Köchin bei den heiligen Schwestern zu sein. Im Kloster bekommt unsereins genug zu essen, man lehrt uns so allerlei wie die vornehme Sprache der Schwestern, und man sorgt dafür, dass wir genügend saubere Kleidung haben. Ich besitze sogar drei Kleider, die ich alle mitgenommen habe.«

Der Stolz in Agnes' Stimme war nicht zu überhören. Sie stand vom Boden auf und griff in ihr Bündel, um ein zweites Überkleid hervorzuholen, als ein schreckliches Heulen durch den Wald schallte. Agnes und Benedicta sahen einander ängstlich an. Da war es wieder zu hören!

»Ein Wolf!«, keuchte Agnes und rückte näher an die Freundin heran.

»Das ist kein Wolf!« Benedicta lauschte angestrengt.

»Was denn sonst? Du weißt doch, wie sich ein Rudel dieser Bestien im letzten kalten Winter bis nach Engelthal wagte.«

»Schon, aber das klingt nicht nach Wolfsgeheul. Es erinnert mich eher an die Hunde, wenn sie in der Abenddämmerung auf den Gehöften der Bauern so laut jaulen, dass es bis zum Kloster hinaufschallt.«

»Ein Hund?« Agnes sah sie ungläubig an. »Wie soll sich denn ein Hund in den Wald verirren?«

Statt Agnes zu antworten, ergriff sie deren Hand. »Komm mit!«, befahl sie und zog die Freundin zum Wald hinüber.

Agnes aber sperrte sich mit aller Kraft und befreite sich aus Benedictas Griff. »Um keinen Preis kehre ich in den düsteren Wald zurück. Die Bäume stehen so dicht beieinander, dass ihre Kronen das Licht des Mondes nicht durchlassen. Wir sind verloren. Und das alles, um von einem Wolf gefressen zu werden?«

Wieder heulte das Tier auf. »Es ist ein Hund, dem ein Leid widerfährt«, wiederholte Benedicta beharrlich.

Agnes stöhnte auf und rollte mit den Augen. »Und wenn es ein Hund wäre, warum soll ich mich für ein so unnützes Getier in Gefahr begeben? Ein Hund weniger ist ein wahrer Segen!«

Wütend funkelte Benedicta die Freundin an. »Es ist ein Lebewesen, und wenn ich schon nichts für Julian tun konnte – dem Tier zu helfen, davon hältst du mich nicht ab. Aber bleib du nur hier und warte auf mich. Ich gehe auch allein.«

Mit schnellem Schritt verließ Benedicta die Lichtung

und stolperte geradewegs in den Wald hinein. Noch wies ihr der Mond den Weg, doch es wurde immer dunkler, bis sie auf eine andere Lichtung trat.

Aus dem Heulen war ein Wimmern geworden. Und da sah sie das Tier auch schon vor sich und trat voller Entsetzen zurück. Nach seiner Kleidung zu urteilen, war es einer der Klosterknechte, der mit einem Stock auf den Kopf eines Hundes eindrosch. Das Jaulen klang zum Gotterbarmen, und Benedicta zögerte keinen Wimpernschlag lang. Wutentbrannt sprang sie auf den Kerl zu und schrie ihn an. »Lasst das Tier in Ruhe!«

Aus verquollenen Augen starrte sie der Mann an. Erst entgeistert, dann eher belustigt. »Sieh mal einer an! Die entlaufene Schwester kommt freiwillig zurück. Das wird mir einen Batzen Geld einbringen.« Erneut hob er den Stock zum Schlag. »Aber erst werde ich dieses stinkende Vieh erschlagen. So wie sein Herr meinen treuen Gefährten erschlagen hat …« Doch dann schrie er auf vor Schmerz. Benedicta hatte ihn in ihrer Not blitzschnell in die Hand gebissen.

»Du Luder, du!«, brüllte der Knecht und schwang drohend den Stock. »Das wirst du mir büßen!«

Bevor er einen Schlag landen konnte, war ihm jemand in den Rücken gesprungen und prügelte kräftig auf ihn ein. Benedicta sah nur noch Agnes' schwarzes Haar fliegen und nutzte den Schrecken des Kerls, um ihm den Stock aus der Hand zu reißen. Das war leichter als gedacht, denn der Mann besaß offensichtlich nicht besonders viel Kraft.

Vielleicht ist er noch berauscht, dachte Benedicta, während sie den Stock weit von sich warf. Nun ließ auch Agnes von ihm ab und forderte die Freundin lautstark auf, um ihr Leben zu rennen. Benedicta aber blieb wie angewurzelt stehen und warf dem jaulenden Bündel, das in der Erwartung des nächsten Schlags ängstlich auf dem Boden kauerte, einen forschenden Blick zu.

Statt loszulaufen, bückte sie sich und hockte sich neben das Tier. Es war ein brauner Hund mit einer kräftigen schwarzen Schnauze, der sie aus dunklen Augen traurig anblickte und den Kopf auf die Seite legte.

»Was hat er dir angetan?«, sprach Benedicta auf das geschundene Tier ein, während sie ihm über das glatte, weiche Fell strich.

Erst als Agnes gellend um Hilfe schrie, vergaß sie das Elend des hilflosen Tieres, und ihr Kopf fuhr herum. Was sie sah, ließ ihr das Blut in den Adern gefrieren. Der Knecht hielt ihrer Freundin von hinten ein Messer an die Kehle und geiferte: »Besser, als die Schwester ins Kloster zurückzubringen, ist es doch, mir euch gottlose Weiber zu Willen zu machen.«

Er ließ das Messer kurz sinken, tat einen Schritt zurück und trat der Küchenmagd mit solcher Wucht ins Kreuz, dass sie stolperte und in hohem Bogen auf dem Waldboden landete.

»Agnes!«, rief Benedicta erschrocken, sprang auf und stolperte auf den Knecht zu, doch der hielt ihr die Spitze des Messers entgegen.

»Einen Schritt noch, und ich spieße Euch bei lebendigem Leib auf!«, keuchte er, bevor er sich näherte und ihr mit der anderen Hand grob ins Gesicht schlug. Er hat doch mehr Kraft als vermutet, dachte sie noch, während sie ins Straucheln geriet und mit dem Kopf gegen einen Baum schlug. Sie fiel der Länge nach hin und wunderte sich noch, dass es so weich unter ihr war, doch dann schwanden ihr die Sinne.

23

Benedicta erwachte von dem lautem Fluchen ihrer Freundin Agnes. »Du Ausgeburt einer Kröte, wenn du das tust, bist du tot!«

Nachdem Benedicta mühsam den pochenden Hinterkopf gehoben hatte, sah sie ihre Freundin mit dem Rücken an einen Baum gedrückt stehen. Der Knecht hatte ihre Handgelenke gepackt und hielt sie fest, während sie ihn zu treten versuchte.

»Schön langsam macht es mir Spaß, du Tier!«, keuchte der Mann und ließ ihre rechte Hand los, um seine Bruche aufzubinden. Diesen Augenblick nutzte Agnes und versetzte ihm eine schallende Ohrfeige, doch er brach nur in Hohngelächter aus. »Ihr seid wie ein züngelndes Feuer. Ich mag solche Weiber!«

Ehe sie sichs versah, hatte er auch ihren anderen Arm losgelassen und ihr mit der freien Hand links und rechts ins Gesicht geschlagen. Blut rann ihr aus Nase und Mund. Ihr schmerzerfülltes Aufheulen nutzte der Knecht, um sich seiner störenden Bruche zu entledigen. Das leinene Untertuch fiel zu Boden.

Obwohl Benedictas Kopf zu platzen drohte, versuchte sie aufzustehen und Agnes zu Hilfe zu eilen. Sie wusste zwar nicht genau, was der Fremde mit ihrer Freundin vorhatte, aber es war widerlich, wie er keuchte und stöhnte. Erst in dem Augenblick, als sie sich auf dem Waldboden abstützen und am Baum in die Höhe ziehen wollte, merkte sie, dass sie an etwas hängen blieb und dass es kein Waldboden war, auf dem sie kauerte, sondern ein Toter.

Es fehlte nicht viel, und sie hätte einen gellenden Schrei ausgestoßen, denn der zertrümmerte Schädel lag in einer zähen, gelben Masse, in die sie mit den Händen gegriffen hatte.

Ihr wurde übel, aber sie konnte den Brechreiz gerade noch unterdrücken, denn ein verzweifelter Aufschrei ihrer Freundin erinnerte sie daran, dass sie schnellstens etwas unternehmen musste. Sonst würde der Knecht Agnes mit Sicherheit umbringen.

Benedicta schaffte es aufzustehen, obwohl ihre Beine jeden Augenblick nachzugeben drohten und die Knie sich weich wie Grütze anfühlten. Doch leise, ganz leise setzte sie einen Fuß vor den anderen. Der Rücken des Knechtes war jetzt zum Greifen nahe, ebenso sein entblößtes Hinterteil, wie Benedicta angeekelt feststellte.

»Wag es nicht, wag es nicht!«, schrie Agnes immer wieder, während Benedicta fieberhaft überlegte, wie sie den Mann wohl am besten dazu brachte, von ihrer Freundin abzulassen. Da sah sie den Knüppel am Boden liegen, mit dem der Knecht auf den Hund eingeprügelt hatte. Vorsichtig bückte sie sich, und gerade, als sie ihn aufheben wollte, fuhr der Knecht herum und versetzte ihr einen so heftigen Tritt, dass sie kopfüber auf dem Waldboden landete. Noch während ihr Gesicht im sattgrünen Moos lag, hörte sie ein furchterregendes Knurren und dann einen Schmerzensschrei, der nicht aus Agnes' Mund kam.

Als Benedicta sich aufrichtete, wurde sie Zeugin, wie der Hund dem Knecht ins Bein biss. So kräftig, dass Blut tropfte. Doch der Knecht bückte sich ganz plötzlich unter lautem Fluchen und hob blitzschnell sein Messer vom Boden auf. Wie von Sinnen wollte er damit auf den Hund einstechen, doch der war flink, tänzelte zur Seite und ging erneut zum Angriff über. Als Agnes die Gelegenheit zu nutzen und ihrem Peiniger zu entkommen versuchte, brüllte er: »Bleib, wo du bist! Sonst ersteche ich dich!«

Noch kann der Hund der tödlichen Waffe ausweichen, aber wie lange noch?, fragte sich Benedicta und wusste, dass sie den Augenblick nutzen musste, als er sich zornig ihrer Freundin zuwandte.

Blitzschnell rappelte sie sich auf, griff wieder nach dem Stock, näherte sich von hinten dem Knecht, der nicht größer war als sie selbst, und zog ihm mit voller Wucht den Knüppel über den Schädel. Und dann gleich noch einmal und noch einmal. Sie spürte ihre ganze Wut gegen den Kerl und schlug abermals zu. Mit lautem Stöhnen sank der Knecht zu Boden und gab keinen Laut mehr von sich.

Benedicta stürzte zu ihrer Freundin, die schluchzend vor dem Baum am Boden hockte, die Hände vor das Gesicht geschlagen. Benedicta legte den Arm um sie.

»Du lebst, Agnes!«, tröstete sie die Freundin. »Dieser Mordbube konnte dir nichts anhaben. Wollte er dich erwürgen, oder warum hatte er dich an den Baum gepresst?«

»Erwürgen?«, gab Agnes stirnrunzelnd zurück. »Danach vielleicht«, ergänzte sie bitter, während sie auf ihr zerrissenes Kleid deutete. Benedicta erschrak, als sie dessen gewahr wurde. Das Kleid sowie das Hemd ihrer Freundin klafften an der Vorderseite weit auf, und zwei feste weiße Brüste mit großen rosigen Höfen waren zu sehen. Als Agnes Benedictas entsetzten Blick bemerkte, bedeckte sie die Blöße mit beiden Händen.

»Der Kerl wollte mich mit Gewalt nehmen«, erklärte sie trocken.

»Mit Gewalt nehmen?« Benedicta verstand den Sinn der Worte nicht ganz.

»Daran erkenne ich wieder einmal, dass du nie über die Klostermauern hinweggesehen hast. Er wollte mein Fleisch besitzen.«

»Dein Fleisch?« Benedicta begriff immer noch nicht, doch allmählich schwante ihr etwas.

Angesichts dieser offenkundigen Unwissenheit seufzte Agnes und deutete auf den Knecht, der reglos am Boden lag.

»Dreh ihn auf den Rücken! Dann erzähle ich dir, was es heißt, das Fleisch einer Frau zu besitzen.«

»Ich soll ihn auf den Rücken drehen? Dann wacht er womöglich auf.«

»Der wacht nicht mehr auf. Ich hoffe, du hast ihm den Schädel gespalten«, entgegnete Agnes ungerührt und erhob sich unter heftigem Stöhnen.

Mit einem Satz war sie bei dem Knecht, trat gegen den leblosen Körper und schaffte es schließlich, ihn mit dem Fuß umzudrehen. Zögernd kam Benedicta näher und erkannte, dass die Freundin recht hatte. Der Knecht war tot. Er blickte ihnen aus weit aufgerissenen, leblosen Augen entgegen.

»Sieh nur hin! Mehr als dieses schlaffe Ding ist von seiner Männlichkeit nicht übrig geblieben.«

Benedicta aber hatte sich bereits erschrocken abgewandt und fragte sich, womit der Herr sie wohl für diese Sünde bestrafen würde.

»Ich habe einen Menschen getötet«, jammerte sie und klammerte sich an die Freundin. »Ich habe einen Menschen getötet!«

»Nein, du hast ein Schwein erschlagen«, erwiderte Agnes. »Oder soll ich dir erklären, was der Unhold von mir wollte?«, fragte sie, als sie Benedictas betroffenen Gesichtsausdruck sah.

»Nein, das brauchst du nicht. Ich habe zwar lange im Kloster gelebt, aber deshalb bin ich nicht so unwissend, wie du immer denkst. Als kleines Mädchen wurde ich unfreiwillig Zeugin, wie der Vater sich mit der Stiefmutter im Schlafgemach ...«

Lautes Gebell erinnerte Benedicta daran, dass sie den armen Hund völlig vergessen hatten. »Komm her!«, lockte sie ihn, woraufhin er sofort angehechelt kam.

Agnes aber würdigte ihn keines Blickes. »Erzähl weiter. Was hast du gesehen?«

Benedicta aber schüttelte unwirsch den Kopf. Etwas anderes bewegte sie viel mehr. Was sollte mit dem Hund geschehen, der gerade laut bellend die beiden jungen Frauen und den toten Knecht umkreiste?

»Du unnützes Tier, du!«, schimpfte Agnes und trat nach ihm.

»Unnützes Tier?«, fauchte Benedicta zurück. »Er hat dich vor dem Kerl da gerettet. Dankbar solltest du ihm sein!«

Agnes stöhnte auf.

»Wir nehmen ihn mit«, entschied Benedicta.

»Mitnehmen? Wohin?«

»Nach Nürnberg.«

»Niemals. Was wird mein Verlobter sagen, wenn ich

ihm solch einen unnützen Esser ins Haus bringe? Soll er doch zu seinem Herrn laufen.«

»Er gehört dem unheimlichen Kerl mit der Kapuze, und der ist über alle Berge«, erwiderte Benedicta und betrachtete den Hund, der sich ganz dicht neben sie gesetzt hatte.

»Er sieht aus wie der Lieblingshund, den mein Vater bei der Jagd stets vorausschickte, um das Wild aufzustöbern. Er hieß Artemis.«

»Genau, er gehört auf eine Burg zu seinem adligen Herrn und nicht nach Nürnberg in das Haus eines Bäckers.«

Benedicta seufzte auf. »Geh! Wir können dich nicht mitnehmen«, flüsterte sie dem Hund zu, der sie aufmerksam betrachtete und ihr dabei die Hand leckte.

»Entscheide dich. Der Hund oder das Haus des Bäckers Anselm Heller«, fuhr Agnes die Freundin schroff an.

Benedicta sah ein, dass sie keine andere Wahl hatte, als den Hund im Wald zurückzulassen. Seufzend glitt sie ein letztes Mal mit den Fingerspitzen über das weiche Fell des Tieres. »Dann lass uns rasch gehen und unseren Schlafplatz bei der Lichtung aufsuchen, bevor wir morgen weiterziehen. Ich kann diesen traurigen Blick nicht länger ertragen.«

Benedicta spürte, wie sich ihr bei ihren eigenen Worten die Kehle zuschnürte. Sollte sie wirklich schon wieder auf die Freundin hören und ein Lebewesen seinem Schicksal überlassen? Ach, er wird schon nach Hause finden, redete sie sich ihren Verrat an dem Tier schön, während sie den Blick abwandte.

»Dann komm schnell, bevor du es dir anders überlegst.« Agnes warf dem Hund einen grimmigen Blick zu, bevor sie die Freundin nicht eben zart bei der Hand nahm und mit sich fortzog.

Benedicta sah sich kein einziges Mal um. So sehr fürchtete sie sich davor, den traurigen Augen des Tieres nicht widerstehen zu können. Dafür wandte sich Agnes umso häufiger um, und schien erleichtert, dass der Hund ihnen nicht folgte.

24

Die Freundinnen kuschelten sich eng aneinander, um bis zum Morgengrauen unter der Eiche zu schlafen.

Agnes gähnte laut, doch Benedicta war hellwach. Kein Auge konnte sie zutun nach allem, was geschehen war.

»Gib es zu, du warst auch drauf und dran, das Tier mitzunehmen, oder?«, fragte sie in die Stille hinein.

»Niemals!«, erwiderte Agnes, aber an ihrem trotzigen Ton glaubte Benedicta zu erkennen, dass die Freundin sich etwas vormachte.

Hatte Agnes nicht gerade neulich erst ein aus dem Nest gefallenes Vogeljunges retten wollen und bitterlich geweint, als es ihr in der Hand gestorben war? Benedicta konnte sich beim besten Willen nicht vorstellen, dass der traurige Hundeblick sie wirklich so kalt ließ, wie sie tat. Wahrscheinlich hatte sie nur Sorge, dass ihrem Verlobten dieses Mitbringsel aus dem Wald missfallen würde.

Und ein weiterer Gedanke ließ Benedicta nicht los. Wer war der unheimliche Fremde gewesen, und warum hatte er einen ihrer Verfolger niedergestreckt? Der Provinzial konnte ihn also nicht geschickt haben. Und warum hatte er Julian mitgenommen? Sicher nicht, um ihn zu töten, denn das hätte er doch mit Leichtigkeit auf der Lichtung erledigen können.

Und wieder kam ihr das Bild in den Sinn, wie grausam der Mann sein eigenes Pferd getötet hatte. Was hatte ihr Agnes da nur weismachen wollen? Dass gute Menschen ihre Tiere von den Schmerzen erlösten? Nein, das konnte nicht im Sinn des Herrn dort oben sein.

Benedictas Gedanken schweiften nun zu den Pferden ihres Vaters ab. Besonders innig dachte sie an den Zelter, den sie von allen am meisten geliebt hatte. Er war schneller gewesen als die anderen, und ihr Vater hatte ihn Pfeil genannt. Und ausgerechnet Pfeil war eines Tages nicht mit ihrem Vater von der Jagd zurückgekehrt.

Bei der Erinnerung an Pfeil schreckte Benedicta plötzlich hoch, denn wie durch einen Nebel hörte sie, wie ihr der Vater den Verlust zu erklären versucht hatte. *Er hat sich ein Bein gebrochen. Ich musste ihn von seinen Qualen erlösen.*

»Agnes, vielleicht war der Fremde gar nicht unser Feind«, raunte sie. »Ob er Julian retten wird? Was meinst du?« Die Antwort der Freundin war ein tiefes, lautes Schnarchen.

»Bitte, lieber Gott, lass Julian am Leben, und bestrafe ihn nicht dafür, dass er sich mit dieser Flucht versündigt hat. Wenn du einen Menschen bestrafen willst, dann mich«, betete sie leise, bevor sie sich wieder hinlegte und zu schlafen versuchte.

Doch Benedicta tat kein Auge zu, weil sie wie erstarrt den unbekannten Geräuschen des Waldes lauschte. Wie konnte Agnes nur so tief schlafen? Bei jedem Rascheln zuckte Benedicta zusammen. Um ihre Ängste zu besiegen, hielt sie laut Zwiesprache mit sich selbst.

»Ob das der Schrei einer Eule ist?«

»Bestimmt ist es der Schrei einer Eule«, gab sie sich selbst zur Antwort.

Auf diese Weise verloren die fremdartigen Töne nach und nach ihren Schrecken. Doch es kamen immer wieder neue hinzu, und das Spiel begann von vorn. Ein paarmal war ihr so unheimlich zumute, dass sie Agnes zu wecken versuchte. Doch vergeblich. Die Freundin schlief wie ein Bär im Winter. Selbst auf Rippenstöße, die Benedicta ihr versetzte, als sie ganz in der Nähe ein unheimliches Knistern hörte, antwortete sie nur mit einem unwirschen Grunzen.

Benedicta hatte sich längst aufgerichtet und mit dem

Rücken an den Baum gelehnt. So saß sie hellwach da, bis endlich der Morgen graute. Sie freute sich schon, dass es immer heller wurde, als ein unheimliches Knacken zu hören war und sie zusammenfuhr. Erschrocken ging sie in die Hocke, um sich besser verteidigen zu können, denn sie wurde das Gefühl nicht los, dass sich ein Raubtier anschlich. Sollte sie schreien und Agnes so lange rütteln, bis sie endlich erwachte? Ihr Mund war jedoch so trocken, dass sie keinen Ton hervorgebracht hätte.

Im gleichen Augenblick spürte sie etwas Heißes und Nasses im Nacken und wagte sich nicht zu rühren. Sie verharrte in der Hocke, bereit, sofort aufzuspringen, sich umzudrehen und mit dem Tier zu kämpfen. Ich darf mich nicht bewegen, sprach sie sich gut zu, selbst dann, als das Ungeheuer ihr auch noch über den Hals leckte.

Benedicta hielt den Atem an. Warum hatte sich das Tier auch von hinten anschleichen müssen? Hilfloser hätte sie sich gar nicht fühlen können. Ihr blieb nichts weiter übrig, als sich still zu verhalten. Und das war in der Hocke gar nicht so einfach. Ob ich mich zur Seite fallen lasse und dann tot stelle?, fragte sie sich, während das Tier ihr noch einmal mit seiner Riesenzunge über den ganzen Nacken fuhr. Ihr liefen kalte Schauer über den Rücken. Gleich wird es zubeißen, befürchtete Benedicta, doch dann schien es von ihr abzulassen. Dennoch versuchte sie, weiter den Atem anzuhalten, als das Tier um sie herumstrich.

Benedicta schloss die Augen. Da versetzte ihr das Ungeheuer einen Stoß mit der Schnauze, sie verlor das Gleichgewicht, kippte zur Seite und blieb reglos liegen. Selbst dann, als ihr das Tier um die Beine schlich und mit seinem Fell an ihrer bloßen Haut entlangstrich, rührte sie sich nicht.

Erst als sich fordernd eine Tatze auf ihren Arm legte, riss sie die Augen auf. In diesem Moment konnte sie sich bereits denken, wer das wilde Tier war, das sie an ihrem Schlafplatz aufgespürt hatte. Als sie ihre Ahnung bestätigt sah, lachte sie vor Erleichterung laut auf und ließ sich auf den Waldboden fallen.

Der Hund sah sie mit schief gelegtem Kopf an, schüttelte sich und schmiegte sich dicht an ihren Körper. Erst als Benedicta ihm versonnen über den Kopf strich, bemerkte sie, dass der Hund aus einer Wunde blutete.

»Du bist ja verletzt! Wir können dich nicht allein im Wald zurücklassen. Jetzt müssen wir nur noch Agnes davon überzeugen, dass du ohne uns …«

»Wovon müsst ihr Agnes überzeugen?«, ertönte eine verschlafene Stimme.

Agnes reckte sich genüsslich, doch als sie den Hund erblickte, hielt sie inne und zeigte verärgert mit dem Finger auf das Tier. »Was will dieses unnütze Vieh denn schon wieder hier? Er kommt nicht mit, und wenn es sich noch so sehr an deine Rockschöße klammert.«

»Agnes, nun hör doch, der Hund ist verletzt. Der Knecht hat ihn blutig geschlagen.«

»Deshalb müssen wir ihn doch nicht mitnehmen.«

Schon war Agnes aufgesprungen, hatte sich drohend vor Benedicta und dem Hund aufgebaut und schwor, sie werde niemals dulden, dass die Freundin dieses stinkende Vieh mit nach Nürnberg schleppe. Und während sie dabei wild mit den Armen herumfuchtelte, stürzte sich der Hund plötzlich vor ihre Füße, schnappte nach etwas und warf es wild in der Luft hin und her.

Agnes schrie auf, aber dann verstummte sie jäh und starrte auf das tote Tier, das der Hund auf den Boden geworfen hatte. Eine grauschwarze Schlange mit einem gezackten Wellenmuster auf dem Rücken.

»Er … er hat mir das Leben gerettet«, stammelte Agnes und streichelte dem Hund gerührt über das dichte Rückenfell. Erst zögernd, dann immer leidenschaftlicher.

»Wenn du es genau nimmst, ist es bereits das zweite Mal«, ergänzte Benedicta schnippisch. »Und zur Belohnung willst du ihn also mit seiner Verletzung hilflos im

Wald zurücklassen und sein Schicksal damit besiegeln. Er wird elendig verrecken.«

»Ich habe nie behauptet, dass ich ihn im Wald zurücklassen will«, widersprach ihr Agnes und schob trotzig die Unterlippe vor. »Ich habe nur gesagt, er gehört zu dem hohen Herrn, der mit deinem Julian davongeritten ist.«

»Hoher Herr? Wie kommst du darauf, dass er von hohem Stand war?«

»Hast du nicht den wertvollen Gürtel gesehen, den er über seinem Mantel trug? Der war sicher aus purem Gold.«

»Nein, ich habe keinen Gürtel gesehen, sondern nur einen schwarzen langen Mantel von der Art, wie ihn kein anständiger Mann trägt.«

Agnes lachte laut auf. »Aber du kennst doch gar keine Männer außer den Mönchen und deinem Julian.«

»Eben, der trug stets einen kurzen Mantel, der seine wohlgeformten Beine erkennen ließ und …« Benedicta unterbrach sich hastig und schlug erschrocken die Hand vor den Mund. »Aber denk jetzt bloß nicht, ich hätte ihm unziemlich auf seine Beine gestarrt!«, versuchte sie sich herauszureden.

»Aber Benedicta, warum denn nicht? Du wolltest ihn immerhin heiraten …«

»Was heißt: Du wolltest? Ich will ihn immer noch heiraten, und sobald ich in Nürnberg bin, werde ich nach ihm suchen.«

»Du glaubst also, dass er noch lebt?«

Benedicta seufzte. »Ich habe heute Nacht, während du tief und fest geschlafen hast, zu Gott gebetet, er möge seine schützende Hand über ihn halten und ihn nicht dafür bestrafen, dass er sich versündigte, als er mit mir flüchtete. Und außerdem fiel mir ein, dass mein Vater einst sein Lieblingspferd von seinen Qualen erlöste. Und mein Vater war ein guter Mensch.«

»Siehst du? Das habe ich dir gleich gesagt. Ich glaube

auch fest daran, dass dein Julian noch lebt. Warum sollte der hohe Herr einen Toten mitnehmen?«, entgegnete Agnes.

»Ja, schon, aber sag mir eins: Warum sollte er ihn retten? Einen Fremden, den er im Wald findet?«

Agnes zuckte mit den Achseln, bevor ihr Blick zu dem Hund wanderte, der ihr gerade über die Hand leckte, was sie sich zu Benedictas größtem Erstaunen sogar gefallen ließ.

»Wir nehmen ihn mit. Anselm wird es schon verstehen, wenn ich ihm sage, dass er mir das Leben gerettet hat. Viel schwieriger wird es sein, ihm überhaupt zu erklären, warum ich plötzlich vor seiner Tür stehe. Ich kann nur hoffen, dass er inzwischen mit seinem Vater gesprochen hat. Nicht dass der uns fortjagt, weil Anselm bereits der Tochter des Weißbäckers versprochen ist.«

»Ach, liebe Agnes, mach dir nicht solche Sorgen! Wenn sein Herz dir gehört, hat er seinen Vater längst davon überzeugt, dass du die richtige Braut für ihn bist. Doch was wird er sagen, wenn du mich so einfach mitbringst?«

»Wenn ich im Haus des Bäckers willkommen bin, dann wirst auch du willkommen sein, liebe Schwester Brunhild.«

Benedicta schmunzelte. Brunhild? Wie das klang! Schwester Brunhild? Mit einem Ruck wandte sie sich der Freundin zu.

»Agnes, ich weiß jetzt, wer ich bin!« Sie lachte.

»Und wer bist du?«, hakte Agnes nach.

»Das ist doch ganz einfach. Ich bin deine Schwester Brunhild, die du mit in die große Stadt genommen hast, weil …«

»Genau!«, rief Agnes und fügte listig hinzu: »Weil sie auch einen braven Mann aus der Stadt heiraten wird.«

Benedicta musterte die Freundin zweifelnd. »Und wenn sie fragen, wen ich zu heiraten beabsichtige?«

»Dann sagen wir einfach: einen rechtschaffenen Zeidlermeister.«

»Warum einen Zeidler?«, fragte Benedicta verwirrt.

Agnes rollte mit den Augen. »Weil die Zeidler meist fesche Mannsbilder sind, die nur einmal im Jahr aus dem Reichswald kommen und sich in Nürnberg blicken lassen, wenn sie ihren Honig liefern. Das erklärt, warum du, meine liebe Schwester, mit mir unter einem Dach wohnst, bis ihr Hochzeit haltet. Denn das kann dauern.«

»Gut, dann bin ich eben einem Zeidler versprochen«, lachte Benedicta, doch dann wurde sie gleich wieder ernst. »Ich hoffe so sehr, dass der Fremde Julian nach Nürnberg gebracht hat. Dann muss ich ihn nur finden, und dann wird vielleicht noch alles gut. Ich werde seine Frau, und wir werden glücklich.« Ihre Stimme klang belegt.

»Das klingt nicht recht überzeugend«, gab Agnes zu bedenken. »Fürchtest du dich gar davor, ihn wiederzusehen?«

Benedicta blickte verlegen zur Seite. »Nein, so ist es nicht. Ich wünsche mir nichts sehnlicher, als ihn wohlbehalten in die Arme zu schließen. Es ist nur so, dass ich mich davor fürchte, seine Ehefrau zu werden. Als ich hinter den Klostermauern davon träumte, waren die Träume so süß, aber jetzt haben sie einen bitteren Beigeschmack.«

»Aber wovor fürchtest du dich denn? Wenn er am Leben ist und dich heiratet, wird er dich beschützen. Du wirst in Reichtum leben. Du wirst Kinder bekommen ...«

Benedicta stöhnte laut auf. »Das ist es ja gerade. Ich habe Keuschheit gelobt und würde mich versündigen.«

Behutsam legte Agnes der Freundin einen Arm um die Schultern. »Benedicta, noch kannst du umkehren. Wenn du als reuige Sünderin in den Schoß des Klosters zurückkehrst, wird man dir gewiss vergeben, denn schließlich brauchen sie dich. Jetzt, da ich fort bin. Ich glaube kaum, dass der Provinzial gern auf seine geliebten Lebkuchen verzichtet. Zumal er auch noch Geld damit machen will. Überleg es dir gut! Noch kannst du wählen.«

In diesem Augenblick blitzte die Morgensonne durch die

Bäume und tauchte die Lichtung vor ihnen in ein helles, freundliches Licht.

Benedicta atmete tief durch. »Komm, lass uns endlich in die Stadt gehen!«, sagte sie mit fester Stimme.

II. Teil

Ach, wie sehn ich mich nach dir,
Kleiner Engel!
Nur im Traum,
Nur im Traum erscheine mir!
Ob ich da gleich viel erleide,
Bang um dich mit Geistern streite
Und erwachend atme kaum.
Ach, wie sehn ich mich nach dir,
Ach, wie teuer bist du mir,
Selbst in einem schweren Traum.

Johann Wolfgang von Goethe (1749–1832)

25 Schmutzig und erschöpft erreichten Agnes und Benedicta am folgenden Abend kurz vor Sonnenuntergang das Stadttor. Sie waren eine halbe Ewigkeit durch den Wald gelaufen, hatten dort eine weitere Nacht verbracht und waren dann lange am Fluss entlanggewandert. Dort hatte sie ein Bauer mit seinem Ochsenkarren aufgelesen und bis zum Stadttor mitgenommen.

Nun standen sie inmitten einer Reihe von Karren, die alle noch vor dem Garaus in die Stadt hineinwollten.

»Nun, meine Schöne, hast du es dir überlegt? Möchtest du dich nicht doch im Gasthof bei mir dafür bedanken, dass ich dich und deine magere Freundin mitgenommen habe?«, wandte sich der Bauer mit lüsternem Blick an Agnes. Dazu musste er sich umdrehen, denn die beiden Frauen saßen hinter ihm auf dem Stroh, das er nach Nürnberg lieferte.

Agnes rollte mit den Augen. »Wir sind dir sehr dankbar, dass du uns ein Stück des Weges mitgenommen hast, aber wir sind keine Dirnen, falls du das glaubst. Wir sind ehrbare Frauen vom Lande, meine Schwester und ich.«

Der Bauer lachte dröhnend und zeigte eine Reihe gelber Stummel, die früher einmal Zähne gewesen sein mochten. »Das kann jede behaupten. Doch selbst wenn es die Wahrheit ist, wirst du sicher als Hübschlerin enden, so saftig, wie du aussiehst.« Er leckte sich die Lippen, bevor er spöttisch fortfuhr: »Da wärt ihr nicht die Ersten, die glauben, in der Stadt ihr Glück zu machen, und die in den Hurenhäusern enden.«

Agnes funkelte ihn wütend an. »Ich bin nach Nürnberg gekommen, um einen ehrlichen Mann zu heiraten.«

Der Bauer lachte immer noch. »Wer es glaubt! Aber wenn es sein muss, nehme ich auch die große Dürre. Sie hat ein liebreizendes Gesicht, und wenn sie einmal richtig im Futter ist, könnte noch ein wahres Prachtweib aus ihr werden.«

Benedicta überlegte noch, wie sie den ungehobelten Bauern in seinen stinkenden Kleidern in die Schranken weisen sollte, da rief Agnes bereits: »Und sie wird auch heiraten!«

Die Augen des Bauern verengten sich zu Schlitzen. »Ihr seid also bei mir mitgefahren, obwohl ihr mich nicht bezahlen könnt? Hinunter vom Karren, ihr schmarotzenden Weibsbilder! Dann erklärt es den Wachen, was ihr beiden allein in der Stadt wollt. Ich nehme euch nicht mit nach Nürnberg hinein.«

Er war so laut geworden, dass der Hund, der zwischen ihnen im Stroh lag, leise knurrte.

»Wird's bald, oder soll ich euch Beine machen?«, schrie er und schnalzte mit der Zunge, um seine Ochsen anzutreiben.

Eilig rappelten sich Benedicta und Agnes auf und sprangen mitsamt dem Hund hurtig vom Wagen, gerade noch rechtzeitig, bevor sich der Ochsenkarren in Bewegung setzte und über die Zugbrücke in den Innenhof rumpelte. Sie sahen einander kopfschüttelnd an, während der Hund dem Bauern hinterherbellte.

In diesem Augenblick rief ein Wächter: »Wollt ihr hinein in die Stadt oder vor den Toren herumlungern bis zum Morgen?«

»Wir wollen in die Stadt hinein«, erwiderte Agnes hastig, und so schnell sie konnten, überquerten sie die Zugbrücke. Der Hund folgte ihnen auf dem Fuß. Sie brauchten ihn nicht einmal an einem Strick zu führen. Er wich Benedicta nicht von den Fersen, wohl aus lauter Angst, sie aus den Augen zu verlieren und allein zurückzubleiben.

Sie befanden sich nun in einem Innenhof, aus dem es nur einen Weg hinaus gab, nämlich an den Wächtern vorbei durch ein weiteres Tor.

Benedicta sah sich ängstlich um und raunte der Freundin zu: »Ich hatte völlig vergessen, dass man auch in der Stadt eine Gefangene sein kann. So wie im Kloster.«

»Wenn wir erst in der Stadt sind, wird es dir nicht mehr so vorkommen«, versuchte Agnes der Freundin die Angst zu nehmen. »Und nun lächle, wir sind an der Reihe!«

»Was führt euch in die Stadt Nürnberg?«, fragte der Wächter, ein junger schlaksiger Bursche, der erst die beiden Frauen abfällig musterte und dann den Hund. Artemis, wie Benedicta ihn nun nannte, ließ sich zu allem Überfluss auch noch vor dem Wächter nieder und kratzte sich ausgiebig.

»Wir sind auf dem Weg zu unseren Ehemännern, die wir demnächst heiraten werden«, erwiderte Agnes mit fester Stimme.

»Gut, dann könnt ihr passieren«, sagte der Wächter, doch als sie erleichtert weitereilten, rief er scharf: »Halt!«

Verdutzt wandten sie sich um.

»Ich habe gesagt, dass ihr beide in die Stadt gehen könnt, aber nicht der schmutzige Streuner da.« Er warf dem Hund einen angeekelten Blick zu und fügte streng hinzu: »Die Stadt quillt über von Getier seiner Art. Wir haben strikte Anweisung, keine Straßenköter mehr in die Stadt zu lassen. Der Hundefänger kommt erst nächste Woche wieder …«

»Guter Mann«, zischte Benedicta, während sie sich vor ihren Schützling stellte und die Arme angriffslustig in die Hüften stemmte, »das ist kein streunender Hund. Das ist Artemis, ein edler Jagdhund, den mein Vater, ein Bauer, von einem adligen Herrn bekam und den ich nun meinem Verlobten als Brautgeschenk mitbringe.«

Benedicta wunderte sich, wie leicht ihr diese Lügen über die Lippen kamen. Über das Gesicht des Wächters huschte ein Grinsen. »So, so, einen Jagdhund für deinen zukünftigen Mann. Du siehst mir aber nicht so aus, als ob du einen Mann heiraten wirst, der zur Jagd geht.«

Dann betrachtete der Mann das Tier mit Kennermiene. Schließlich trat er einen Schritt auf Benedicta zu und flüsterte ihr vertraulich ins Ohr. »Ich muss so grob mit euch reden. Wenn die anderen Wächter sehen, dass ich euch mitsamt dem Hund einfach so durchlasse, gibt es Ärger. Wenn ich ganz ehrlich bin, hielte ich mir selbst gern einen Hund, aber mein Weib lässt mich nicht. Und ich kann euch versichern: Dies hier ist eine besonders schöne Hündin.«

»Hündin?«, fragte Benedicta überrascht.

Er lachte dröhnend. »Nun, zu einem Hund, da fehlt ihr etwas Entscheidendes! So, und nun macht, dass ihr alle drei fortkommt, bevor ich es mir anders überlege.«

Das ließen sich Benedicta und Agnes nicht zweimal sagen. Sie waren noch nicht ganz zum Tor hinaus, als sie eine erboste Stimme brüllen hörten. »Halt, Jasper, lass die Weiber nicht durch! Halt sie fest!«

Benedicta fasste nach Agnes' Hand. »Sollen wir rennen oder uns umdrehen?«, raunte sie.

»Wenn wir fortlaufen, werden sie uns einfangen«, erwiderte Agnes mit belegter Stimme. Zögernd drehten sie sich um.

Der zweite Wächter, ein bulliger Mann mit einem Narbengesicht, gab ihnen ein Zeichen, auf der Stelle zurückzukommen. Aufgeregt teilte er Jasper die Neuigkeit mit. »Vorhin gab ein Bote des Provinzials Bescheid, dass eine Nonne aus Engelthal geflüchtet ist. Wenn wir ihrer habhaft werden, sollen wir sie festhalten und ins Katharinenkloster verbringen. Sie und ihre Helfer haben zwei Klosterknechte auf dem Gewissen. Wir haben die Anweisung, jedes Weib genau zu überprüfen.«

Bei diesen Worten erschrak Benedicta so sehr, dass sie sogleich am ganzen Körper zitterte und kalkweiß im Gesicht wurde. Selbst Agnes zuckte zusammen, doch dann nahm sie Jasper beiseite und wisperte leise, als solle Benedicta ihre Worte auf keinen Fall hören. »Nun mach schon! Hab Erbarmen. Lass uns gehen! Meine Schwester hat die Bleichsucht. Schau sie dir an, wie weiß sie ist. Sie wird bald sterben. Mach ihr das Leben nicht unnötig schwer. Sonst regt sie sich noch so auf, dass sie nicht mehr rechtzeitig zur

Hochzeit kommt. Und sie soll doch als ehrbare Frau von uns gehen, nicht wahr?«

Jasper warf Benedicta einen mitleidigen Blick zu, bevor er sich an den anderen Wächter wandte. »Wenn das Nonnen sind, dann bin ich der Kaiser!«

»Das glaube ich aber auch!«, lachte der andere und rümpfte die Nase. »Sie stinken mindestens so wie das Viech, das sie mit sich führen.«

Benedicta wurde rot vor Scham, aber sie beließ es dabei, die Fäuste zu ballen, statt dem Narbengesicht gepfefferte Widerworte zu geben. Außerdem zog Agnes sie einfach mit sich fort.

Benedicta verspürte den unbändigen Drang zu rennen, nachdem die Wächter sie endlich in die Stadt hineingelassen hatten, aber sie konnte sich gerade noch zügeln. Trotzdem hatte sie das Gefühl, als würden sich brennende Blicke in ihren Rücken bohren.

»Können sie uns noch sehen?«, fragte sie mit bebender Stimme. Sie traute sich nicht einmal zurückzuschauen.

Agnes aber wandte sich um. »Sie schließen gerade das Tor. Sorg dich nicht! Sie haben nicht den geringsten Verdacht geschöpft.«

Dann blieb sie stehen, musterte die Freundin von Kopf bis Fuß, roch an ihr und lachte über das ganze Gesicht.

»Dein Gesicht starrt vor Dreck, dein Überkleid ist zerrissen, dein Haar steht dir wirr vom Kopf ab. Und du riechst wie die Klosterschweine. Nein, wie eine entflohene Schwester aus Engelthal siehst du wahrlich nicht aus.«

Schließlich fiel Benedicta erleichtert in das Lachen der Freundin ein und betrachtete sie nun ihrerseits von oben bis unten. »Du hast recht, man hält uns schlimmstenfalls für arme Dirnen oder Bettelweiber.«

In diesem Augenblick kamen ihnen zwei junge Gaukler in bunten Kostümen, an denen klirrende Schellen hingen, entgegen. Sie grüßten Benedicta und Agnes so vertraulich, als würden sie die beiden schon lange kennen.

»Oh, welch schöner Anblick! Die Sonne geht auf«, scherzte der eine und lächelte Agnes breit an.

»Dein edles Gesicht will nicht zu deiner Kleidung passen«, bemerkte der andere und tänzelte um Benedicta herum. »Vielleicht sollte ich dir ein Gewand passend zu deinem Gesicht zaubern.«

Agnes aber gebot dem munteren Treiben rasch Einhalt. »Gebt euch keine Mühe. Wir sind keine Hübschlerinnen, sondern zwei ehrbare Frauen auf dem Weg zu ihren Ehemännern.«

Die Gaukler entschuldigten sich, indem sie sich übertrieben verbeugten und allerlei Fratzen zogen. So lange, bis der Hund die beiden Witzbolde anbellte.

»Oh, bevor uns der Wolf da in Stücke reißt, sollten wir lieber weiterziehen«, bemerkte der eine belustigt.

»Erst werdet ihr uns verraten, wie wir zur Torgasse kommen.« Agnes blickte die beiden Männer fragend an.

Die aber hoben nur die Schultern. »Wir kommen von weit her aus der freien Stadt Mainz und finden in jeder Stadt den Markt, auf dem wir für die Leute spielen, das Gasthaus, in dem wir schlafen, die Schenke, in der wir zechen, und das Hurenhaus, in dem wir uns vergnügen.«

»Dann gehabt euch wohl«, sagte Agnes und sah sich prüfend um. »Würde ich doch nur etwas wiedererkennen! Aber mir scheint's, als sei ich mit unserer Priorin durch ein anderes Tor zur Stadt hineingekommen.«

Ein Mönch bog in die Gasse ein, und sein Anblick trieb Benedicta sofort den Schweiß auf die Stirn. Nach seiner Kleidung zu urteilen, war er ein Dominikaner aus dem Kloster des Provinzials. Sie wollte Agnes noch ein Zeichen geben, den Klosterbruder auf keinen Fall nach dem Weg zu fragen, da war es schon zu spät.

»Wie kommen wir zur Torgasse? Wir sind fremd in der Stadt«, zwitscherte Agnes drauflos, während Benedicta krampfhaft versuchte, das Gesicht abzuwenden. Hoffentlich konnten sie bald ihren Weg fortsetzen! Doch der

Mönch war ein behäbiger Mann mittleren Alters und sprach so langsam, dass Benedicta versucht war, die Freundin einfach von ihm fortzuziehen.

»Die Torgasse?«, wiederholte er mindestens dreimal, bevor er wieder in schweigendes Grübeln verfiel. »Die Torgasse? Ja, also ihr seid durch das Frauentor gekommen, nicht wahr?«

Agnes nickte freundlich und schien sich an der Langsamkeit des Mönches nicht zu stören.

»Das Beste wird sein, dass ihr euch nach Sankt Lorenz durchschlagt, und dann ... Nein, vielleicht solltet ihr euch gleich linker Hand halten, damit ihr zum Langen Steg kommt ...« Wieder hielt er inne und dachte nach. »Wie ich schon sagte, geht zur Kirche und haltet euch dann links immer am Fluss entlang, bis ihr zum Langen Steg kommt. Auf selbigem überquert ihr den Fluss, und nun sollte eure grobe Richtung der Burgberg sein. Hinter Sankt Sebald geht nach links, und wenn ihr vor euch das Tiergärtnertor seht, seid ihr bereits in der Torgasse. Und gebt acht, dass ihr bei Einbruch der Dunkelheit im Haus seid. Da treiben sich finstere Gesellen in den Gassen herum. Gerade unterhalb der Burg.«

»Ich danke Euch recht herzlich«, flötete Agnes zuckersüß und wandte sich, kaum dass der Mönch seines Weges gegangen war, verwundert an die Freundin.

»Warum hast du eigentlich die ganze Zeit auf die Häuserfassade dort gestiert? Du kamst dem Mönchlein bestimmt seltsam vor. Ich hoffe, ich konnte ihn durch meine Freundlichkeit ablenken und er merkte nicht, dass du am ganzen Körper bebst!«

»Das fragst du noch? Ich bin vor Angst beinahe vergangen. Statt an ihm vorbeizuschleichen, bleibst du bei einem Dominikaner stehen. Er wohnt unter einem Dach mit dem Provinzial. Wenn er mich nun erkannt hat und die Beobachtung weitergibt, dann sind wir verloren. Ach, was rede ich? Ich bin verloren!«, keuchte Benedicta empört.

»Aber woher soll er wissen, dass du die entwichene Nonne bist, wenn der Wächter am Tor nur höhnisch lachte bei der Vorstellung, wir könnten aus Engelthal kommen? Benedicta, ich verstehe ja, dass dich all das Neue erschreckt, aber dich kennt hier keiner. Nicht einmal der Provinzial. Oder bist du ihm schon einmal vorgestellt worden?«

Benedicta überlegte. »Nein, ich bin ihm noch niemals begegnet. Er kennt nur meine Lebkuchen.« Sie atmete auf.

»Dann komm, wir haben keine Zeit zu verlieren. Der Mönch hat recht. Wir sollten uns sputen, um in Anselms Haus zu sein, bevor ...«

Sie stockte und blieb unvermittelt stehen. Nun war es an ihr, plötzlich bleich im Gesicht zu werden.

»Agnes, was ist mit dir?«, fragte Benedicta besorgt.

»Ich stelle mir gerade vor, dass ich an die Tür des Bäckers klopfe und sein Vater öffnet ...«

»Sei's drum. Dann verlangst du, seinen Sohn zu sprechen.«

»Aber wenn er mich nicht vorlässt und ... Das schien alles noch in so weiter Ferne, aber jetzt ... jetzt spüre ich es genau. Ich werde kein Wort herausbekommen. Und außerdem liegt mir ein Mühlstein im Leib. Ich spüre Unheil auf uns zukommen.«

»O nein, nicht schon wieder dein Mühlstein! Was soll denn geschehen? Dein Bäcker wird doch nicht zulassen, dass dir ein Leid geschieht. Schau, da vorn ist schon die Kirche, von der unser Mönch sprach.« Staunend blickte Benedicta an der Fassade empor. »Sie reicht wohl bis in den Himmel hinein!«, rief sie begeistert aus.

Agnes versuchte zu lächeln, obgleich ihr immer banger zumute wurde. Sie hatte nicht übel Lust, auf der Stelle umzukehren. Doch wohin sollten sie sich wenden? Aus der Stadt kämen sie nicht mehr hinaus, und für eine Übernachtung in einem Gasthaus besaßen sie kein Geld. Und noch etwas sprach dafür, schnellstens zum Haus des Bäckers zu gelangen. Ihr knurrender Magen. Im Wald hatten sie sich von Beeren ernährt, während der Hund sich eine Maus gefangen hatte. Nun hatten sie den ganzen Tag noch nichts gegessen.

Wir haben keine Wahl, sprach sich Agnes gut zu, wenngleich ihr Herz immer heftiger pochte.

26

Inzwischen waren Benedicta und Agnes am Fluss angekommen, von dem ein entsetzlicher Gestank herüberwehte. Benedicta hielt sich angewidert die Nase zu, als sie in das trübe Wasser blickte. Entgeistert blieb sie stehen.

»Agnes, schau, was da im Wasser schwimmt!«

»Das sind nur die Kadaver von streunenden Hunden, und was dir da in die Nase steigt, ist der Geruch von menschlichem Unrat«, entgegnete die Freundin ungerührt.

Benedicta atmete einmal tief durch, um sich danach erneut die Nase zuzuhalten.

»Ja, im Kloster riecht es lieblicher«, bemerkte Agnes, als sie den hölzernen Steg über den Fluss überqueren wollten, doch Benedicta blieb unvermittelt stehen. Sie wurde bleich. Schweiß trat ihr auf die Stirn. Und langsam tauchten Bilder vor ihrem inneren Auge auf. Bilder, die ihr seit damals nicht mehr in den Sinn gekommen waren.

»Nun komm schon, wir sind nicht die ersten Menschen, die über diesen Steg gehen«, erwiderte Agnes unwirsch.

Benedicta klopfte das Herz bis zum Hals. Zögernd setzte sie einen Fuß vor den anderen.

Agnes sah sie verwundert an. »Du ziehst ein Gesicht, als hättest du den Leibhaftigen gesehen. Du bist doch sonst nicht so ängstlich«, bemerkte sie mit einer gewissen Schärfe in der Stimme.

Benedicta aber beachtete die Freundin nicht, bis sie wieder festen Boden unter den Füßen hatte. Auf der anderen Seite angekommen, schimmerten ihre Augen verdächtig feucht. »Ich habe die ganzen Jahre nicht mehr daran gedacht«, sagte Benedicta leise. »Und nun erinnerte ich mich wieder genau daran. In jener Nacht, als man mich ins Kloster brachte, überquerten wir einen Steg, und plötzlich spürte ich einen Stoß von hinten. Ich konnte mich aber im letzten Augenblick am Geländer festhalten.«

»Aber wer hätte dich denn ins Wasser stoßen sollen?«

Benedicta zuckte mit den Achseln. »Ich weiß es doch nicht, aber ich schwöre dir, es ist die Wahrheit.«

Agnes sah die Freundin unschlüssig an.

»Du glaubst mir nicht, oder?«

»Doch, ich glaube dir«, erwiderte Agnes. Es klang wenig überzeugend. »Aber wir müssen unseren Weg jetzt hurtig fortsetzen, sonst wird es stockduster, und wir finden die Torgasse nicht«, fügte sie ungeduldig hinzu.

Mit schnellem Schritt gingen die beiden Frauen weiter. Da tauchte auch schon Sankt Sebald vor ihnen auf. Benedicta blieb stehen und reckte den Hals, um an der Fassade emporzuschauen. »Warte, einen Augenblick!«, bat sie gehetzt. »Ich gehe hinein und bete für uns.« Ohne eine Antwort abzuwarten, war sie schon durch die prächtige Pforte im Innern der Kirche verschwunden.

Andächtig kniete sie nieder und sprach ihr Gebet. »Lieber Gott, ich bitte dich, lass Julian am Leben und schick ihn zu mir, auf dass er mich finde und wir ...« Plötzlich überkam sie die Sehnsucht nach ihm mit einer solchen Heftigkeit, dass es wehtat. Wie habe ich jemals daran zweifeln können, dass ich seine Frau werden will?, fragte sie sich und fuhr mit ihrem Gebet fort. »Lass mich seine Frau werden, gib, dass der Bäcker uns in sein Haus lässt, damit wir in dieser Nacht ein Dach über dem Kopf haben. Mach, dass Agnes keinen Mühlstein mehr im Bauch hat und ...« Benedicta zögerte, bevor sie ihr Gebet hastig fortsetzte. »Und, bitte, gib uns auch etwas zu essen.« Sie wollte hastig aufstehen, als sie Artemis' Zunge auf der Hand spürte. Die treue Hündin war ihr einfach gefolgt. Benedicta verbarg ihr Gesicht in dem weichen Fell des Tieres und flehte: »Und gib, dass alles gut werde!«

Agnes trat schon ungeduldig von einem Fuß auf den anderen, als Benedicta aus der Kirche kam. Es würde nicht mehr lange dauern, bis sich die Dämmerung in Dunkelheit verwandelte. Benedicta fröstelte. Agnes trieb die Freundin zur Eile an, und dank der Wegbeschreibung des Mönches fanden sie sich kurz darauf in der Torgasse wieder. Diese schlichen sie nun in Richtung des Tiergärtnertores weiter und nahmen dabei jedes Haus in Augenschein. Denn in welchem Haus Anselm wohnte, hatte er Agnes nicht verraten.

Vor einem der Häuser blieb Agnes wie angewurzelt stehen. »Sieh nur, dort, das Wappen der Bäcker!«, flüsterte sie mit bebender Stimme und deutete aufgeregt auf die Eingangstür.

»Dann lass uns doch an diese Türe klopfen!«, erwiderte Benedicta betont forsch. Dabei hatte sie einen trockenen Mund vor lauter Aufregung. Gleich würde sich zeigen, ob der Bäcker Anselm ein Ehrenmann war. Das Haus ist klein, dachte sie, aber sie schwieg. Sonst hätte Agnes ihr wieder vorgeworfen, eine verwöhnte Klosterschwester zu sein. Von dem prächtigen Haus, in dem sie einst mit ihrem Vater gewohnt hatte, wollte sie lieber gar nicht reden.

Agnes sah sich unschlüssig um. Da blieb ihr Blick an einer Tür auf der gegenüberliegenden Seite der Gasse hängen. »Benedicta!«, flüsterte sie. »Dort drüben, das muss auch ein Bäckerhaus sein, aber welches ist nun das richtige?« Vor Aufregung trat sie einen großen Schritt zurück.

Benedicta stieß einen tiefen Seufzer aus, während das Knurren in ihrem Bauch zu einem Bellen wurde. »Willst du etwa warten, bis dein Anselm aus der Tür eines der beiden Häuser tritt?«

»Bei Nacht wird er sicher nicht mehr aus dem Haus gehen«, erwiderte Agnes schwach.

»Dann musst du so lange an die beiden Türen klopfen,

bis dein Bäcker öffnet. Oder willst du gar in der Gasse schlafen?«

»Habt Erbarmen, gebt mir etwas zu essen«, krächzte nun eine Stimme hinter ihnen. Erschrocken fuhr Benedicta herum. Ein Hutzelweib mit gebeugtem Rücken streckte die knochige Hand nach einem Stückchen Brot aus.

»Wir haben selbst nichts zu essen, gute Alte«, entgegnete Benedicta beschämt.

Das alte Weib lachte schrill auf. »Dann könnt ihr nicht von hier sein. Sonst wüsstet ihr, dass der alte Geizkragen, vor dessen Tür ihr lauert, euch nicht einmal einen Krümel geben wird.«

Mit diesen Worten zeigte sie mit ihrem dürren Finger auf das Bäckerhaus auf dieser Seite der Gasse und humpelte, immer noch hässlich lachend, von dannen.

»Ob wir es doch lieber erst dort drüben versuchen?« Agnes Stimme klang dünn, fast so, als werde sie gleich zu weinen anfangen.

»Gut, wir gehen zu dem Haus dort drüben. Es sieht auch schöner aus«, entgegnete Benedicta und versuchte, mutig zu klingen, wenngleich sie vor Angst zitterte.

Trotzdem überquerte sie eilig die Gasse, als könne sie es gar nicht erwarten, nach dem Bäcker Anselm zu fragen. Und sie zögerte keinen Augenblick, kräftig gegen die Tür zu pochen. Es dauerte eine halbe Ewigkeit, bis jemand öffnete. Ein älterer Mann in der Kleidung der Bäcker stand vor ihnen und musterte sie nicht eben freundlich.

»Nicht einmal im eigenen Haus hat man Ruhe vor euch Gesindel«, knurrte er und fügte nicht minder verärgert hinzu: »Wartet!«

Mit diesen Worten schlug er ihnen die Tür vor der Nase zu, um sie wenig später nur einen Spaltbreit zu öffnen und zwei Kanten schwarzes Brot herauszureichen.

»Und jetzt hinfort. Sonst hole ich den Büttel«, schimpfte der Bäcker und schloss die Tür mit einem lauten Knall. So laut, dass Artemis erst knurrte und dann laut kläffte.

Die Tür flog noch einmal auf. »Hinfort, habe ich gesagt! Und nehmt gefälligst den Köter mit!«, brüllte der Bäcker und schlug ihnen erneut die Tür vor der Nase zu.

27

Ratlos standen Benedicta und Agnes vor dem Haus des Bäckers, schlangen begierig das Brot hinunter und berieten, was sie tun sollten. Die Nacht hatte sich inzwischen wie ein dunkles Tuch über die Stadt gelegt, aber vom Himmel leuchtete der volle Mond wie eine Laterne in die Gasse hinein.

»Ich traue mich nicht, noch einmal zu klopfen«, murmelte Agnes verzagt.

»Ich würde noch einmal klopfen, wenn ich wüsste, dass dein Anselm tatsächlich in diesem Haus wohnt. Oder, ob wir unser Glück doch lieber gegenüber versuchen? Vielleicht ist das ja auch sein Haus, und die Alte wollte uns nur Angst machen«, gab Benedicta vorsichtig zu bedenken.

»Wenn ich den Weg auf die andere Seite noch schaffe, ohne vor Hunger zu sterben, soll es mir recht sein. Der Kanten Brot hat mich beileibe nicht gesättigt«, stöhnte Agnes.

Sie wollten gerade die Straßenseite wechseln, als aus der Dunkelheit ein finsterer Geselle auf sie zusprang. »Gebt alles, was ihr habt!«, befahl er, während er drohend einen Schritt auf sie zukam. Doch da ertönte ein gefährliches Knurren, das ihn augenblicklich in die Flucht schlug.

»Artemis, du bist ein feines Mädchen«, lobte Benedicta das treue Tier überschwänglich.

»Hat der Kerl etwa gedacht, bei uns sei etwas zu holen?«, fragte Agnes kopfschüttelnd, bevor sie eilig die Gasse überquerte. Ehe Benedicta ihr folgen konnte, hatte die Freundin bereits an die Tür gepocht.

Es dauerte eine ganze Weile, bis sich etwas rührte. Dann öffnete ihnen eine junge Frau. Sie war etwa in ihrem Alter, klein und zierlich, hatte blonde Locken und blaue Augen.

»Ach, gleich zwei Bettelweiber?«, flötete sie. »Ihr habt Hunger, nicht wahr?«

Agnes und Benedicta nickten einmütig.

»Dann wartet. Ihr sollt bekommen, was ihr verdient«, säuselte sie und verschwand im Haus. Sie schlug ihnen die Tür nicht vor der Nase zu.

»Vielleicht ist das Anselms Schwester, und wir haben Glück. Ich werde sie gleich nach ihm fragen. Sie sieht aus wie ein Engel«, freute sich Agnes.

»Engel? Pah! Ich glaube, wir sollten uns schnell davonmachen«, erwiderte Benedicta und fügte hastig hinzu: »Sie hat den falschen Blick.«

»Tu doch nicht so, als würdest du die Menschen besser kennen als ich«, spottete Agnes. »Sie hat versprochen, etwas zu essen zu bringen. So jemand kann gar nicht falsch sein. Und diese feinen Locken …«

»Hast du denn nicht gesehen? Sie hat uns angesehen wie Walburga, bevor sie zur Priorin ging und mich anschwärzte.«

»Du kannst ja gern verzichten, wenn du willst. Ich nehme das Brot und frage sie nach Anselm. Du hast doch keine Ahnung von dem Leben hier … «

Ehe die Freundin ihren Satz zu Ende sprechen konnte, stürzte ein Mann mit einem Stock aus dem Haus und ließ ihn unter lauten Flüchen auf Agnes' Rücken niedersausen. Auch dem Hund, der laut bellte, versetzte der füllige Mann mittleren Alters einen kräftigen Hieb, bis er nur noch jaulte. Dann ging er auf Benedicta los. Er hatte den Stock bereits zum Schlag erhoben, als er innehielt.

»Du siehst mir nicht aus wie ein gewöhnliches Bettelweib, aber lass dir eins sagen. Wagt es nie wieder, an meiner Tür zu pochen. Es gibt nichts für das Gesindel. Sonst werde ich arm an euch. Versucht es lieber beim Meister Heller dort drüben. Sein Sohn und er, die geben den Armen gern. Seht, da kommt auch schon der gute Anselm!«

Die beiden Frauen wandten sich um. Ein junger Mann hastete über die Gasse.

»Grüß dich, Anselm«, sagte der Bäcker nun betont freundlich. »Ich hoffe, dein gutes Herz für die Armen hält sich in Grenzen, wenn du endlich mein Schwiegersohn bist.«

»Was ist das für ein Krach hier draußen? Was sind das für Weiber, die es wagen, an Eure Tür zu klopfen, obwohl Vater ihnen bereits genügend gegeben hat?«, fragte er und ließ den Blick von Benedicta zu Agnes schweifen. Er erstarrte und fügte hastig hinzu: »Meister Burchard, ich verstehe Eure Empörung. Dieses Mal hole ich den Büttel und lasse die beiden für ihre Dreistigkeit ins Lochgefängnis sperren.« Seine Stimme zitterte, als er Agnes unter lautem Fluchen vor sich her auf die andere Straßenseite trieb.

Anselm gäbe keinen guten Gaukler ab, dachte Benedicta belustigt, während sie den beiden folgte. Der entsetzte Blick, mit dem er Agnes angestarrt hatte, musste den älteren Bäcker doch stutzig gemacht haben.

Anselm schob Agnes ins Haus. Er wollte Benedicta und dem Hund gerade die Tür vor der Nase zuschlagen, da stellte sie blitzschnell einen Fuß dazwischen. »Ich bin die Schwester«, erklärte sie mit ruhiger Stimme.

Anselm stierte sie verwirrt an und ließ sie schließlich ein. Vor dem Hund wollte er die Tür erneut zuwerfen, doch Agnes bat mit kläglicher Stimme: »Und das ist meine Lebensretterin! Bitte, lass die treue Hündin ins Haus! Sie hat mich im Wald vor einer giftigen Schlange gerettet.«

»Oje, oje«, stöhnte der junge Bäcker.

Benedicta blickte sich neugierig um. Sie befanden sich in einer kleinen Diele. Von der linken Seite wehten Gerüche herüber, die keinen Zweifel daran ließen, dass sich dort die Backstube befand. Vor ihnen führte eine Stiege nach oben. Der Kienspan, dessen Licht die Diele erhellte, steckte in einem Maulaffen.

Anselm schien es die Sprache verschlagen zu haben. Verwirrt musterte er Agnes, bevor er Benedicta und den Hund argwöhnisch betrachtete. »Du hast doch gar keine Schwester. Hast du mir nicht erzählt, dass du ein Findelkind bist?«

»Sie ist ... sie ist eine Schwester aus Engelthal, die von dort geflüchtet ist und deren Bräutigam auf der Flucht vom Geschoss einer Armbrust getroffen wurde«, flüsterte Agnes, ohne Benedictas warnende Handzeichen zu beachten. Sie fand es nicht ratsam, dem Bäcker zu viel auf einmal zu offenbaren. Er schien ein ängstlicher Bursche zu sein. Der Schreck darüber, dass Agnes so unverhofft an seiner Tür aufgetaucht war, stand ihm immer noch ins Gesicht geschrieben. Und hatte der alte Bäcker von gegenüber nicht gesagt: *Wenn du erst mein Schwiegersohn bist ...?*

Hoffentlich kommen wir nicht zu spät, durchfuhr es Benedicta eiskalt, und Anselm ist längst der Frau mit dem falschen Blick versprochen. In diesem Augenblick wünschte sie sich weit fort von diesem Ort. Nach Hause in das Himmelbett ihrer Kindheit oder in Julians Arme ... Was hatte sie in diesem winzigen Haus verloren? Bei einem einfältigen Kerl, der nichts zu verstehen schien? Und den fand Agnes so anziehend, dass sie Engelthal seinetwegen verlassen hatte?

Benedicta stieß einen tiefen Seufzer aus. Wo war sie da nur hineingeraten? Sie hatte sich so in ihre eigenen Gedanken vergraben, dass sie erst aufhorchte, als der junge Bäcker sagte: »Agnes, liebe Agnes, natürlich werde ich dich heiraten! Ich muss es nur ein wenig geschickt anstellen, wenn ich es Vater erkläre. Ich will es dir ehrlich gestehen. Noch hat mich stets der Mut verlassen, es ihm zu beichten, aber jetzt, da du vor mir stehst, wird mich nichts mehr davon abhalten.«

Die beiden küssten sich. Benedicta sah peinlich berührt weg, und als der Kuss gar kein Ende nehmen wollte, hockte sie sich hin und vergrub das Gesicht im dichten Fell des Hundes.

»Und wie soll ich ihm erklären, dass deine sogenannte Schwester mit im Haus wohnen soll?«, hörte sie Anselm fragen. Es klang verzweifelt.

Benedicta tauchte aus dem Hundefell auf und erklärte mit fester Stimme: »Ich bin in Nürnberg, weil ich einem Mann versprochen bin. Einem Zeidler aus dem Reichswald. Doch es wird dauern, bis er mich holt. Er kommt ja nur selten in die Stadt. Du bist wohl sehr entsetzt, dass meine liebe Schwester Agnes es nicht mehr aushalten konnte, dich endlich in die Arme zu schließen, nicht wahr? Und du hast noch nicht einmal deinem Vater davon erzählt, dass du sie heiraten wirst? Bist du nur ein Feigling? Oder ist es noch schlimmer, und du hast dich bereits mit einer anderen verlobt? Jedenfalls schien der unfreundliche Bäcker auf der anderen Seite der Gasse dich als Schwiegersohn zu betrachten.«

Anselm funkelte sie wütend an. »Ich bin tausendmal mehr Agnes' Bräutigam, als dass Ihr ihre Schwester seid. Also zügelt Euer freches Maul! Man sollte kaum glauben, dass Ihr eine Klosterschwester von hohem Stand seid. Aber nun gut, ich werde Euch aufnehmen, aber nur, bis Ihr wieder bei Euresgleichen weilen könnt!«

»Ich hoffe, das ist bald so weit«, erwiderte Benedicta schnippisch.

Agnes blickte verzweifelt von ihrem Bräutigam zu ihrer Freundin. »Bitte hört auf! Viel wichtiger ist doch die Frage: Wo sollen wir hin, bis du mit deinem Vater gesprochen hast?«

»Keine Sorge, mein Lieb«, flüsterte Anselm zärtlich und küsste Agnes noch einmal. Dann wandte er sich an Benedicta. »Ihr beide steigt hinauf in den Speicher. Dort lagert nur das Mehl, das man uns heute gebracht hat. Und verhaltet euch still!«

Agnes wollte den Fuß auf die erste Treppenstufe setzen, da wurde die Tür zur Backstube aufgerissen, und Anselms Vater, Bäckermeister Crippin Heller, stand in der Diele.

»Wer ist das denn?«, fragte er mit fassungslosem Blick auf die zwei Frauen und ihren Hund. Dann wandte er sich mit strenger Miene an seinen Sohn. »Anselm, das geht entschieden zu weit. Ich habe den Bettelweibern Brot gegeben. Das ist mehr, als das Gesindel verdient. Ich tue es nur aus reiner Christenpflicht. Aber dass du sie in unser Haus einlässt, das dulde ich nicht«, raunzte er.

Als sich Agnes und Benedicta nicht vom Fleck rührten, schrie er: »Hinaus mit euch!«

Anselm zögerte einen winzigen Augenblick lang, doch dann stellte er sich schützend vor Agnes. »Vater, das ... das ist kein Bettelweib«, stammelte er mit bebender Stimme. »Das ist meine ... meine Braut. Ich ... ich ...«

Meister Heller lachte höhnisch auf. »Deine Braut? Das wüsste ich aber. Deine Braut ist die Tochter Meister Burchards und keine andere.«

»Aber Vater, ich habe Lukarde noch gar keinen Antrag gemacht. Ich bin ein freier Mann.«

»Das bist du nicht! Du weißt genau, wie ihr Vater unser Geschäft beäugt und dass er dich zum Schwiegersohn möchte.«

»Ich möchte Lukarde aber nicht zur Frau«, entgegnete Anselm trotzig.

»Seit wann sucht sich der Sohn die Braut allein aus? Der Pakt ist längst geschlossen zwischen Meister Burchard und mir. Also, hör auf mit diesem Unsinn und schick die beiden Weiber fort!« Wütend funkelte er seinen Sohn an, und dann fiel sein Blick auf Benedicta. »Und wer bist du? Auch Anselms Braut?«

»Nein, ich bin die Schwester und flehe Euch an, Herr: Gebt Euren Segen zu dieser Hochzeit!«

»Weib, was hast du dich einzumischen? Ich zähle bis drei. Dann seid ihr mitsamt dem Köter aus dem Haus!«

»Aber Ihr könnt meine Schwester nicht fortjagen. Die Liebe zwischen Eurem Sohn und ihr ist nicht folgenlos geblieben. Glaubt Ihr, sonst hätte sie sich auf den langen Weg nach Nürnberg gemacht und Euren Sohn aufgesucht, ohne dass bereits Verlobung gewesen ist?«

Crippin war leichenblass geworden.

Anselm starrte Benedicta mit einer Mischung aus Entsetzen und Bewunderung an.

»Sag, dass das nicht wahr ist. Sag, dass du das Weib dort nicht geschwängert hast!«, brüllte der Bäckermeister.

Anselm räusperte sich. »Es tut mir leid, Vater«, sagte er leise. »Aber es ist die Wahrheit. Wir können sie nicht fortjagen. Wenn Meister Burchard Wind davon bekommt, gibt er mir seine teure Lukarde ohnehin nicht mehr zur Frau.«

Crippins Antwort war eine schallende Ohrfeige, die er seinem Sohn verpasste. Danach raufte er sich die schütteren Haare und jammerte. »O weh, o weh, das wird er mir nie verzeihen. Er hat die älteren Rechte in dieser Gasse, und ich muss nach seiner Pfeife tanzen, wenn ich mir keinen Ärger einhandeln will. Er hat mir das Leben immer schwergemacht und verlangt, dass beide Bäckerhäuser sich unter einem Namen vereinigen. Sie sollen seinen Namen tragen. Mit der Hochzeit unserer Kinder wäre der alte Zwist begraben gewesen, und ich hätte endlich meine Ruhe gehabt. Wie konntest du mir das nur antun?«

Anselm senkte betreten den Kopf. »Vater, ich liebe dieses Mädchen, und da ist es über mich gekommen. Hab keine Angst vor dem Weißbäcker! Ich weiß doch, dass du ihn im Grunde deines Herzens nicht leiden kannst. Und seine verwöhnte Tochter ebenso wenig.«

»Ich stopfe dir gleich dein freches Maul«, schimpfte Crippin. Etwas versöhnlicher fügte er hinzu: »Mädchen, komm her und lass dich ansehen! Ich tue dir nichts. Du musst dich nicht hinter meinem Sohn verstecken.«

Zögernd trat Agnes hinter Anselms Rücken hervor. Meister Heller begutachtete sie wie ein Stück Vieh und murmelte schließlich: »Sie ist kräftiger als Lukarde und hübscher. Ich kann dich schon verstehen, aber trotz allem hätte ich sie fortgeschickt, wenn sie nicht …« Er seufzte. »Was kannst du denn, Weib?«

»Ich bin Köchin«, erwiderte Agnes kleinlaut. Sie hatte die Augen niedergeschlagen, als schäme sie sich entsetzlich, sich Anselm hingegeben zu haben.

Benedicta konnte sich das Lachen kaum verkneifen. Ihre Freundin spielte die reuige Sünderin so echt, dass sie sich fragte, ob zwischen Anselm und Agnes nicht tatsächlich schon mehr vorgefallen war.

»Köchin? Das ist gut. Sehr gut sogar. Seit dem Tod meines Weibes ist es gar fürchterlich, was wir auf den Tisch bringen in unserem Männerhaushalt. Da kannst du dich nützlich machen und unsere Mägen ein wenig verwöhnen.«

»Nichts lieber als das«, erwiderte Agnes und strahlte ihren zukünftigen Schwiegervater an.

»Vater, gib zu, du glaubst auch, dass sie mir eine bessere Frau sein wird als Lukarde.«

»Halt den Mund, Unglücklicher, aber recht hast du. Lukarde kann nur eines gut: über den Markt schlendern und das sauer verdiente Geld ihres Vaters unter die Händler bringen.«

Crippin deutete auf Benedicta. »Aber ihre Schwester können wir nicht auch noch durchfüttern. Sie soll morgen aus dem Haus. Mitsamt dem Streuner da!«

»Vater, bitte, tu das nicht! Sie ist nicht Agnes' Schwester. Sie ist eine entlaufene Nonne aus Engelthal. Dort im Kloster hat Agnes gearbeitet.«

»Ich bin Benedicta von Altmühl«, ergänzte Benedicta kleinlaut.

Crippin wurde bleich. »Eine geflüchtete Schwester? Ich fasse es nicht! Und das in meinem Haus. Wie kann der Himmel mich so strafen? Man sieht es ihr an. Sie hat dieses Näschen, wie es nur die Damen von Adel so hoch tragen. Und so dürr ist sie, wie es keine der Unsrigen je wäre. Wahrscheinlich dreht sie den lieben langen Tag Däumchen und ist sich für alles zu fein.«

Benedicta nahm all ihren Mut zusammen. Sie musste beweisen, dass sie keine Müßiggängerin war.

»Meister Heller, ich bleibe nur, bis mich mein Bräutigam hier findet. Aber in der Zeit werde ich Euch nicht auf der Tasche liegen. Ich werde mich in der Backstube nützlich machen.«

Crippin verzog die Miene zu einem abschätzigen Grinsen. »Ich brauche mir nur Eure zarten Finger anzusehen, Mädchen, um zu wissen, dass Ihr noch niemals zuvor einen Teig geknetet habt.«

»Ich mache Euch einen Vorschlag«, entgegnete Benedicta mit fester Stimme. »Morgen früh komme ich in Eure Backstube und backe ein Brot. Wenn Ihr unzufrieden seid, verlasse ich Euer Haus. Wenn mein Brot allerdings Euer Wohlgefallen findet, bleibe ich erst einmal hier. Als Brunhild, Agnes' Schwester. Wann beginnt Ihr morgen Euer Tagwerk?«

»Zur sechsten Nachtstunde, aber glaubt mir, ich weiß, dass Ihr es nicht könnt. Lasst es lieber sein. Ein paar Tage könnt ihr trotzdem im Hause bleiben ...«

»Ich sagte, wenn ich Euch mit meinem Können überzeuge, darf ich bleiben, wenn nicht, werde ich gehen«, unterbrach ihn Benedicta wütend.

Der Bäckermeister lachte dröhnend. »Bitte, tut, was Ihr nicht lassen könnt. Und wenn Ihr wirklich etwas Essbares zustande bringt, dann darf sogar Euer Köter hierbleiben.«

Benedicta streckte ihm die Hand entgegen. »Schlagt ein auf diesen Handel!«, forderte sie Crippin in forschem Ton auf. Diese Geste hatte sie einst ihrem Vater abgesehen.

Der Bäcker tat, was sie von ihm verlangte, aber mit einem spöttischen Schmunzeln auf den Lippen. Dann wandte er sich an Anselm und Agnes. »Ich werde alles für eure baldige Hochzeit in die Wege leiten. Aber lass dich bis dahin nicht in der Gasse sehen, Agnes, denn hier haben die Häuser Augen und Ohren. Das gilt auch für deine falsche

Schwester. Ich möchte nicht, dass Meister Burchard Wind von der Sache bekommt, bevor ihr Mann und Frau seid. Und von der Klosterschwester darf er nie etwas erfahren. Er würde stehenden Fußes zum Rat rennen und mich anschwärzen. Eine entlaufene Schwester zu beherbergen, das wird sicher streng geahndet. Und bitte, weiht auch Gieselbert nicht ein! Je weniger Leute davon wissen, desto geringer die Gefahr, dass jemand etwas verrät.«

Agnes, die das Ganze schweigend beobachtet hatte, tat einen beherzten Schritt auf Meister Heller zu und gab dem verdutzten Bäckermeister einen Kuss auf die Wange. Vor Verlegenheit wurde er feuerrot im Gesicht.

»Ich glaube, ich habe den besten Schwiegervater bekommen, den ich mir nur wünschen kann.«

»Und ich habe keine Wahl, denn wenn ich dich nicht nehme, wird das Kind ein Bankert«, brummte er, doch es war ihm anzusehen, dass er Agnes bereits ins Herz geschlossen hatte.

»So, und nun geht schlafen. Wir haben schon die erste Stunde der Nacht …« Dann stockte Meister Heller. »Kloster Engelthal? Da war neulich ein Bote bei mir, der wollte, dass ich Gewürze ins Kloster liefere. Nun, dem habe ich etwas erzählt! Ich bin doch kein Gewürzhändler. So etwas können wir uns gar nicht leisten.«

»So weit dazu, dass du deiner Frau alles auf dem Markt kaufen wirst, lieber Anselm!«

Der junge Bäcker überhörte Benedictas spitze Bemerkung und widmete sich ganz seiner Braut. Aufgeregt legte er den Arm um sie und wollte sie in seine Kammer führen.

»Haltet ein!«, rief Crippin. »Ihr mögt ja schon von den Früchten der Ehe genascht haben, aber unter meinem Dach teilt ihr erst die Kammer, wenn ihr verheiratet seid. Komm, mein Sohn, du schläfst bei mir und überlässt den beiden Frauen deine Kammer. Und der Hund bleibt in der Diele liegen.«

»Er wird mir wohl gehorchen«, sagte Benedicta. »Aber

vielleicht könntet Ihr noch einen Kanten Brot für ihn erübrigen. Mit leerem Bauch schläft es sich schlecht.«

»Jetzt frisst mir der hochwohlgeborene Köter auch noch mein Brot auf!«, knurrte Meister Heller. »Die Hunde bekommen das, was sie in den Gassen finden.«

»Ich möchte ihn aber nicht allein vors Haus jagen. Er kennt die Stadt doch gar nicht. Er scheint mir ein Jagdhund zu sein, wie ihn nur die Burgherren besitzen. Das Tier ist uns im Wald zugelaufen. Es hat Agnes vor einem Schlangenbiss gerettet. Seitdem weicht es uns nicht mehr von der Seite.«

»Gut, einen Kanten dafür, dass er der Agnes das Leben gerettet hat«, knurrte der Bäcker und verschwand in der Backstube.

Die Gelegenheit nutzte Anselm, um sich noch einen Kuss von Agnes zu ertrotzen. Benedicta wusste nicht, wohin sie schauen sollte, und konnte kaum glauben, dass sie selbst Julian vor nicht allzu langer Zeit tatsächlich vor Agnes' Augen geküsst hatte.

Crippin erlöste Benedicta aus ihrer Verlegenheit, denn als er aus der Backstube kam, brüllte er aufgebracht: »Auseinander!«

Widerwillig löste sich Anselm aus der Umarmung mit seiner Braut.

»Und was sagt deine Familie dazu?«, fragte Crippin seine zukünftige Schwiegertochter.

»Ich bin ein Findelkind«, erwiderte Agnes verlegen.

Crippin rollte mit den Augen. »Ich hätte mir denken können, dass es niemanden gibt, der die Hochzeit ausrichtet. Wie gut, dass es kein großes Fest wird!«, brummte er und stieg die Treppe hinauf.

Benedicta machte dem Hund klar, dass er unten in der Diele schlafen musste. Artemis legte den Kopf schief und gehorchte.

Nun führte Anselm Agnes und Benedicta zu seiner Kammer und leuchtete mit einem Kienspan hinein, damit die beiden sein Bett fanden. Sogleich streckten sie sich auch erschöpft darauf aus. Doch kaum war die Tür hinter Benedicta und Agnes ins Schloss gefallen, plapperten sie gleichzeitig drauflos.

»Gott hat meine Gebete erhört«, seufzte Benedicta.

»Es ist ein Wunder …«, jauchzte Agnes, bevor sie in ein irres Kichern ausbrach.

»Benedicta, das hätte ich dir niemals zugetraut. Eine keusche Schwester rettet uns, indem sie Unzüchtiges verbreitet. Und dass du so gut lügen kannst!«

Zum Glück sah Agnes nicht, wie ihrer Freundin die Schamesröte ins Gesicht stieg. Es wunderte Benedicta selbst am meisten, wie rasch ihr die richtigen Worte über die Lippen gekommen waren. Doch dann fiel ihr etwas ein, und sie schreckte hoch.

»Agnes, ich weiß nicht alles, was zwischen Mann und Frau geschieht, aber wird der gute Crippin nicht bald merken, dass du gar kein Kind bekommst?«

Agnes lächelte beseelt in sich hinein. »Das lass nur meine Sorge sein«, flötete sie, bevor ihr die Augen zufielen.

Auf ihre Frage, ob die Freundin denn bereits einen bestimmten Plan verfolge, bekam Benedicta nichts als ein zufriedenes Schnarchen zur Antwort.

28

»Julian, hörst du mich? Wenn du mich hörst, dann gib mir ein Zeichen. Mit Vater geht es zu Ende, und er besteht darauf, dich noch einmal zu sprechen.«

Die Stimme des Bruders klang wie aus weiter Ferne. Und sie klang flehentlich.

Es dauerte eine Weile, bis Julian die Dringlichkeit dieser Botschaft verstand. Wenn er sich jetzt nicht aufraffte, würde er seinen Vater nicht mehr lebend antreffen. Vielleicht ist dies das Beste, ging es ihm durch den Kopf, denn eine innere Stimme warnte ihn. Aber den Mut, sich seinem mächtigen Vater zu widersetzen, besaß er nicht.

Stöhnend und ächzend versuchte Julian sich aufzurichten. Konstantin half ihm dabei. »Endlich weilst du wieder unter uns«, murmelte er erleichtert.

Schließlich schaffte es Julian, sich aufzusetzen, obwohl er das Gefühl hatte, in seinem Rücken brenne ein loderndes Feuer. Erst jetzt öffnete er die Augen und erschrak. Konstantin sah blass und erschöpft aus. Wahrscheinlich hatte der Bruder Tag und Nacht an seinem Bett gewacht. Dann sah sich Julian um. Er ahnte zwar bereits, wo er war, wollte sich aber vergewissern. Tatsächlich, er befand sich auf der Burg in seinem Schlafgemach.

»Konstantin, was ist geschehen? Wie bin ich hierhergekommen?«

Der Bruder nahm seine Hand und drückte sie fest. »Ich werde dir alles berichten, nachdem du bei Vater warst. Doch erst musst du versuchen, mit mir zu seiner Kammer zu gehen. Er liegt in den letzten Zügen. Und er schreit seit Tagen nach dir. Er hat mich sogar losgeschickt, dich zu suchen. Ich habe überall nach dir gefragt. Aber du warst weder auf dem Fechtboden noch im Kloster anzutreffen. Als ich bei Nacht in Engelthal ankam, fand ich die Muhme in heller Aufregung. Sie flehte mich an, auf meinem schnellen Pferd in den Wald zu reiten und die Klosterknechte unschädlich zu machen. Wie der Teufel ritt ich los und holte kurz vor einer Lichtung zwei von ihnen auf ihren Zeltern ein. Ich tat, was mich die Muhme geheißen hatte. Den einen stieß ich vom Pferd, und dem anderen schlug ich mit einem Knüppel auf den Kopf, bis er sich nicht mehr rührte.«

»Du hast uns vor den Häschern gerettet? Aber sprich, hast du denn auch Benedicta sicher auf die Burg gebracht?«

»Benedicta?«, wiederholte Konstantin verwundert.

Ein wütender Schrei unterbrach das Gespräch der Brüder.

»Er wird noch im Grab brüllen wie ein Stier«, bemerkte Konstantin und reichte dem Bruder die Hand. »Komm, ich helfe dir! Uns bleibt nicht mehr viel Zeit. Der Tod schleicht schon durch die Burg.«

Julian ließ sich von seinem Bruder aus dem Bett ziehen und stützte sich auf dessen Arm. Gern hätte er Konstantin mit weiteren Fragen überhäuft, aber er spürte sofort, dass er nicht in der Lage war, zugleich zu sprechen und zu laufen. Er schwankte, und ihm war übel. Der Geschmack, den er im Mund hatte, war entsetzlich, und bei jedem Schritt meinte er, hinterrücks erdolcht zu werden.

Es dauerte eine halbe Ewigkeit, bis sie in der Schlafkammer des Vaters angelangt waren. Der Vater ächzte laut vor sich hin. Er hatte die Augen geschlossen. Das eisgraue Haar hing ihm wirr ins Gesicht. Eine Magd wischte ihm den Schweiß von der Stirn.

Konstantin führte den Bruder bis ans Bett des Vaters und half ihm, sich auf einen Schemel zu setzen. »Vater«, raunte er, »Julian ist da.«

Nur mit Mühen schaffte es der alte Mann, die Augen zu öffnen. »Hab Dank, Konstantin«, stöhnte er und griff nach der Hand des jüngeren Sohnes. »Du bist mir immer eine Freude gewesen, mein Junge. Und darum habe ich eine letzte Bitte an dich. Hör auf, für deinen Onkel Berthold zu arbeiten. Du bist kein Patrizier. Du gehörst hierher nach Ehrenreit. Es bricht mir das Herz, wenn ich mir vorstelle, dass die Burg nach meinem Tod verwaist. Ich habe genug Schätze angehäuft. Sie sind dein! Es genügt doch, wenn einer von euch meint, sich in der Stadt durchs Leben schlagen zu müssen.«

Die Brüder warfen sich einen flüchtigen Blick zu. Sie verstanden sich auch ohne Worte und würden sich mit Sicherheit nicht mit dem Vater an dessen Sterbebett streiten.

Der alte Emmerich von Ehrenreit hatte seinen ältesten Sohn noch keines Blickes gewürdigt. Nun wandte er sich ihm zu und musterte ihn finster. »Ich habe dir etwas zu sagen. Dir allein.« Es klang wie eine Drohung.

Konstantin wunderte sich. Was gab es so Wichtiges zu besprechen, dass nicht einmal er mithören sollte? Und konnte er es überhaupt verantworten, Julian in diesem

Zustand mit dem Vater allein zu lassen? Als der Sterbende ihm jedoch einen bittenden Blick zuwarf, verließ er widerspruchslos die Kammer.

Die Magd folgte ihm, und Julian war nun allein mit seinem Vater. Wohl war ihm dabei nicht. Eine Ahnung stieg in ihm auf, dass der Alte ihm eine entsetzliche Mitteilung zu machen hatte. Wird er mir offenbaren, dass ich keinen Pfennig von seinem Vermögen erbe? Aber das weiß ich doch längst, durchfuhr es ihn. Womit sollte er mich noch erschrecken können? Tapfer kämpfte er gegen die dunkle Ahnung an. Und tatsächlich, er wurde ruhiger. Aufmerksam betrachtete er seinen Vater. In dessen Augen steckte noch so viel Lebenskraft, dass Julian sich seinen nahenden Tod nicht vorstellen konnte.

»Ich habe deiner Mutter geschworen, dir niemals die Wahrheit zu sagen, aber so kann ich nicht vor dem Jüngsten Gericht erscheinen, denn ich habe gesündigt. Und ich möchte nicht in der Hölle schmoren. Du musst mir nur eines schwören: Sag es Konstantin nicht. Er vergöttert dich, seinen großen Bruder, den tapferen Fechtmeister.«

Julian lief es heiß und kalt den Rücken hinunter.

Emmerich lachte höhnisch, bevor er weiterredete, ohne Julian anzusehen. »Deine Mutter und ich, wir versuchten lange Jahre, einen Erben zu bekommen, doch vergeblich. Und da geschah das Unfassbare. Deine Tante Leonore trug die Frucht der Sünde unter ihrem Herzen. Sie wollten heiraten, nachdem ihr Ritter vom Kreuzzug gegen Alexandria zurückgekehrt war, doch er wurde auf dem Weg zum Treffpunkt in Venedig gemeuchelt. Als wir Leonore die Nachricht überbrachten, offenbarte sie ihren Eltern, was geschehen war. Da hatte deine Großmutter den Einfall, Leonores Kind als das deiner Mutter auszugeben und Leonore ins Kloster zu schicken. So geschah es dann. Deine Großmutter war eine mächtige Frau. Auf keinen Fall wollte sie ein Bankert in ihrem Hause dulden. Gegen Leonores Willen nahmen wir ihr den Jungen noch im Wochenbett weg und machten ihn zu unserem Kind. Deine Mutter hat den Jungen wie ein eigenes Kind geliebt, auch als wir dann doch unseren Erben bekamen. Ich habe es jedoch nur meinem Weib zuliebe getan. Vom ersten Tag an habe ich verflucht, mich schuldig gemacht zu haben. Und du hast mich immer daran erinnert, dass ich ein fremdes Balg großziehe, das mir so gar nicht ähnlich ist. Wie auch? Du warst mir von Anfang an ein Dorn im Auge, und ich habe mir oft gewünscht, man hätte dich früh in ein Kloster gegeben. Das aber wollte mein geliebtes Weib nicht und ...« Er unterbrach seine lange Rede und erlitt einen Hustenanfall.

Julian hatte das Gefühl, dass sich ein Feuer durch seine Eingeweide fraß, das alles vernichtete. Ihm war, als müsse er sich gleich erbrechen. Und er hätte es sicher auch getan, wenn in diesem Augenblick der Kopf des alten Emmerich nicht leblos zur Seite gesackt wäre.

»Vater?«, fragte Julian, aber er bekam keine Antwort mehr. Dieser Mann, der niemals sein Vater gewesen war, war tot. Julian empfand keine Trauer. Sein Herz war wie versteinert. Er hatte nur noch einen Gedanken: weg von hier, weit weg!

Wie betäubt erhob er sich von dem Schemel. Selbst den wunden Rücken spürte er nicht mehr, so sehr hatte der innere Schmerz von ihm Besitz ergriffen. Taumelnd verließ er die Kammer. Vor der Tür geriet er ins Wanken, und Konstantin fing ihn gerade noch rechtzeitig auf.

»Ist er tot?«, fragte Konstantin atemlos.

Julian nickte. Seine Gedanken aber waren weit weg von jenem Mann, der soeben von ihnen gegangen war. Hätte ich geahnt, dass ich Tante Leonores Geheimnis bin ..., schoss es ihm durch den Kopf.

Es war alles so schrecklich verwirrend. Julian merkte gar nicht, dass Konstantin ihn zu einem Stuhl im großen Festsaal geleitet hatte und dann ans Totenbett des Vaters geeilt war.

Julian fühlte sich wie betäubt. Und doch musste er sich

der ungeheuerlichen Wahrheit stellen. Deshalb hatte die Priorin Benedicta also zur Flucht verholfen ... Benedicta? Er hatte sie heiraten wollen, aber jetzt sah alles anders aus. Wie sollte er ihr jemals wieder unter die Augen treten, ohne ihr die ganze Wahrheit zu offenbaren? Dass er das Bankert einer Nonne war. Nein, er brauchte Zeit, um zu begreifen, dass sein ganzes bisheriges Leben eine einzige Lüge gewesen war. Bei dem Gedanken, dass ihm alle – seine Mutter, sein Vater, seine falsche Muhme – so frech ins Gesicht gelogen hatten, wurde ihm abermals schlecht, und er erbrach sich in hohem Bogen auf das Holz des Fußbodens.

Julian wollte nicht eine Nacht länger in dieser Burg bleiben. Er schaffte es, aufzustehen und sich in seine Kammer zu schleppen. Dort packte er das Nötigste zusammen.

»Julian, was tust du da?«, riss ihn die entrüstete Stimme des Bruders wenig später aus seinen Gedanken. »Leg dich sofort wieder hin!«

Als Konstantin Julians aschfahles Gesicht sah, konnte er die drängende Frage, was der Vater ihm wohl Schlimmes gesagt habe, nicht länger zurückhalten.

Einen winzigen Augenblick lang überlegte Julian, was er tun sollte, aber dann blickte er in die Augen seines Bruders, in jene treuen Augen, die ihn nie betrogen hatten. Auch er wollte seinen Bruder nie betrügen. Da hätte ihn der alte Ehrenreit hundert Schwüre ablegen lassen können. Julian atmete tief durch. »Ich muss fort. Noch heute. Was er mir mit auf den Weg gegeben hat, erschüttert mich bis ins Mark ...« Er stockte und seufzte. »Konstantin, ich bin nicht der Sohn deines Vaters ...«

»Hat Mutter einen anderen Mann geliebt?«, unterbrach Konstantin den Bruder entsetzt.

»Nein, dein Vater hat deine Mutter so geliebt, dass er sich an einer Ungeheuerlichkeit beteiligte, die sich die Familie deiner und meiner Mutter ausgedacht hatte. Und alles nur, weil Leonore keinem Bastard das Leben schenken sollte.«

Fassungslos hörte Konstantin zu, wie sich Julian ihm nun ohne Unterbrechung offenbarte. Als Julian geendet hatte, sagte Konstantin leise: »Aber deshalb musst du doch nicht fort. Dein größter Wunsch war es doch seit jeher, Herr der Burg Ehrenreit zu sein. Nun kannst du es doch endlich werden, denn ich bleibe nicht. Es weiß doch keiner außer uns … und der Muhme.«

»Es geht doch nicht darum, ob es die Menschen dort draußen wissen oder nicht. Ich kann nicht einfach so weiterleben, als wäre nichts geschehen. Mich zieht es in die Welt hinaus. Weit fort. Ich werde wieder als reisender Fechtmeister hie und da Schulen veranstalten. Und tu mir bitte zwei Gefallen. Sag meiner Braut in Nürnberg, dass ich fort bin und niemals zurückkehren werde. Dann ist sie frei von dem Eheversprechen und kann einen anderen heiraten.«

»Aber wo finde ich deine Benedicta?«

Julian lief rot an. »Meine Braut ist nicht Benedicta. Es ist Alisa, die Tochter meines Fechtlehrers Meister Arnold. Du warst doch einmal mit mir dort.«

»Gut, gut, nur … wer ist dann Benedicta, nach der du mich vorhin fragtest.«

»Benedicta von Altmühl ist eine Schwester aus Kloster Engelthal. Als die Muhme meine Gefühle für die junge Nonne erahnte, verlangte sie von mir, eine andere zu heiraten. Nur widerwillig kam ich ihrem Befehl nach und hielt um Alisas Hand an. Doch dann überschlugen sich die Ereignisse. Man hatte den Abschied zwischen der Schwester und mir beobachtet, und der Provinzial wollte über uns zu Gericht sitzen. Dabei hatte er den perfiden Plan, uns entkommen und auf der Flucht meucheln zu lassen. Die Muhme …« Er stockte und senkte den Kopf vor Scham, bevor er weitersprach. »Die Muhme verhalf uns vorher zur Flucht, doch dann wurde ich im Wald von diesem Geschoss in den Rücken getroffen. Ja, und mehr weiß ich nicht. Ich hoffe, Benedicta konnte sich auf dem Schwarzen retten. Nur – wohin, wenn sie nicht hier auf der Burg ist?«

Konstantin schluckte trocken. »Den Schwarzen fing ich auf der Lichtung ein, nachdem ich deine beiden Verfolger unschädlich gemacht hatte.«

»Aber wo ist Benedicta geblieben? Hast du sie gesehen? Sie war in Begleitung einer anderen Frau. Ihrer Freundin, der Köchin?«

Betrübt schüttelte Konstantin den Kopf, doch dann hellte sich sein Gesicht auf.

»Sie war es, die dir den Pfeil aus der Wunde zog. Von ihr stammten die Geräusche bei der großen Eiche. Julian, ich bin mir sicher, auf der Lichtung hielt sich noch jemand auf. Und aller Wahrscheinlichkeit war es deine Benedicta.«

»Du musst sie finden, Konstantin. Du musst!«

»Wieso ich? Niemand ist dafür weniger geeignet als ich. Um sie vor dem langen Arm des Provinzials zu retten, gibt es nur eine einzige Möglichkeit: sie muss einen mächtigen Mann heiraten. Und bis nach Burg Ehrenreit reicht die Macht des Provinzials nicht. Du musst sie suchen und schnellstens heiraten!«

»Aber ich kann dieser Mann nicht länger sein! Ich bin ein Bankert und habe einer anderen als ihr das Eheversprechen gegeben ...«

»Ach, daher weht der Wind! Deshalb willst du weg. Gib es zu! Du willst fortlaufen, weil du nicht weißt, wie du aus der Sache wieder herauskommen sollst. Nicht deshalb, weil du Leonores Sohn bist. Ich hätte mich auch darüber gewundert, dass du so in Selbstmitleid badest. Dabei willst du nur deine Haut retten. Wahrscheinlich zöge dir Fechtmeister Arnold das Fell über die Ohren. Aber du kannst nicht einfach weglaufen!« Konstantins Ton wurde scharf.

»Beim himmlischen Herrn, ich möchte nie mehr daran erinnert werden, was ich heute erfahren habe. Verstehst du das nicht? Es war alles eine Lüge! Ich kann nicht Herr einer Burg werden, die mir nicht gehört.«

»Aber wenn ich sie dir doch schenke!«, widersprach ihm Konstantin heftig.

»Du hast recht, ich stecke in der Klemme, denn Alisa und ich haben Verlobung gefeiert, bevor ich wusste, dass Benedicta frei wäre ...«

»Frei ist sie nicht. Sie wird immer auf der Flucht sein ...«

»Genau, und deshalb bitte ich dich ja auch um einen zweiten Gefallen.«

Konstantin wurde weiß um die Nase. »Du verlangst doch nicht etwa von mir ...?«

»Heirate sie, sobald du sie gefunden hast! Bei dir ist sie sicher.«

»Aber was sollte ich ihr denn sagen? Sie liebt dich.«

»Sag ihr, der Fechtmeister Julian von Ehrenreit ist tot!«

29

Benedicta hatte die ganze Nacht in Anselms Kammer wach gelegen. An Schlaf war aus zweierlei Gründen nicht zu denken gewesen. Agnes schnarchte so laut, dass das Bett bebte, und Benedicta wollte auf keinen Fall die sechste Stunde verschlafen.

Als die Kirchturmuhr sechsmal schlug, war sie erleichtert, dass sie endlich aufstehen konnte. Fahles Mondlicht fiel durch ein Fensterchen. Angewidert sah sie an sich hinunter. Sie hatte in ihrer verdreckten Kleidung geschlafen und sehnte sich nach einem sauberen Überkleid. Auch ihr Haar, durch das sie prüfend fuhr, stand nach wie vor wirr vom Kopf ab. Nie hätte sie gedacht, dass sie sich einmal ihren Schleier zurückwünschen würde, unter dem sich die widerspenstigen dunklen Locken verbergen ließen.

Sie seufzte. Nur nicht darüber nachgrübeln!, sprach sie sich gut zu. Ich bin nicht im Kloster, sondern in einem Bäckerhaus. Als sie auf den Flur hinaustrat, stieß sie beinahe mit Meister Heller zusammen und erschrak.

»Nun, das hätte ich Euch nicht zugetraut«, begrüßte er sie väterlich und längst nicht mehr so feindselig wie am

Abend zuvor. Er betrachtete sie kritisch im Schein seines Kienspans. »So zerlumpt nehme ich Euch aber nicht mit in die Backstube«, brummte er und fügte hinzu: »Wartet hier!«

Einen Augenblick später kehrte er mit einem Berg voller Kleidung über dem Arm zurück. »Das alles gehörte meiner seligen Frau«, erklärte er ihr verlegen. »Aber sie sind sauber. Meine Frau war noch kurz vor ihrem Tod am Fluss und hat alle ihre Kleider gewaschen.« Bei dem Gedanken, dass diese Kleider im Fluss zusammen mit Unrat und den Hundekadavern gewaschen worden waren, verspürte Benedicta eine leichte Übelkeit, aber sie erklärte tapfer: »Habt Dank, ich werde mir etwas aussuchen.«

»Und noch etwas«, murmelte der Bäckermeister. »Ich kann Euch in der Backstube nicht ansprechen, wie es Eurem Stand gebührt. Das versteht Ihr sicher, nicht wahr?«

Benedicta nickte und freute sich mächtig darauf, den Bäckermeister von ihren Fähigkeiten zu überzeugen. Nun aber musste sie sich erst einmal in Brunhild verwandeln. In der Kammer versuchte sie etwas Passendes zu finden und brach in leises Gekicher aus. Anselms Mutter musste ungefähr doppelt so breit und halb so groß gewesen sein wie sie selbst. Kleid und Überkleid reichten ihr bis knapp über die Knie und schlotterten ihr um die Glieder. Sie hätte viermal hineingepasst.

Gut gelaunt betrat sie schließlich die Backstube. Meister Heller verzog das Gesicht zu einem Schmunzeln. Der junge Mann, der mit ihm in der Backstube stand, starrte sie dafür völlig entgeistert an. Dann suchte er den Blick seines Meisters. Der nickte ihm aufmunternd zu.

»Das ist Brunhild. Sie behauptet, dass sie backen kann.«

»Ich bin der Lehrjunge Gieselbert«, stellte sich der junge Mann Benedicta vor und hörte nicht auf, sie zweifelnd zu mustern.

»Sie ist die Schwester unserer neuen Magd«, erklärte Crippin. Gieselbert guckte noch ungläubiger.

Benedicta sah Meister Heller fragend an, doch der warf ihr nur einen warnenden Blick zu. Offensichtlich wollte er nicht, dass der Lehrjunge von der bevorstehenden Hochzeit zwischen Agnes und Anselm erfuhr.

»Mach den Mund zu, Gieselbert!«, raunzte Crippin. »Ich weiß, ich habe mich lange dagegen gesträubt, Weiber im Haus zu haben, aber ich sehne mich einmal wieder nach einem gut zubereiteten Gänsebraten und einer gefegten Stube. Aber schwätz ja nicht darüber in den Gassen! Das gibt nur böses Blut. Hast du verstanden?«

»Wie Ihr wollt, Meister Heller«, erwiderte der junge Mann murrend.

Der Lehrjunge war ein schmächtiger Bursche mit rotblondem strohigem Haar und einem grob geschnittenen Gesicht. Benedicta missfiel sein Ton, und sie verspürte eine gewisse Abneigung gegen den Burschen, doch sie verscheuchte ihre Gedanken. Lieber wollte sie Crippin endlich beweisen, was in ihr steckte.

Das war gar nicht so einfach in der winzigen und stickigen Backstube. Die war nicht zu vergleichen mit der Weite der klösterlichen Küche. Benedicta holte noch einmal tief Atem und fragte dann nach Roggenmehl und Weißmehl.

»Weißmehl? Das nehmen wir nicht. Ich habe Meister Burchard zusagen müssen, dass nur er mit Weißmehl backen darf«, erklärte Meister Heller bedauernd.

»Eine ganz und gar blödsinnige Vereinbarung«, schimpfte Benedicta vorlaut. »Ich soll Euch zeigen, was ich kann. Also lasst mich auch machen. Ihr wollt doch viel davon verkaufen, oder?«

Crippin funkelte sie wütend an. »Nun nehmt ... nimm den Mund nicht zu voll! Wir benutzen kein Weißmehl, wenngleich ...« Er kratzte sich nachdenklich die Bartstoppeln. »Wenn ich es mir recht überlege ... Wir müssen uns ohnehin etwas einfallen lassen. Unsere Geschäfte gehen schlechter, denn seit geraumer Zeit verkauft auch Meister

Burchard ein weißes Brot, gemischt mit Roggenmehl, das er billiger anbietet als das rein weiße.«

Benedicta sah den Bäckermeister ungläubig an. »Ihr verzichtet darauf, Weißmehl zu benutzen, und er macht, was er will? Wie soll ich das verstehen?«

»Ganz einfach. Er war vor mir in dieser Gasse. Sein Vater und sein Großvater waren schon Bäcker, während meine Familie seit Urzeiten das Gerberhandwerk ausübte. Meister Burchard wollte nach dem Tod des alten Bäckers, der keine Erben hinterließ, dessen Haus dazukaufen, aber man befand, dass eines reiche. Da kam ich, ein schüchterner junger Mann, ein leidenschaftlicher Bäcker zwar, aber ohne dass meine Familie Beziehungen zur Zunft gehabt hätte. Da bot er sich an, ein gutes Wort für mich einzulegen. Ja, er streckte mir sogar ein wenig Geld vor. Im Gegenzug musste ich mich mit gewissen Bedingungen einverstanden erklären. Und eine davon lautete, ausschließlich mit Dunkelmehl zu backen.«

»Und wie lange ist das her?«, fragte Benedicta.

»Über zwanzig Jahre. Damals haben wir Schwarzbäcker aus Kostengründen kaum Weißmehl beigemischt, aber zurzeit geht es den Menschen besser. Sie geben für ein Brot, das auch Weißmehl enthält, mehr aus. Und ich habe in letzter Zeit immer öfter Ware ins Armenhaus bringen müssen, während Meister Burchards dunkle Weißbrote, wie er sie bezeichnet, reißenden Absatz finden«, seufzte Crippin.

»Und deshalb wäre es nun an der Zeit, dass der Anselm die Lukarde heiratet. Damit der Alte endlich Ruhe gibt«, mischte sich der Lehrjunge ein.

Wieder wunderte sich Benedicta über dessen unverschämten Ton dem Meister gegenüber, aber sie verscheuchte den Gedanken und machte sich lieber an die Arbeit. Wie oft hatte sie Agnes heimlich in der Küche besucht und ihr über die Schultern geblickt. Das Roggenbrot im Kloster war gar köstlich gewesen. Und eines Tages war Benedicta auf den Gedanken gekommen, ein wenig Anis hinzuzugeben. Dieses gewürzte Brot hatte solchen Anklang gefunden, dass Agnes es fortan immer so hatte zubereiten müssen. Und zum Dank dafür hatte die Priorin Benedicta verboten, die Küche noch einmal zu betreten. Sie seufzte. Ihr fielen die leckeren Lebkuchen ein, und das Wasser lief ihr im Mund zusammen. Sie hatte immer noch nichts gegessen außer dem Kanten Brot von gestern Abend.

»Habt Ihr Anissamen im Haus, Meister Heller?«

»Ja, schon. Ich nehme sie ab und zu, damit mir das Mahl nicht so schwer im Magen liegt.«

Allein bei der Erwähnung von Essen knurrte Benedictas Magen. »Ob Ihr mir ein wenig von dem Samen holt?«

»Du willst doch nicht etwa Anis in das Brot tun?«, fragte der Lehrjunge vorwurfsvoll.

»Ich glaube nicht, dass es deine Entscheidung ist, was ich in den Teig gebe und was nicht!«, fauchte Benedicta.

»Er hat recht. Anis ist das Gewürz der Weißbäcker«, gab Meister Heller kleinlaut zu bedenken.

»Wer sagt denn das schon wieder?«, fauchte Benedicta empört zurück.

»Meister Burchard.«

»Ach, das hat Euch Meister Burchard auch verboten? Was dürft Ihr denn überhaupt?«

»Brunhild, komm einmal mit!«, bat Crippin und schob Benedicta vor sich her, bis sie die Diele erreicht hatten. Dort herrschte er sie an. »Haltet Euch zurück! Meister Burchard hat seine Ohren überall. Und er hat mächtige Freunde. Sein Einfluss reicht bis in den Rat der Stadt. Ich darf mich nicht mit ihm erzürnen. Und ich bete, ihm kommt nicht zu Ohren, dass Anselm eine andere zur Frau nehmen wird. Das muss, solange es irgendwie möglich ist, unser Geheimnis bleiben. O weh, o weh, ich mag gar nicht daran denken!«

»Aber wie soll er es denn erfahren?«

Crippin seufzte. »Ich hatte schon einmal einen Lehrjungen, der dem Meister Burchard alles hintertrug, was in dieser Backstube geredet wurde.«

»Lasst Ihr es deshalb zu, dass Gieselbert Euch so anspricht, wie er es seinem Meister gegenüber gar nicht dürfte?«

Crippin lief tiefrot ein. »Nein, ja. Gieselbert ist der Sohn eines Bäckermeisters Ebert, der drei Söhne hat und deshalb den dritten mir zur Ausbildung anvertraute. Er hat großen Einfluss in der Zunft. Und er ist ein Vertrauter Meister Burchards. Hätte der nicht gerade keinen Bedarf an Lehrjungen gehabt, wäre Gieselbert zu Burchard in die Lehre gegangen. Versteht Ihr nun?«

Benedicta versprach, in der Backstube den Mund zu halten und Gieselbert nicht gegen sich aufzubringen.

»Lasst Ihr mich dann wenigstens ein einziges Mal das Brot mit Anis und Weißmehl versehen? Und wenn es mir gelingt, dann verkaufen wir es einfach …«

»Ja«, knurrte Meister Heller, »ich will Euch die Gelegenheit geben, Euer Können unter Beweis zu stellen. Aber wenn Ihr besondere Zutaten braucht, tut es still und leise. Wenn Ihr etwas Schmackhaftes zustande bringt, dann werde ich es auch auf dem Markt verkaufen. Doch es braucht keiner zu wissen. Und nun geht! Nicht, dass Gieselbert Verdacht schöpft.«

Benedicta kehrte allein in die Backstube zurück, während Crippin die Anissamen holte. Ohne den Lehrjungen zu beachten, rührte sie den Teig für ihr Brot zusammen, den sie mit Anis verfeinerte, nachdem Crippin ihr die Samen unauffällig gereicht hatte. Sie geizte auch nicht mit Weißmehl.

Als sie eine Schüssel voller Teig fertig hatte, formte sie ein paar Laibe Brot und schob sie in den Ofen. Dabei wurde sie argwöhnisch von Gieselbert beäugt, der immer noch kein einziges Brot geformt, geschweige denn eines in den Ofen geschoben hatte.

Was für ein fauler Bursche, dachte Benedicta und wollte

dem Lehrjungen schon zur Hand gehen, doch da bat Meister Crippin sie freundlich, sich lieber im Haus nützlich zu machen, bis das Brot fertig war.

Murrend stieg sie zu ihrer Kammer hinauf und öffnete leise die Tür, doch dann stutzte sie. Agnes lag nicht allein in ihrem Bett, sondern Anselm war bei ihr. Das also hatte die Freundin gemeint, als sie angekündigt hatte, sie werde das mit ihrer Schwangerschaft schon in Ordnung bringen. Sie hatte doch nicht etwa Anselm auf dem Weg in die Backstube abgefangen? Ein lautes Stöhnen vom Lager der beiden ließ sie einen Schritt zurücktreten. Hastig zog sie die Tür hinter sich zu.

Hoffentlich erfuhr Meister Burchard nichts davon!

Benedicta atmete tief durch. Die letzten Tage zogen noch einmal vor ihrem inneren Auge vorüber. Das Kloster, die Flucht, der Fremde, der Julian mitgenommen hatte, die ungewohnte Stadt und das Bäckerhaus. Was, wenn Julian nicht mehr lebte? Was, wenn sie bei Agnes und Anselm bleiben musste? Sie spürte, wie eine große Erschöpfung von ihr Besitz ergriff. Könnte sie doch nur in ihrer Klosterzelle liegen und ausschlafen! Vielleicht sollte sie die Arbeiten erledigen, die Agnes jetzt verabsäumte, aber wie konnte sie sich im Haus nützlich machen? Darüber, was in einer Küche getan werden musste, wusste sie Bescheid, aber sonst? Und wo gab es überhaupt eine Küche in diesem Haus?

Ein kräftiges Klopfen an der Haustür riss Benedicta aus ihren Gedanken. Sie eilte, ohne zu überlegen, die Stiege hinunter und öffnete. Vor ihr stand die Frau mit dem falschen Blick, die sie erstaunt und abschätzig zugleich musterte.

»Was willst du?«, fragte Benedicta und versuchte, ruhig zu klingen. Ihr wurde plötzlich klar, dass sie sich nicht an der Haustür hätte zeigen sollen.

»Bist du nicht eins der beiden Bettelweiber, denen wir gestern von unserem Haus deutlich erklärt haben, dass wir für Gesindel nichts übrig haben? Es ist kaum zu glauben, wie Meister Heller und Anselm sich von Leuten wie euch auf der Nase herumtanzen lassen! Aber das werde ich ihnen bald austreiben.«

»Du musst dich irren«, entgegnete Benedicta mit fester Stimme und hielt dem stechenden Blick der Bäckerstochter trotzig stand.

»Und was tust du dann hier im Haus?«

Benedicta schob trotzig die Unterlippe vor und schwieg.

»Gut, wenn du stumm bist, dann wird mir Anselm selbst erklären müssen, was es mit euch zerlumpten Weibsbildern auf sich hat. Und nun aus dem Weg! Ich möchte zu ihm.«

Benedicta aber wich keinen Schritt zurück. Lukarde versuchte, sich an ihr vorbeizudrängen, doch das ließ sich Benedicta nicht gefallen. Sie stieß die Bäckerstochter auf die Gasse hinaus und zischte: »Er ist nicht da!« Dann warf sie die Tür hinter ihr zu. Noch im selben Augenblick wusste Benedicta, dass sie das lieber nicht hätte tun sollen. Aber hatte sie eine andere Wahl gehabt?

Mit klopfendem Herzen ließ sie sich zu Boden gleiten, schlug die Hände vors Gesicht und weinte, bis etwas Weiches sie anstieß. Artemis, die sie völlig vergessen hatte.

»Du hast Hunger«, flüsterte sie, während sie dem Hund das schöne Fell streichelte. Dann trocknete sie sich die Tränen, sprang auf und holte aus der Backstube einen Kanten Brot, den das Tier begierig hinunterschlang.

Artemis schien immer noch nicht satt zu sein und jaulte leise. Da begriff Benedicta, was sie wollte, und öffnete die Haustür einen Spaltbreit. Erst als sie sich mit einem prüfenden Blick davon überzeugt hatte, dass Lukarde nirgendwo dort draußen lauerte, ließ sie Artemis laufen.

»Aber bitte komm zurück!« Das klang flehentlich.

Artemis wedelte mit dem Schwanz, bevor sie sichtlich vergnügt auf die Gasse hinaussprang. Da fiel Benedictas Blick auf das Haus des Weißbäckers. Im Eingang stand Lukarde und starrte feindselig zu ihr herüber.

30 Voller Ungeduld wartete Benedicta vor dem Ofen, bis ihre Brote fertig waren. Alle Augenblicke holte sie mit dem hölzernen Schieber einen Laib heraus. Es dauerte eine halbe Ewigkeit, bis das Brot endlich so knusprig gebacken war, dass sie es probieren konnte. Sie legte einen Laib auf den Tisch, damit er ein wenig abkühlte. Doch kaum ließ er sich anfassen, ohne dass sie sich die Finger verbrannte, brach sie schon drei Teile davon ab. Ein Stück reichte sie Crippin, eins dem Lehrjungen, und eins steckte sie sich selbst in den Mund. Als sie den ersten Bissen gierig hinuntergeschlungen hatte, hellte sich ihr Gesicht auf.

»Das ist ja köstlich!«, rief sie freudig aus. »Das wird sich sicher gut verkaufen.«

»Köstlich ist es. Keine Frage«, erwiderte Meister Heller nicht eben begeistert, »aber verkaufen können wir es nicht.«

Fassungslos starrte Benedicta Meister Heller an. Da nahm der Bäckermeister den Laib und wog ihn in der Hand. »Er ist zu leicht. Das kann ich sagen, ohne ihn zu wiegen. Wenn wir das Brot so auf dem Markt anbieten, wird man mich an den Pranger stellen.«

»An den Pranger?« Ganz dunkel erinnerte sich Benedicta, dass sie als Kind einmal in Regensburg an einem Mann vorbeigegangen war, der an einem Holzpfahl festgebunden war und von der gaffenden Menge mit Steinen beworfen wurde. Sie hatte geweint, und ihr Vater hatte sie hastig fortgezogen.

Gieselbert warf ihr einen hinterhältigen Blick zu. »Ihr wisst nicht, was ein Pranger ist?«

Crippin aber lachte dröhnend. »Ach, Brunhild, den gibt es bei dir auf dem Land ja gar nicht!« An Gieselbert gewandt, sagte er: »Sie kommt von einem abgelegenen Gehöft. Ich muss es ihr erklären. An einen Pranger werden Übeltäter festgebunden und von den Leuten, die vorübergehen, mit Schmutz beworfen. Wenn einer der Unseren das Brot zu leicht backt und die guten Leute zu betrügen versucht, wird er mit Sicherheit dort landen. Für uns Bäcker bauen sie inzwischen gar nach dem Vorbild der Wiener einen Käfig aus Holz, mit dem wir zur Strafe für zu leichtes Brot in die Pegnitz getaucht werden.«

Angewidert kräuselte Benedicta die Lippen. »Das ist ja ekelhaft!«

»Wie bestraft man denn bei euch die Betrüger?«, fragte Gieselbert listig, doch schon mischte sich Meister Heller ein. »Ich mache dir einen Vorschlag, Brunhild. Du backst deine Brote in der Größe der unsrigen. Sieh, dort auf unserer Waage kannst du den Teig abwiegen, bevor du ihn in den Ofen schiebst. Und bedenke: Niemals darfst du das Brot zu leicht machen. Lieber zu viel als zu wenig Teig! Und du, Gieselbert, halt keine Maulaffen feil, sondern geh an die Arbeit!«

Mit diesen Worten wollte Crippin die Backstube verlassen. Da fiel Benedicta siedend heiß ein, was sie gerade oben in Anselms Kammer gesehen hatte. Unvorstellbar, Meister Heller könnte Anselm und Agnes bei ihrem Treiben ertappen und womöglich der Lüge mit der Schwangerschaft auf die Schliche kommen! Dann würde er Agnes und Benedicta sicherlich in hohem Bogen aus dem Haus werfen. Aber wie sollte sie ihn aufhalten? Ihr fiel keine Lösung ein. Also setzte sie auf Schnelligkeit, fegte an Crippin vorbei aus der Backstube und hastete die Stiege hinauf. Ohne anzuklopfen, riss sie die Kammertür auf und blickte zum Bett hinüber – es war leer. Benedicta klopfte das Herz bis zum Hals. Im Flur hörte sie Stimmen. Rasch wandte sie sich um und stieß auf Anselm, Agnes und Crippin. Erleichtert atmete sie auf. Die beiden Verlobten sahen aus, als könnten sie kein Wässerchen trüben. Anselm trug seine Bäckerschürze, Agnes ein Kleid, das wohl auch einmal Anselms seliger Mutter gehört hatte. Es schlackerte ihr um den Körper, wenngleich es nicht ganz so weit war wie bei Benedicta. Obwohl Crippin ihr gerade eindringlich klarmachte, dass sie in Zukunft vor Vater und Sohn aufzustehen habe, lächelte Agnes beseelt. Ihre Wangen glühten, und ihre Augen strahlten. Auch Anselm trug ein für Benedictas Empfinden recht einfältiges Grinsen zur Schau. Ihr Blick traf den von Agnes. Missbilligend schüttelte Benedicta den Kopf, doch die Freundin lächelte immer noch.

Benedicta wollte keine Zeit mehr verlieren und sich in die Backstube zurückziehen. Auf halber Stiege drehte sie sich noch einmal um. »Die Tochter des Bäckermeisters Burchard war hier und wollte wissen, warum die Bettelweiber noch im Haus sind. Ich habe sie hinausgeschoben und die Tür hinter ihr zugeschlagen. Ich befürchte aber, sie kommt wieder.«

Crippin seufzte schwer. »Ich glaube, ich sollte schnell nach Sankt Sebaldus gehen und eure Hochzeit mit dem Pfarrer besprechen. Ich bete zu Gott, dass er von einem Aufgebot Abstand nimmt. Nicht auszudenken, dass eure Namen wochenlang an der Kirchentüre hängen! Da muss ich mir etwas Geschicktes einfallen lassen.«

»Vater, Meister Burchard wird es eines Tages so oder so erfahren. In dieser Gasse lässt sich nichts vor ihm verheimlichen«, erwiderte Anselm.

»Das weiß ich doch, aber mir wäre wohler, er erführe es erst lange nachdem ihr Mann und Frau geworden seid. Dann wird sein Zorn schneller verrauchen, weil es unabänderlich ist.«

»Vater, er wird immer Mittel und Wege finden, dir das Leben schwer zu machen. Es wird höchste Zeit, dass wir uns nicht länger von ihm gängeln lassen! Ich glaube nicht, dass er wirklich etwas gegen dich unternehmen kann. Er schüchtert dich bloß ein. Ich werde mir das jedenfalls nicht gefallen lassen, wenn ich der Herr über das Backhaus sein werde.« Anselms Stimme klang scharf.

»Ja, wenn …«, knurrte Crippin und sah seinen Sohn missbilligend an. »Wenn Meister Burchard es unter den veränderten Bedingungen nicht zu verhindern weiß.«

Benedicta, die immer noch auf der Stiege stand und dem

Gespräch gelauscht hatte, warf dem jungen Bäcker einen bewundernden Blick zu. Er sprach ihr aus der Seele. Das hätte sie ihm gar nicht zugetraut. Vielleicht ist er ja gar nicht so dumm, wie ich zunächst annahm, schoss es ihr durch den Kopf.

»Euer Sohn hat recht. Lasst Euch nichts gefallen von Meister Burchard. Was nützt es, wenn Ihr nichts mehr verkauft, weil er bessere Roggenbrote herstellt? Eigentlich müsste er im Gegenzuge darauf verzichten, beim Backen dunkles Mehl zu verwenden. Und deshalb backe ich Euch jetzt so viele Brote, wie ich nur kann, um sie auf dem Markt zu verkaufen. Ihr werdet sehen, er kann nichts dagegen unternehmen, und die Leute werden uns bestürmen …«

»Aber Ihr geht nicht mit zum Markt! Weder Ihr noch die Agnes. Ich will nicht, dass man euch sieht, bevor …«

»Nein, Meister Heller, bevor die Hochzeit gefeiert wird, trauen wir uns nicht aus dem Haus«, seufzte Benedicta und fügte leise hinzu: »Wenn diese Lukarde bloß kein Unheil stiftet.«

Sie hatte den Satz kaum zu Ende geführt, als es unten an der Haustür pochte. Und zwar kräftiger und fordernder als vorhin.

»Wenn man vom Teufel spricht«, raunte Agnes.

»Ich gehe schon«, sagte Crippin beherzt und eilte die Stiege hinab.

Benedicta, Agnes und Anselm hielten den Atem an, aber es war nicht Lukardes Stimme, die nun wie ein Donnerhall bis zu ihnen nach oben dröhnte. »Guter Heller, was muss ich hören? Du beherbergst Bettelweiber unter deinem Dach?«

»Wer behauptet denn so etwas?« Crippins Stimme klang entschlossen.

»Willst du das etwa leugnen, lieber Freund?«, flötete der Weißbäcker.

»Ich glaube, man hat dir einen Bären aufgebunden.«

»Lüg mich nicht an! Dein Sohn hat das Gesindel mit ins

Haus genommen. Eigentlich wollte er den Büttel holen, um die dreisten Weiber aus der Stadt zu jagen, aber keiner hat sie euer Haus verlassen sehen. Und meine Tochter wurde gerade von einer der beiden grob fortgejagt. Es missfällt mir, dass ihr solchem Gesindel Tor und Tür öffnet. Das ist kein Umgang für einen anständigen Bäckermeister. Und dass du zulässt, wie sie ein anständiges Mädchen beleidigen. Pfui! Fort mit ihnen, auf der Stelle! Dann bin ich bereit, die Sache zu vergessen. Sonst ...«

»Glaubst du denn nicht, lieber Johann, dass es unsere Christenpflicht ist, den Armen zu helfen?«

»Crippin, sei nicht närrisch! Eine Spende für die Armen hin und wieder, nun gut, aber Bettelweibern Obdach zu gewähren ...«

Meister Heller lachte laut auf. »Es sind keine Bettelweiber, die ich beherberge. Mein Sohn hat sie versehentlich dafür gehalten. Dabei ist es meine neue Magd mit ihrer Schwester, die nach der langen Reise ein wenig zerlumpt aussahen.«

»Magd? Du willst eine Magd einstellen? Laufen die Geschäfte denn so gut? Zumal ihr doch eine anständige Frau im Haus haben könntet!« Meister Burchards Augen verengten sich zu Schlitzen.

»Lieber Johann, du hast gut reden. Dein Weib hält Heim und Herd in Ordnung, aber mein Haus starrt vor Dreck ohne eine weibliche Hand.«

»Bist du so einfältig, oder tust du nur so? Dein Sohn soll meiner Tochter endlich seinen Antrag machen. Damit beenden wir unseren kleinen Zwist für alle Zeiten.«

»Aber Johann, deine Tochter soll doch nicht unsere Magd sein! Denk an ihre zarten weißen Hände!«

Meister Burchard sah Crippin zweifelnd an. Dann blähten sich ganz plötzlich seine Nasenflügel, und er schnupperte.

»Es duftet nach Anis aus deiner Backstube«, bemerkte er mit einem gefährlichen Unterton.

Crippin hoffte, dass der Weißbäcker das laute Pochen seines Herzens nicht hörte, als er in scherzhaftem Ton entgegnete: »Du hast recht. Es ist der köstliche Duft von Anis, der dir aus meiner Backstube entgegenweht. Willst du von dem Brot kosten?«

»Crippin, bist du von allen guten Geistern verlassen? Hast du vergessen, dass ich mich damals in der Zunft dafür stark gemacht habe, dass du das Bäckerhaus bekommst, obwohl du aus keiner alteingesessenen Bäckerfamilie stammst?«, schrie Burchard. Er war so wütend, dass ihm die Adern am Hals hervortraten.

»Nein, wie könnte ich das je vergessen? Aber lieber, guter Johann, das ist bald zwanzig Jahre her. Ich war ein junger Mann, der Sorge hatte, ohne dein Wohlwollen das Bäckerhaus nicht zu bekommen. Deshalb ging ich auf alle deine Bedingungen ein. Ich versprach, weder Weißmehl zu benutzen noch die Gewürze, auf die du einen Anspruch zu haben glaubst. Heute sind wir doch Freunde, oder? Und sei ehrlich – ist es in den Verordnungen unserer Zunft niedergelegt?«

»Du hast es mir versprochen. Das allein zählt!«, brüllte Burchard.

»Damals vielleicht, aber nun halte ich mich nicht mehr daran. Du backst ja auch ein Roggenbrot.«

»Du wirst schon sehen, was du von deiner Frechheit hast. Du brauchst meine Fürsprache, wenn Anselm dein Bäckerhaus übernehmen will.« Burchard lief rot an vor lauter Wut, doch Crippin ließ sich nicht einschüchtern. Entschlossen sagte er: »So, und nun muss ich mich sputen. Die Brote machen sich nicht von selbst.«

Burchard wirkte verunsichert. Er erwartete wohl, dass Heller bei ihm wie gewöhnlich zu Kreuze kroch. »Crippin, lass uns nicht länger zanken. Wenn es sich so gut verkauft, wie es duftet, haben wir doch beide etwas davon. Schließlich wird das alles einmal unserem Enkel gehören.«

Crippin wurde blass und nickte.

»Dann sprich endlich mit deinem Sohn und sag ihm, er soll nicht mehr allzu lange warten. Schließlich habe ich ein hübsches Töchterchen. Dann sollst du nach Herzenslust mit Anis backen, und ich mache dir keine Vorschriften mehr. Aber nur dann, wenn wir bald Verlobung feiern. Ich lasse mich gewiss nicht lumpen. Es soll eine unvergessliche Hochzeit werden.«

Crippin wusste gar nicht, wohin er blicken sollte, ohne sich zu verraten. »Ja, dann mache ich mich wieder an die Arbeit, guter Freund«, murmelte er heiser.

Meister Burchard klopfte ihm zur Bekräftigung seiner Worte zum Abschied auf die Schulter.

Crippin atmete erleichtert auf, als er die Tür hinter dem Weißbäcker zuzog und Benedicta, Agnes und Anselm ihm aufgeregt entgegeneilten.

»Vater, meinst du nicht, es wäre klüger, ihm gleich die Wahrheit zu sagen? Was kann er uns schon anhaben?«, fragte Anselm.

»Ich befürchte, er würde sogar eure Hochzeit zu verhindern suchen. Ach, ich hätte ihm nicht so offen die Stirn bieten sollen.« Crippin war aschfahl im Gesicht geworden.

»Aber das war sehr mutig von Euch«, widersprach Benedicta. »Er wird in Zukunft größere Achtung vor Euch haben. Und ich backe Euch nun endlich die köstlichen Brote mit dem richtigen Gewicht.«

Nur Agnes sagte zu alledem kein Wort. Sie spürte wieder einmal den Mühlstein im Bauch, der sie vor drohendem Unheil warnte. Doch sie würde sich davor hüten, ihre Befürchtungen laut zu äußern.

31

Mit grimmiger Miene ritt Konstantin von Ehrenreit auf das Stadttor zu. Er war froh, dass er nicht lange warten musste, sondern zügig durchgewunken wurde. Zu seinem großen Ärger war er länger auf der Burg aufgehalten worden, als ihm lieb war. Nach dem Tod seines

Vaters war so vieles zu erledigen gewesen. So hatte er schweren Herzens Adam, dem treuen Knecht seines Vaters, die Verwaltung der Ländereien übertragen. Adam hatte sich schon immer um die Landwirtschaft gekümmert, weil dem alten Emmerich sein Land in Wahrheit herzlich gleichgültig gewesen war. Und wenn am vergangenen Tage nicht ein Bote seines Onkels nach Ehrenreit gekommen wäre, Konstantin hätte sich wahrscheinlich noch länger mit der Übergabe an Adam beschäftigt. Der Onkel hatte seine sofortige Rückkehr nach Nürnberg befohlen.

Während Konstantin bei schönstem Sonnenschein über den Steg ritt, musste er an Julian denken. Und daran, dass er vergeblich versucht hatte, den älteren Bruder von seiner Entscheidung abzubringen, in die Fremde zu ziehen. Mit Engelszungen hatte er auf ihn eingeredet, er möge doch Herr der Burg werden. Vergebens.

Julian hatte ihm das Versprechen abgerungen, alles daranzusetzen, um Benedicta zu finden. *Sie ist in Begleitung ihrer Freundin unterwegs, der ehemaligen Klosterköchin.* Diese Beschreibung hatte der Bruder ihm als Anhaltspunkt mit auf den Weg gegeben. Das war nicht gerade viel. *Wie sieht sie denn aus, deine Benedicta?*, hatte Konstantin von Julian wissen wollen. Der war ins Schwärmen geraten. *Sie ist groß,* von *besonders schlanker Gestalt, hat wunderschöne schwarze Locken, große braune Augen, einen Mund, der zum Küssen verführt, und ein bezauberndes Lachen. Ihre Zähne sind herrlich weiß, und ihre Stimme ist tief und voll, sodass sie dich in ihren Bann zieht ...*

Vielleicht sollte ich sie dann doch heiraten, hatte Konstantin gescherzt. Sein Bruder aber hatte über den Scherz ganz und gar nicht lachen können. Er nahm es Konstantin ein wenig übel, dass er ihm den Schwur, Benedicta zur Frau zu nehmen, verweigert hatte. Immer wieder war Julian in ihn gedrungen. Konstantin aber hatte nicht schwören wollen und jede Menge Bedenken vorgeschoben. Was, wenn sie zurück ins Kloster will? Was, wenn du es dir anders überlegst, zurückkehrst und ich dann mit deiner Liebsten verheiratet bin? Was, wenn die Klosterschergen sie im Haus des Onkels aufspüren und ich sie doch nicht beschützen kann? Ihm war der Gedanke, seinem Bruder zuliebe eine wildfremde junge Frau und überdies noch eine entflohene Klosterschwester zu heiraten, mehr als unangenehm. Er liebte die Frauen und war beileibe nicht abgeneigt, einer das Jawort zu geben, wenn ihm die Richtige begegnete, aber im Augenblick hatte er wirklich andere Sorgen als die Liebe. Was sollte langfristig aus der Burg werden, wenn er den Gewürzhandel seines Onkels übernahm und endgültig zum Patrizier wurde? Was sollte er mit dem Vermögen seines Vaters anfangen, dessen Herkunft er doch für äußerst zweifelhaft hielt? Man hatte die Überfälle auf Händler im Umkreis der Burg Ehrenreit niemals aufklären können. Doch eines stand fest: Seit diesen Vorfällen war auf der heruntergekommenen Burg wieder der Wohlstand eingekehrt. Wenigstens hatte Konstantin seinem Bruder einen Teil des Vermögens aufdrängen können.

Am Morgen waren sie in aller Herrgottsfrühe gemeinsam aufgebrochen. Konstantin war gen Westen geritten, Julian gen Süden.

Konstantin war so tief in Gedanken versunken, dass er den Hund, der nun freudig bellend auf ihn zukam, zunächst gar nicht bemerkte. Erst als das braune Tier mit der auffällig dunklen Schnauze neben dem Pferd herlief und daran hochzuspringen versuchte, erkannte er seine alte Jagdgefährtin wieder. Er ließ das Pferd anhalten und sprang mit einem Satz hinunter. Der Hund war außer sich vor Freude, wedelte wild mit dem Schwanz, wälzte sich voller Begeisterung im Unrat der Gasse und leckte seinem Herrn die Hand.

»Schwarzschnauz, du gute Schwarzschnauz!«, rief Konstantin gerührt aus und kraulte seiner einstigen Leithündin das Fell. Er war nicht mehr auf die Jagd gegangen, seit er bei seinem Onkel arbeitete. Schwarzschnauz aber war ihm so ans Herz gewachsen, dass er sie einfach mit in die Stadt genommen hatte. Im großen Patrizierhaus nahe dem Hauptmarkt war genügend Platz. Und als er neulich ans Sterbebett seines Vaters geeilt war, war ihm das treue Tier einfach gefolgt und hatte ihn zur Burg begleitet.

»Und ich dachte schon, der Klosterknecht, den ich ins Gebüsch warf, hat dich auf dem Gewissen«, raunte Konstantin der Hündin ins Ohr. Dass sie so schlau war, aus dem Wald herauszufinden, konnte er sich noch vorstellen, aber wie war sie nur zum Stadttor hereingekommen? Er war jedenfalls überglücklich, sein treues Tier wohlbehalten zurückzuhaben. Die schlechte Stimmung war wie verflogen, als er in Begleitung seines tot geglaubten Hundes durch die Gassen trabte.

Als er der Kirche Sankt Sebaldus entgegenritt, wurde gerade ein junges Paar vor dem Portal getraut. Sosehr Konstantin auch nach einer Hochzeitsgesellschaft Ausschau hielt, außer dem Brautpaar und dem Pfarrer entdeckte er nur zwei Menschen vor dem Gotteshaus. Dabei sehen sie gar nicht so ärmlich aus, als könnten sie sich keine größere Hochzeitsfeier leisten, dachte Konstantin beim Näherkommen. Sein Blick blieb an der jungen Frau hängen, die nicht heiratete. Sie besaß ungewöhnlich feine Gesichtszüge, hatte dunkle Locken und war außergewöhnlich groß und schlank.

Von ihrem Anblick gebannt, ritt er langsamer. Eine solche Frau bekam er in den Gassen der Stadt nicht allzu oft zu Gesicht. Hätte sie nicht ausgesprochen schlichte Kleidung getragen, er hätte sie für ein adliges Fräulein gehalten. Er ließ sein Pferd anhalten, um sie näher zu betrachten.

Und während er verstohlen zu ihr hinüberblinzelte, blickte sie ganz offen in seine Richtung, und ihr Gesicht hellte sich auf. »Artemis!«, rief sie erfreut. »Artemis!«

Der Pfarrer warf Benedicta einen warnenden Blick zu. Agnes versetzte ihr einen Stoß in die Rippen, denn Anselm war gerade dabei, ihr feierlich den Ring aufzustecken. Da rannte der Hund bereits freudig herbei und sprang an den beiden Frauen hoch.

»Wollt ihr die Hochzeit nun zu Ende bringen oder nicht?«, brummte der Pfarrer. Agnes nickte eifrig und zischelte ihrer Freundin zu: »Jetzt gib Ruhe!«

Benedicta aber hörte gar nicht zu. Sie war so erleichtert, dass Artemis zurückgekehrt war! »Und ich dachte schon, der Hundefänger hat dich mitgenommen. Jetzt lasse ich dich nie mehr los«, flüsterte sie und griff der Hündin zärtlich ins weiche Fell.

»Ich sage es euch zum letzten Mal. Wenn ich weiterhin gestört werde, dann könnt ihr euch woanders trauen lassen.«

Benedicta versuchte, dem Pfarrer mit größerer Aufmerksamkeit zuzuhören, während sie unauffällig das Tier streichelte. Da tauchte plötzlich ein Fremder neben ihr auf. Er war groß, blond, hatte ein kantiges Gesicht und führte ein prächtiges Pferd am Zügel mit sich.

»Komm, Schwarzschnauz, komm her!«, befahl er, doch statt ihm zu gehorchen, ließ sich die Hündin hingebungsvoll zu Benedictas Füßen fallen und sich von ihr kraulen.

»Sie gehört mir und heißt Artemis!«, fauchte sie den feinen Herrn an, doch bevor dieser etwas erwidern konnte, schimpfte der Pfarrer von Neuem los. »Nun lasst uns das Paar doch endlich zu Mann und Frau machen, und wartet mit dem Geplänkel, bis ich die beiden vor Gott vereint habe!«

Benedicta schüttelte den Kopf. Konstantin rollte mit den Augen, aber er tat, was der Pfarrer verlangte. Dabei warf er seinem Hund, der sich immer noch genüsslich von der Fremden streicheln ließ, schiefe Blicke zu.

»Es ist vollbracht!«, bemerkte der Pfarrer nach einer Weile und raunte Benedicta zu: »Ich warte mit der Messe, bis du dich mit dem hohen Herrn geeinigt hast.«

»Mach bloß nicht so viel Aufhebens! Die Leute bleiben

schon stehen und beobachten uns«, zischte Crippin Benedicta zu.

»Aber ich kann doch nicht dulden, dass der fremde Herr mir meinen Hund wegnimmt«, erwiderte Benedicta wutentbrannt und trat Konstantin drohend entgegen.

»Was wollt Ihr von meinem Hund?«

Konstantin strafte die junge Frau mit Missachtung und befahl streng: »Schwarzschnauz, komm her!«

Widerwillig stand die Hündin auf, schüttelte sich einmal kräftig und trabte brav zu dem großen Blonden hinüber.

»Artemis, hierher!«, zischte Benedicta, doch das Tier folgte dem Mann. Tränen schossen Benedicta in die Augen. Warum ging die Hündin einfach mit einem Fremden mit? Nach allem, was sie für ihn getan hatte! Sie fühlte sich verraten. »Artemis!«, schrie sie verzweifelt, doch da war der Edelmann schon um die Ecke gebogen.

Wütend ballte Benedicta die Fäuste, bis Agnes ungläubig fragte: »Benedicta, begreifst du es denn nicht?«

»Nein, wieso folgt sie diesem eingebildeten Laffen?«

»Weil sie ihm gehört, du dumme Gans!«, lachte Agnes leicht gereizt.

»Nein, sie gehört mir, und vorher gehörte sie dem Mann mit dem Kapuzenmantel ...« Benedicta hielt inne und blickte die Freundin verdutzt an.

»Du glaubst doch nicht etwa, dass dieser Kerl ...«

»Doch, es war unverkennbar derselbe Gürtel, den er trug«, entgegnete Agnes ungerührt.

»Aber ... aber dann muss ich ihn einholen, ihn nach Julian fragen, ich muss ...«, stammelte Benedicta, doch da herrschte Crippin sie an. »Du musst im Augenblick nur das eine: dich ganz ruhig verhalten.« Dabei zog er sie am Ärmel ihres Gewandes in die Kirche hinein und fügte mit heiserer Stimme hinzu: »Dreh dich nicht um, denn wir bekommen ungebetene Gäste zur Messe.«

Benedicta konnte gar nicht anders. Sie warf einen neugierigen Blick zurück – und erkannte Lukarde. Benedicta fröstelte. Die Tochter des Bäckermeisters glühte vor Hass. Und auch ihr Vater, der sie begleitete, schien nichts Gutes im Schilde zu führen.

Trotz der Bedrohung, die in den hinteren Kirchenbänken von Vater und Tochter Burchard ausging, wanderten Benedictas Gedanken zu dem Fremden mit dem goldenen Gürtel. Sie musste ihn unbedingt finden – aber wo sollte sie suchen? Sie wusste weder, wer er war, noch wo er sich in dieser großen Stadt aufhielt. Von der Messe bekam Benedicta nicht allzu viel mit.

Als das frisch getraute Brautpaar aus der Kirche trat, stürzte sich Lukarde ohne Vorwarnung auf Agnes und riss ihr unter wüstesten Beschimpfungen das Gebände vom Kopf. Agnes schrie auf vor Schmerz und versetzte ihrer Feindin einen Hieb gegen den Oberarm. Und schon war eine heftige Prügelei im Gang.

Der Pfarrer drohte, einen Büttel zu holen. Crippin aber wollte auf schnellstem Weg nach Hause. Vorbei an Meister Burchard. Nur das gelang ihm nicht. Der schwergewichtige Weißbäcker stellte sich ihm in den Weg und donnerte: »So viel kann ich auf dein Wort also geben! Es ist nichts wert, Meister Heller, gar nichts, aber das wirst du mir büßen.«

Eine Traube von Schaulustigen bildete sich um die Streitenden. Agnes und Lukarde schenkten einander nichts. Sie traten, spuckten und schlugen. Und das alles unter dem Gejohle der Menschenmenge.

»Gib's der dunklen Hexe!«, schrien die einen.

»Lass die Braut in Ruhe!«, brüllten die anderen.

Schließlich ging Anselm mutig dazwischen und hinderte Lukarde daran, weiter auf Agnes einzuschlagen.

»Was geht da vor?«, rief ein Büttel, der sich seinen Weg durch die Menge gebahnt hatte.

»Nimm ihn mit! Er ist wortbrüchig geworden!«, schrie Meister Burchard und deutete auf Crippin, der völlig fassungslos dastand. Burchard hatte einen hochroten Kopf bekommen, und seine Stimme überschlug sich.

Der Büttel war ein kräftiger Mann mittleren Alters. Er verlangte von dem aufgebrachten Bäckermeister, ihm in aller Ruhe zu schildern, was geschehen war. Der aber brachte keinen vernünftigen Satz heraus, sondern stieß nur üble Beschimpfungen aus.

»Ich kann nichts für Euch tun«, unterbrach ihn der Büttel schließlich schroff. »Wenn Eurer Tochter das Heiratsversprechen gemacht wurde, wendet Euch an den Rat der Stadt. Wenn Ihr aber weiter Unfrieden macht, dann stelle ich Euch wegen Ruhestörung und Verleumdung an den Pranger.«

Entsetzt starrte Meister Burchard den Büttel an. Dann packte er seine Tochter, die sich erneut kreischend auf Benedicta stürzen wollte, am Kragen und schleifte sie mit sich fort. »Das wirst du bitter bereuen«, zischte er gehässig, als er an Crippin vorbeihastete.

Unterdessen versuchte Benedicta, das Haar ihrer Freundin wieder unter dem Gebände zu verbergen, das sie als verheiratete Frau nun tragen musste. Agnes zitterte immer noch am ganzen Körper. »Ihr habt den ganzen Ärger nur meinetwegen!«, klagte sie.

»Hör auf, so etwas Dummes zu sagen!«, mahnte Anselm und fügte beschwörend hinzu: »Ich wollte dieses böse Weib niemals heiraten. Nun glaub mir doch endlich! Und wenn wir zusammenhalten, Benedicta, Vater, du und ich, dann geschieht uns nichts. Sie können uns nichts anhaben.«

Er nahm Agnes' Hand und drückte sie ernst.

»Nein, sie können uns nichts anhaben«, wiederholte Crippin wenig überzeugt.

32 Der Gewürzhändler Berthold von Ehrenreit besaß eines der prächtigsten Patrizierhäuser in der ganzen Stadt. Das Gebäude mit den auffälligen Türmen sowie sein gesamtes Vermögen sollte einmal seinem Neffen Konstantin gehören, der gerade auf die Haustür zueilte.

Konstantin liebte es, vom Geruch der Gewürze umhüllt zu werden, wenn er das Haus betrat. Sofort war der Gestank der Gassen verflogen. Er schnupperte. Was war das? Der süße Duft, der jetzt vom Lagerhaus herüberwehte? Er schnupperte noch einmal. Zimt! Sein Onkel nahm ihn den Händlern als Stangen ab und ließ ihn von seinen Helfern zu Pulver zermahlen. Dabei hätte er bestimmt meine Hilfe gebraucht, meldete sich Konstantins schlechtes Gewissen.

Konstantin betrat das große Gesellschaftszimmer, setzte sich allein an den Tisch, an dem zwanzig Menschen Platz fanden, und wartete auf seinen Onkel Berthold. Natürlich hätte er ihn auch im Lagerhaus aufsuchen können, aber er wollte nach seiner längeren Abwesenheit lieber erst einmal unter vier Augen mit ihm sprechen. Er ist sicherlich verärgert darüber, dass ich so lange auf der Burg geblieben bin, sinnierte Konstantin. Hoffentlich wird er Verständnis dafür aufbringen, dass Vaters Beerdigung und die Übergabe der Ländereien an Adam mehr Zeit in Anspruch genommen haben als geplant.

Berthold war nicht an das Totenbett seines Bruders geeilt, denn die beiden hatten seit Jahrzehnten kein Wort mehr miteinander gewechselt. Der alte Emmerich hatte den kinderlosen Berthold aus tiefster Seele dafür gehasst, dass er aus seinem Sohn, der ein tapferer Ritter hätte werden sollen, einen weichlichen Kaufmann gemacht hatte.

Konstantin seufzte. Er liebte seinen Onkel Berthold wie einen Vater. Der Onkel hatte so gar nichts von dem polternden Wesen seines älteren Bruders Emmerich und hasste die düstere Burg ebenso, wie Konstantin es tat.

Bereits in jungen Jahren hatte der Onkel dem niedergehenden Rittertum den Rücken gekehrt, in Nürnberg die

Tochter eines Gewürzhändlers geheiratet und den Handel seines Schwiegervaters mit den Jahren ausgeweitet. Das bot sich geradezu an, denn durch die Stadt führten gleich mehrere der wichtigsten Handelsstraßen. Berthold von Ehrenreit hatte vor vielen Jahren damit begonnen, Gewürze und Kräuter in großen Mengen zu erstehen. Er verkaufte sie nicht nur in der Stadt weiter, sondern schickte seinerseits eigene Händler in die umliegenden Städte, die fernab der Handelstraßen lagen. Bertholds Kunden waren Bäcker, die Adligen der Umgebung, der Burggraf und reiche Kaufleute und Handwerker, die sich orientalische Gewürze leisten konnten. Auch Apotheker kauften bei ihm, weil viele Kräuter und Gewürze nicht nur der Veredelung von gutem Essen dienten, sondern auch der Heilung von allerlei Krankheiten.

Berthold von Ehrenreit hatte nach dem frühen Tod seiner Frau im Kindbett nicht wieder geheiratet. Den Verlust von Frau und Kind hatte er nie ganz verwunden. Er genoss großes Ansehen in der Stadt Nürnberg, war aber nicht im Rat der Stadt vertreten. Man hatte ihm zwar einen Ratsherrensitz in Aussicht gestellt, aber er strebte nicht nach einer derartigen Stellung. Sein Einfluss war groß genug, und die meisten mächtigen Männer der Stadt waren ihm wohlgesinnt, sodass er seine Ziele auch durchsetzen konnte, ohne kostbare Zeit im Rat zu vergeuden.

Das Bellen des Hundes, der die Ankunft des Onkels ankündigte, erinnerte Konstantin wieder an seine merkwürdige Begegnung vor Sankt Sebaldus. Mit dieser jungen Frau, die behauptete, Schwarzschnauz sei ihr Hund. Und wieso hatte ein einfaches Mädchen die Hündin Artemis genannt? Wie die Göttin der Jagd?

Und plötzlich wusste er, dass mit dieser jungen Frau etwas nicht stimmte. Die edlen Gesichtszüge, die grobe Kleidung, die gebildete Art zu sprechen. Das passte alles nicht zusammen. Und war es nicht auch erstaunlich gewesen, wie offen Schwarzschnauz auf die Unbekannte zugesprungen war? Wie sie sich von ihr hatte kraulen lassen?

Schwarzschnauz war sehr wählerisch, von welchen Menschen sie sich anfassen ließ. Und sie ging selten von sich aus auf andere zu. Frau und Hündin schienen sich gut zu kennen, aber woher?

Konstantin ärgerte sich, dass er sie weder weiter beachtet noch ihr Fragen gestellt hatte. Und jetzt würde er sie sicher nicht wiederfinden. Er hatte schließlich keinerlei Anhaltspunkte, wer sie war, doch dann stutzte er. War sie nicht eine auffällig große und schlanke Erscheinung, hatte dunkle Locken und … Konstantin hielt die Luft an. Er traute sich gar nicht, den Gedanken zu Ende zu bringen. Wenn sie nun jene Nonne war, deretwegen Julian sich beinahe um Kopf und Kragen gebracht hätte …

Sein Onkel, wie immer geschäftig, trat ein und musterte Konstantin missmutig von Kopf bis Fuß. »Die Tage auf der Burg sind dir gar nicht gut bekommen. Du siehst blass und erschöpft aus …« Er stockte und holte tief Luft. »Verzeih, ich sollte nicht so grob mit dir reden. Du hast immerhin den Vater verloren. Und hat der alte Kampfhahn Gevatter Tod mit der Lanze bedroht?«

Konstantin musste wider Willen lächeln. »Er hat bis zuallerletzt so ausgesehen, als wolle er in seine Rüstung springen und in den nächsten Kampf ziehen. Aber ich hoffe, Ihr könnt mir vergeben, dass ich Euch mit der ganzen Arbeit alleingelassen habe.«

»Auch wenn ich mit deinem Vater seit Jahr und Tag kein Wort mehr gewechselt habe, so verbeuge ich mich natürlich vor dem Toten. Und hat er wieder versucht, dich zum Bleiben zu bewegen?«

»Ja, fast bis zum letzten Atemzug«, seufzte Konstantin. »Und ich hatte so gehofft, dass Julian auf der Burg bleiben werde.«

Als Konstantin den Namen des Bruders nannte, verfinsterte sich Bertholds Miene. »Man hört ja Abenteuerliches über deinen Bruder. Ich kann nur hoffen, dass er sich nicht mehr in der Stadt aufhält. Es herrscht große Aufregung über das Geschehen in Engelthal. Der Provinzial hat geschworen, den Tod seiner Klosterknechte zu rächen.«

»Sind sie denn beide tot?«, fragte Konstantin erschrocken.

»Hat dein Bruder dir nicht erzählt, wie er sie auf der Flucht gemeuchelt hat?«

»Nein, ich glaube nicht, dass er es getan hat. Er kann keiner Fliege etwas zuleide tun.«

»Willst du mich auf den Arm nehmen? Wenn einer das Schwert geschickt zu führen versteht, dann er. Wer sollte es sonst gewesen sein? Vielleicht die Nonne, die er entführt hat? Weiß er eigentlich, was er eurer Tante damit angetan hat? Ihr eigener Neffe hintergeht sie auf so üble Weise! Man überlegt, ob sie noch länger als Priorin tragbar ist, weil es in ihrem Kloster geschah. Und das, nachdem sich nun auch noch die neue Mystikerin des Klosters als kleine Betrügerin entpuppt hat. Mit einem Löffelbohrer oder einer Ahle soll sie sich die Wunden beigebracht haben. Das fügt dem Ansehen des Klosters gewaltigen Schaden zu.«

»Das … das tut mir wirklich leid«, stammelte Konstantin, war in Gedanken aber noch bei den toten Klosterknechten. Der eine hatte den Schlag auf den Kopf möglicherweise nicht überlebt. Doch um den war es kein bisschen schade, hatte der doch Konstantins edlem Pferd die schwere Verletzung an der Ferse beigebracht. Aber der andere? Den hatte er doch nur ins Gebüsch gestoßen. Und der hatte ihm doch auch unflätig und äußerst lebendig nachgeschrien, dass ihn der Teufel holen solle. So laut, dass Schwarzschnauz noch einmal zu ihm hingelaufen war. Ob der Hund den Kerl in die Hölle befördert hatte?

»Du weißt, ich mag Julian, aber es wäre besser, er ließe sich vorerst nicht in diesem Landstrich blicken.« Die Stimme des Onkels klang beschwörend.

»Keine Sorge, er ist weit fort und denkt nicht an Rückkehr.«

»Und hat er die Nonne wenigstens in Sicherheit gebracht?«

»Nein, Onkel, sie ist zwar entkommen, aber niemand weiß, wo sie sich aufhält.«

Wieder fiel ihm die junge Frau an, die so vertraut mit Schwarzschnauz zu sein schien, und langsam setzte sich alles zu einem Bild zusammen. Ob sie wirklich die Nonne war? Und ob sie Schwarzschnauz vor den Klosterknechten gerettet hatte? Wie es sich auch immer verhielt, er musste die junge Frau finden.

Die Hündin stieß ihn an. Konstantin verstand. »Ich muss die Tür öffnen, um dem Hund ein wenig Auslauf zu verschaffen«, sagte Konstantin entschuldigend, während er sich vom Tisch erhob. »Ich bin zum Essen wieder zurück.«

»Ja, geh nur, aber ich sage dir, die Sache gefällt mir nicht. Ich hoffe, das Ansehen der Familie wird nicht geschmälert. Wie konnte er nur solchen Unfug anstellen? Eine Nonne! Als gäbe es nicht genügend hübsche junge Frauen, die er ohne Schwierigkeiten hätte heiraten können.«

Da fiel Konstantin Alisa ein, die Tochter des Fechtmeisters Arnold, der er noch die Botschaft seines Bruders überbringen musste. Und das wollte er noch rasch vor dem Essen hinter sich bringen.

Nachdenklich trat er auf die Gasse hinaus. Ehe er sichs versah, war Schwarzschnauz verschwunden. Er rief nach ihr, er pfiff nach ihr, aber sie kam nicht. Warte nur, dachte er grimmig, dir bringe ich Gehorsam bei! Er stutzte. Ob der Hund ihn wohl zu dieser Frau führen würde?

33

An einem Stand auf dem Hauptmarkt verkaufte Benedicta zusammen mit Crippin das leckere Anisbrot. Es fand reißenden Absatz und entlockte sogar dem Bäckermeister, der seit der Hochzeit wie versteinert wirkte, das eine oder andere Lächeln.

Sie kamen mit dem Backen kaum nach, weil Gieselbert sich zu allem Überfluss auch noch krank gemeldet hatte. Eigentlich wohnte er bei seinem Meister, aber er hatte gebeten, sich im Haus seines Vaters auskurieren zu dürfen. Wie immer hatte Crippin dem Burschen nachgegeben.

Abgesehen von der zusätzlichen Arbeit war Benedicta recht froh über das Fernbleiben des Lehrjungen, bereitete ihr sein verschlagenes Wesen doch zunehmend Kummer. Der Vierzehnjährige wurde immer frecher und weigerte sich sogar, den Teig für das Anisbrot zu kneten. Und Meister Heller ließ sich seit dem schrecklichen Vorfall bei Sankt Sebaldus nur noch mehr von ihm gefallen.

Auf dem Markt herrschte ein buntes Treiben, und es gab alles zu kaufen, was das Herz begehrte. Dazwischen trieben Gaukler ihre Scherze, und sogar ein abgerichteter Bär führte seine Kunststücke vor. Benedicta mochte diese Stimmung. Das einzig Störende waren Meister Burchard und seine Tochter, die ständig zu ihnen herüberschielten. Und das, obwohl sie doch seit der Hochzeit nicht mehr mit ihnen sprachen.

Plötzlich kam einer der Gaukler auf den Stand zu. Sie erkannte ihn sofort. Ihn und seinen Freund hatten Agnes und sie an dem Tag, als sie in die Stadt gekommen waren, nach dem Weg gefragt.

»Sei gegrüßt, schöne Frau«, sagte der Gaukler und vollführte eine übertriebene Verbeugung.

Benedicta lachte. »Seid ihr Fahrenden noch immer in der Stadt?«

»Und hast du immer noch keinen Mann?«

Benedicta seufzte. »Mach dir keine falschen Hoffnungen! Er ist Zeidler, und es wird noch dauern, bis er aus dem Wald in die Stadt kommt. Aber eins ist gewiss – er kommt!«

Der Gaukler sah sie listig an. »Oh, schöne Frau, du weißt also gar nicht, wo sich dein Bräutigam befindet. Da will ich doch behilflich sein.«

Mit diesen Worten wandte er sich um und verschwand in der Menge.

Benedicta atmete auf, als sie den aufdringlichen Gaukler los war, denn Lukarde verfolgte das Geplänkel mit Luchsaugen. Als Benedicta der Baderin gerade ein Brot verkaufte, sah sie hinter ihr den Gaukler auftauchen. In Begleitung einiger junger Burschen. Alle näherten sich dem Stand. Grinsend blieb der Gaukler davor stehen und deutete auf die jungen Männer. Es waren fünf an der Zahl. Stattliche Burschen in kurzen grünen Röcken mit weiten Ärmeln, eng anliegenden Beinkleidern, Gugelhauben auf dem Kopf und Armbrüsten über den Schultern. Und alle lächelten Benedicta an.

Sie überlegte noch, was für lustige Gesellen das wohl sein mochten, da sagte der Gaukler so laut, dass es jeder hören konnte: »Hier, schöne Frau, bringe ich dir die Zeidler, die heute aus dem Reichswald gekommen sind. Zeig mir doch, welcher von ihnen dir versprochen ist!«

Benedicta wurde feuerrot im Gesicht.

Der Gaukler wandte sich an die Zeidler und rief aufmunternd: »Nur keine falsche Schüchternheit! Nun gib dich zu erkennen, Bräutgam! Einer von euch wird es doch sein, oder gibt es gar keinen Ehemann, auf den diese hübsche Maid wartet? Dann mache ich ihr vielleicht einen Antrag.« Er brach in schallendes Gelächter aus.

Inzwischen war auch Lukarde neugierig an den Stand getreten und fiel in das Lachen des Gauklers ein. Die Schadenfreude stand ihr ins Gesicht geschrieben.

»Dieses Bettelweib behauptet, sie sei einem Zeidler versprochen? Ich glaube, ein Gaukler passt besser zu ihr. Komm, Narr, mach ihr einen Antrag!«

Um den Stand herum hatten sich Schaulustige versammelt.

»Ja, mach ihr einen Antrag!«, wiederholten einige der Umstehenden.

Crippin, der das Ganze fassungslos betrachtete, wandte

sich an die Menge. »Ihr Bräutigam ist nicht dabei, ihr dummem Leute!«, schrie er aufgebracht. »Hört auf, sie in Verlegenheit zu bringen!«

»Wie heißt denn dein Bräutigam?«, fragte einer der Zeidler lauernd.

Hätte sich doch nur ein Loch im Boden aufgetan und Benedicta verschlungen!

»Sie hat gelogen!«, kreischte Lukarde hasserfüllt.

»Das ist wohl wahr, wenn sie nicht einmal seinen Namen kennt. Aber ich, ich kenne sie alle!«, rief der Wortführer der Zeidler.

Benedicta suchte krampfhaft nach einem Männernamen, der nicht allzu selten war, aber ihr wollte einfach keiner einfallen.

Da trat der stattlichste der Zeidler drohend auf den Gaukler zu. »Hast du die Leute genügend belustigt, du Tor? Dann verschwinde, denn jetzt will ich meine Braut begrüßen.« Ohne Vorwarnung umarmte er die verdutzte Benedicta und flüsterte ihr ins Ohr. »Ich heiße Jost.«

»Mein liebster Jost, dass ich dich endlich wiederhabe!«, flötete Benedicta übertrieben hingebungsvoll und suchte Lukardes Blick. Es hätte nicht viel gefehlt, und sie hätte der bösen Bäckerstochter eine lange Nase gezeigt, aber sie konnte sich gerade noch beherrschen. »Zum Dank backe ich dir die köstlichsten Brote. Du findest mich in der Torgasse. Ich bin Brunhild und wohne bei Meister Heller«, raunte sie dem Zeidler zu, und der ließ sie schließlich los. »Mein Liebster, wie schön, dass du wieder bei mir bist!«, säuselte Benedicta.

Der junge Zeidler war bei der innigen Umarmung ein wenig rot geworden. »Ich muss jetzt meine Waren anbieten, aber ich komme wieder«, erklärte er hastig und winkte ihr noch einmal zu, bevor er mit den anderen Burschen von dannen zog.

Der unverschämte Gaukler hatte bereits das Weite gesucht. Schaulustige umringten den Brotstand.

»Schert euch fort!«, raunzte Benedicta die Menge an. Murrend gingen die Leute ihrer Wege, doch als sich ein Büttel den Weg zum Stand bahnte, blieben viele in der freudigen Erwartung stehen, dass doch noch etwas Spannendes geschähe.

Benedicta wollte schier das Herz stehen bleiben. Es war derselbe Büttel, der den Tumult vor Sankt Sebaldus geschlichtet hatte. Nun machte er allerdings nicht den Eindruck, als wolle er nur einen Streit schlichten. Im Gegenteil, er schaute entschlossen drein, als habe er Größeres im Sinn.

Benedicta ahnte auch schon, was ihn herführte. Man hatte sie entdeckt. Sie betete stumm, dass der Provinzial nicht allzu streng mit ihr verfahren möge, wenn man sie nun zurückbrachte. Der Büttel aber beachtete sie gar nicht, sondern wandte sich an Crippin.

»Seid Ihr Bäckermeister Heller?«

Crippin wurde leichenblass und nickte eilfertig.

Der Büttel reichte ihm einen Brotlaib aus seinem Beutel. »Ist das von dir gebacken?«

Crippins Hände zitterten, als er das Brot zur Hand nahm. »Ja, es ist mein Brot«, erklärte er unterwürfig. »Und ich weiß, dass ich kein Weißmehl benutzen darf und auch keinen Anis.«

Verdutzt musterte der Büttel den Bäcker. »Was du deinem Brot beimischst, ist dem Rat einerlei, solange dich keiner deshalb verklagt.«

»Aber ... aber ... was ist denn ... was ist denn sonst nicht in Ordnung mit dem Brot?«, stammelte Crippin, während er den Laib fest an sich presste.

»Da du gestanden hast, dass es sich um dein Brot handelt, muss ich dich leider mitnehmen.«

»Aber wohin? Was habe ich getan?« Immer noch hielt der Bäckermeister den Brotlaib fest an den Körper gedrückt, als wolle er sich daran festhalten.

»Meister Heller, ich verkünde, dass das Stadtgericht dich

wegen Betruges anklagt und dich deine Strafe als erster Nürnberger Bäcker am neuen Bäckergalgen verbüßen lassen will. Du hast dein Brot zu leicht gebacken …«

»Das kann nicht sein!«, schrie Crippin verzweifelt, wog das Brot in der Hand und erstarrte. »Nein, nein, das ist nicht von mir!«

»Angeklagter, du hast zugegeben, dass es dein Brot ist. Und es gibt Zeugen, die das morgen vor dem Stadtgericht beschwören werden. Zeugin ist Marta, die Frau des Krämers, Mathilde, die Magd des Patriziers …«

»Halt ein! Bitte! Das ist nicht mein Brot. Ich habe es nicht gebacken!«, brüllte Crippin aus Leibeskräften. »Ich habe es so nicht gebacken.«

»Halt den Mund!«, schnaubte der Büttel. »Der Zeuge, dass du es absichtlich getan hast, um mehr einzunehmen, ist dein eigener Lehrjunge Gieselbert.«

»Nein!«, schrie Crippin. »Das ist eine Verschwörung. Ich habe nie zu leichtes Brot verkauft. Ich bin ein Ehrenmann.«

Der Bäckermeister warf sich vor dem Büttel auf die Knie. Er war nun hochrot im Gesicht.

»Bitte, glaub mir doch! Das war ich nicht!«

Benedicta fühlte sich vor Schreck wie gelähmt. Sie warf einen Blick hinüber zum Stand von Meister Heller. Der grinste hämisch. Damit hatte sie nun den Beweis dessen, was sie bereits geahnt hatte. Das war die Rache des Weißbäckers.

»Bitte, lasst ihn frei! Er backt kein Brot zu leicht. Eher verwendet er zu viel Mehl als zu wenig!«

Ein zustimmendes Gemurmel erhob sich in der Menge. »Du vergreifst dich an dem Falschen!«, schrie jemand.

»Meister Heller würde uns nie betrügen«, bekräftigte lautstark ein anderer.

»Morgen wird das Urteil gesprochen«, entgegnete der Büttel schwach und fügte hastig hinzu: »Und bedenkt, es gibt Zeugen!«

Mit diesen Worten packte er Crippin, der immer noch am Boden kauerte, grob am Arm und zog ihn hoch.

Benedicta musste sich abwenden. Sie konnte dieses Elend kaum ertragen, doch dann fasste sie sich. »Ich begleite Euch, Meister Heller. Und Ihr werdet sehen, Euch wird nichts geschehen!« Dann wandte sie sich an den Büttel. »Wohin bringt Ihr ihn?«

»Bis morgen ins Lochgefängnis, dann wird Gericht über ihn gehalten. Danach muss das Urteil überall in der Stadt bekannt gemacht werden. Die erste Vollstreckung einer Strafe am neuen Bäckergalgen. Das Volk will doch dabei sein und das Ereignis feiern.« Letzteres klang beinahe entschuldigend.

»Ihr sollt Euch schämen«, schrie Benedicta den Büttel an, »einen Unschuldigen mitzunehmen!«

Der Büttel zuckte mit den Achseln. »Das ist mein Beruf. Ich hole sie nur, die Urteile sprechen andere.«

»Komm, lass gut sein, Brunhild. Geh nach Hause«, bat der Bäckermeister sie leise. Es klang gefasst, und er ließ sich widerstandslos mitnehmen. Benedicta indes dachte nicht daran, Meister Heller seinem Schicksal zu überlassen. Sie biss die Zähne zusammen und folgte ihm und dem Büttel mit gesenktem Kopf.

34

Vor der Tür des Rathauses blieb der Büttel unvermittelt stehen. »Willst du nicht lieber umkehren, Mädchen?«

Trotzig schüttelte Benedicta den Kopf. »Ich gehe so weit mit ihm, wie man mich lässt, damit ich weiß, wohin ich ihm Hilfe schicken kann.«

Der Büttel nuschelte etwas Unverständliches, das sich entfernt so anhörte wie »Dummes Frauenzimmer« und forderte sie unwirsch auf, ihm in das Kellergeschoss zu folgen.

Benedicta stieg die Treppe hinab, als könne sie nichts erschrecken. In ihrem Innern sah es anders aus. Je weiter sie in die Tiefe stiegen, desto unheimlicher wurde ihr zumute. Eine feuchte Kälte kroch ihr unter die Kleider. Sie fröstelte.

Crippin hatte inzwischen jeden Widerstand aufgegeben. Wie ein Lamm zur Schlachtbank so ließ er sich in das Lochgefängnis führen. Unten am Eingang warteten zwei Wärter. Einer war jung und kräftig, der andere schmächtig und wesentlich älter. Der junge Wärter nahm Crippin in Empfang. Benedicta wollte mitgehen, doch der Büttel hielt sie zurück.

»Du bleibst hier. Dort unten, das ist nichts für anständige Frauen.«

Der junge Wärter sah sie breit grinsend an und warf dem anderen einen fragenden Blick zu. Der Alte zwinkerte dem jungen Wärter zu.

»Wenn sie doch will. Wir haben gern ein wenig Gesellschaft in der Hölle.« Er lachte dröhnend. »Und vor allem so hübsche.«

»Bitte, Brunhild, bleibt, wo Ihr seid!«, bat Crippin, aber Benedicta wollte ihn in diesem Zustand nicht allein lassen.

»Warum sprichst du sie so hochherrschaftlich an? Ist sie etwa gar nicht deine Tochter?«, fragte der alte Wärter neugierig.

»Doch, doch, sie ist meine Tochter. Ich bin nur ein wenig durcheinander. Das ist alles zu viel für mich«, erwiderte Crippin rasch.

»Deiner Tochter wollen wir es nämlich nicht verwehren, uns bis zu deiner Zelle zu begleiten«, meinte der junge Wärter und fauchte den Büttel an. »Was glotzt du so, Alwis? Geh deiner Wege! Du hast deine Arbeit getan.«

Der Büttel rührte sich nicht vom Fleck und sah Benedicta bittend an.

»Nun, mach schon, dass du fortkommst!«, herrschte ihn der alte Wärter an und folgte dem anderen, der Crippin nun eine enge Treppe aus Stein hinabführte.

»Du brauchst mich nicht am Arm zu packen«, sagte der Bäckermeister leise. »Ich werde nicht flüchten.« Der junge

Wärter ließ ihn los und wandte sich zu Benedicta um. »Wir werden gut zu ihm sein. Das verspreche ich dir!«

Benedicta nickte ihm dankbar zu. Seine tröstenden Worte änderten zwar nichts daran, dass Crippin in dieser Hölle gelandet war, aber sie machten es ein klein wenig erträglicher.

Sie gingen weiter durch einen langen dunklen Gang, der gar nicht enden wollte, bis ihnen ein ungepflegter, zahnloser Kerl entgegenkam. Aus der Tür, aus der er getreten war, wehte ihnen der Geruch von Essensabfällen entgegen. Er überdeckte den modrigen Gestank des Kellers, bevor er sich damit vermischte. Benedicta hielt sich die Nase zu, aber es war zu spät. Ihr wurde speiübel. Sie würgte.

Der Kerl, der Schwaden von Schweiß ausdünstete, trat ganz nahe an sie heran und hauchte ihr seinen fauligen Atem ins Gesicht. Gleich muss ich mich übergeben, schoss es ihr durch den Kopf, aber da fragte der Zahnlose bereits: »Was hast du denn verbrochen? Du siehst mir ganz aus wie eine Kindsmörderin.« Er fasste ihr um die Hüften. Benedicta schrie auf.

»Lochwirt, nimm die Finger weg!«, herrschte ihn der junge Wärter an. »Sie ist eine anständige junge Frau, die nur ihren Vater bis zur Zelle begleitet.« Er blickte Benedicta freundlich an und fragte: »Soll ich lieber mitkommen?«

»Gern«, hauchte sie.

»Der Lochwirt spielt sich gern ein wenig auf, weil er die Zellen verteilt und den Gefangenen den Fraß vorsetzt«, erklärte ihr der Wärter flüsternd, während sie eine weitere Treppe hinabstiegen.

Es wurde immer dunkler, und es stank bestialisch nach menschlichem Unrat. Jetzt konnte sie auch die Gefangenen hören. Es war ein Gestöhn und Gejammer, ein Geheul und Geschrei. So hatte sich Benedicta einst das Fegefeuer vorgestellt. Sie atmete auf, als der Lochwirt gleich vor einer der ersten Zellen haltmachte.

»Du bist doch der Bäcker?«, fragte er Crippin. Der nickte.

»Gut, dann bleib hier, denn du wirst nur wenige Tage bleiben. Bis das Urteil in der Stadt verkündet ist.« Er lachte. »Das lasse ich mir nicht entgehen. Schade nur, dass sie bei uns keine Jauche nehmen. Ich habe mir sagen lassen, dass es ein köstlicher Anblick ist, wenn sie …«

»Lochwirt, lass sein!«, mahnte der junge Wärter, und der Lochwirt verstummte mit grimmiger Miene. Crippin sank erschöpft auf die hölzerne Pritsche. Benedicta wollte dieser Anblick schier das Herz zerreißen. Sie eilte zu ihm und nahm ihn in den Arm.

»Ich hole Hilfe«, versprach sie unter Tränen. Crippin versuchte zu lächeln, aber es gelang ihm nicht.

Völlig verstört folgte Benedicta den beiden Männern zurück bis zur Behausung des Lochwirts. Als ihr abermals der grausige Gestank nach Essensabfällen und Ausscheidungen jeglicher Art in die Nase stieg, würgte sie laut, schaffte es aber, sich nicht zu erbrechen.

»Das war das letzte Mal, dass ich Weibern den Zutritt erlaube«, knurrte der Lochwirt.

»Komm, ich glaube, du brauchst frische Luft«, bemerkte der Wärter fürsorglich.

Benedicta folgte ihm blind durch die düsteren Gänge. So ging es eine ganze Weile, bis sie stutzig wurde. Der Hinweg war ihr wesentlich kürzer vorgekommen. Unvermittelt blieb sie stehen. Der Wärter drehte sich um und drückte sie ohne Vorwarnung gegen die muffige Mauer. Sie wollte schreien, doch da hatte er ihr schon die Hand auf den Mund gepresst.

»Du willst doch nicht undankbar sein. Nach allem, was ich für dich getan habe«, zischte er. »Ich nehme jetzt meine Hand weg, und wenn du schön brav bist, dann wird es dein Vater gut hier haben. Wenn du dich zierst, nicht ganz so gut. Und wenn du schreist, dann wird er morgen auf dem Weg nach oben zum Stadtgericht gar die Treppen hinunterstolpern. Ein bedauerlicher Unglücksfall.«

Er nahm die Hand von ihrem Mund und nestelte an seinen Beinkleidern herum, bis seine Bruche zu Boden glitt und er ihr den bloßen Unterleib entgegenstreckte. Ihr Schrecken angesichts dessen, was sie da vor sich sah, hielt sich in Grenzen. Es sah so aus wie bei dem Klosterknecht. Nur größer.

»Schau mich nicht so verängstigt an! Ich mag dich. Darum werde ich dir auch nicht deine Jungfernschaft nehmen«, säuselte er, während er ihre Hand nahm und sie fordernd an sein Geschlecht presste.

»Los, fass es an und reib es sanft – und dann, wenn ich es dir sage, immer härter. Hörst du?«

Benedicta wurde erneut übel. In ihrem Kopf arbeitete es fieberhaft. Am liebsten hätte sie laut geschrien und dem Mann einen Tritt versetzt. Und zwar dorthin, wo sie Hand anlegen sollte.

»Hörst du schlecht, Mädchen? Ich sagte, anfassen …« Er stieß ihre Hand weg und machte es ihr vor. Dabei stöhnte er und verdrehte die Augen, doch dann hörte er unvermittelt auf.

»Und nun du!«

Benedicta dachte fieberhaft nach. Was konnte sie nur tun, damit ihr das erspart blieb und der Wärter seinen Ärger nicht an Crippin ausließ? Plötzlich hatte sie einen Einfall. Sie dachte an den Klostergärtner, der eines Tages fortgewesen und niemals zurückgekehrt war. Bei einer Messe in der Kirche hatten sie ihn verabschiedet. Und im Kloster war über nichts anderes gesprochen worden als über diese tödlichen Flecken.

»Ich weiß nicht, ob ich es dir antun darf«, flötete sie und blickte den Wärter treuherzig an.

»Mädchen, nun mach doch endlich! Ich habe nicht ewig Zeit«, knurrte er, und seine Männlichkeit schrumpfte gleich wieder ein wenig.

»Ich täte es ja, wenn ich nicht gerade diese roten Flecken an meinem Körper entdeckt hätte. Stell dir vor, als ich der

Baderin davon berichtete, meinte sie, das könne Aussatz sein. Ich glaube es nicht. Nur weil ich dort, wo diese Flecken sind, nichts mehr fühle?«

»O Gott im Himmel!«, rief er aus. »Geh! Fass mich nicht mehr an! Hörst du? Hände weg!«

Das ließ sich Benedicta nicht zweimal sagen. Schwer atmend hob der Wärter seine Bruche auf und wickelte sie sich hastig um den Leib.

»Bleib weg!«, schnaubte er. »Komm mir nicht zu nahe, Weib! So was wie du, das gehört auf den Siechkobel.«

Daraufhin lief er so schnell los, dass sie ihm kaum folgen konnte. Im Nu waren sie beim Eingang angelangt. Er blieb stehen und brüllte: »Fort mit dir!«

Der andere Wärter machte eine lüsterne Anspielung darauf, ob sein Freund den Spaziergang durch die einsamen Gänge genossen habe, doch der junge Aufseher zischte nur: »Schweig!«

Benedicta eilte grußlos an den beiden Männern vorbei, die Treppen hinauf und dem Licht entgegen. Draußen atmete sie erst einmal erleichtert auf und sog begierig die Sommerluft ein. Die Luft in den Gassen, die ihr am ersten Tag in Nürnberg so vorgekommen war, als stänke sie gen Himmel, empfand sie in diesem Augenblick als frisch und rein. Im Rathausbrunnen wusch sie sich gründlich die Hände, bis sie nichts mehr daran erinnerte, welchen Dienst der Wärter für seine Freundlichkeit erwartet hatte. Dann hockte sie sich auf den Brunnenrand und grübelte angestrengt über die Frage nach: Wer konnte wirklich etwas für Crippin tun? Schließlich fiel ihr ein einziger Mensch ein, der das drohende Unrecht noch verhindern konnte, aber nur, wenn er redlich war. Wenn dieser Jemand gemeinsame Sache mit Burchard machte, war Crippin verloren. Doch das konnte Benedicta erst beurteilen, wenn sie ihn aufsuchte und von ihrem Verdacht berichtete.

35

Das Bäckerhaus in der Stöpselgasse war prächtiger als das von Meister Burchard und auch das von Crippin. Es besaß ein Stockwerk mehr, eine mit vielen Quer- und Längsbalken gebaute Fassade, einen Erker und sogar einen kleinen Laden im Haus, wo Bäckermeister Ebert sein Brot verkaufen konnte.

Zögernd betrat Benedicta das Geschäft. Es bestand aus einem Tisch, der die *Backstube* vom Verkaufsraum trennte. Ein bulliger Mann mit roten Haaren stand dahinter und fragte sie freundlich nach ihren Wünschen.

»Ich möchte zu Bäckermeister Ebert.«

»Der bin ich«, erwiderte er und lächelte.

Das Lächeln wird ihm sicher gleich vergehen, befürchtete Benedicta. Sie räusperte sich. »Ich komme wegen Eures Sohnes.«

Schon verfinsterte sich das Gesicht des Bäckermeisters. »Was hat der Faulpelz nun schon wieder angestellt? Und wer bist du überhaupt?«

»Ich bin Brunhild, die Schwester von Anselms Weib.«

»Ach, so ist das, du bist eine von diesen hergelaufenen Frauenzimmern, deretwegen der gute Anselm die arme Lukarde verschmäht hat.«

Benedicta holte tief Luft und versuchte, den Vorwurf einfach zu überhören. »Ihr wollt wissen, was ich gegen Gieselbert vorzubringen habe. Das ist nicht ganz einfach, weil ich keine Beweise habe.«

»Nun rede nicht länger drum herum, sondern rück damit heraus, was du willst. Aber ich sage dir gleich. Ein Verdacht ohne Beweis, damit kannst du mich nicht beeindrucken.«

Benedicta geriet ins Schwitzen. Es war nicht nur die Hitze der Backstube, die ihr zusetzte, sondern die Furcht, der Bäckermeister könne wirklich mit Burchard unter einer Decke stecken.

»Meister Heller sitzt im Lochgefängnis, weil sein Brot zu wenig wiegt.«

Ebert lachte dröhnend. »Meister Heller doch nicht! Er ist der Bravste von allen, der eher Brot verschenken würde, als die Kunden zu betrügen.«

»Genau das denke ich auch. Aber es gibt zwei Zeuginnen, denen er das Brot verkauft haben soll.«

»Aber das kann doch nur ein Irrtum sein. Was sind schon zwei Zeuginnen, wenn es um einen Mann mit einwandfreiem Leumund geht? Da werden wir einen Gegenzeugen bringen, der bestätigt, dass so etwas in der Backstube des Meister Heller nicht vorkommt.«

Und bevor Benedicta etwas sagen konnte, hatte der Bäckermeister bereits laut nach seinem Sohn geschrien.

»Auf Gieselbert werden sie hören, denn er steht schließlich mit ihm in der Backstube. Und da kann der gute Heller nichts treiben, was den Augen seines Lehrjungen entgeht. Wir schicken ihn gleich zum Gericht.«

Benedictas Knie wurden weich. Ihr Mund war so trocken, dass sie kein Wort hervorbrachte, aber sie musste etwas sagen. Sonst hatte sie verloren. Wenn Gieselbert seinem Vater erst ins Gesicht log, würde der ihm sicherlich glauben.

»Meister Ebert, bitte, das ist … ich … Euer Sohn …«, stammelte Benedicta, doch da trat Gieselbert fröhlich pfeifend in den Verkaufsraum. Als er die vermeintliche Brunhild sah, verstummte er. »Was will die denn hier?«, fragte er in abfälligem Ton.

Benedicta funkelte den Jungen wütend an. Krank sah er nicht gerade aus. Und so selbstgefällig, wie er da stand, während der gute Crippin in der Hölle schmorte, machte sie das nur noch zorniger.

»Es geht um deine Aussage als Zeuge …«, wollte Bäckermeister Ebert seinem Sohn die Sache erklären, als der ihm ins Wort fiel. »Ach, sie ist gekommen, um mich zu einem Meineid zu bewegen. Nein, den Gefallen tue ich ihr nicht.«

Verständnislos starrte Meister Ebert seinen Sohn an. »Junge, wovon sprichst du? Es ist doch wohl Ehrensache, dass du zum Gericht eilst und schwörst, dass du in der Backstube nie etwas Unrechtes erlebt hast.«

Verwirrt blickte Gieselbert von seinem Vater zu Benedicta. »Vater … ich … ich …« Verunsichert hielt er inne.

»Euer Sohn hat vor Gericht bereits Zeugnis darüber abgelegt, dass Meister Heller ein Betrüger sei«, beeilte sich Benedicta zu sagen.

»Du hast was getan?« Meister Ebert war fassungslos.

»Sollte ich etwa lügen?«, fragte Gieselbert, während auf seinem Gesicht hässliche rote Flecken sprossen.

»Natürlich nicht!«, schrie der Vater. »Du behauptest also, Meister Heller habe absichtlich zu kleine Brote gebacken?«

»Genau.«

Benedicta versuchte, Gieselberts Blick zu erhaschen, aber der schaute absichtlich an ihr vorbei.

»Erzähl, wie bist du ihm draufgekommen? Warst du dabei? Hast du bei diesem Betrug mitgemacht?«

Benedicta hielt die Luft an. Meister Ebert konnte dem Unsinn, den sein Sohn da erzählte, doch unmöglich Glauben schenken.

»Nein, er tat es heimlich. Er schlich sich nachts, wenn ich in meiner Kammer lag, in die Backstube, um diese leichten Brote zu backen. Eines Nachts konnte ich nicht schlafen und hörte ein Geräusch aus der Backstube. Er war überrascht, als ich eintrat, und da sah ich es gleich auf den ersten Blick. Ich fragte: Warum tut Ihr das? Und er gab zu, dass er mit dem Anisbrot ein noch größeres Geschäft machen wollte. Er versprach mir, damit aufzuhören, aber da war es zu spät. Da hatten ihn bereits zwei redliche Frauen angezeigt.«

»Was bist du nur für ein verdammter Lügner!«, schrie Benedicta und stürzte sich auf ihn.

Meister Ebert aber riss sie von seinem Sohn weg und brüllte sie an, dass sie es ja nie wieder wagen solle, seinen Sohn einen Lügner zu nennen.

Benedicta aber konnte sich nicht mehr beherrschen. »Ich nenne ihn so lange Lügner, bis er gesteht, dass er sich alles ausgedacht hat, um Meister Heller zu schaden. Und dann erzähle ich Euch, wie es sich zugetragen hat …«

»Du wirst in meinem Hause gar nichts mehr sagen!«, herrschte Meister Ebert Benedicta an und packte sie grob am Arm. »Fort, aus meinem Haus!«

»Damit schafft Ihr das Unrecht Eures Sohnes nicht aus der Welt. Lasst mich die Geschichte erzählen! Bitte! Und wenn Ihr dann immer noch glaubt, es hat sich so zugetragen, wie Euer Sohn behauptet, dann gehe ich freiwillig. Und zwar geradewegs zum Gericht, denn jetzt habe ich den Beweis.«

Meister Ebert ließ ihren Arm los und zischte: »Gut, aber mach schnell! So wenig, wie ich dir glaube, so wenig wird dir das Gericht Glauben schenken.«

»Es war so. Meister Burchard schwor Rache, weil Anselm eine andere zur Frau nahm …«

»Jetzt lass Meister Burchard aus dem Spiel!«, fauchte Ebert.

Benedicta aber fuhr unbeirrt fort. »Er stiftete Gieselbert an, seinem Lehrherrn so zu schaden, dass dessen Ruf für alle Zeiten zum Teufel wäre. Und er hatte da auch schon einen Plan. Brote, die leichter waren als sie anderen. Also schlich sich Gieselbert bei Nacht in die Backstube …«

»Halt's Maul!«, schrie der Lehrjunge.

»Jetzt will ich die Geschichte zu Ende hören«, verlangte Ebert.

»Er schlich sich also in die Backstube und backte diese Brote, die er zwischen die anderen legte.«

»Und wo ist dein Beweis?«, schnauzte Meister.

»Den Beweis hat Euer Sohn selbst geliefert. In seiner Geschichte hat er angeblich ein Geräusch aus der Backstube gehört, doch das ist schlechterdings unmöglich, weil seine Schlafkammer ganz oben unter dem Dach liegt.«

Meister Ebert warf seinem Sohn einen vernichtenden Blick zu. »Stimmt das?«

»Ich … ich habe ein … ein Geräusch gehört, ich … ich dachte, das käme aus der Backstube«, stotterte Gieselbert.

»So, so«, bemerkte Meister Ebert drohend. »Dann schwör mir, dass du diese leichten Brote nicht gebacken hast.«

»Ich habe sie nicht gebacken«, erwiderte der Sohn trotzig.

»Das ist kein Schwur!«, brüllte der Vater und rannte ohne eine Erklärung aus der Backstube.

Kaum war er draußen, zeigte Gieselbert sein wahres Gesicht. »Wenn du wüsstest, wie ich dich hasse. Dich und diese dumme Gans Agnes. Wärt ihr nicht gekommen, hätte Anselm Lukarde geheiratet, und Meister Burchard hätte mich als Gesellen in der neuen Bäckerei übernommen, weil sie seinem Schwiegersohn gehört hätte …« Erschrocken unterbrach er sich.

»Ach deshalb? Du glaubtest, nach der Hochzeit hätte Meister Heller in seiner eigenen Bäckerei nichts mehr zu sagen? War es deine Rache oder die von Meister Burchard?«

Gieselberts gesamtes Gesicht war nun mit kleinen roten Pusteln übersät.

»Ach, was weißt du schon? Eine hergelaufene Bauerntochter, die sich als Bäckerin aufspielt. Wo gibt es denn so etwas? Aber freu dich nicht zu früh! Mein Vater wird dir nicht glauben.«

»Bist du dir da ganz sicher?«, hallte nun die donnernde Stimme Meister Eberts durch die Backstube.

Gieselbert zuckte zusammen, und der Vater drückte dem Sohn ein Schmuckstück in die Hand. Der sah aus, als hätte man ihm ein glühendes Eisen gegeben.

»Schwör bei deiner seligen Mutter, dass du diese Brote nicht gebacken hast, um Meister Heller damit zu schaden!«, brüllte Meister Ebert wie von Sinnen.

Gieselbert öffnete die Hand und starrte das Amulett an, das seiner geliebten Mutter gehört hatte. Schweißperlen bildeten sich auf seiner Stirn. Er klappte den Mund auf und wieder zu. Tränen traten ihm in die Augen.

»Ich habe gesagt, du sollst schwören!«, wiederholte Meister Ebert mit kaum gezügeltem Zorn.

Gieselbert schnappte nach Luft wie ein Fisch auf dem Trockenen. Benedicta hatte fast ein wenig Mitleid mit ihm. Er war doch fast noch ein Kind. Sie war ganz sicher, dass Meister Burchard ihn dazu angestiftet hatte.

»Gieselbert, versündige dich nicht! Lass nicht zu, dass Meister Heller zum Hohn der Menge in einem Käfig in den Fluss getaucht wird. Er hat es nicht verdient. War er jemals ungerecht dir gegenüber? Soll er sich zum Gespött der Stadt machen? Soll sein Ruf für alle Zeiten zerstört sein? Das willst du doch nicht. Gieselbert, wach auf!«

Da brach der Lehrjunge in lautes Schluchzen aus, schleuderte das Amulett seiner Mutter von sich und warf sich vor dem Vater auf die Knie. »Bitte, Vater, vergib mir! Ja, ich habe die Brote gebacken, deretwegen Meister Heller nun im Lochgefängnis sitzt. Ich war es!«

Der Vater zog den Sohn am Ärmel seines Hemdes hoch und versetzte ihm eine schallende Ohrfeige. Und eine zweite.

»Du Nichtsnutz«, schrie er und immer wieder, »du vermaledeiter Nichtsnutz!« Auf Gieselberts Wange zeichneten sich die fünf Finger seines Vaters ab.

Benedicta konnte das Elend nicht länger mit ansehen. Sie blickte zur Seite und dachte plötzlich an das friedliche Leben im Kloster. Hätte ich mich so sehr nach dem Leben jenseits der Klostermauern gesehnt, wenn ich gewusst hätte, wie hart es in der Welt hier draußen zugeht? Schwester Walburga schien ihr in der Erinnerung wie ein zahnloses Ungeheuer. Sie wollte gar nicht daran denken, was ihr seitdem alles widerfahren war. Und trotz allem verspürte sie keine Reue, dass sie dem klösterlichen Leben entflohen war.

Meister Ebert schimpfte immer noch auf seinen Sohn ein. Benedicta versuchte nicht hinzuhören, denn einige der Wörter, die er gegen seinen Sohn verwendete, hätten im Kloster schon als Gotteslästerung gegolten.

Gieselbert wimmerte schließlich nur noch leise vor sich hin, bis sein Vater lauernd fragte: »War es Meister Burchard, der dich dazu angestiftet hat?«

Der Lehrjunge wurde noch bleicher. »Nein, ich habe mir alles allein ausgedacht. Meister Burchard weiß nichts davon.«

»Schwörst du?«

»Ich schwöre, Vater.«

»Gut, dann wirst du allein dafür büßen.«

Benedicta konnte sich nicht helfen, sie vermochte nicht zu glauben, dass dieser Jüngling, der einen Ausschlag bekam, wenn er nur log, diesen abgefeimten Plan wirklich allein ausgebrütet hatte.

Meister Ebert aber mahnte zum Aufbruch. Er wollte auf schnellstem Wege zum Lochgefängnis eilen, damit Gieselbert seine Lügen vor Meister Heller und vor allem vor dem Gericht widerrufen konnte.

Auf dem Weg zum Gefängnis löcherte Meister Ebert seinen Sohn fortwährend mit der Frage, warum er das getan habe. Aber Gieselbert blieb dabei, dass er es aus Rache getan habe. Weil die beiden Weiber aufgetaucht seien.

Als sie beim Rathaus ankamen, zögerte Benedicta einen Augenblick lang, ob sie mit hinunter in das Lochgefängnis steigen sollte.

Schließlich überwand sie ihren Ekel und begleitete Meister Ebert und seinen Sohn die Treppe hinab. Der junge Wärter sah sie an wie einen Geist. In seinem Blick stand Todesangst.

»Geh zum Siechkobel, Weib!«, ächzte er.

»Was soll das heißen? Hat sie etwa ...«, fragte der ältere Wärter ängstlich.

»Euer Freund wollte einen seltsamen Dank dafür, dass

er mich zuvor gut behandelt hatte. Und da gestand ich ihm, dass ich an Aussatz leide«, entgegnete Benedicta so laut, dass es alle hören konnten.

»O Gott!«, entfuhr es dem alten Wärter, und er sprang einen Schritt zurück.

»Keine Sorge! Ich bin gesund, aber er hat von mir abgelassen. Das war der Sinn meiner Erklärung. Weißt du eigentlich, zu welchem Zweck dein Freund junge Frauen in die Tiefe lockt?«

Der alte Wärter schüttelte entschieden den Kopf. »Keine Ahnung, was er dort unten treibt. Mir kam es schon immer seltsam vor, dass er die jungen Mädchen zu den Gefangenen lässt.«

»Ich höre wohl nicht recht!«, brüllte der junge Wärter wütend. »Du bist es doch, der jedes Mal hinterher haarklein wissen will, wie es mit den Jungfrauen war. Hast du mich nicht vorhin in allen Einzelheiten ausgefragt, wie es mit diesem barmherzigen Mädchen gewesen ist, das dem Bäcker das Weißbrot brachte?«

Meister Ebert horchte auf. »Heißt das etwa, du lockst die Mädchen hierher, damit sie dir gefällig sind? Das wird ein Nachspiel haben. Ich werde dich beim Rat anschwärzen. Dann bist du die längste Zeit Wärter gewesen. Und jetzt führ uns zu Meister Heller!«

Der junge Wärter wurde kreidebleich und stammelte. »Aber … aber … ich … ich …«

Benedicta jedoch hörte dem Geplänkel der Männer gar nicht mehr zu, sondern lief an den Wärtern vorbei und gab den anderen ein Zeichen, ihr zu folgen.

»Er muss uns gar nicht begleiten. Ich kenne den Weg!«, rief sie und führte Ebert und seinen Sohn nun mit schlafwandlerischer Sicherheit zu der Behausung des Lochwirts. Als er Benedicta erkannte, zog er ein säuerliches Gesicht.

»Bring uns zu Meister Heller!«, befahl Ebert.

»Aber die kommt nicht mit«, entgegnete der Lochwirt und deutete auf Benedicta.

»Ich sagte, lass uns zu Meister Heller!«, fauchte Ebert. »Sonst werde ich mich beim Rat beschweren, dass es hier zum Gotterbarmen stinkt und dass du den Gefangenen nichts zu essen gibst. Dann bekommst du in Zukunft mit Sicherheit weniger Geld.«

Wortlos humpelte der Lochwirt voran. Dass er ein Bein nachzog, war Benedicta bei ihrem ersten Besuch gar nicht aufgefallen. Schließlich erreichten sie Meister Hellers Zelle.

Benedictas Herz tat einen Sprung bei der Vorstellung, wie er sich wohl über die gute Nachricht freuen würde. Der Lochwirt schloss die Zelle auf, warf einen Blick hinein und erstarrte. An seiner Miene erkannte Benedicta, dass etwas Schreckliches geschehen war.

Mit einem Schrei stob sie an den Männern vorbei in die schmutzige Zelle. Da lag Meister Heller leblos vor der Bank. Als wäre er dort eingeschlafen. Wären da nicht seine weit aufgerissenen Augen gewesen. Und dann erst wurden die Spuren seines Todeskampfes sichtbar. Seine Hände waren wie die Krallen eines Raubvogels gespreizt. Sein Mund wie im Schrei erstickt und vor Schmerz verzerrt.

36

Benedicta vermisste den Bäckermeister schmerzlich. Der einzige Trost in diesen schweren Tagen war die viele Arbeit, die Anselm und sie nun allein schaffen mussten, und die überraschende Rückkehr von Artemis. Wenige Tage nach Crippins Tod hatte sie plötzlich vor der Tür gestanden. Seitdem war die Hündin bei ihr.

Und mit der treuen Artemis an der Seite wollte sie an diesem Tag endlich etwas über Julians Schicksal herausbekommen. Das Herz klopfte ihr bis zum Hals, als sie beim Haus des Fechtmeisters Arnold ankam, denn wenn jemand etwas über den Verbleib seines Schülers wusste, dann bestimmt er. Bislang hatte sie nicht gewusst, wie sie das hätte bewerkstelligen sollen, ohne ihren wahren Namen preiszugeben. Als Brunhild konnte sie schlecht an Meister Arnolds Tür klopfen und nach dem Fechtmeister Julian von Ehrenreit fragen, ohne Verdacht zu erregen. Nun aber hatte sie einen glaubwürdigen Vorwand gefunden: den entlaufenen Hund und die Suche nach seinem Herrchen.

Ein älterer Mann von auffallend kraftvoller Statur öffnete ihr die Tür.

»Was führt dich zu mir?«, fragte er ein wenig verwundert.

Hoffentlich hört er nicht, wie laut mein Herz klopft, dachte Benedicta und zeigte auf Artemis. »Mir ist ein Hund zugelaufen, und ich habe überall nachgefragt, wer ihn wohl vermissen könnte. Da hat man mir gesagt, er gehöre einem Fechtmeister von Ehrenreit, der bei Euch im Haus wohne. Kann ich wohl zu ihm?«

Meister Arnolds Miene verfinsterte sich.

»Nein, leider nicht. Er ist seit geraumer Zeit verschwunden, und wir sind in großer Sorge …«

Benedicta konnte sich gerade noch zurückhalten, ihn zu fragen, wen er mit »wir« meinte, als eine hübsche junge Frau neben ihm auftauchte.

»Ich hörte den Namen des Fechtmeisters. Hast du ihn gesehen? Weißt du, wo er sich aufhält.« Die Wangen der jungen Frau glühten vor Aufregung.

»Nein … nein, ich … ich …«, stammelte Benedicta, während sie sich fragte, was die junge Frau wohl mit Julian zu tun hatte. Ihrem Verhalten nach zu schließen, stand sie ihm nahe.

»Sie weiß nichts über ihn«, mischte sich der alte Fechtmeister ein. »Sie ist nur zu uns gekommen, weil dieser Hund angeblich Julian gehört.«

Die Augen der jungen Frau füllten sich mit Tränen, und Meister Arnold legte ihr tröstend den Arm um die Schultern. An Benedicta gewandt, bemerkte er entschuldigend: »Meine Tochter Alisa ist mit dem Fechtmeister verlobt, musst du wissen, und sie macht sich entsetzliche Sorgen …«

Meister Arnolds Worte rauschten an Benedicta vorbei, die Knie wurden ihr weich, und ihr dröhnte nur noch der eine Satz unbarmherzig im Ohr: *Meine Tochter Alisa ist mit dem Fechtmeister verlobt* …

Dann wurde ihr schwarz vor Augen.

Meister Arnold konnte sie gerade noch auffangen und musterte ratlos ihr wachsweißes Gesicht. Als sie die Augen aufschlug, atmete er erleichtert auf.

»Verzeiht mir«, hauchte Benedicta. »Ich erwarte ein Kind, und da …« Sie entwand sich den Armen des Fechtmeisters und war froh, dass ihr so schnell eine Erklärung in den Sinn gekommen war. Aber auch nur deshalb, weil Agnes gestern in Ohnmacht gefallen war und die Baderin ihr erklärt hatte, dass dies bei schwangeren Frauen öfter vorkomme.

»Willst du ins Haus kommen? Dich hinsetzen?«, fragte Alisa fürsorglich.

»Nein, nein, es geht schon wieder. Also nichts für ungut. Wenn der Hund dem Fechtmeister nicht gehört, dann muss ich wohl weitersuchen.«

Benedicta wollte schnell fort von hier, denn nur mit Mühe konnte sie die Tränen zurückhalten. Wenn sie sich vorstellte, dass sie mit einem Mann aus dem Kloster geflohen war, der einer anderen die Ehe versprochen hatte … Dabei mochte sie die junge Frau mit dem dichten blonden Haar vom ersten Augenblick an gern.

Brüsk wandte sich Benedicta von Meister Arnold und Alisa ab und stolperte die Gasse hinunter, doch sie kam nicht weit.

»Halt!«, rief ihr der alte Fechtmeister hinterher. »Wir wissen aber, wem der Hund gehört und wo du seinen Herrn findest.«

Wenn er wüsste, wie gleichgültig mir das ist, nach dem, was ich soeben erfahren musste, schoss es Benedicta durch den Kopf, während sie kehrtmachte, als wäre nichts geschehen.

»Dann nennt mir seinen Namen! Ich suche ihn sofort auf.« Benedicta war redlich bemüht, gefasst zu wirken. Ihr Gesicht aber war wie versteinert.

Alisa sah Benedicta besorgt an. »Und du bist wirklich wohlauf?«

Benedicta nickte schwach.

»Der Hund gehört nicht dem Fechtmeister, sondern seinem Bruder«, erklärte Meister Arnold.

»Seinem Bruder?«

»Ja, warum schaust du so entsetzt?« Alisa musterte Benedicta durchdringend. Als käme sie ihr mit einem Mal seltsam vor.

»Dann bringe ich ihm den Hund schnell«, erwiderte Benedicta hastig und eilte tränenblind davon. Sie fragte nicht einmal, wo er wohnte, denn sie dachte gar nicht daran, Artemis zu seinem Herrn zurückzubringen.

Erst als Artemis mit der Schnauze gegen ihre Hand stieß, als wolle sie sie trösten, hörte sie auf zu weinen. Entschlossen wischte sie sich mit dem Ärmel der Kotte das verräterische Nass aus dem Gesicht und schlug den Weg über den Hauptmarkt ein. Den Kopf gesenkt, hetzte sie durch die Gassen. In ihr brodelte es. Wie hatte Julian sich nur so versündigen können? Nach allem, was sie soeben von Meister Arnold und dessen Tochter erfahren hatte, war es ihr nun völlig gleichgültig, welches Schicksal der Fechtmeister erlitten hatte. Ihretwegen brauchte er gar nicht erst wiederzukommen. Für sie war Julian von Ehrenreit gestorben.

Artemis' freudiges Gebell riss sie aus ihren düsteren Gedanken. Sie hob den Kopf und sah die grünen Augen des Mannes mit dem goldenen Gürtel – Julians Bruder, wie sie soeben erfahren hatte – unverwandt auf sich gerichtet. Aus vielerlei Gründen war sie alles andere als erfreut, ihm zu begegnen. Dass er ihr die Hündin wegnehmen wollte, missfiel ihr am meisten, hätte sie sie doch gern als Trost für ihr verletztes Herz behalten. Artemis aber sprang voller Übermut an ihrem Herrn hoch.

»Du Ausreißerin, ich muss dich wohl in Zukunft im Haus einsperren«, scherzte er, doch dann wurde er ganz ernst.

»Bitte, gebt mir etwas, Herr!«, krächzte eine Bettlerin und streckte ihm ihre knochige Hand entgegen. Konstantin griff in seinen Geldbeutel, den er an dem goldenen Gürtel trug, und drückte ihr ein Geldstück in die Hand.

»Vergelts Euch Gott!« Das alte Weib, deren Rücken entsetzlich verkrümmt war, humpelte von dannen.

»Ich muss mit Euch reden. Lasst uns durch eine ruhigere Gasse schlendern«, drängte Konstantin Benedicta.

»Ich habe Euch nichts zu sagen, mein Herr. Außer dass Euer Hund …«

»Sie heißt Schwarzschnauz.«

Verächtlich blähte Benedicta die Nasenflügel. »Was für ein einfältiger Name, mein Herr. Und reden möchte ich schon gar nicht mit Euch. Wozu auch? Nehmt Euren Hund, und lasst mich meiner Wege ziehen.«

Benedicta setzte ihren Weg fort, ohne sich noch einmal umzusehen, doch er folgte ihr hartnäckig. »Ich muss mit Euch reden. Ich bin Konstantin von Ehrenreit, der Bruder des Fechtmeisters Julian.«

»Es kümmert mich nicht, wer Ihr seid. Und einen Fechtmeister Julian kenne ich nicht.« Wieder eilte sie ungerührt weiter, und wieder folgte Konstantin ihr auf den Fuß.

»Dann seid Ihr gar nicht die Schwester Benedicta?«

»Nein, und nun schert Euch endlich fort. Macht es Artemis und mir doch nicht unnütz schwer!«

»Aber ich muss Euch etwas Wichtiges sagen. Mein Bruder …«

Konstantin zögerte. Ihm war gar nicht wohl dabei, die junge Frau zu belügen, auch wenn sein Bruder ihn dazu angehalten hatte. Aber vielleicht war es besser so. Sonst machte sie sich womöglich Hoffnungen, dass er sie eines Tages holen würde.

»Mein Bruder, der ist …«

»Warum lasst Ihr mich mit nicht endlich mit Eurem Bruder in Ruhe? Ich habe nichts mit ihm zu schaffen.«

Konstantin atmete tief durch. »Benedicta, Ihr müsst Euch nicht verstellen. Ich weiß alles. Und ich werde Euch niemals verraten. Julian bat mich, Euch zu beschützen, bevor er starb. Ich will Euch helfen.«

»Ich heiße Brunhild.«

Mit diesen Worten wandte Benedicta sich um und hastete weiter. Er sollte ihre Tränen nicht sehen. Sie hätte in diesem Augenblick nicht sagen können, aus welchem Grund sie mehr schluchzte – weil Julian tot war, weil er sie so gemein hintergangen hatte, oder weil sie sich von Artemis trennen musste.

»Wenn Ihr mich braucht, findet Ihr mich im Haus meines Onkels, des Gewürzhändlers Berthold von Ehrenreit!«, rief ihr Konstantin hinterher.

Ratlos blickte er ihr nach, bis sie hinter einer Ecke verschwunden war. Hatte er sich so täuschen können? War sie doch nicht Benedicta, sondern ein einfaches Mädchen, das sich von ihm nur belästigt fühlte? Merkwürdig, dachte er, als er den Weg zum Haus von Meister Arnold fortsetzte, und bemühte sich, das Bild der Frau aus seinem Kopf zu verscheuchen, zu der sich seine Hündin so sehr hingezogen fühlte.

Ich sollte mir lieber überlegen, wie ich Alisa die schlechte Nachricht schonend beibringe. Doch je näher er dem Haus des Fechtmeisters kam, desto stärker fühlte er Zorn in sich aufsteigen. Dieser Zorn richtete sich gegen Julian. Der hätte nicht das Weite suchen dürfen, ohne das von ihm angerichtete Unheil in Ordnung zu bringen. Er hätte zu Alisa gehen und ihr beichten müssen, dass er eine Nonne entführt hatte. Dann hätte er Benedicta in Sicherheit bringen müssen. Nun blieb alles an ihm, Konstantin, hängen. Und diese Benedicta schwebte weiterhin in großer Gefahr. Sosehr er Julian auch liebte, er verübelte es ihm, dass er es sich so einfach gemacht hatte.

Inzwischen war Konstantin bei Arnolds Haus angelangt. Alisa öffnete ihm und zeigte sich überrascht. Dann erst sah sie den Hund. »Habt Ihr die Frau getroffen, die nach Euch suchte?«

Konstantin verstand nicht, was sie meinte.

»Sie war vorhin bei uns und suchte Euren Bruder. Man hatte ihr gesagt, dass der Hund Fechtmeister von Ehrenreit gehöre, und sie verlangte ihn zu sprechen. Sagt, habt Ihr Nachricht von ihm?«

Konstantin aber hörte ihr gar nicht mehr zu. Also doch, dachte er, sie ist Benedicta und wollte Alisa über Julians Verbleib ausfragen. Welch listiges Weib!

»Wisst Ihr, wo sie wohnt?«, fragte er.

»Nein, aber wenn ich ehrlich bin – irgendetwas stimmt nicht mit ihr. Sie erlitt eine Ohnmacht, als mein Vater ihr erklärte, ich sei Julians Verlobte.«

Das konnte sich Konstantin lebhaft vorstellen. Nun verstand er auch das Gebaren der jungen Frau. Wie hintergangen musste sie sich gefühlt haben! Sein Zorn auf Julian wuchs. Und nun sollte er der Tochter des Fechtmeisters auch noch eine Botschaft überbringen, die sie sicher bitter enttäuschen würde.

»Habt Ihr etwas von ihm gehört? Wie geht es ihm?«, fragte Alisa noch einmal eindringlich.

»Ja, ich soll Euch etwas von ihm ausrichten …«, begann Konstantin zögernd.

»Wollt Ihr nicht ins Haus kommen? Dann kann mein Vater es auch gleich hören. Er macht sich ebenso große Sorgen um Julian wie ich.«

Konstantin räusperte sich. »Ich habe meinen Bruder am Sterbebett unseres Vaters gesehen. Der Tod des alten Herrn hat ihn so getroffen, dass er weit fortgegangen ist.«

Alisa wurde bleich.

»Er kann besser vergessen, wenn er durch ferne Städte zieht, so sagte er mir.«

»Ich werde warten«, seufzte Alisa hingebungsvoll.

Konstantin schluckte trocken. »Julian wird niemals mehr nach Nürnberg zurückkehren. Ich soll Euch sagen, dass Ihr damit berechtigt seid, die Verlobung zu lösen.«

»Das werde ich nicht tun«, erwiderte Alisa trotzig. »Ich weiß, dass er sein Versprechen eines Tages einlösen wird.«

»Alisa, er hat mir aufgetragen, Euch zu sagen, dass er für immer weggegangen ist.«

Die Tochter des Fechtmeisters blickte Konstantin aus großen Augen an. Tränen rollten ihr über die Wangen. »Ich werde auf ihn warten.«

»Gut, mehr kann ich nicht für Euch tun«, stöhnte Konstantin und betrachtete die junge Frau mitleidig. Sie hatte Besseres verdient, als vergeblich auf einen Mann zu warten, der sein Herz längst an eine andere verloren und sich aus dem Staub gemacht hatte.

»Komm, Artemis!« Konstantin merkte sofort, dass er sich versprochen hatte, aber insgeheim musste er zugeben: Der Name besaß in der Tat einen besseren Klang als Schwarzschnauz.

»Konstantin, sagt mir doch, was hat es mit dieser Frau auf sich? Sie ist wie eine Magd gekleidet, aber sie spricht wie eine Hochwohlgeborene. Ist Euch nichts Ungewöhnliches an ihr aufgefallen? Habt Ihr nicht gesehen, welch schöne Zähne sie hat? Welch zarte Hände, die keine Spuren harter Arbeit tragen? Welch feine Züge?« Alisa sah ihn verzweifelt an.

»Ich habe sie mir nicht so genau angesehen«, log Konstantin von Ehrenreit.

37

Verlegen trat Meister Ebert von einem Bein auf das andere, als er vor Anselm in dessen Backstube stand. »Es tut mir so leid um deinen Vater, und es schmerzt mich, dass mein Sohn schuld an seinem Tod ist.«

Traurig wandte sich Anselm dem mächtigsten Bäcker seiner Zunft zu. »Er hatte ein schwaches Herz.«

»Anselm, du weißt genau, dass ihn das allein nicht umgebracht hat. Meister Heller war ein anständiger Bäcker, und die Aussicht, unter dem Gejohle der Menge als Betrüger in die Pegnitz getaucht zu werden, hat ihn getötet. Und wenn Gieselbert ihm nicht die leichten Brote untergeschoben hätte ... Den Jungen hat der Tod seines alten Meisters übrigens bis ins Mark getroffen. Er greint wie ein Säugling, aber das geschieht ihm gerade recht. «

»Seht Ihr in ihm immer noch den Alleinschuldigen?«, mischte sich Benedicta ein, die das Bäckerhaus in der Torgasse inzwischen als ihr Zuhause betrachtete. Seit sie von Julians Verrat und dessen Tod erfahren hatte, war sie fest entschlossen, bei Agnes und Anselm zu bleiben. Und je mehr Zeit verging, desto besser gelang es ihr, ihr früheres Leben als Klosterschwester hinter sich zu lassen.

»Glaubst du denn immer noch, dass Meister Burchard dahintersteckt?«

Benedicta nickte entschieden.

»Gieselbert hat geschworen, dass er die Tat allein beging.«

»Und ich würde schwören, dass Burchard der Anstifter war«, entgegnete Benedicta kämpferisch.

»Was führt Euch eigentlich her? Ihr seid doch bestimmt nicht gekommen, um mir Euer Bedauern auszusprechen.« Misstrauisch musterte Anselm den Bäckermeister.

Meister Ebert wurde verlegen und druckste eine Weile herum, bis er endlich mit der Wahrheit herausrückte. »Ich komme wegen des Bäckerhauses deines Vaters, in dem du fortan unser Handwerk ausüben willst. Die Wanderjahre wurden dir erspart, weil du der einzige Sohn bist, und wenn du deine Meisterprüfung bestehst, stünde von meiner Seite nichts im Weg, dass du das Haus übernimmst ...« Er stockte.

»Was wollt Ihr mir damit sagen? Dass die Sache einen Haken hat?«

»Meister Burchard hat bei unserem Zunftmeister vorgesprochen und behauptet, dass du dein Geschäft mit Brot aus Weißmehl betreibst und die Gewürze der Weißbäcker benutzt. Er wirft dir weiterhin vor, dass du dein eigenes Handwerk nicht beherrschst. Meister Burchard konnte einige von uns bereits davon überzeugen, dass du nicht geeignet bist, das Bäckerhaus zu übernehmen. Die Stimmung ist gegen dich, und ich wollte dich warnen. Ich helfe dir gern, aber meine Stimme allein kann nichts ausrichten gegen die Hetzreden, die Meister Burchard gegen dich führt.« Erschöpft hielt er inne.

»Er will sich das Haus doch nur selbst unter den Nagel reißen und sich bei Anselm dafür rächen, dass der seine Tochter verschmäht hat«, schnaubte Benedicta empört.

Meister Ebert runzelte die Stirn. »Das mag sein, aber solange Meister Burchard die anderen auf seine Seite zu ziehen versteht, ist er im Vorteil.«

»Wie kommt es eigentlich, dass Ihr uns Eure Hilfe anbietet?«, fragte Benedicta lauernd. »Meister Heller hielt Euch stets für einen Freund des Weißbäckers.«

»Ach«, seufzte Meister Ebert, »wir versuchen doch alle, uns mit Meister Burchard gut zu stellen, weil er einen mächtigen Freund hat ...« Er senkte die Stimme. »Es ist der Handelsherr Ulmann Stromer, der beim Rat im Hintergrund die Fäden zieht.«

»Dann müssen wir uns etwas einfallen lassen, damit Meister Burchard sich nicht mehr mit jenem guten Freund brüsten kann.«

Anselm und Meister Ebert blickten Benedicta fragend an.

»Wir müssen beweisen, dass der gute Meister Burchard einen unschuldigen Jungen dazu anstiftete, den guten Leumund eines angesehenen Bäckers zu zerstören.«

»Fängst du schon wieder damit an? Mein Sohn schwört, dass die frevlerische Tat auf seinem Mist gewachsen ist.«

»Und soll ich Euch den Grund dafür verraten? Weil er vor Burchard mehr Angst hat als vor Euch! Ihr solltet ihm auf den Kopf zusagen, dass er Meister Heller nicht auf dem

Gewissen hat. Dass Ihr bereit seid, ihm seine Tat zu verzeihen, und dass auch Anselm ihn wieder als Lehrjungen aufnimmt, wenn er den Anstifter endlich beim Namen nennt.«

»Du würdest ihn wieder als Lehrjungen aufnehmen, Anselm?«

Der junge Bäcker warf Benedicta einen strafenden Blick zu, bevor er widerwillig knurrte »Meinetwegen!«

»Der Junge wartet draußen in der Gasse, weil er sich dir nicht unter die Augen traut. Wenn du einverstanden bist, hole ich ihn und stelle ihn sogleich zur Rede.«

»Meinetwegen«, brummte Anselm abermals. Kaum war Meister Ebert hinaus auf die Gasse geeilt, funkelte er Benedicta wütend an. »Bist du von allen guten Geistern verlassen? Ich soll das Ohrfeigengesicht wieder einstellen?«

»Das ist der Preis dafür, dass Burchard dir nichts mehr anhaben kann und du das Bäckerhaus behalten darfst«, erwiderte Benedicta ungerührt.

Da schob Meister Ebert seinen Sohn schon in die Backstube. Gieselbert hielt den Kopf gesenkt.

»Schau Anselm ruhig an, mein Sohn, denn er hat dir etwas zu sagen.«

Anselm zögerte, doch dann erklärte er unwirsch: »Ich übernehme dich wieder als Lehrjungen, wenn du mir endlich sagst, wer meinen Vater auf dem Gewissen hat.«

»Sieh Anselm gefälligst an, wenn er mit dir redet!«, schnauzte Meister Ebert seinen Sohn an. Als dieser den Kopf hob, standen ihm Tränen in den Augen.

Fast tat er Benedicta leid, aber nun galt es, ihn endlich zum Reden zu bringen. »Ich weiß, dass du nicht aus eigenem Antrieb gehandelt hast, denn ich habe mit eigenen Augen beobachtet, wie ihr verschwörerisch die Köpfe zusammengesteckt habt. Meister Burchard und du!«

Gieselbert zuckte zusammen.

»Mein Sohn, was Burchard dir auch immer androht, ich werde dich vor ihm beschützen.«

»Aber Vater, du bist doch sein Freund! Er hat gesagt, du

würdest dich niemals gegen ihn stellen. Wenn ich behaupte, dass es mein Einfall war, dann …«

»Gieselbert, er hat einen Menschen auf dem Gewissen! Dass du nicht an seiner Stelle am Pranger gelandet bist, liegt doch nur daran, dass Anselm damit nicht zum Rat gegangen ist. Stell dir vor, er hätte dich angezeigt. Das war kein Streich, sondern ein Verbrechen.«

»Aber Vater, wenn Burchard deswegen vor Gericht gestellt wird … Er hat mir geschworen, dass es mir schlecht ergeht, wenn ich den Mund zu weit aufreiße. Und schließlich hat er mich überredet und mir Geld zugesteckt.«

»An die Arbeit!«, knurrte Anselm. »Und solche Faulheiten, wie sie mein Vater durchgehen ließ, dulde ich nicht. Knete den Teig, aber hurtig!«

Gieselbert zögerte, aber sein Vater versetzte ihm eine Kopfnuss und fuhr ihn an. »Hörst du nicht, was dein zukünftiger Meister dir befiehlt?«

Benedicta, Anselm und Meister Ebert beratschlagten, was zu tun sei. Anselm war dafür, Meister Burchard beim Rat anzuzeigen, doch Meister Ebert wollte verhindern, dass Gieselbert vor dem Gericht aussagen musste, weil dann auch dem Jungen eine Strafe drohte.

In diesem Augenblick klopfte es an der Tür, und ohne eine Antwort abzuwarten, betrat Meister Burchard die Backstube. »Anselm, ich schlage dir ein Geschäft vor!«, rief er. Als er Meister Ebert bemerkte, hielt er inne. Sein Gesicht lief tiefrot an.

»Das trifft sich gut«, sagte Meister Ebert mit kalter Stimme. »Wir wollten dir auch ein Geschäft vorschlagen.«

»Ihr?«

»Ja, der Anselm und ich. Du wirst morgen auf der Versammlung in der Zunft eine flammende Rede halten, in der du bereust, so schlecht über Anselm Heller gesprochen zu haben, und in der du die Empfehlung aussprichst, dass er das Bäckerhaus seines Vaters übernimmt.«

»Niemals! Warum sollte ich das tun?«

»Damit Anselm dich nicht beim Rat anzeigt und ich nicht bei Ulman Stromer vorspreche und ihm berichte, wie übel du meinem Sohn mitgespielt hast.«

Meister Burchard rang nach Luft. »Wer behauptet so etwas? Wer das sagt, der lügt. Das war dieser verdammte Bengel.«

»Gieselbert, komm her!«, befahl Meister Ebert streng. »Und nun sag unter Zeugen aus, wer dich angestiftet hat, Meister Heller leichte Brote unterzuschieben!«

Der Lehrjunge heftete den Blick auf den Boden. »Meister Burchard hat mir ein paar Pfennige gegeben und mir versprochen, dass er mich später als Geselle übernimmt. Und ich war wütend, weil die da« – er wies auf Benedicta – »sich in der Backstube so aufgespielt hat.«

»Du lügst!«, brüllte Meister Burchard und wollte sich auf Gieselbert stürzen, aber da warf sich der Vater beschützend vor ihn. Im Nu war eine Prügelei zwischen den beiden Bäckern in Gange, aus der Meister Ebert schließlich als Sieger hervorging. »Und das eine sage ich dir, Burchard«, zischte er. »Wenn du meinen Sohn noch einmal bedrohst, nehme ich nicht so viel Rücksicht darauf, dass du keine Kraft in den Armen hast. Und noch etwas: Wenn du in Zukunft auch nur die kleinste Hinterhältigkeit gegen mich oder Anselm im Schilde führst, spreche ich beim großen Stromer vor. Verstanden?«

Mühsam rappelte sich Meister Burchard vom Boden auf. Sein linkes Auge war geschwollen, und darüber schimmerte es rötlich blau.

»Ich frage dich, ob du mich verstanden hast?«, wiederholte Meister Ebert. Der Weißbäcker nickte und verließ die Backstube wie ein geprügelter Hund.

»Nun kannst du das Bäckerhaus deines Vaters übernehmen. Morgen ist die Versammlung, und ich gebe dir mein Ehrenwort, dass es gut für dich ausgehen wird. Ich sage dir gleich danach Bescheid. Doch denk du schon einmal über dein Meisterstück nach. Wir erwarten, dass du dein Handwerk beherrschst und uns mit einem ungewöhnlichen Brot überraschst. Es muss nicht die üblichen Maße haben, aber du solltest uns davon überzeugen, dass du ein Meister des Teiges bist. Dass du ein einfaches Roggenbrot backen kannst, wissen wir.«

Als Meister Ebert gegangen war, fiel Benedicta Anselm erleichtert um den Hals. Dann wandte sie sich dem Lehrjungen zu. »Bist du dabei, wenn wir mit vereinten Kräften ein überzeugendes Meisterwerk schaffen?«

Gieselbert bekam rote Ohren, und zum ersten Mal, seit Benedicta ihn kannte, hellte sich sein Gesicht auf. »Ich danke dir, Brunhild! Und ich werde alles tun, damit Meister Heller dort oben im Himmel stolz auf mich sein kann.«

Wieder klopfte es an der Tür zur Backstube, und ein Fremder trat ein. Im ersten Augenblick wusste Benedicta nicht, wo sie ihn schon einmal gesehen hatte. Doch dann fiel es ihr ein, und sie lächelte den gut aussehenden Zeidler in seiner feschen Tracht wohlwollend an.

»Der Zeidler Jost. Wie schön! Wir haben gerade frisches Anisbrot gebacken. Nimm davon, so viel, wie du tragen kannst!«

»Ich bin es, der dir zu Dank verpflichtet ist!«, lachte der junge Zeidler. »Du hättest mir ja auch eine Schelle verpassen können, als ich dich so stürmisch umarmte.«

»O nein, hättest du es nicht getan, hätte mich dieser Gaukler noch weiter in die Enge getrieben.«

»Das dachte ich mir schon – du hast gar keinen Bräutigam, der Zeidler ist.«

»Nein, den Zeidler benutze ich nur als Schild gegen aufdringliche Kerle.«

»Warum gerade einen Zeidler?«

»Weil ihr im Reichswald arbeitet und ich immer behaupten kann, mein Bräutigam sei weit fort bei seinen Bienenvölkern …«

Mit Wohlgefallen betrachtete Jost Benedicta. »Hätte ich nicht schon eine Braut in Feucht«, erklärte er bedauernd, »brächte ich dich gern in den Genuss, einen Zeidler zum Mann zu nehmen. Dich muss man einfach mögen, wenngleich …«

Er hielt inne und grinste über das ganze Gesicht. »… wenngleich du ein wenig mehr auf den Rippen haben könntest. Hoffentlich tragen die anderen Galgenvögel es meiner Braut nicht zu, dass ich auf dem Markt eine andere geküsst habe.«

Wenn er wüsste, wer ich wirklich bin!, dachte Benedicta belustigt, und dass er mit einer jungen Frau aus adligem Hause spricht. Ach, es ist alles so fern. Manchmal fühlte sie sich schon wie eine aus dem Volk. Sogar die Sprache der einfachen Laute hatte sie bereits angenommen. Das plumpe Du hatte ihr anfangs gar nicht über die Lippen kommen wollen. Auch an die groben Stoffe hatte sie sich gewöhnt. Längst trug sie nicht mehr die Kleider der verstorbenen Anna Heller, sondern hatte sich von Agnes eigene Gewänder schneidern lassen.

Die wohlklingende Stimme des Zeidlers holte sie aus ihren Gedanken. »Wie heißt du eigentlich?«

»Bene…« Benedicta bemerkte ihren Fehler gerade noch rechtzeitig. »Ich heiße Brunhild.«

»Ein schöner Name«, sagte Jost und überreichte ihr ein hölzernes Gefäß.

»Für mich?«

Der Zeidler nickte. Als Benedicta es öffnete, wehte ihr ein bekannter Duft entgegen, und ihre Wangen röteten sich. Da hatte sie einen Einfall.

»Kannst du uns mehr davon liefern?«, fragte sie aufgeregt. »Wir bezahlen dich auch«, fügte sie hastig hinzu.

»Ja, gern, ich habe einen ganzen Wagen voll mitgebracht.«

»Aber Brunhild, was sollen wir mit dem vielen Honig? Er ist teuer«, mischte sich Anselm ein.

»Lass die Agnes und mich nur machen! Du wirst es nicht bereuen. Wir verhelfen dir zu Wohlstand.«

»Aber wir haben kein Geld für Honig!«

»Ich bringe dir, was du brauchst, Brunhild, und wenn du den Honig vergoldet hast, hole ich mir meinen Lohn. Es war ein gutes Jahr mit reichlicher Ernte.«

»Hab Dank! Hast du Zimt und Kardamom vorrätig, Anselm?«

Der junge Bäcker warf ihr einen Blick zu, als zweifle er an ihrem Verstand. »Wir sind hier nicht im …« Er brach gerade noch rechtzeitig mitten im Satz ab. »Gewürze sind unerschwinglich für unsereins«, murrte er.

»Aber es geht um dein Meisterstück!«

»Was Brunhild auch vorhat, es ist bestimmt zu deinem Besten«, mischte sich Gieselbert ein.

Benedicta strich ihm liebevoll über den zerzausten rotblonden Haarschopf, während Anselm immer zorniger wurde. »Ihr habt euch wohl alle gegen mich verschworen!«, fauchte er. »Hier hat nur einer das Sagen …«

»Anselm, unser Kind soll es doch einmal besser haben, nicht wahr?«, flötete eine sanfte Stimme im Hintergrund. Agnes hatte schon eine ganze Weile in der Tür gestanden und dem Geplänkel gelauscht.

Benedicta warf ihrer Freundin einen verschwörerischen Blick zu, bevor sie sich an den jungen Bäcker wandte und säuselte: »Anselm, es soll dein Schaden nicht sein.«

»Ich dulde keine Weiberwirtschaft in meinem Hause!«, knurrte er.

»Dann lasst uns hurtig an die Arbeit gehen«, bemerkte Agnes mit einem Lächeln auf den Lippen, bevor sie ihren Mann umarmte und ihm etwas ins Ohr flüsterte. Da wurde sein grimmiges Gesicht etwas freundlicher.

38

Agnes' und Benedictas Freude über den Einfall, Anselm einen Lebkuchen als Meisterstück zu backen und das Gebäck dann in Mengen auf dem Markt zu verkaufen, war von kurzer Dauer.

Mit dem Geld, das Anselm ihnen für den Kauf von Gewürzen gegeben hatte, konnten sie gerade so viel Zimt und Kardamon erstehen, wie sie für das Meisterstück und höchstens zehn weitere Lebkuchen benötigten. Dabei hätten sie gern schon einen ganzen Ofen voller Lebkuchen gebacken. Wenn sie sich schon die Mühe machten …

Zucker konnten sie auch nicht auftreiben, dafür verwendeten sie mehr Honig als sonst. Benedicta dankte Gott, dass Agnes Oblaten herstellen konnte, aber das Hostieneisen fehlte ihnen doch sehr. Agnes presste den Teig daher zwischen zwei erhitzte runde Eisendeckel. Dabei verbrannte sie sich zwar die Finger, aber das Ergebnis ließ sich einigermaßen sehen.

Gieselbert und Anselm backten, während die beiden Frauen mit dem Meisterstück beschäftigt waren, fleißig Anisbrot. Das wiederum hatte Benedicta auf den Gedanken gebracht, dem Lebkuchenteig auch Anis beizufügen, obwohl auch der Anissamen allmählich zur Neige ging.

Seit Agnes ihrem Anselm zugeflüstert hatte, dass sie ein Geheimrezept aus dem Kloster backen werde, hatte er mehr Zutrauen in das Vorhaben der beiden Frauen gewonnen. Außerdem konnte er Agnes keine Bitte abschlagen. Sie hatte ihm gut zugeredet, die Herren der Zunft mit einem wahren Gaumenkitzel zu überraschen. Nach Meister Burchards Lobpreis auf den jungen Heller hatten nämlich alle einstimmig dafür gestimmt, dass Anselm das Bäckerhaus bekam.

Es war ein feierlicher Augenblick, als Benedicta und Agnes die fertigen Lebkuchen aus dem Ofen holten. Sie kosteten die ersten Bissen. Benedicta war ein wenig enttäuscht, weil die klösterlichen Lebkuchen ihr besser gemundet hatten. Auch Agnes schien mit dem Ergebnis nicht ganz zufrieden zu sein, doch die verzückten Gesichter der beiden Männer überzeugten sie davon, dass alles gut war. Nur schade, dass sie noch nicht mehr backen konnten, da ihnen die Gewürze fehlten.

In dieser Nacht schlief Benedicta schlecht. Seit der Hochzeit von Agnes und Anselm bewohnte sie eine kleine Kammer im Obergeschoss ganz für sich allein. Während sie sich auf ihrem Lager hin und her warf, überlegte sie fieberhaft, wie sie weitere Gewürze beschaffen konnte. Anselm besaß nicht genug Geld, damit sie teure Einkäufe tätigen konnte. Und wo bekam sie ein Hostieneisen her?

Erst als der Morgen graute, wusste sie, was zu tun war. Es würde sie zwar viel Überwindung kosten, Julians Bruder um Hilfe zu bitten, aber hatte er ihr seine Unterstützung nicht angeboten? Und hatte er nicht erwähnt, er wohne beim Gewürzhändler Berthold von Ehrenreit? Wenn sie ihren Stolz überwand, dann für eine gute Sache.

Ihre Gedanken wanderten zu Julian. Sie schaffte es nicht, ohne Groll an ihn zu denken. Seinetwegen war sie aus dem Kloster geflüchtet. Benedicta schluckte trocken. War sie wirklich seinetwegen geflüchtet? Hatte sie das Klosterleben nicht schon vorher gehasst und sich gewünscht, eines Tages frei zu sein? Und war es nicht die Priorin gewesen, die sie auf die Flucht geschickt hatte? Weil jemand den Kuss beobachtet hatte? Ihr wurde heiß, aber nicht vor Verlangen, sondern vor Scham. Sie hatte ihn zuerst geküsst, nicht er sie! Und trotzdem verstand sie nicht, warum er ihr schöne Augen gemacht hatte, obwohl er längst einer anderen die Ehe versprochen hatte. Nein, das würde sie ihm niemals verzeihen.

Krampfhaft versuchte sich Benedicta an sein Gesicht zu erinnern, an seine Stimme, doch es wollte ihr nicht gelingen. Jedes Mal stand sein Bruder vor ihrem inneren Auge. Sein kantiges Gesicht, seine grünen Augen, sein dichtes blondes Haar … Benedictas Herz schlug schneller. Vor lauter Schreck fuhr sie zusammen. Ich denke doch nicht etwa voller Verlangen an Julians Bruder?

Nein, sagte sie sich streng, nein, er hat mir meinen Hund genommen, er hat das Pferd getötet, er hat den Klosterknecht erschlagen ... Aber hatte sie nicht den zweiten Mann auf dem Gewissen? Trotzdem, er war überheblich und eingebildet, er war ...

Benedicta atmete tief durch, während sie aufstand. Sie konnte ohnehin nicht mehr schlafen, so aufgeregt war sie bei dem Gedanken, Julians Bruder aufzusuchen. Und sollte sie ihm wirklich vertrauen und sich zu erkennen geben? Ich muss, dachte sie. Als Brunhild könnte ich ihn kaum um einen Gefallen bitten.

Sie war nicht die Erste, die an diesem Morgen so früh aufgestanden war, und nicht die Einzige, die in der Nacht kaum geschlafen hatte.

Auch Anselm geisterte schon durch das Haus. Er war blass, übernächtigt und hatte sich fein herausgeputzt. Heute war schließlich sein großer Tag. Er war so aufgeregt, dass er keinen Bissen hinunterbrachte. Agnes redete ihm gut zu, aber er war durch nichts zu beruhigen. Die Angst, seine Meisterprüfung nicht zu bestehen, lähmte ihn. Wenig später stand er in der Tür und machte den Eindruck, als werde ihn gleich der Büttel zu seiner Hinrichtung abholen. Die Lebkuchen trug er in einem Holzkasten bei sich.

»Versuch doch wenigstens, freundlich und zuversichtlich dreinzuschauen!«, bat ihn Agnes.

Unter großen Mühen verzog Anselm das Gesicht zu einem verunglückten Lächeln. Die beiden Frauen winkten ihm nach, bis er um die Ecke der Gasse verschwunden war. Und da erst bemerkte Agnes, dass Benedicta gar keine Bäckerkleidung trug, sondern ihr schönstes Kleid. Dazu hatte sie das Haar sorgsam zu einem Zopf geflochten ...

»Was geht hier vor?«, fragte Agnes neugierig.

»Ich statte dem Haus des Gewürzhändlers Berthold von Ehrenreit einen Besuch ab.«

»Du bist ja närrisch. Was willst du dort? Da wird unsereins nicht empfangen.«

Es blieb Benedicta gar nichts anderes übrig, als zunächst einmal von ihrer Begegnung mit Alisa zu erzählen.

»Sie ist Julians Braut? Er hat dich aus dem Kloster entführt, obwohl er einer anderen die Ehe versprochen hatte? Eine Schande ist das! Aber das erklärt trotzdem nicht, was du beim Gewürzhändler von Ehrenreit willst?« Agnes stutzte. »Er heißt ja wie dein Julian«, murmelte sie gedehnt.

Benedicta nickte und schilderte ihrer Freundin in allen Einzelheiten, wie sie Konstantin von Ehrenreit abermals begegnet war.

»Und du hast geleugnet, dass du Schwester Benedicta bist? Das ist sehr gut, denn wer weiß, ob du ihm vertrauen kannst.«

»Ich glaube, ich kann ihm vertrauen. Er ist ein aufrichtiger Mann. Ein Ehrenmann. Er ist nicht so lustig wie Julian. Eher ernst, aber dabei so vornehm und ...«

Agnes musterte ihre Freundin forschend. »Du schwärmst von ihm. Du bist doch nicht etwa ...«

»Nein!«, widersprach Benedicta aufs Heftigste.

»Und was willst du dann von ihm? Du willst doch nicht etwa fort?«

Energisch schüttelte Benedicta den Kopf. »Natürlich nicht. Ich bleibe bei euch, aber er hat mir seinen Schutz angeboten. Ich solle zum Haus seines Onkels kommen, wenn ich etwas brauche. Und ich werde ihn jetzt um Gewürze für uns bitten.«

Agnes atmete erleichtert auf. »Das ist ein wahrlich guter Einfall. Soll ich mitkommen?«

»Nein, nein, lass nur! Hilf lieber dem Lehrjungen, solange Anselm und ich fort sind«, beeilte sich Benedicta zu sagen und hoffte, dass sie nicht rot geworden war, denn ihre Antwort war nur die halbe Wahrheit. Seit sie heute Morgen sein Bild so klar vor sich gesehen hatte, konnte sie

Konstantin nicht mehr unbefangen aufsuchen. Wo vorher ihr Stolz das größte Hindernis gewesen war, verspürte sie nun eine völlig andersartige innere Aufgeregtheit. Ihre Hände wurden feucht, und ein Schauer überlief sie bei dem Gedanken, ihm zu begegnen.

39

Vor der Tür des prächtigen Hauses mit den Türmchen holte Benedicta tief Luft. Sie hätte beinahe geklopft, doch dann erst entdeckte sie die Glocke. Ganz plötzlich musste sie an ihr Elternhaus denken. Dort hatte es auch eine Glocke gegeben, und das Haus war nicht minder prächtig gewesen als dieses.

Eine Magd öffnete ihr. Mit belegter Stimme fragte Benedicta nach Konstantin von Ehrenreit. Man hieß sie in der Diele warten. Benedicta sah sich prüfend um. Ein Wandgemälde mit einer Jagdszene stach ihr ins Auge. Ein ähnliches hatte ihr Vater auch einst für das Esszimmer anfertigen lassen.

Bei der Vorstellung, Konstantin gegenüberzustehen, zitterten ihr die Knie. Am liebsten wäre sie davongelaufen, doch sämtliche Unsicherheit wich von ihr, als Artemis sie freudig bellend begrüßte.

»Nicht springen!«, ertönte Konstantins strenge Stimme. Erstaunen stand ihm ins Gesicht geschrieben, als er Benedicta erkannte. »Brunhild?«, fragte er, und in seinen Augen blitzte es spöttisch.

Benedicta empfand ihn als herablassend. Das genügte, um sie erneut gegen Konstantin aufzubringen. Verschwunden waren die zitternden Knie und die feuchten Hände. Nur der Zorn über seine Überheblichkeit loderte wieder auf.

»Ihr wisst genau, wer ich bin. Dass ich bei unserer letzten Begegnung nicht allzu freundlich zu Euch war, das hatte seinen Grund. Kurz zuvor erfuhr ich nämlich, dass Euer edler Bruder bereits verlobt war, als er mich entführte.«

»Darf ich etwas zu seiner Verteidigung vorbringen?«

Unwirsch rollte Benedicta mit den Augen.

»Er liebt Euch von Herzen. Als aber unsere Tante bemerkte, was zwischen ihm und Euch vorging, verlangte sie von ihm, sich mit einer anderen zu vermählen. Sonst hätte er nicht mehr ins Kloster kommen dürfen. Er leistete ihrem Befehl Folge und bat Alisa um ihre Hand. Als man Euch wegen jener innigen Umarmung bestrafen wollte, da drang sie darauf, dass er sich und Euch rettete. Er wollte Tante Leonore noch sagen, dass er ihrer Anordnung inzwischen Folge geleistet und sich mit Alisa verlobt habe, aber die Ereignisse überstürzten sich. Ja, und den Rest der Geschichte kennt Ihr.«

Benedicta schluckte. Das änderte alles. Die Augen wurden ihr feucht. Nun konnte sie endlich um Julian trauern, was ihr bislang nicht gelungen war. Da hatte ihr eher das Wissen um seinen Verrat Tränen in die Augen getrieben. Trotzdem wollte ihr der Gedanke an seinen Tod das Herz nicht zerreißen. Es war ihr eher, als ob ein guter Freund von dieser Welt gegangen sei, nicht aber der Geliebte.

»Ihr habt ihn sehr geliebt?«, fragte Konstantin mitfühlend, und zum ersten Mal, seit sie ihn kannte, spürte sie, dass er eine sanftmütige Seite besaß. Sie wünschte sich in diesem Augenblick nichts sehnlicher, als dass er sie in die Arme nehmen und an sich drücken möge.

Um sich ihre Sehnsucht nicht anmerken zu lassen, antwortete sie ihm mit einem knappen »Ja.«

»Kann ich etwas für Euch tun? Euch aus der Stadt in Sicherheit bringen, bevor der Provinzial Eurer habhaft wird?« Er schien ehrlich besorgt.

»Nein, ich werde als Brunhild unerkannt in dieser Stadt leben. Bei meiner Freundin, der Frau eines Bäckers.«

»Ihr lebt im Haushalt eines Bäckers?«, fragte er verdutzt.

»Das mag Euch schrecklich erscheinen, weil Ihr in diesem prächtigen Haus wohnt. Aber da ich nicht in mein prächtiges Elternhaus zurückkehren kann und der Mann, der mich zu seiner Frau machen wollte, tot ist, bleibe ich dort, wo ich wohlgelitten bin. Und es lässt sich dort leben. Glaubt mir. Immer noch besser als im Kloster, aber das könnt Ihr sicher nicht verstehen.«

Sie funkelte ihn so angriffslustig an, dass er einen Schritt zurückwich und sogar die Hündin, die die ganze Zeit bei ihr gesessen hatte, zu ihm hinüberwechselte und sich an sein Bein schmiegte.

»Sagt Ihr mir trotzdem, was ich für Euch tun kann?«

Benedicta nickte. »Ich brauche Gewürze, um Lebkuchen zu backen.« Ihr Ton klang freundlicher.

»Lebkuchen?«

»Das war im Kloster unsere Fastenspeise und auch unser Nachtisch. Und das will ich nun für den Bäcker backen, damit seine Geschäfte besser laufen.«

»Gut, dann folgt mir ins Hinterhaus, Ihr sollt alles bekommen, was Ihr braucht. Kennt Ihr Euch aus mit Gewürzen? Dann sagt mir, wonach es hier riecht!«

Jetzt erst nahm Benedicta die würzigen Aromen wahr, die in der Luft hingen. Sie schnupperte und verzog verzückt das Gesicht. »Das ist Zimt.«

»Genau!« Er lächelte.

Beim Anblick seines Lächelns war alles wieder da, was sie eben noch verloren geglaubt hatte. Ihre Knie wurden weich, und ihr Herz klopfte bis zum Hals.

»Wisst Ihr, wie sehr ich Euch gehasst habe, als Ihr Euer Pferd getötet habt?«

»Wisst Ihr, wie es mir schier das Herz zerreißen wollte?«

Benedicta nickte. »Mein Vater musste es auch einmal tun, aber das fiel mir erst in der Nacht im Wald ein, als ich nicht schlafen konnte. In dem Augenblick, als ich Zeuge Eurer Tat wurde, hätte ich Euch am liebsten umgebracht.«

»Ja, und um ein Haar hätte ich Euch getötet, denn ich vermutete weitere Klosterknechte hinter der alten Eiche.«

»Habt Ihr dem einen den Schädel zertrümmert?«, fragte Benedicta und durchbohrte Konstantin mit Blicken.

Er hielt ihrem Blick stand. »Und habt Ihr dem anderen den Garaus gemacht?«

Benedicta senkte den Kopf und nickte.

»Warum könnt Ihr eigentlich nicht nach Hause? Dort könnte man Euch doch nichts anhaben. Wie ich hörte, kommt Ihr aus Regensburg. So weit reicht der Arm des Provinzials nicht.«

»Meine Stiefmutter brächte mich eigenhändig ins Kloster zurück und würde um eine harte Strafe für mich winseln«, erwiderte Benedicta traurig. »So, und nun lasst uns endlich zu den Gewürzen gehen!«, fügte sie in gespielt heiterem Ton hinzu.

Konstantin seufzte. »Wenn ich Euch damit helfen kann, gern, aber wollen wir nicht lieber auf eine Möglichkeit sinnen, wie Ihr unbehelligt ein Eurem Stand gemäßes Leben führen könnt? Am besten wäre es doch, Ihr würdet …« Er stockte. Wollte er ihr etwa vorschlagen, einen Mann ihres Standes zu heiraten? Dann könnte ich mich ja gleich selbst anbieten, schoss es ihm durch den Kopf, und er spürte, wie ihm vor lauter Verlegenheit das Blut in die Wangen strömte. Was, wenn sie mich nun fragt, was meiner Meinung nach am besten für sie wäre? Und wieder spürte er eine unbändige Wut auf seinen Bruder in sich aufsteigen. Julian hätte nicht einfach das Weite suchen dürfen.

»Es ehrt Euch, dass Ihr Euch um mich sorgt, aber ich möchte als Brunhild weiterleben. Das andere Leben habe ich hinter mir gelassen. Und weil Julian mich nicht mehr zu seiner Frau machen kann, wird es mir für alle Zeiten verwehrt sein, ein Leben zu führen, wie es meinem Stand gebührt. Darf ich jetzt die Gewürze sehen?«

»Folgt mir!«, erwiderte Konstantin knapp, während er mit den Gedanken ganz woanders war. Er bedauerte mit einem Mal, seinem Bruder den Schwur verweigert zu haben. Wie einfach wäre es dann gewesen, um ihre Hand anzuhalten und zu erklären, dass sein Bruder dies auf dem Sterbebett von ihm verlangt habe. Wie hätte er auch ahnen können, dass diese junge Frau sein Verlangen weckte, wie es vor ihr noch keine geschafft hatte. Sie war schön, sie war mutig, sie war eigensinnig …

»Es riecht unglaublich gut!«, rief Benedicta begeistert. Sie waren im Hof angelangt, und die Düfte wurden stärker, doch als Konstantin die Tür zum Lagerhaus öffnete, wurden sie nahezu eingehüllt von einer Wolke aus fremden Gewürzen.

»Es duftet wie eine Blume des Orients!«, jauchzte Benedicta und hüpfte wie ein kleines Kind von Korb zu Korb, von Tiegel zu Tiegel und von Schale zu Schale.

»Was für eine satte Farbe sie haben«, rief sie aus, griff in die Schale mit Kardamom und ließ die grünen Kapseln durch die gespreizten Finger gleiten.

»Verratet mir – was ist dies? Es duftet betörend, und ich bin mir sicher, ich habe es schon einmal gerochen.« Sie stippte eine Fingerspitze in das gelbe Pulver und kostete. »Das ist Ingwer! Mein Vater brachte es einmal von einer Reise mit. Es muss im Lebkuchen köstlich schmecken.« Vor Begeisterung hatte Benedicta rote Wangen bekommen.

»Wollt Ihr nicht auch ein wenig Piment mitnehmen? Es soll gut zum Backen sein, habe ich mir von einem Bäcker sagen lassen.«

»Herrlich!«, schwärmte sie, nachdem sie daran gerochen hatte.

»Und ein wenig Koriander vielleicht?«

»Ach, es ist hier wie im Himmel!«

Konstantin lächelte. Ihre Freude war ansteckend, zumal das Lagerhaus auch einer seiner Lieblingsorte war und ihn die Macht der Düfte einst von der Burg weg zu seinem Onkel getrieben hatte.

»Und ich kann wirklich von allem etwas mitnehmen?«, fragte sie ungläubig.

»So viel, wie Ihr tragen könnt. Der Händler hat uns gerade beliefert.«

Er reichte ihr einige kleine Holzgefäße und ließ sie die Gewürze abfüllen.

Als sie fertig war, hatte sie sich an sechs verschiedenen Gewürzen bedient: an Anis, Ingwer, Kardamom, Koriander, Piment und Zimt.

»Das ist ja üppiger als im Kloster!«, rief sie begeistert aus.

»Das ist wohl wahr«, mischte sich eine dunkle Männerstimme ein. Hastig drehte sich Benedicta um. Ein älterer Mann, der Konstantin entfernt ähnlich sah, stand da in der Tür, die Hände in die Hüften gestemmt.

»Was geht hier vor? Du siehst mir nicht so aus, als könntest du dir diese teuren Gewürze auch leisten.«

Vor Empörung holte Benedicta tief Luft, aber dann begriff sie, dass sie Brunhild war und dem Gewürzhändler lieber freundlich begegnen sollte.

»Onkel, Ihr irrt. Sie hat die Gewürze bereits bezahlt. Sie sind für einen unserer besten Kunden bestimmt. Brunhild ist die Magd, die sie abholt.«

»So, so«, murmelte der Gewürzhändler und verschwand grußlos.

»Die Magd, die sie abholt«, kicherte Benedicta, als die Schritte von Konstantins Onkel verhallt waren, doch dann wurde sie wieder ernst. »Ihr bekommt meinetwegen doch hoffentlich keinen Ärger mit Eurem Onkel!«

»Nein, er sieht nur nicht gern Fremde in seinem Handelshaus. In der Regel liefern seine Gehilfen die bestellte Ware an die Kunden. Soll ich Euch die Gewürze vorbeibringen?«

»Das schaffe ich schon allein«, erwiderte Benedicta hastig.

»Ich soll nicht erfahren, wo Ihr wohnt, nicht wahr?«

Benedicta bekam rote Ohren, denn er hatte sie durchschaut. »Es ist besser so.«

»Gut, habt Ihr sonst noch Wünsche?«

»Ja, aber damit kann ich Euch nicht behelligen.«

»Nur heraus damit! Was fehlt Euch?«

»Zucker und ein Hostieneisen.«

Konstantin lachte. »Mit Zucker handeln wir, aber nicht mit Hostieneisen. Mögt Ihr mir verraten, wozu Ihr dieses benötigt?«

»Der Lebkuchenteig klebt im Ofen fest, wenn wir ihn nicht auf Oblaten gießen, und …«

»… und da habt Ihr Euch im Kloster mit dem Hostieneisen beholfen.« Er wollte sich ausschütten vor Lachen. »Das hat unserer Muhme doch sicher nicht gefallen.«

»Nein, die Priorin war außer sich, aber dann haben unsere Lebkuchen allen so gemundet, dass der Provinzial darauf bestand, dass wir die Oblaten weiter mit den Hostieneisen backen.«

»Täte es auch ein Waffeleisen? Ich glaube, unsere Köchin besitzt ein solches Gerät.«

»Natürlich, wir könnten die Oblaten nach dem Backen doch in die richtige Form schneiden.«

»Ich entwende unserer Köchin das Eisen nur unter einer Bedingung.« Konstantin blickte Benedicta in die Augen.

»Welche Bedingung stellt Ihr?«, fragte Benedicta, hielt dem Blick stand und hoffte inständig, dass ihr jene wärmenden Gefühle nicht aus den Augen blitzten, die ihren Körper in Wellen durchströmten, während sie mit Konstantin sprach.

»Ihr müsst mich von Euren köstlichen Lebkuchen kosten lassen. Wenn Ihr das nächste Mal Gewürze holt, dann zahlt Ihr sie in Lebkuchen. Ich bin sehr gespannt, aber wenn das Gebäck alle diese Gewürze enthält, dann kann es nur köstlich schmecken.«

»Ich bringe Euch nächstes Mal auch Geld mit, wenn wir die Lebkuchen gut verkauft haben«, beeilte sich Benedicta zu sagen.

»Nein, ich nehme kein Geld von Euch. Schließlich seid Ihr durch den …« Er stockte, bevor er fortfuhr. »… durch den Tod meines Bruders auf Euch allein gestellt. Und da ist dies das Mindeste, was ich für Euch tun kann. Wartet hier! Ich hole das Waffeleisen und einen Korb, in dem Ihr alles tragen könnt.«

Benedicta blieb inmitten der betörenden Gerüche zurück. Sie schnupperte an weiteren Gewürzen, die sie noch nie zuvor gerochen hatte. Welche Wohltat!, dachte sie. Obwohl sie sich einigermaßen an den Gestank in den Gassen der Stadt gewöhnt hatte – in diesem Haus roch es ungleich besser.

»Das sind Nelken«, sagte Konstantin und deutete auf die winzigen Stängel, die Benedicta gerade gedankenverloren in ihrer Hand hielt. Sie hatte ihn gar nicht kommen hören, aber nun stand er dicht hinter ihr und sah ihr über die Schulter. Dabei streifte sein Haar ihre Wange. Das genügte, um ihre Sehnsucht erneut zu entfachen, und sie wünschte sich von Herzen, von ihm in die Arme genommen zu werden.

Doch sie wollte sich dem wohligen Gefühl nicht länger hingeben, sondern trat entschlossen einen Schritt zur Seite. »Jetzt muss ich mich aber endlich auf den Weg machen.«

Als sie ihm jetzt gegenüberstand, nahm sie erst richtig wahr, wie groß er war und dass er sie um Haupteslänge überragte. Wie sein Bruder, dachte sie, während sie die Gefäße mit den Gewürzen in einem Korb verstaute, den er ihr aus der Küche mitgebracht hatte. Überhaupt sieht er ihm sehr ähnlich.

»Die Magd muss sich auf den Weg machen«, versuchte sie zu scherzen, aber Konstantin verzog keine Miene. »Ich bringe Euch noch zum Hauptmarkt«, schlug er vor.

»Nein, bitte nicht!«, flehte sie.

»Habt Ihr etwa Sorge, ich könnte Euch von dort aus hinterherschleichen?« Seine Stimme klang beleidigt.

Benedicta blieb ihm eine Antwort schuldig. Als sie sich von Konstantin verabschiedete, legte sich die Hündin vor ihre Füße und ließ sich ausgiebig streicheln.

»Artemis, nun lass sie! Sie kommt doch wieder«, sagte Konstantin schließlich mit strenger Stimme.

»Artemis? Habt Ihr sie eben Artemis genannt?«

Konstantin lächelte verlegen. »Ihr werdet doch zugeben, dass Schwarzschnauz kein annähernd so wohlklingender Name ist wie Artemis. Wie kamt Ihr eigentlich darauf?«

»Der Lieblingshund meines Vaters hieß so«, erwiderte sie und wollte nur noch eines: auf schnellstem Weg in die Torgasse. Sonst, so fürchtete sie, konnte sie sich nicht mehr von dem prächtigen Haus, der Hündin, die ihr ans Herz gewachsen war, und dem Mann losreißen, den sie ablehnte, um ihn wenig später von Herzen gern zu mögen.

In diesem Augenblick überwog das Mögen, und sie verspürte den Wunsch, ihn zu küssen. Stärker noch als damals bei Julian. Aber sie wollte sich nie mehr im Leben zu solchem Leichtsinn hinreißen lassen. Der Mann, den sie geküsst hatte, war tot, allein deshalb, weil sie ihn geküsst hatte.

Benedicta stieß einen tiefen Seufzer aus und trat hinaus auf die Gasse.

»Und vergesst nicht, mir Lebkuchen mitzubringen! Mir läuft jetzt schon das Wasser im Mund zusammen!«, rief er ihr hinterher, doch sie wandte sich nicht mehr um, damit er ja nicht bemerkte, wie sehr sie sich auf ein Wiedersehen mit ihm freute.

So glücklich sie auch darüber war, sein Haus mit solch reicher Beute zu verlassen, ihre widerstreitenden Gefühle dem edlen Spender gegenüber verwirrten sie zutiefst.

40

Als Benedicta in die Torgasse zurückkehrte, war Anselm noch nicht wieder zurück.

Agnes packte juchzend die köstlichen Gewürze aus und konnte sich gar nicht mehr beruhigen, so sehr begeisterten sie die Schätze, die Benedicta aus dem Haus des Gewürzhändlers Berthold von Ehrenreit mitgebracht hatte. Dann stutzte sie plötzlich.

»Und das hat er dir alles freiwillig mitgegeben? Du musstest ihm doch nichts versprechen oder zahlen?«

»Doch, ich musste ihm hoch und heilig versprechen, ihm Lebkuchen mitzubringen, wenn ich neue Gewürze hole.«

»Das ist alles?«, fragte Agnes zweifelnd. »Und warum strahlen deine Augen so? Erst verliebst du dich in den einen Bruder und kaum, dass er tot ist, in den anderen …«

»Das ist gemein von dir!«, fauchte Benedicta.

»Ich habe doch nur Sorge, dass er dich von hier fortholt«, erklärte Agnes entschuldigend.

»Niemals werde ich mit ihm gehen!«, erwiderte Benedicta mit schneidender Stimme. »Ich gehöre zu euch. Komm, lass uns in die Backstube gehen und alles vorbereiten, dann können wir schon bald Lebkuchen auf dem Markt feilbieten.«

Auf dem Backtisch breiteten sie alle ihre Köstlichkeiten aus, um sie zu bewundern. Gieselbert staunte nicht schlecht. Solche edlen Gewürze in diesen Mengen hatte er nie zuvor gesehen, und begierig schnupperte er daran.

Benedicta und Agnes stellten derweil die restlichen Zutaten bereit. Sie wollten gerade anfangen, das Weißmehl in einen Trog zu schütten, als Anselm nach Hause kam. Er blickte düster drein.

Stumm fiel sein Blick auf die teuren Gewürze, die auf dem Tisch bereitstanden, doch er verzog keine Miene.

»Haben sie dir das Meisterstück nicht abgenommen?«, fragte Agnes erschrocken.

»Doch, das haben sie. Ich habe selten ein solches Geschmatze erlebt. Sie waren hingerissen vom würzigen Geschmack Eurer Lebkuchen …«

»Ja, und warum schaust du dann so sauertöpfisch drein? Hat Meister Burchard dir übel mitgespielt?«

Anselm schüttelte den Kopf. »Nein, er hat sich krankgemeldet, sich zuvor aber eindeutig dafür ausgesprochen, dass ich das Backhaus übernehme.«

Agnes wurde ungeduldig. »Ja, muss ich dir denn jedes Wort aus der Nase ziehen? Was ist geschehen? Nachdem du jetzt Meister bist und wir alle Zutaten beisammen haben, gibt es doch nur noch Grund zum Jubeln.«

»Ihr dürft die Lebkuchen nicht backen.«

»Was sagst du da?«, fragten Benedicta und Agnes erschrocken wie aus einem Mund.

Anselm stöhnte schwer. »Es gibt eine neue Verordnung der Zunft, die bei Strafe einzuhalten ist. Wir Schwarzbäcker dürfen kein Weißmehl mehr benutzen.«

»Aber, das ist doch nicht möglich! Das können sie doch nicht einfach so bestimmen.«

»Doch, sie können. So ist es den Weißbäckern nicht erlaubt, Roggenmehl zu nehmen. Auf diese Weise will man den ständigen Streitereien zwischen Weiß- und Schwarzbäckern Einhalt gebieten.«

Agnes standen die Tränen in den Augen. Benedicta warf einen traurigen Blick auf die Zutaten, die sie nun nicht mehr verarbeiten konnten, denn eines war sicher: Mit Roggenmehl ließen sich keine köstlichen Lebkuchen backen.

»Vielleicht könnte man Nüsse nehmen«, mischte Gieselbert sich plötzlich schüchtern ein.

Die Frauen sahen ihn zweifelnd an. »Mit Nüssen kann man doch nicht backen.« Abschätzig tat Agnes den Vorschlag ab.

»Nicht mit den ganzen Haselnüssen, sondern …«

»Das ist Unsinn!«, schimpfte Agnes.

»Lass ihn doch erst einmal ausreden! Wie kommst du auf Nüsse?«, fragte Benedicta voller Aufmerksamkeit.

»Meine Mutter wollte an einem Feiertag süßes Brot für uns backen, aber Vater hatte kein Weißmehl. Da behalf sie sich mit Nüssen. Sie zermahlte sie so lange, bis Mehl daraus wurde. Es war nicht ganz so fein wie Weißmehl, aber der Geschmack war vorzüglich.«

»Mehl aus Haselnüssen«, dachte Anselm laut.

Doch Benedicta klatschte freudig in die Hände. »Es hat dir keiner verboten, Nussmehl zu nehmen. Also lasst es uns versuchen! Gieselbert, eil du zum Obstmarkt und bring reichlich Haselnüsse mit!«

Seufzend griff Anselm in seinen Geldbeutel und reichte Gieselbert ein paar Pfennige.

»Wenn wir mit dem Nussmehl wirklich backen können, dann hast du dir eine Belohnung verdient«, versprach ihm Benedicta und befahl ihm, sich zu sputen.

Unterdessen berichtete Anselm in allen Einzelheiten von seiner Meisterprüfung. Die Herren seien schier begeistert gewesen, und der eine oder andere habe auch versucht, ihm das Lebkuchenrezept zu entlocken.

Anselm war seinerseits neugierig zu erfahren, woher die beiden Frauen die köstlichen Gewürze hatten, und Benedicta erzählte von ihrem Besuch im Haus des Gewürzhändlers. Der Bäcker zeigte sich genauso misstrauisch wie seine Frau. »Und du meinst wirklich, er schenkt dir das alles, nur um ein paar Lebkuchen dafür zu bekommen? Meinst du nicht, er führt etwas anderes im Schilde?«

»Was sollte er im Schilde führen?«

Darauf wusste auch Anselm keine Antwort. »Mir ist es einfach unheimlich, dass er dich so reich beschenkt.«

»Er weiß, wer sie ist«, klärte Agnes ihn nun auf.

»Und du bist sicher, dass du ihm trauen kannst?«

Benedicta nickte verträumt, denn während Anselm sich Sorgen um sie machte, war sie mit den Gedanken schon wieder zu Konstantin abgeschweift. Er hatte ein so ansteckendes Lachen und …

»Wirst du ihn heiraten?« Anselms Frage riss sie aus ihrer Schwärmerei.

»Heiraten?« Sie lief rot an. »Warum sollte ich ihn denn heiraten? Ich liebe ihn ja gar nicht. Und vor allem – warum in aller Welt sollte er eine Nonne heiraten, die mit seinem Bruder aus dem Kloster geflüchtet ist? Das brächte ihm doch nur Ärger ein. Im Hause von Ehrenreit könnte ich nicht so unerkannt leben wie bei euch.«

»Ich finde auch, dass du zu uns gehörst.« Mit diesen Worten beendete Anselm das Gespräch, das Benedicta mehr als unangenehm gewesen war.

Sie war froh, als Gieselbert mit einem Korb voller Haselnüsse zurückkehrte. Gemeinsam mit dem Lehrjungen machte sie sich daran, die Schalen zu knacken und die Nüsse zu zermahlen.

Agnes beschäftigte sich mit den Oblaten, während Anselm sich dem Tagwerk widmete. Einer musste schließlich die Roggenbrote backen.

»Ohne Weißmehl? Welch dumme Vorschrift!«, murrte er, während er dunkle Brote backte.

Die Nüsse ließen sich tatsächlich mahlen, nur wurden sie beim besten Willen nicht annähernd so fein wie Weißmehlstaub, sondern blieben winzige Stücke.

Benedicta war enttäuscht, aber sie wollte es dennoch versuchen. So verrührte sie die zerkleinerten Haselnüsse im Trog mit der erhitzten Masse aus Zucker und Honig, fügte die Gewürze hinzu und hob das Eiweiß darunter. Dann begann sie mit dem Kneten. Erst hatte sie Bedenken, weil sich alles so gar nicht zu einem Teig vermischen wollte, doch sie knetete beharrlich weiter und erhielt allmählich eine gleichmäßige, zähe Masse. Sie war längst nicht so weich und glatt, wie sie mit Weißmehl wurde, aber Benedicta war froh, dass überhaupt ein Teig entstand.

Schließlich steckte sie den Finger hinein und leckte ihn ab. »Himmlisch!«, jauchzte sie. »Es schmeckt himmlisch!« Sie ließ erst Agnes und dann den Lehrburschen davon kosten, aber auch Anselm ließ es sich nicht nehmen, von dem Teig zu probieren. Alle waren vollauf begeistert.

»Es schmeckt anders«, bemerkte Agnes, »aber wenn du mich fragst – noch viel besser.«

Schließlich verteilten sie die schwere Masse auf die Oblaten. Dies bereitete ihnen allerdings große Mühe. Immer wieder zerfloss der Berg, den sie auf der Oblate aufgetürmt hatten, nach allen Seiten. Mit vereinten Kräften schafften sie es schließlich, fünfzig Lebkuchen herzustellen, bei denen sich der kleine Teigkegel auf der Oblate hielt, ohne zu zerlaufen. Nun mussten sie diese nur noch über Nacht neben dem Ofen lagern.

»Ich platze zwar vor Neugier«, bemerkte Benedicta, »aber wenn wir die Lebkuchen gleich backen, fließt uns die schwere Masse vermutlich nach allen Seiten davon.«

Sie war ein wenig enttäuscht, dass die Oberflächen der Küchlein nicht so schön weich und glatt waren wie bei den klösterlichen Lebkuchen, sondern ihnen eher wie pockennarbige Gesichter vorkamen.

»Habt ihr Mandeln im Haus?«, fragte sie beiläufig.

Anselm rollte mit den Augen, zog wortlos ein paar Pfennige aus seinem Geldbeutel und reichte sie Gieselbert. Der begriff zunächst nicht, was er damit sollte.

»Junge, geh zum Obstmarkt und bring reichlich Mandeln mit! Und von dem Geld, das übrig bleibt, kaufst du dir einen Apfel oder etwas anderes, wonach es dich gelüstet. Du hast es dir verdient.« Benedicta lächelte dem Lehrjungen aufmunternd zu.

Anselm verkniff sich ein Murren und die Frage, was Benedicta nun auch noch mit Mandeln wollte.

Agnes schlug vor, nach getaner Arbeit ein Festessen zu veranstalten. Mit den köstlichen Gewürzen und dem Honig wollte sie eins der Hühner zubereiten, die im Hinterhof gehalten wurden. Schon beim Gedanken an das Festmahl leckte sich Anselm die Lippen und versprach, reichlich Wein fließen zu lassen.

Als er mit Benedicta allein war, setzte er ein feierliches Gesicht auf. »Benedicta, ich weiß gar nicht, wie ich mich erkenntlich zeigen soll. Du arbeitest ohne Unterlass. Du bist stets guter Stimmung. Dein Verhalten lässt so gar nicht darauf schließen, dass du eine Klosterschwester von hohem Stand bist. Wie kann ich dir nur jemals danken?«

Benedicta war gerührt ob dieser Worte. »Aber ich habe doch ein Zuhause gefunden. Das ist Dank genug. Ich darf in der Backstube stehen und ungestraft backen. Ich gehöre zu euch …«

»Aber du wirst eines Tages auch heiraten wollen und kannst doch keinen Zeidler zum Mann nehmen.«

»Warum nicht?«, fragte sie trotzig.

»Weil du deine Herkunft nicht ein Leben lang leugnen kannst und eines Tages zu Deinesgleichen zurückkehren musst. Ich wollte das vorhin nicht so deutlich vor Agnes sagen, aber es ist die Wahrheit.«

»Muss ich nicht!«, widersprach Benedicta schnippisch. »Außerdem kann ich gar nicht zurück, weil Benedicta von Altmühl eine entlaufene Nonne ist, die man in ein entlegenes Kloster sperren würde, wenn man ihrer habhaft würde. Aber man wird sie nicht bekommen, das schwöre ich dir.«

Anselm wollte etwas sagen, aber dann klappte er den Mund wieder zu. Sie schwiegen eine Weile, bis der frischgebackene Bäckermeister schüchtern sagte: »Und trotzdem möchte ich dir danken, und ich weiß auch schon wie.«

»Ich bin gespannt«, erwiderte Benedicta fröhlich. Sie war erleichtert, dass Anselm endlich Ruhe gab, denn warum sollte sie sich über eine mögliche Verheiratung Gedanken machen? Sie hatte doch ein Dach über dem Kopf und genug zu essen in diesem Haus. Und sie war frei.

»Wenn der Lebkuchen mit den Nüssen gelingt und wir ihn verkaufen, dann … also, ich möchte ihm einen Namen geben. Deinen Namen.«

»Soll er Brunhild heißen?«, kicherte sie.

»Nein, diese Lebkuchen sollen die *Benedicten* sein.«

»Ist das dein Ernst?« Sie lachte.

»Ja, mein heiliger Ernst, denn ohne Agnes und dich hätte ich das alles niemals geschafft.«

»Ja, dann nenn sie doch Agne… Agne…«

»Siehst du? Es klingt nicht. Du weißt, ich liebe sie, aber die Lebkuchen, die sind dein Werk.«

»Benedicten?«, wiederholte Benedicta. »Das hört sich gar nicht übel an. Ich hätte gern zwei von den Benedicten. Ach, Anselm, wenn es dir so wichtig ist, dann nenn sie so. Erst einmal müssen wir doch sowieso abwarten, ob sie in gebackenem Zustand auch so köstlich munden, wie es der Teig verspricht.«

»Davon bin ich fest überzeugt«, erwiderte Anselm feierlich.

Ich doch auch, dachte Benedicta und war froh, dass Gieselbert nun mit den Mandeln zurückkehrte. Sonst wäre sie womöglich vor lauter Rührung noch in Tränen ausgebrochen.

Mit Feuereifer machte sie sich daran, auf jeden Lebkuchen vier Mandeln zu drücken. Damit wollte sie ihr weltliches Werk dem Herrn dort oben widmen. Sie hatte ja niemals aufgehört, ihn anzurufen. So sollten ihre Benedicten zukünftig das Zeichen des Kreuzes tragen.

Schließlich rief Benedicta Anselm und den Lehrjungen herbei und fasste die beiden bei der Hand. Verschwörerisch verlangte sie von ihnen, das Rezept niemals preiszugeben. Anselm und Gieselbert versprachen feierlich, dass die Zubereitung der Benedicten ein Geheimnis bleiben solle.

41

Der Stand mit den Benedicten wurde bald zu einem der meistbesuchten auf dem Hauptmarkt. Jeden Tag herrschte ein solcher Andrang, dass Benedicta und ihre Gehilfen kaum mit dem Backen nachkamen. Sogar Agnes mit ihrem stetig wachsenden Bauch war nun Tag und Nacht in der Backstube beschäftigt. Anselm hatte die Herstellung von Roggenbrot mittlerweile gänzlich eingestellt.

Mit dem Erlös der Lebkuchen wurde Anselms Geldbeutel immer praller. Benedicta hatte den Zeidler bis auf den letzten Pfennig bezahlt und so viel Honig bei ihm bestellt, dass es bis zu seinem nächsten Besuch reichen würde.

Sie hatte inzwischen bereits ein Mal Nachschub an Gewürzen geholt. Zu ihrer großen Enttäuschung war Konstantin nicht zu Haus gewesen. Die Magd an der Tür hatte ihr einen Korb voller Gewürze gereicht – und ihr auf ausdrücklichen Befehl des jungen Herrn Artemis mitgegeben. Benedicta hatte ihre Neugier kaum zügeln können. »Wo ist denn Konstantin von Ehrenreit?«, hatte sie das Mädchen beiläufig gefragt. Die junge Magd hatte sich mit der Antwort geziert, doch dann hatte sie Benedicta erzählt, dass er auf der Burg seines Vaters nach dem Rechten schauen müsse.

»Ich hätte gern vier von den Benedicten«, verlangte nun eine junge Frau. Benedicta schreckte aus ihren Gedanken hoch. Als sie die Frau ansah, wurde ihr unwohl. Es war Alisa. Die Tochter des Fechtmeisters schien auch sie gleich wiederzuerkennen. Mit einem Blick auf Artemis, der zusammengerollt neben dem Verkaufsstand schlief, sagte sie lauernd: »Wie ich sehe, hat der Hund schon wieder den Besitzer gewechselt. War er nicht zwischenzeitlich wieder zu seinem Herrn zurückgekehrt?«

Benedicta wollte schon erwidern, dass sie die Hündin nur bei sich habe, solange Konstantin auf der Burg Ehrenreit weile, doch sie konnte gerade noch innehalten. Alisa hätte mit Sicherheit nicht verstanden, wieso ein adliger Herr ausgerechnet dem Bäckermädchen seinen Hund überließ.

»Er ist mir schon wieder zugelaufen, und ich weiß nicht, wo sein Herr wohnt. Aber das Hündchen wird sich sicher bald wieder aufmachen und allein nach Hause zurücklaufen.«

Hastig packte sie Alisa die vier Lebkuchen in den Korb und nannte den Preis. Sie war wenig erpicht auf ein längeres Gespräch, doch die Tochter des Fechtmeisters hatte offenbar keine Eile.

»Warum erzählst du mir nicht, dass du ihn getroffen hast, nachdem du bei uns an der Tür warst?«

Benedicta fühlte sich in die Enge getrieben. Sie zuckte

mit den Achseln. Woher sollte Alisa von ihrer Begegnung wissen? Konstantin hatte bestimmt nichts von ihr erzählt. So dumm war er sicher nicht!

»Er besuchte uns an dem Tag, als du vor unserer Tür standest, kurz darauf in Begleitung des Hundes. Also müsst ihr euch getroffen haben. Oder rennt der Hund gar ständig zwischen euch beiden hin und her? Ein merkwürdiges Tier!«

»Ich erinnere mich nicht mehr«, versuchte Benedicta sich herauszureden.

»Du erinnerst dich aber bestimmt noch an deinen Besuch bei uns. Vor allem daran, dass ich mir große Sorgen um meinen Verlobten machte, nicht wahr?«

Wieder zuckte Benedicta mit den Achseln. Ihr wurde heiß. Warum ging die Frau nicht endlich? Benedicta fühlte Alisas durchdringenden Blick auf ihrem Gesicht brennen.

»Man sieht ja noch gar nichts«, bemerkte die Tochter des Fechtmeisters nun spitz und musterte Benedictas Bauch. Benedicta sah Alisa fragend an. Als ihr einfiel, worauf die junge Frau anspielte, nämlich auf ihre Ohnmacht und die vorgeschobene Schwangerschaft, war es zu spät.

»Wer bist du und was hast du mit meinem Verlobten zu schaffen?« Alisa durchbohrte Benedicta förmlich mit ihrem Blick.

»Ich bin Brunhild und verkaufe auf dem Markt diese Lebkuchen, und alles Weitere geht dich nichts an«, erwiderte Benedicta schnippisch.

»Wie du willst. Dann werde ich eben selbst herausbekommen, wer du wirklich bist und warum du in Ohnmacht fielst, als du erfuhrst, dass ich Julians Braut bin. Doch falls es dich interessiert, ich werde auf ihn warten. Und wenn er noch so weit fort ist und dort Unterricht gibt. Auch wenn sein Bruder hundertmal behauptet, Julian werde nie wieder nach Nürnberg zurückkehren und ich sei frei, ich werde auf ihn warten …«

»Sein Bruder behauptet, er sei weit fort und werde nicht

mehr nach Nürnberg zurückkehren?« Vor lauter Empörung vergaß Benedicta jegliche Vorsicht. Da ließ Konstantin die arme Frau auf Julians Rückkehr hoffen, obwohl der gar nicht mehr am Leben war? Warum hatte er ihr nicht die Wahrheit gesagt? Welch verlogener Bursche!

»Tu nicht so empört! Du kennst Julian besser, als du vorgibst. Ich vermute, er hat dir schöne Augen gemacht, hier auf dem Markt. Aber deshalb brauchst du dir nicht einzubilden, dass du ihm etwas bedeutest. Was du auch immer im Schilde führst und wer du auch immer bist, Julian ist mein Bräutigam. Und das wird er bleiben, solange ich lebe. Aber lieber wäre es mir, er würde mein Mann. Im Übrigen vermute ich, dass du ein Geheimnis hast, von dem du nicht möchtest, dass es jemand erfährt. Aber ich werde herausbekommen, warum du dich wie ein Fräulein von höherem Stand gebärdest.«

Grußlos wandte sich Alisa um und rauschte von dannen. Vor lauter Wut hatte sie sogar ihren Korb mit den Lebkuchen auf dem Tisch stehen gelassen. Nachdenklich blieb Benedicta zurück. Ihr war nicht wohl bei dem Gedanken, dass die Tochter des Fechtmeisters womöglich versuchte, etwas über sie herauszufinden. Sie musste sie besänftigen, aber wie? Da sah sie sie bereits mit zornigem Gesicht zum Stand zurückkehren. Fieberhaft dachte Benedicta nach. Sie musste Alisa eine Geschichte erzählen und ihr damit die Lust zum Herumschnüffeln nehmen.

»Meine Lebkuchen!«, keifte Alisa. »Ich habe meine Lebkuchen vergessen.«

»Hast du einen Augenblick Zeit für mich?«, flötete Benedicta und bat Gieselbert, den Stand für einen Augenblick allein zu betreiben. Alisa folgte ihr bis in den Schatten einer Baustelle inmitten des Platzes. Dort wurde ein Brunnen errichtet.

»Hör zu! Ich sage dir jetzt die Wahrheit, wenn du versprichst, niemandem auch nur ein Sterbenswörtchen zu verraten. Ich war Magd auf Burg Ehrenreit. Dort habe ich die Sprache der Herrschaften gelernt. Und dort habe ich mich in den jungen Herrn Konstantin verliebt. Nicht in deinen Julian. Konstantin hat mich, um mich in seiner Nähe zu wissen, mit in die Stadt genommen und bei einem Bäcker untergebracht, aber nun ist er meiner überdrüssig. Da bin ich an jenem Tag zum Haus seines Onkels gegangen, aber der feine junge Herr hat sich verleugnen lassen. So dachte ich jedenfalls, doch schließlich hat mir die Magd verraten, wo ich ihn finden könne. Sie hatte wohl Mitleid mit mir. Der junge Herr sei auf dem Weg zum Fechtmeister Arnold. Ich wollte ihn bei Euch abfangen, deshalb die ganze Geschichte mit dem Hund. Ich muss dir sicher sehr merkwürdig vorgekommen sein, aber nun kennst du den Grund.«

Benedicta hielt erschöpft inne. Sie fühlte sich nicht ganz wohl in ihrer Haut, aber sie hoffte, Alisa werde ihr diese Geschichte abnehmen.

Die Tochter des Fechtmeisters blickte sie allerdings zweifelnd an, so als wolle sie sagen: Ich glaube dir kein Wort. Dann füllten sich ihre Augen von einem Augenblick zum nächsten mit Tränen. »Ich liebe ihn so und werde sterben, wenn er nicht zurückkehrt.«

Benedicta lief es eiskalt den Rücken hinunter. Es konnte doch nicht rechtens sein, dass diese schöne junge Frau ihr Leben lang auf die Rückkehr eines Toten wartete. Sie hatte doch noch ihr ganzes Leben vor sich.

Ohne noch einmal darüber nachzudenken, sagte Benedicta hastig: »Konstantin hat dich belogen. Julian von Ehrenreit ist tot.«

»Nein!«, schrie Alisa verzweifelt und immer wieder: »Nein!«

»Er hat es mir selbst gesagt. Und es ist nicht richtig, dass er dich im Glauben lässt, Julian käme je zurück. Komm, ich bringe dich nach Hause«, bot Benedicta an und nahm Alisa am Arm. Die aber wehrte sich und schrie: »Du bist eine Lügnerin!«

Benedicta hingegen bebte vor Zorn auf Konstantin. Warum hatte er Alisa nicht die Wahrheit gesagt? Hatte er sich vor ihrem Kummer gefürchtet? Hatte er es sich lieber einfach gemacht? Stattdessen bekam sie alles ab, was dem Boten schlechter Nachrichten gebührte.

»Ich sage die Wahrheit. Leider«, erklärte Benedicta und stützte die schluchzende Alisa. Jetzt ließ sie es zu, dass Benedicta sie anfasste. Endlich schien sie zu begreifen, dass dies die Wahrheit war.

»Komm, ich begleite dich nach Hause.«

Widerstandslos ließ sich Alisa von Benedicta zum Hause ihres Vaters führen. Da dieser auf dem Fechtboden weilte, brachte Benedicta die junge Frau sogar bis zu ihrer Kammer. Dort half sie ihr, sich auf das Bett zu legen.

»Ich will nicht ohne ihn leben«, wimmerte Alisa, während Benedicta ihr liebevoll über das blonde Haar strich. Beim Anblick dieser ehrlichen Verzweiflung bekam sie ein schlechtes Gewissen. Sie selber hatte zwar auch geweint, als sie vom Tod des jungen Fechtmeisters erfahren hatte, aber sie hatte nicht annähernd so gelitten. Sie schämte sich zutiefst bei der Erinnerung daran, dass sie sich nur wenig später schon nach einer Umarmung seines Bruders gesehnt hatte.

»Ich weiß, es tut weh, aber es ist doch besser, du kennst jetzt die Wahrheit und wirfst dein Leben nicht weg für eine Hoffnung. Nun wirst du eines Tages einen anderen zum Mann …«

»Niemals werde ich einen anderen heiraten!«, schluchzte Alisa.

»Du bist jung und schön. Lass ein wenig Zeit vergehen …«

Erst als Alisa eingeschlafen war, traute sich Benedicta, die Kammer zu verlassen.

42

Benedicta eilte zum Markt zurück, aber der Stand war leer. Wie immer gegen Mittag, wenn sie alle Lebkuchen verkauft hatten. Wir müssen noch mehr arbeiten, dachte sie, damit wir auch am Nachmittag noch etwas einnehmen.

»Die Geschäfte laufen ja prächtig bei unserem frischgebackenen Meister!«, ertönte da die unverkennbare Stimme Meister Burchards leutselig.

»Ja, wir können nicht klagen«, erwiderte Benedicta.

»Dann magst du mir sicher auch verraten, nach welchem Rezept ihr diese Lebkuchen zubereitet.«

Benedicta lächelte über so viel Dreistigkeit. »Das Rezept bleibt unser Geheimnis.«

Meister Burchards Gesicht verfinsterte sich. »So einfach ist das nicht, liebe Brunhild. Man hat mich nämlich seitens der Zunft beauftragt, herausfinden, ob ihr nicht doch heimlich Weißmehl hineinmischt. Und wenn du mir das Rezept nicht freiwillig gibst, muss ich euch auf die Finger schauen. Morgen früh bin ich in eurer Backstube.«

Anselm war nicht erfreut, als er wenig später von dem bevorstehenden Besuch seines Feindes hörte, doch Benedicta war der Meinung, man solle ihm das Geheimnis der Haselnüsse ruhig verraten, aber die Gewürze verschwinden lassen. Gesagt, getan, sie arbeiteten fieberhaft daran, genügend Benedicten auf Vorrat herzustellen und diese auf dem Dachboden zu lagern, damit Meister Burchart sie auf keinen Fall in der Küche fände. Für den nächsten Morgen stellten sie alles bereit. Bis auf die Gewürze und den Zucker.

Meister Burchard stand bereits beim Schlag der sechsten Stunde in der Backstube, und Benedicta weihte ihn mit verschwörerischer Stimme in das Geheimnis des Nussteiges ein.

Meister Burchard wollte unbedingt gleich das Ergebnis sehen, aber Benedicta gab ihm den geheimen Ratschlag, der Teig müsse nun bis zum Abend ruhen. Dreimal ließ

Meister Burchard sich das Rezept erklären, bis er mit der Versicherung, es sei alles in Ordnung, und er werde dies sogleich der Zunft melden, über die Gasse heimwärts eilte.

Anselm, Agnes, Gieselbert und Benedicta hielten sich die Bäuche vor Lachen bei der Vorstellung, wie Meister Burchard nun alles daransetzen würde, die Lebkuchen nachzubacken.

Zwei Tage später war es so weit. Stolz bot Meister Burchard an einem Marktstand seine *Benedicten* feil. Sogar den Namen für die Lebkuchen hatte er gestohlen.

Voller Spannung erwarteten Benedicta und Anselm die ersten Beschwerden, nachdem die Lebkuchen reißenden Absatz gefunden hatten. Es dauerte auch nicht lange. Dann war es so weit. Bald war der Stand von einer schimpfenden Menschenmenge umlagert.

Mit hochrotem Kopf stürzte Meister Burchard zum Stand seiner Widersacher. »Das werdet ihr mir büßen! Das melde ich der Zunft!«

Benedicta lachte. »Die Zunft hat dich nicht beauftragt, unser Rezept nachzuahmen.«

»Und mit deinen Drohungen sei schön vorsichtig!«, ergänzte Anselm. »Hast du schon vergessen, was wir alles über dich berichten könnten?«

Fluchend zog der Weißbäcker ab, und an diesem Tag verkauften sie noch mehr als sonst. Anselm war dermaßen glücklich, dass er Agnes sogar vorschlug, für Benedicta und sie selbst neue Kleider zu nähen. Bei dem Geld für das Tuch zeigte er sich erstaunlich großzügig.

Umso erschrockener war er, als am nächsten Tag einige Herren der Zunft unangekündigt das Bäckerhaus aufsuchten. Sie hatten feierliche Mienen aufgesetzt, und Anselm befürchtete das Schlimmste.

»Was können sie uns schon anhaben?«, versuchte ihn Benedicta zu trösten, aber Anselm blieb angespannt, als er die Herren in die Backstube führte.

Benedicta bat er nicht mit hinein, und sie kannte auch

den Grund dafür. Als wen sollte er sie vorstellen? Doch wohl kaum als seine Frau. Und nachdem sie dies nicht war und auch das Bäckerhandwerk nicht erlernt hatte, hatte sie in der Backstube nichts verloren.

Ungeduldig wartete sie in der Diele. Je länger die Männer hinter verschlossener Tür miteinander sprachen, desto aufgeregter wurde sie. Was, wenn der Zunft nun einfiel, das Backen mit Nüssen zu verbieten?

Schließlich lauschte Benedicta an der Tür, aber sie konnte nichts verstehen. Im letzten Augenblick gelang es ihr, beiseite zu springen, als die Tür aufgerissen wurde. Es war Anselm, der ihr sichtlich vergnügt zuzwinkerte. Vor Neugier wäre Benedicta fast geplatzt.

Nun verließen auch die Besucher die Backstube und verabschiedeten sich überschwänglich von dem jungen Bäckermeister.

»Was wollten sie von dir?«, fragte sie atemlos, nachdem der letzte der Zunftmitglieder das Haus verlassen hatte.

»Sie haben mich zum Lebküchner gemacht«, erwiderte er stolz.

»Was bedeutet das?«

»Das bedeutet, dass ich in Zukunft nur noch Benedicten herstellen darf. Das Backen von Roggenbrot ist mir nunmehr verboten.«

»Das heißt, sie haben nichts an unseren Lebkuchen auszusetzen?«

»Im Gegenteil, sie sind so begeistert von dem köstlichen Gebäck, dass sie mich zum ersten Lebküchnermeister der Stadt ernannt haben.« Anselm strahlte, doch dann wurde er ganz ernst. »Dabei steht es mir gar nicht zu, sondern dir. Dich sollten sie zur ersten Lebküchnerin Nürnbergs machen.«

Benedicta lachte. »Deine Zunft ist streng. Sie würden niemals eine Frau zur Meisterin eines Handwerks machen, das sie nicht erlernt hat. Und kennst du eine einzige Frau, die das Bäckerhandwerk erlernt hat?«

»Dann kannst du doch als erste Frau bei mir in die Lehre gehen …«

»Genau, lieber Anselm, und danach gehe ich auf Wanderschaft wie ein Geselle. Nein. Es soll alles bleiben, wie es ist. Aber du darfst mich gern unter uns eine Lebküchnerin nennen. Ach, das ist eine gute Nachricht!«

Benedicta fiel Anselm vor Begeisterung um den Hals und jauchzte. »Und nun versuch bloß, Gieselbert nach seiner Lehrzeit zu behalten. Sag, er sei dir wie ein Sohn, und es sei wichtig, wenn er bei dir bliebe und nicht auf Wanderschaft ginge. Und du stellst einen neuen Lehrburschen ein.«

Anselm wirbelte sie ein paarmal herum, bis Agnes hinzutrat und mit gespielter Strenge fragte: »Was gibt es denn hier zu feiern?«

»Dein Anselm ist just der erste Lebkuchenmeister der Stadt geworden. Und er darf nie mehr Roggenbrote backen, sondern nur noch Lebkuchen.«

Agnes hüpfte vor lauter Freude auf einem Bein, und die drei tanzten schließlich ausgelassen durch die Diele.

43

Die Gewürze gingen wieder einmal zur Neige, und Benedicta sah der Frage nach Nachschub mit gemischten Gefühlen entgegen. Natürlich hoffte sie, dass Konstantin wieder von der Burg zurück war, denn wer sonst würde ihr einen Korb packen?

Und doch fürchtete sie diese Begegnung. Sie konnte ihm nicht verzeihen, dass er die Tochter des Fechtmeisters aus lauter Furcht vor deren Gefühlen so gemein belogen hatte.

Auch der Gedanke, dass sie ihm nun Artemis zurückgeben musste, versetzte ihr einen Stich. Die treue Hündin war ihre ständige Begleiterin, und nur an Anselms erbittertem Widerstand war es gescheitert, dass sie bei Benedicta in der Kammer schlafen durfte.

Doch sobald Benedicta am frühen Morgen die Stiege

hinunterstieg, wartete Artemis schon schwanzwedelnd in der Diele. Wie auch an diesem Tag.

Benedicta streichelte sie wie immer ausgiebig, gab ihr einen Kanten Brot und schickte sie in die Gasse hinaus, damit sie sich erleichtern konnte. Als sie die Tür schließen wollte, sah sie aus dem Augenwinkel drüben im Eingang des Bäckerhauses Lukarde stehen und herüberschielen. Benedicta dachte sich nichts dabei, denn das war sie bereits gewohnt. Lukarde glühte immer noch vor Zorn, obwohl nun für jedermann sichtbar war, dass Agnes bald niederkommen würde.

Seufzend zog Benedicta die Tür hinter sich zu und ging geradewegs in die Backstube. Anselm, Gieselbert und der neue Lehrjunge Egloff waren bereits bei der Arbeit. Es duftet köstlich nach frisch gebackenen Lebkuchen. Benedicta betrachtete die fertigen Gebäckstücke mit strengem Blick. Das tat sie jeden Morgen. Keine Benedicte verließ das Bäckerhaus, bevor Benedicta sich nicht davon überzeugt hatte, dass die Mandeln in Kreuzform in den Teig gesteckt worden waren. Appetitlich lagen sie da. Benedicta nahm sich einen von ihnen und biss herzhaft hinein. Sie konnte sich jedes Mal wieder an dem würzigen Geschmack erfreuen. Ein paarmal hatte sie die Gewürzmischungen abgewandelt. Und sie würde so lange etwas daran verändern, bis sie vollauf zufrieden war.

»Also nie«, pflegte Agnes dann immer zu sagen, die inzwischen nicht mehr mit ihnen Lebkuchen backte. Es hatte Benedicta allerdings viel Überredung gekostet, die Freundin aus der erhitzten, engen Backstube fernzuhalten, jetzt, kurz bevor das Kind kam.

Nachdem sich Benedicta die fertigen Lebkuchen angesehen hatte, verstaute sie die Holzgefäße für die Gewürze im Korb. Sie hatte den Besuch im Hause Ehrenreit bereits einige Tage hinausgezögert. Nun duldete er keinen Aufschub mehr. Seufzend packte Benedicta alles zusammen und machte sich zum Gehen bereit.

»Du siehst sehr hübsch aus«, raunte ihr Gieselbert zu.

»Fast zu hübsch, um Gewürze zu kaufen«, bemerkte Anselm spöttisch.

Benedicta überhörte diese Bemerkungen und machte sich auf. Wie immer rief sie vor der Tür des Bäckerhauses nach Artemis, doch sie kam nicht. Benedicta rief noch einmal lauter. Nichts geschah. Und abermals rief Benedicta nach der Hündin, doch stattdessen trat Lukarde auf sie zu.

»Suchst du deinen Hund? Ich habe ihn gerade um die Ecke laufen sehen. Die Torgasse hinunter in Richtung Sankt Sebaldus.«

»Danke«, sagte Benedicta artig und verschwendete keinen Gedanken darauf, warum Lukarde plötzlich so freundlich war, sondern rannte die Torgasse hinunter und bog um die Ecke.

Als sie sah, was dort im Unrat der Gasse lag, lief ihr ein Schauer des Entsetzens über den ganzen Körper. Neben dem Kadaver eines Schweins lag Artemis und wand sich in Krämpfen. Benedicta kauerte nieder und zog das Tier auf den Schoß, damit es sich beruhigte. Aber die Hündin wand sich heftig und glitt wieder zu Boden. Sie jaulte jämmerlich und streckte die Beine von sich. Ein Bein nach dem anderen. Hilflos und steif lag sie schließlich im Schmutz neben einem toten Schwein. Die sterbende Hündin bedachte Benedicta mit einem Blick, als wolle sie sagen: Du kannst mir nicht mehr helfen. Dann brachen ihre Augen, und Benedicta warf sich schreiend über das tote Tier. Sofort versammelten sich Schaulustige ringsum.

»Ein Köter weniger!«, krächzte einer.

»Steh auf, du dummes Weib!«, schrie ein anderer, und sie fühlte sich grob auf die Füße gezerrt.

»Er ist an einem Brotkanten erstickt«, bemerkte ein Dritter, während er auf ein angebissenes Stück Brot deutete, das vor der Schnauze des toten Hundes lag.

Benedicta aber sah und hörte alles nur wie durch einen

Nebel, bevor sie aufstand und den Ort des Schreckens hinter sich ließ. Wie betäubt wankte sie durch die Gassen. So konnte sie Konstantin nicht unter die Augen treten. Und vor allem – wie sollte sie ihm erklären, wo sein Hund geblieben war? Tränenblind steuerte sie auf das Haus von Fechtmeister Arnold zu.

Sie war erleichtert, als Alisa ihr öffnete. Schluchzend berichtete sie, was geschehen war. Schließlich bat sie die Tochter des Fechtmeisters inständig, die Gewürze für sie zu holen und Konstantin von Artemis' traurigem Ende zu berichten.

Tröstend legte Alisa Benedicta den Arm um die Schultern. »Natürlich helfe ich dir, so wie du mir geholfen hast«, versicherte sie der aufgelösten, von Schmutz bedeckten Benedicta und ergriff den Korb.

»Ich hole die Gewürze morgen bei dir ab«, schluchzte Benedicta und drückte Alisa einen Lederbeutel voller Geldstücke in die Hand. »Das ist eine Anzahlung für die Gewürze.«

Alisa blieb, nachdem sich Benedicta tränenreich von ihr verabschiedet hatte, noch eine ganze Weile im Türrahmen stehen und sah der Besucherin hinterher. Sie konnte sich nicht helfen, aber sie wurde das Gefühl nicht los, dass diese Frau ihr immer noch nicht die ganze Wahrheit gesagt hatte. Trotzdem zögerte sie nicht, umgehend Konstantin von Ehrenreit aufzusuchen. Allerdings nicht ohne Hintergedanken. Bei der Gelegenheit wollte sie ihn endlich fragen, wie Julian zu Tode gekommen war.

44

Ein gellender Schrei kündigte die baldige Geburt des Kindes an.

Wie der Wind eilte Benedicta an Agnes' Seite. Schweißnass lag die Freundin auf dem Laken. Benedicta versicherte ihr, sie werde nach der Hebamme laufen, aber Agnes klammerte sich an sie.

»Bitte schick Anselm und bleib du bei mir. Ich habe solche Angst. Der Mühlstein in meinem Bauch.«

»Ach, Agnes, das ist das Kind, das auf deinen Bauch drückt!«

Nun kamen auch Anselm und Gieselbert aus der Backstube gelaufen. Benedicta bat den Jungen, die Hebamme zu holen.

Alle paar Minuten schrie Agnes nun auf. Anselm war so bleich geworden, dass Benedicta ihn in die Backstube zurückschickte. Sie hielt der Freundin die Hand und wischte ihr den Schweiß von der Stirn, bis die Hebamme kam. Diese hieß Benedicta feuchte Tücher holen, was sie auch unermüdlich tat.

So lange, bis das kräftige Schreien eines Säuglings zu hören war. Erschöpft, aber mit einem Lächeln auf den Lippen lag Agnes da. Im Arm hielt sie ein hässliches Bündel Mensch. Benedicta erschrak. Sie hatte noch nie zuvor ein Neugeborenes gesehen und war nicht sicher, ob alle so faltig und unansehnlich waren oder nur dieses eine.

»Ist er nicht hübsch?«, fragte Agnes verzückt.

Benedicta nickte eifrig.

»Du darfst ihn auch auf den Arm nehmen«, bot ihr die Freundin an.

»O ja«, erwiderte Benedicta nicht gerade begeistert. Sie hatte Sorge, das Neugeborene falsch anzufassen oder gar fallen zu lassen.

Da fiel ihr siedend heiß ein, dass sie noch die Gewürze bei Alisa abholen musste. Der Vorrat an Lebkuchen reichte gerade einmal für den morgigen Verkauf, aber dann würde ihr Stand leer bleiben.

»Später nehme ich ihn auf den Arm, aber nun hole ich dir Anselm, denn ich muss nach den Gewürzen eilen«, erklärte Benedicta hastig und verließ das Zimmer der Wöchnerin.

Anselm wartete bereits ungeduldig unten in der Diele. Vor Aufregung trat er in schnellem Wechsel von einem Bein auf das andere.

»Was ist es?«, fragte er heiser.

»Ein Junge.«

Anselm strahlte. »Ein Bäckermeister!«

»Dann lauf zu deiner Frau und deinem Bäckermeister und bleib bei ihnen, bis ich zurück bin.«

»Du willst mich doch nicht allein lassen mit dem Kind und …« Es klang ängstlich.

»Wenn du Hilfe brauchst, Gieselbert ist auch noch da, und der hat mindestens drei kleine Geschwister. Ich muss die Gewürze holen. Sonst können wir morgen früh nicht weiterbacken. Aber das ist schnell erledigt. Ich bin bald zurück und kümmere mich um Agnes«, erklärte sie lächelnd.

Anselm seufzte. »Ach, Benedicta, man sagt doch, manche Schwestern aus Kloster Engelthal seien wirkliche Engel. Du bist jedenfalls einer von ihnen! Das werde ich schwören, wenn ich vor dem Jüngsten Gericht stehe. Du bist ein Engel!« Und er küsste sie überschwänglich auf die Wange.

»Und wie sieht er aus, mein Sohn?«

»Ein wunderschönes Kind«, erwiderte Benedicta, bevor sie in ihre Kammer eilte, um sich für den Ausgang ein wenig herzurichten.

Als sie gerade an der Torgasse um die Ecke biegen wollte, hielt sie unvermittelt inne. Was, wenn Artemis immer noch im Unrat der Gasse lag? Mit klopfendem Herzen setzte sie einen Fuß vor den anderen. Dann atmete sie erleichtert auf. Artemis war verschwunden, aber das tote Schwein lag immer noch dort. Ungeziefer hatte von dem Kadaver Besitz ergriffen. Und auch auf einem weißen Stück Brot krabbelte es. Das war seltsam, denn dieses Brot war so teuer, dass es man es üblicherweise nicht in den Gassen fand.

Angewidert hob Benedicta es auf, schüttelte das Getier fort und roch daran. Sie wollte das Brot wieder in die Gasse werfen, nachdem sie nichts Auffälliges feststellen konnte. Doch dann überlegte sie es sich anders, vergewisserte sich, dass nichts Lebendiges mehr daran haftete, und steckte es in den Geldbeutel, den sie am Gürtel ihres Kleides befestigt hatte.

Je näher sie dem Haus des Fechtmeisters Arnold kam, desto größer wurden ihre Zweifel, ob es wirklich richtig gewesen war, Alisa zu Konstantin zu schicken. Ich werfe ihm Feigheit vor, weil er Alisa belogen hat, besitze aber selbst nicht den Mut, ihm Auge in Auge von Artemis' Tod zu erzählen, dachte sie beschämt.

Benedicta stieß einen tiefen Seufzer aus, während sie an Meister Arnolds Tür läutete. Alisa öffnete ihr und schien gar nicht erfreut bei ihrem Anblick.

»Hast du die Gewürze bekommen?«, fragte Benedicta aufgeregt. Sie ahnte, dass etwas geschehen war.

Alisa schüttelte den Kopf.

»Warst du denn nicht bei ihm?«

»Doch, ich habe ihn gleich aufgesucht. Und er hat den Tod seines Hundes zunächst recht gefasst aufgenommen. Nur als ich ihn bat, mir zu erzählen, wie Julian gestorben ist, da wurde er plötzlich so merkwürdig. Er fragte, woher ich das wisse. Als ich deinen Namen erwähnte, wurde er wütend und bat mich, dir auszurichten, du mögest selbst zu ihm kommen, um die Gewürze zu holen, und zwar heute noch.«

Fassungslos starrte Benedicta Alisa an. »Ich soll heute zu ihm kommen?«

Alisa atmete schwer. »Ja, er hat sogar gedroht, dass er dir, wenn du heute nicht kommst, gar keine Gewürze mehr gibt.«

»Das hat er gesagt?« Wütend ballte Benedicta die Fäuste. »Wäre ich nicht gezwungen, ihn aufzusuchen, ich dächte nicht daran, seiner Anordnung Folge zu leisten. Was bildet er sich eigentlich ein, so mit mir zu sprechen, nachdem er doch weiß, wer …« Erschrocken schlug sich Benedicta die Hand vor den Mund.

»Sprich nur weiter! Ich habe dir die Geschichte mit der

armen Magd ohnehin nicht abgenommen. Ich muss doch nur deine feinen Hände und deine makellosen Zähne ansehen, um zu erkennen, dass du keine Magd bist. Und der junge Herr gehört gewiss nicht zu denen, die sich zu ihrem Vergnügen eine Magd mit in die Stadt nehmen und sie dann verstoßen.«

»Bitte, Alisa, schweig!«, bat Benedicta, während sie gegen die Tränen ankämpfte. »Glaub mir, ich würde dir gern die Wahrheit sagen, aber ich kann nicht. Du musst mir vertrauen. Ich mag dich, und ich will dir nicht weh …«

»Würde mir die Wahrheit denn wehtun?«

»Nein, das meinte ich nicht, ich wollte sagen …«, stammelte Benedicta, bevor sie stockte und Alisa flehentlich ansah. »Bitte, dring nicht weiter in mich, und sprich mit keinem Menschen darüber. Ich befinde mich in großer Gefahr.«

»Merkwürdig«, sagte Alisa leise, »aber das glaube ich dir sogar. Keine Sorge, ich werde nichts tun, was dir schaden könnte, aber nun geh zu Konstantin. Was auch immer zwischen euch vorgefallen ist, er ist ein guter Mann.«

Benedicta dankte Alisa überschwänglich und machte sich entschlossen auf den Weg zum Haus des Gewürzhändlers Berthold von Ehrenreit.

45

Als Benedicta vor der Tür des prächtigen Hauses mit den Türmchen ankam, war sie plötzlich ganz ruhig. Sie war bereit, Konstantin zu verzeihen, dass er Alisa belogen hatte. Im Gegenzug dazu sollte er ihr verzeihen, dass sie zu feige gewesen war, ihm selbst von Artemis' plötzlichem Ende zu berichten. Woran sie wohl verendet ist?, fragte sie sich in diesem Augenblick zum ersten Mal. In ihrer Trauer um das Tier hatte sie noch nicht darüber nachgedacht. War die Hündin schon so alt gewesen? Allein bei dem Gedanken an Artemis bekam sie feuchte Augen.

Benedicta erwartete, dass ihr die Magd öffnete, aber unvermittelt stand Konstantin vor ihr, groß, gut aussehend und mit grimmigem Blick.

Statt sie zu begrüßen, zog er sie grob in die Diele des Hauses. »Was fällt Euch ein, der armen Alisa zu erzählen, dass mein Bruder tot ist?«, schnauzte er sie an.

Benedicta brauchte einen Augenblick, um die Fassung zurückzugewinnen, aber dann fauchte sie zurück. »Ihr habt die gute Frau doch belogen und sie im irrigen Glauben gelassen, dass Julian vielleicht doch eines Tages zurückkommt. Sie hätte womöglich ein Leben lang vergeblich darauf gehofft. Wart Ihr zu feige, ihr die Wahrheit zu sagen?«

»Ich habe ihr die Wahrheit gesagt«, entgegnete Konstantin mit eiskalter Stimme.

»Was soll das heißen?«, fuhr Benedicta ihn an.

»Dass er fortgegangen ist und niemals wiederkommen wird, aber sich bester Gesundheit erfreut. Wie kommt es eigentlich, dass Ihr niemals gefragt habt, wie er gestorben ist? Ob in meinen Armen oder auf dem Weg zur Burg? Alisa wollte es genau wissen.«

Benedicta wurde puterrot und funkelte Konstantin zornig an. »Und warum habt Ihr mich belogen?«

»Weil mein Bruder es mir so aufgetragen hat. Alisa sollte ich aus dem Eheversprechen entlassen, und Euch sollte ich sagen, er sei tot. Wahrscheinlich glaubte er, Ihr kämt nur auf diese Weise über den Verlust hinweg. Jetzt bin ich es leid, alle zu belügen. Aber wegen Eurer Schwatzhaftigkeit kann ich der armen Alisa nun nicht einmal mehr die Wahrheit sagen, weil ich ihr dann von Euch berichten müsste. Und davon, was Euch mit Alisas Verlobtem verbindet. Und das will ich ihr nicht antun. Sie würde darunter leiden. Im Gegensatz zu Euch, die es völlig kalt zu lassen scheint, dass mein Bruder noch lebt. Genauso wenig, wie Euch die Nachricht von seinem Tod berührte.«

»Es geht Euch gar nichts an, was ich fühle. Aber was Alisa betrifft – für sie ist es besser so. Wenn Julian ohnehin nicht zurückkehrt, ist es weniger schmerzhaft, wenn sie ihn für tot hält. Dann wird sie schließlich einen anderen heiraten!«, schrie Benedicta und merkte nicht einmal, wie laut sie geworden war.

Erst als Konstantins Onkel dazwischenfuhr und mit donnernder Stimme fragte: »Was geht hier vor?«, schlug sie sich erschrocken die Hand vor den Mund.

»Nichts, Onkel, wir können uns über den Preis nicht einigen. Die Magd und ich.«

Bertholds Antwort war ein höhnisches Lachen. »Mein lieber Junge, ich bin zwar alt, aber nicht dumm. Ich weiß nicht, was hier vorgeht, aber bring es in Ordnung!«

Berthold von Ehrenreit musterte Benedicta abschätzig von Kopf bis Fuß, bevor er an ihr vorbei das Haus verließ.

»Habt Ihr mich herbestellt, um mir dies zu sagen? Um mich mit Vorwürfen zu überschütten, dass ich Alisa helfen wollte? Wie sollte ich denn ahnen, wer hier wen belügt?«, flüsterte sie wütend, kaum dass die Tür sich hinter dem Onkel geschlossen hatte.

»Nein, deshalb nicht«, erwiderte Konstantin tonlos.

Täuschte sich Benedicta, oder wurden seine Augen feucht?

»Ich möchte von Euch wissen, wie Artemis gestorben ist.«

Kaum erwähnte Konstantin die Hündin, da flossen Benedicta dicke Tränen über das Gesicht. Sie hatte noch krampfhaft versucht, sie zurückzuhalten, aber es war zu spät. Ein verzweifelter Schluchzer entrang sich ihrer Kehle.

»Ich weiß es nicht. Ich ließ sie hinaus in die Gasse wie jeden Morgen, aber sie kehrte nicht zurück. Und dann fand ich sie zuckend im Unrat liegen. Ich habe auf sie eingeredet, sie gestreichelt, doch ihre Beine verkrampften sich, und dann war sie tot. Es tut mir so leid, aber ich konnte doch nicht ahnen, dass sie schon so alt war, dann hätte ich sie nicht allein …«

»Sie war nicht einmal zwei Jahre alt.«

»Aber … aber … woran, ich meine, wie …«, stammelte Benedicta.

»Ich befürchte, sie hat etwas Giftiges gefressen. Jedenfalls nahm ich das an, als ich ihren toten Körper fand.«

»Ihren Körper?« Benedicta blickte Konstantin fassungslos an.

»Nachdem Alisa bei mir war, war ich nur von einem Gedanken besessen – Euch zu finden. Ich gab Euch die Schuld am Tod meines treuen Tieres. Und ich war wütend, weil Ihr Alisa erzählt hattet, mein Bruder sei tot … und überhaupt … weil Ihr so entsetzlich starrsinnig seid und Euch nicht helfen lasst und weil mein Bruder fortging, ohne Euch mitzunehmen …« Er stockte, weil Benedicta sich schluchzend in seine Arme geworfen hatte.

Wie von selbst trafen sich ihre Münder, und sie küssten einander mit einer Verzweiflung, die in pure Leidenschaft mündete. Bis Benedicta erschrocken zurückfuhr und sich der Umarmung entwand.

»O Gott, was habe ich bloß getan? Könnt Ihr mir verzeihen? Es war die Verzweiflung darüber, dass Euer Bruder mich allein zurückgelassen hat …«

Während sie sich so wortreich bei ihm entschuldigte, verfinsterte sich Konstantins Gesicht.

Warum lüge ich ihn an? Warum sage ich ihm nicht die Wahrheit?, fragte sich Benedicta verzagt, doch statt ihm ihr wahres Gefühl zu offenbaren, rückte sie noch weiter von ihm ab.

»Ihr wolltet mir noch erzählen, wie Ihr Artemis gefunden habt«, murmelte sie mit belegter Stimme.

»Ich suchte die Gassen nach Bäckerhäusern ab, und da fand ich meine treue Hündin an der Ecke zur Torgasse. Ich betrachtete sie lange, bevor ich sie mit mir nahm. Und ich bin sicher: sie muss etwas Giftiges gefressen habe.«

Benedicta erstarrte. Dann griff sie in ihren Beutel und reichte Konstantin das angebissene Stück Weißbrot.

»Das fand ich eben an der Stelle, an der sie verendete.«

Konstantin nahm das Brot mit spitzen Fingern entgegen, um Benedicta nicht versehentlich zu berühren.

»Das gebe ich dem Apotheker. Wenn es Gift enthält, dann findet er es am ehesten.«

»Was könnte Eurer Meinung nach denn in dem Brot sein?«

»Blauer Eisenhut«, erwiderte er ungerührt und fügte leise hinzu: »Es werden öfter Hunde in den Gassen damit vergiftet, wenn sie überhand nehmen. Aber es ist doch recht ungewöhnlich, dass teures Weißbrot in den Gassen herumliegt.«

Benedicta kämpfte mit sich. Am liebsten wäre sie noch einmal in seine Arme geflüchtet. Sie hatte sich dort so unendlich geborgen gefühlt, aber es war zu spät.

»Ich hole Euch jetzt den Korb«, sagte er schroff und ging zur Tür.

Benedicta atmete ein paarmal tief durch. Da kehrte Konstantin auch schon mit dem Korb in der einen und dem Lederbeutel voller Geld in der anderen Hand zurück.

»Ich nehme kein Geld von Euch«, bemerkte er trocken und reichte ihr den Beutel. Zögernd griff Benedicta danach. Sie ahnte, dass es keinen Sinn hatte, ihm zu widersprechen. Dafür übergab sie ihm einen Korb voller Lebkuchen.

Er nahm ihn zögernd entgegen. »Das nächste Mal lasse ich Euch die Gewürze von einem unserer Burschen liefern. Mir ist es lieber, wenn wir uns nicht mehr sehen.« Konstantin sprach ohne jegliche Regung. Als sei sie ihm völlig gleichgültig. »Vielleicht offenbart Ihr mir dann doch, wo Ihr wohnt.«

Benedicta wollte etwas erwidern, aber sie konnte nicht. Sie fühlte sich wie betäubt. Er wollte sie also nicht wiedersehen. Das kränkte sie zutiefst.

»Lasst die Gewürze zu Alisa bringen. Ich hole sie mir dort ab«, erwiderte sie und versuchte, ebenso unbeteiligt zu klingen wie er.

Konstantin schwieg und musterte Benedicta eindringlich.

»Ich mache mich dann auf den Weg«, murmelte sie, machte aber keinerlei Anstalten zu gehen. Stattdessen sah sie ihn mit großen Augen an. Wenn er doch bloß sagen würde, dass er mich wiedersehen will, dachte sie bang, dann würde ich ihm meine Gefühle offenbaren.

»Dann lasst es Euch gut gehen, Benedicta. Und wenn Ihr einmal in Not seid, dann steht Euch diese Tür immer offen.«

Sie spürte, wie ihr diese Worte die Kehle zuschnürten. »Ich hoffe, ich brauche keine Hilfe mehr«, entgegnete sie mit brüchiger Stimme. Dann fügte sie hastig hinzu: »Ich möchte nicht gehen, ohne Euch eine letzte Lüge zu beichten.«

»Ihr seid mir keine Rechenschaft schuldig«, erwiderte er steif.

»Alisa hatte Verdacht geschöpft. Sie glaubte, ich würde Julian näher kennen. Da habe ich behauptet, ich sei eine Magd von Burg Ehrenreit, und Ihr hättet mich als Euer Liebchen mit nach Nürnberg genommen und dann fallen gelassen. Ich wollte von Julian und mir ablenken.«

Zu Benedictas großer Überraschung lachte Konstantin laut heraus. »Man sollte nicht glauben, dass Ihr im Kloster gelebt habt. Was Euch alles so einfällt! Eine wirklich gute Geschichte.«

»Nicht ganz so gut«, gab Benedicta zerknirscht zu. »Sie hat mir die Magd nicht abgenommen, und Euch traut sie solch ungehöriges Verhalten nicht zu, aber sie glaubt wenigstens, dass ich etwas mit Euch zu schaffen habe, nicht mit Eurem Bruder.«

»Dann wollen wir hoffen, dass sie nie die Wahrheit erfährt«, seufzte Konstantin. Er war jetzt wieder ganz ernst geworden und trat einen beherzten Schritt auf sie zu.

Benedictas Knie wurden weich bei dem Gedanken an die Umarmung, die nun folgen würde, doch in diesem Augenblick wurde die Tür aufgerissen, und Berthold von Ehrenreit betrat die Diele.

Wütend funkelte er seinen Neffen an. »Hast du nichts Besseres zu tun, als mit fremden Weibern zu tändeln?«

Dann wandte er sich an Benedicta. »Und du verlässt auf der Stelle mein Haus. Wie auch immer du zu meinem Neffen stehst – eine Magd bist du nicht.«

Er ließ den Blick über ihre Hände schweifen. »Nein, du hast in deinem Leben noch nicht allzu viel gearbeitet.« Mit diesen Worten schob er Benedicta zur Tür hinaus.

Konstantin wollte ihr nachlaufen, aber der Onkel stellte sich ihm in den Weg und befahl ihm ausdrücklich zu bleiben. »Ich habe ein ernstes Wort mit dir zu reden. Du bist ein fleißiger junger Mann, aber in letzter Zeit wirst du immer mehr zum Tagträumer. Du vernachlässigst deine Pflichten. Hat dies etwas mit jenem Weib zu tun?«

»Onkel, bitte sprich nicht so abfällig über sie! Du hast recht. Sie ist keine Magd, aber mehr darf ich dir nicht verraten. Nur dass sie von höherem Stand ist, als es den Anschein hat.«

»Das habe ich mir doch gedacht!«, rief Berthold schadenfroh aus. »Ich hatte schon beim ersten Mal ein merkwürdiges Gefühl. Sag bloß, es ist diese Nonne, deretwegen sich dein Bruder ins Unglück stürzte?«

»Nein, natürlich nicht … Ich meine, sie ist …«, stammelte Konstantin.

»Also doch! Ich kann dir nur raten, dich von ihr fernzuhalten. Man ist ihr auf den Fersen.«

»Der Provinzial weiß, wo sie sich aufhält?«

Berthold von Ehrenreit schüttelte unwirsch den Kopf. »Nein, der Provinzial behauptet doch inzwischen, es sei gar keine Nonne aus Engelthal geflüchtet, nachdem einige reiche Familien ihre Töchter aus dem Kloster geholt und nach Frauenaurach verbracht haben, welches nicht zu seiner Ordensprovinz gehört. Nun behauptet er, es sei alles ein böses Gerücht, um Engelthal zu schaden, und wirbt damit, dass die ehemalige Priorin des Klosters Visionen hat. Ihr solltet beizeiten einmal nach Eurer Muhme sehen.«

Konstantins Gesicht erhellte sich. »Er lässt sie nicht mehr verfolgen? Das muss ich ihr unbedingt erzählen. Bedeutet es doch, dass sie sich nicht mehr verstecken muss ...« Er war so erleichtert, dass er in den Korb griff und von einem der Lebkuchen abbiss.

»Das schmeckt ja köstlich! Ganz köstlich!«, schwärmte er.

»Du freust dich zu früh, mein Junge. Ihre Familie hat sich an den Rat gewandt mit dem Anliegen, sie streng zu bestrafen, wenn man ihrer habhaft wird.«

»Wer ist ihre Familie?«

»Adelheit von Altmühl, ihre Mutter, und Conrat von Altmühl, ihr Bruder. Sie verlangen, dass man sie in ein entlegenes Kloster bringt und dort am besten einmauert.«

»Einmauert? Um Himmels willen, was sind das für Menschen?«

»Ihr Bruder ist ein angesehener Regensburger Kaufmann. Er handelt mit Tuchen und Seide.«

»Ich muss sie warnen«, murmelte Konstantin mehr zu sich selbst, aber sein Onkel besaß gute Ohren.

»Halt dich da heraus! Der Rat ist gewillt, im Sinn der Familie zu entscheiden, um einen Streit zwischen Regensburg und Nürnberg zu verhindern, sollte sich das Mädchen tatsächlich in Nürnberg aufhalten, was unser Rat ausdrücklich bestreitet. Und wenn du ihr unbedingt einen guten Ratschlag erteilen willst, dann den, schnellstens aus unserer Stadt zu verschwinden. Dieses Haus wird sie jedenfalls nicht mehr betreten. Ich möchte nicht in die Sache hineingezogen werden. Hast du verstanden?«

Konstantin aber hörte seinem Onkel gar nicht mehr zu. Fieberhaft grübelte er darüber nach, wie er Benedicta am besten vor ihren Häschern warnen konnte.

46

Niedergeschlagen kehrte Benedicta in das Bäckerhaus zurück. Beinahe hätte Konstantin sie in den Arm genommen. Und dann?, fragte sie sich. Was wäre dann gewesen? Hätte das irgendetwas verändert?

Missmutig betrat sie die Backstube. Die Arbeit würde sie bestimmt von ihren Gedanken an diesen Mann ablenken.

»Anselm, was suchst du denn hier?«, fragte sie erstaunt, als sie den Bäckermeister bei der Arbeit vorfand. »Wirst du nicht mehr von Frau und Kind gebraucht?«

Er strahlte über das ganze Gesicht. »Ich habe den hübschesten Sohn in der ganzen Stadt. Und stell dir vor, was geschehen ist – ich habe unverhofft Hilfe bekommen. Lukarde klopfte kleinlaut an meine Tür und entschuldigte sich für das Unheil, das ihr Vater über unsere Familie gebracht hat. Von der Hebamme hörte sie, dass das Kind gekommen ist, und wollte unbedingt nach Agnes schauen. Und nun war sie die ganze Zeit bei ihr und ist eben gerade erst wieder gegangen. Die beiden Frauen haben miteinander gescherzt. Ich hörte sie bis auf den Flur heraus lachen.«

»Lukarde hat Agnes einen Besuch abgestattet?«, fragte Benedicta ungläubig.

»Ja, stell dir vor, und sogar ein Geschenk hat sie ihr mitgebracht. Ein süßes weißes Brot.«

Benedicta erstarrte. Vor ihrem inneren Auge sah sie verschiedene Bilder auftauchen: das angebissene Brot, das Weißbrot auf der Straße, Artemis' Verrenkungen im Todeskampf ... Crippins Hände wie eine Kralle ... und wie von ferne erklang ein Satz aus ihrer Erinnerung. Erst leise, dann immer lauter. *Hast du mich nicht vorhin in allen Einzelheiten ausgefragt, wie es mit diesem barmherzigen Mädchen gewesen ist, das dem Bäcker das Weißbrot brachte?* So hatte der alte den jungen Wärter gefragt.

»Nein!«, schrie Benedicta wie von Sinnen. »Nein!« Sie rannte die Stiege hinauf und nahm immer zwei Stufen auf einmal. Oben angekommen, riss sie Agnes' Kammertür auf. Sie betete, dass sie sich irrte, aber die Wirklichkeit war noch grausamer als ihre schlimmsten Befürchtungen. Der Körper ihrer Freundin zuckte und wand sich in Krämpfen, aber es war noch ein Rest Leben in ihr. Agnes versuchte etwas zu sagen, aber sie konnte nicht mehr deutlich sprechen. Benedicta meinte das Wort »Mühlstein« zu verstehen.

»Ja«, schluchzte Benedicta, »dein verdammter Mühlstein im Bauch. Hätte ich dir doch bloß geglaubt!«

Noch einmal warf Agnes den Kopf zur Seite. Eine verzerrte Fratze blickte Benedicta entgegen. Agnes stieß einen Seufzer aus. In den Krallen, zu denen sich ihre Hände im Todeskampf verkrampft hatten, lag ein angebissenes Stück Weißbrot. Es war entsetzlich still in der Kammer, bis das Kind leise zu wimmern begann.

III. Teil

Ich weiß eine Farbe, der bin ich so hold,
Die achte ich höher als Silber und Gold;
Die trag' ich so gerne um Stirn und
Gewand,
Und habe sie *Farbe der Wahrheit*
genannt.

Wohl reizet die Rose mit sanfter Gewalt;
Doch bald ist verblichen die süße Gestalt:
Drum ward sie zur *Blume der Liebe*
geweiht;
Bald schwindet ihr Zauber vom Hauche
der Zeit.

Sophie Mereau (1770–1806), aus »Feuerfarb«

47

Die Hinrichtung der zweifachen Giftmörderin Lukarde Burchard wurde wie ein Volksfest begangen. Der Rat hatte sie zum Tode verurteilt, nachdem man in ihrer Kammer vergiftetes Weißbrot gefunden hatte. Sie hatte blauen Eisenhut mit eingebacken, und zwar in Mengen, die ganze Familien hätten auslöschen können.

Benedicta verabscheute diese Feste. Schon mehrere Male, seit sie in Nürnberg lebte, hatte sie eine aufgestachelte Menge durch die Stadt zum Galgenberg ziehen sehen. Es war ihr unheimlich, wie sich die Menschen am Leiden der Verurteilten ergötzten. Natürlich sollten Verbrecher ihrer gerechten Strafe überführt werden, aber Benedicta störte diese Lust am Geifern, die an solchen Tagen ungehemmt zur Schau getragen wurde. Einige Gaffer musizierten auf Instrumenten, die sie gar nicht beherrschten, nur um Krach zu machen, und wieder andere beschimpften die Verurteilten auf ihrem letzten Weg, wenn sie sie nicht gar mit Unrat bewarfen. Benedicta ekelte sich vor dem Schweiß, den die Menge ausströmte, und vor dem stinkenden Atem derer, die dem Bier oder dem Wein reichlich zugesprochen hatten.

Zu ihrem Verdruss konnte sie sich an solchen Tagen auch nicht ins Bäckerhaus zurückziehen, denn am Stand wurde jede Hand gebraucht. An Tagen von Hinrichtungen ließ sich nämlich doppelt so viel Backwerk verkaufen wie sonst. Feiern machte hungrig. An diesem Vormittag aber gab es keinen Lebkuchenstand auf dem Hauptmarkt.

Benedicta hatte Anselm davon abhalten wollen, überhaupt auf die Straße zu gehen, aber er lechzte danach, der feigen Mörderin noch einmal ins Angesicht zu blicken. Benedicta hatte ihn zumindest davon abbringen können, in dem Zug der Menge mitzugehen. Deshalb standen Benedicta und Anselm nun außerhalb des Stadttores an der Betsäule zu Füßen des Galgenberges und warteten. In der Ferne hörten und sahen sie schon den lärmenden und nicht enden wollenden Zug der Nürnberger, wie er hinter der Mörderin aus der Stadt herauskam. Schreckliche Musik schallte zu ihnen herüber.

Benedicta hielt sich die Ohren zu. Besorgt warf sie Anselm einen Seitenblick zu. Er wirkte wie versteinert. Und dabei blass und abgemagert. Seine Haut war aschfahl, er schien um Jahre gealtert und wirkte ungepflegt. Seit Agnes' Tod hatte er nicht mehr essen wollen und sich auch nicht mehr in der Backstube blicken lassen. Stattdessen hockte er Tag für Tag in der Kammer, in der sie gestorben war, und starrte stumpfsinnig die Wand an. Nicht einmal seinen Sohn hatte er seitdem beachtet.

Benedicta war es gelungen, eine Amme aufzutreiben, die dem Kind ihre Milch gab. Der kleine Junge war weder getauft, noch hatte er einen Namen. Benedicta nannte ihn Leon nach Priorin Leonore. Er gedieh prächtig. Benedicta hatte ihre helle Freude an dem Bübchen. Längst hatte er kein faltiges Gesicht mehr, sondern rosige, runde Wangen. Und er schaute mit wachen Augen in diese Welt.

Anselm muss wieder ins Leben zurückkehren. So geht das nicht weiter, dachte Benedicta entschlossen.

»Noch können wir gehen«, schlug sie ihm leise vor und fasste sanft nach seiner Hand.

»Ich will ihr ins Gesicht spucken!«, krächzte Anselm heiser.

Benedicta schüttelte sich vor Abscheu. Sie konnte ja verstehen, dass er Lukarde hasste, aber was nützte es Agnes, wenn Anselm sich nun am Leiden ihrer Mörderin ergötzte? Davon wurde sie auch nicht wieder lebendig.

Die fröhliche Meute kam immer näher. Neben der fürchterlichen Musik drangen auch hässliche und gemeine Schmähungen bis zu ihr herüber.

»Auf dass du lange am Galgen zappelst, du Missgeburt!«, höhnte ein Mann. Benedicta zuckte zusammen.

»Anselm, komm mit mir! Noch können wir nach Hause gehen. Agnes hätte nicht gewollt, dass wir schadenfroh Lukardes letzten Weg begaffen.«

Er aber schnaubte nur verächtlich. »Das mag bei Klosterschwestern so sein, aber Agnes hätte es gefallen, dass ich ihrer Mörderin einen Stein entgegenschleudere.« Kaum hatte er den Satz ausgesprochen, bückte er sich schon und hob einen großen Stein auf.

Benedicta erstarrte. Er wollte doch nicht etwa damit nach Lukarde werfen?

Als errate er ihre Gedanken, zischelte er: »Man wird sie hängen. Das ist zu milde für dieses Weib, die meinen Vater und meine Frau auf dem Gewissen hat. Ich hoffte, sie würden sie vierteilen.«

»Man hat ihr strafmildernde Umstände zugebilligt, weil sie es tat, damit du frei für sie bist. Sie soll die Verbrechen aus verschmähter Liebe zu dir begangen haben.«

Er lachte höhnisch. »Und ich werde ihr zeigen, wie abgrundtief ich sie hasse.«

Benedicta konnte nur noch unter Mühen verstehen, was er sagte, denn nun war die Prozession nur noch wenige Schritte von ihnen entfernt. An der Spitze ging Lukarde neben einem Geistlichen. Hoch erhobenen Hauptes, die Hände auf dem Rücken gefesselt, kam sie ihnen entgegen.

Benedicta hielt die Luft an. Die Mörderin ihrer Freundin kam ihr nun gefährlich nahe. Das weckte auch in ihr das Verlangen, der jungen Frau mit dem Engelshaar ins Gesicht zu spucken.

Plötzlich brach Lukarde in ein irres Gekicher aus. Ihr Gesicht verzerrte sich, als hätte man es ihr zerschlagen. Spuren der Folter, mutmaßte Benedicta. Lukarde wandte den Kopf Anselm zu und schrie mit sich überschlagender Stimme: »Lasst mich meinen Bräutigam zur Hochzeit mitnehmen! Komm, Anselm, wir tanzen! Es ist das schönste Fest, das die Bäcker jemals feierten. Komm, mein Liebster, nun folge mir!«

Benedicta verspürte bei dem Anblick der offenbar völlig verwirrten Lukarde keinen Deut von Rache mehr. Im Gegenteil, sie tat ihr leid. Wahrscheinlich liebt sie Anselm wirklich, und seine Zurückweisung hat sie um den Verstand gebracht, ging es ihr durch den Kopf.

Und ehe sichs Benedicta versah, landete ein Stein im Gesicht der Giftmörderin. Blut spritzte, und ein knackendes Geräusch war zu hören. Die Nase war mit voller Wucht getroffen worden. Gibt es denn niemanden, der dieser Grausamkeit Einhalt gebietet?, fragte sich Benedicta angeekelt. Lukarde aber schrie nicht einmal auf, sondern kicherte in einem fort weiter.

Mit einem Seitenblick vergewisserte sich Benedicta, dass nicht Anselm der Steinewerfer gewesen war. Der junge Bäckermeister aber starrte Lukarde nur wie betäubt an. Nein, er war es nicht gewesen und ließ den Stein nun zu Boden fallen. Sogar die Lust zum Spucken war ihm offenbar vergangen.

»Komm, wir gehen!«, drängte Benedicta und zog ihn am Ärmel seines Hemdes, aber Anselm blickte die Mörderin an, als sei er ebenfalls nicht mehr bei Sinnen.

Die Prozession hielt jetzt unmittelbar neben ihnen an der Betsäule. Lukarde stand zum Greifen nahe. Sie beachtete Anselm aber gar nicht mehr, sondern murmelte nur vor sich hin. »Wo sind meine Kinder? Meine Kinder sind fort!«

Lukarde weigerte sich, an der Säule zu beten, doch der Geistliche zwang sie auf die Knie. Statt zu beten und ihre Sünden zu bereuen, kicherte sie irre.

Ein gebeugter alter Mann trat auf sie zu und reichte ihr die Hand, doch Lukarde schlug sie beiseite. »Geh von mir! Ich kenne dich nicht«, geiferte sie und spuckte ihm ins Gesicht.

Benedicta erschrak, als sie das schmerzverzerrte Gesicht des Alten erkannte. Es war kein Geringerer als Meister Burchard.

Lukarde ist dem Wahnsinn verfallen, dachte Benedicta, doch in diesem Augenblick kam die Mörderin auf Anselm zu. »Dich soll der Teufel holen!«, zischelte sie. »Alle glauben, ich sei verrückt. Das erleichtert mir die Strafe und meinem Vater die Trauer. Dabei war es ein erhebender Augenblick, als dein törichter Vater verreckte, der dir diese Ehe gestattete, und als dieses Hurenweib sich in Krämpfen wand. Und der Hund fraß mir das Brot gierig aus der Hand.« Sie lachte hässlich auf.

Benedicta erwartete, dass Anselm ihr dafür mehr als nur ins Gesicht spucken werde, doch er wandte sich ab und sagte mit ruhiger Stimme: »Komm, Brunhild, lass uns rasch fortgehen! Weit weg! Ich muss nach meinem Kind sehen, und die Backstube wartet. Dies ist kein Ort für anständige Christenmenschen.«

Benedicta konnte ihm kaum folgen, so schnell eilte er davon. Doch sie war erleichtert, dass ihn das letzte Zusammentreffen mit Lukarde zur Vernunft gebracht hatte. Dann hatte seine Begegnung mit der Mörderin wenigstens einen Sinn gehabt. Nun würde endlich wieder der Alltag im Bäckerhaus einkehren. Das jedenfalls hoffte Benedicta in diesem Augenblick, konnte sie doch nicht ahnen, dass es noch schlimmer kommen würde.

Sie hasteten an der langen Prozession der Gaffer entlang in entgegengesetzter Richtung. Zurück in die Stadt. Weg von dem Grauen dieser Hinrichtung.

Wie von ferne nahm Benedicta die Gesichter der Menschen wahr, die mit auf den Galgenberg zogen. Dafür dröhnte ihr das falsche Spiel von Trommel und Horn unerträglich laut in den Ohren.

Plötzlich meinte sie aus der Menge ihren Namen rufen zu hören, doch sie kümmerte sich nicht darum. Sie wollte nur noch weit fort von diesem abscheulichen Schauspiel.

48

Adelheit von Altmühl konnte sich kaum noch beherrschen und fuchtelte wild mit den Armen. »Das war sie! Das war deine Schwester!«, brüllte sie außer sich vor Aufregung, doch ihr Sohn wandte sich nicht einmal um.

»Ich habe sie nicht gesehen«, bemerkte Conrat träge. Er war mittelgroß, von kräftigem Körperbau, hatte schütteres Haar und ein weiches Kindergesicht.

»Hast du denn keine Augen im Kopf? Das war deine Stiefschwester, die soeben an uns vorüberlief.«

Conrat von Altmühl rollte mit den Augen. »Wenn Ihr doch endlich Ruhe gäbt, Mutter!«

Adelheit aber wollte sich ganz und gar nicht beruhigen. »Das ist sie, die Sünderin!«, schrie sie mit sich überschlagender Stimme.

»Mutter, nicht so laut!«, flehte er.

»Komm, wir schnappen sie uns!«, schrie Adelheit in die Richtung, in der sie ihre Stieftochter eben gesehen zu haben glaubte. Doch jene junge Frau, in der Adelheit Benedicta wiedererkannt hatte, war in der Menge verschwunden.

»Ich kriege sie!«, fauchte Adelheit.

»Ja, Ihr kriegt sie«, wiederholte ihr Sohn müde und fügte lebhafter hinzu: »Lasst uns umkehren! Wir sind doch nur mitgegangen, weil die ganze Stadt auf den Beinen ist und Ihr Benedicta in der Menge der Gaffer zu sehen hofftet. Und nun ist sie Euch entwischt, wenn sie es denn überhaupt war. Also müssen wir den vermaledeiten Berg doch nicht hinaufsteigen. Wir könnten doch lieber im Gasthof etwas essen. Ich habe solchen Hunger!«

»Der Himmel strafe dich!«, schalt die Mutter ihren Sohn und fügte wütend hinzu: »Du bist viel zu gefräßig! Hast du immer noch nicht begriffen, dass diese Hure frei herumläuft und dir dein Erbe streitig macht? Wie kannst du überhaupt ans Essen denken, bevor sie eingemauert ist?«

Conrat konnte diese Reden seiner Mutter kaum mehr ertragen. Seit Wochen sprach sie von nichts anderem, als dass

Benedicta sie eines Tages aus ihrem Haus verjagen oder sie gar wie einen räudigen Hund ertränken würde. Sie wird den Teufel tun und freiwillig nach Regensburg zurückkehren, dachte Conrat. Sie weiß doch, was sie erwartet, wenn sie auch nur einen Fuß in ihr Elternhaus setzt. Die Angst der Mutter vor ihrer Stieftochter war ihm unverständlich. Und der unbändige Hass war ihm fremd. Er war ein gutmütiger Mensch, der zu seiner Zufriedenheit nichts als erfolgreiche Geschäfte und gemütliche Stunden bei einem üppigen Mahl brauchte. Nun war allerdings ein Wunsch hinzugekommen. Er wollte der Tochter des Tuchhändlers Teffler einen Antrag machen. Das war der eigentliche Grund, warum er überhaupt mit der Mutter nach Nürnberg gereist war. Bisher hatte sich noch keine Gelegenheit ergeben, ihr zu gestehen, dass er sich ein Weib ins Haus holen wollte. Die Mutter hatte bislang an allen heiratswilligen jungen Frauen etwas auszusetzen gehabt, und Conrat befürchtete, dass sie ihn für sich allein haben wollte. Doch dieses Mal wollte er sich das Mädchen nicht ausreden lassen. Ich muss nur einen günstigen Zeitpunkt abpassen, sprach er sich gut zu. Aber das war gar nicht so einfach. Seine Mutter war nur von dem einen Gedanken besessen: Benedicta aufzuspüren und dem Rat zu übergeben. Er wunderte sich allerdings darüber, dass sie so gar nichts von seinen Gefühlen für Marie zu merken schien. Er glaubte, jeder müsse es ihm an der Nasenspitze ansehen, wie verliebt er war. Noch hatte er Marie seine Liebe nicht gestanden. An der Art ihres Lächelns glaubte er aber zu erkennen, dass sie nur darauf wartete.

Die zeternde Stimme der Mutter riss ihn aus seinen Gedanken. »Wir werden jetzt die ganze Stadt nach ihr absuchen, denn sie ist zurück zum Stadttor geeilt. Sie wird mir nicht entkommen. Siehst du, ich habe doch geahnt, dass sie sich hinter den Mauern der Stadt Nürnberg verkrochen hat. Was haben die Ratsherren sich gewunden! Nein, niemals würden wir eine entflohene Nonne hinter unseren Stadtmauern beherbergen, haben sie getönt. Ich habe doch gleich gewusst, dass sie sich nur herausreden.«

»Mutter, bitte, was wollt Ihr bloß von ihr? Warum lasst Ihr sie nicht in Ruhe? Freiwillig wird sie sich bestimmt nicht in Eure Nähe begeben. Sie hat gewiss große Angst vor Euch.«

»Ich werde erst wieder ruhig schlafen, wenn ich sie hinter dicken Mauern weiß – oder noch besser am Grund ...« Sie stockte.

»Mutter, was wolltet Ihr gerade sagen?«

»Ach, nichts. Wir eilen jetzt zum Haus von Teffler. Wozu sitzt er im Rat? Die Ratsherren sollen endlich etwas unternehmen. Von wegen mir zu erzählen, nein, nein, in Nürnberg sei sie sicher nicht. Ha!«

Peter Teffler zeigte sich nicht erfreut, als seine Gäste ihn schon wieder wegen der entlaufenen Nonne belästigten. Den jungen Tuchhändler schätzte er überaus, aber seine Mutter war ihm zuwider. Die wollte ihre Stieftochter ja lieber heute als morgen lebendig eingemauert sehen. Es schüttelte ihn, aber er durfte Adelheit von Altmühl nicht gänzlich verprellen. Schließlich war er nicht abgeneigt, ihrem Sohn seine Marie zur Frau zu geben. Er hoffte nur, der junge Mann möge ihr endlich einen Antrag machen.

»Ihr glaubt also, dass Ihr sie gesehen habt?«, fragte er scheinbar neugierig.

»Was heißt hier glauben? Wir habe sie mit eigenen Augen gesehen. Wie ein Bettelweib war sie angezogen.«

»Ihr habt sie auch gesehen, Conrat?«

»Ich habe nicht hingesehen, aber ich weiß auch nicht, ob ich sie noch erkennen würde. Sie war vierzehn, als Mutter sie ins Kloster brachte«, bemerkte Conrat zögernd.

»Es genügt ja, dass ich sie entdeckt habe. Was gedenkt der Rat zu tun?«

»Gute Frau, wir müssen ihrer erst einmal habhaft werden. Und ...« Er hielt inne und runzelte die Stirn. »... dann werden wir den Fall dem Provinzial übergeben.«

»Dem Provinzial?«, kreischte Adelheit. »Er tut doch so, als wäre das alles nie geschehen. Ihm ist nur der gute Ruf von Engelthal wichtig.«

»Ja, das behauptet er, aber wenn Ihr der Nonne habhaft werdet und sie ihm vorführt, dann muss er sich den Tatsachen stellen und ein Urteil über sie sprechen. Wir im Rat haben entschieden, dass es eine kirchliche Angelegenheit ist und wir nicht befugt sind, über Benedicta von Altmühls Schicksal zu entscheiden.«

»Was seid Ihr nur für Feig…«

»Mutter!«, unterbrach Conrat sie unwirsch.

»Da muss man in dieser ehrenwerten Stadt noch selbst den Büttel spielen!«, grollte Adelheit. »Das gäbe es in Regensburg nicht.«

»Ich schlage vor, wir setzen uns zu Tisch und speisen fürstlich. Ein gutes Essen kühlt die Gemüter.« Peter Teffler lächelte Adelheit gewinnend an, doch sie kniff nur grimmig den Mund zusammen.

»Lieber Teffler, dem Vorschlag schließe ich mich nur zu gerne an«, pflichtete ihm Conrat aus tiefster Seele bei.

»Wie kannst du jetzt ans Essen denken? Du hast doch gehört – wir müssen das Weib herbeischaffen, damit es seine gerechte Strafe erhält. Also, worauf wartest du noch? Komm!«

Hilflos hob Conrat die Schultern. Dann eilte er seiner Mutter nach. An der Tür wandte er sich noch einmal um. »Ich spräche Euch, solange wir Eure Gäste sind, gern einmal unter vier Augen«, murmelte er sichtlich verlegen.

Das Gesicht des Tuchhändlers hellte sich auf. »Ich fürchtete schon, Ihr traut Euch nie.«

Conrat seufzte. »Lasst mich erst meine Stiefschwester finden. Vorher gibt meine Mutter vermutlich keine Ruhe.«

Peter Teffler nickte und blickte dem jungen Mann mitleidig hinterher.

49 Am Nachmittag des Hinrichtungstages, nachdem alles vorüber war, ging Benedicta mit Gieselbert auf den Markt, um frisch gebackene Benedicten zu verkaufen. Sie hatte Anselm davon überzeugen können, zu Hause zu bleiben. Er hatte ihr hoch und heilig versprochen, neue Lebkuchen zu backen, statt weiterhin Wände anzustarren.

Da wir schon das frühe Geschäft versäumt haben, sollten wir wenigstens jetzt die hungrigen Mäuler stopfen, dachte sie. Viele der Schaulustigen, die inzwischen vom Galgenberg zurückgekehrt waren, legten am Lebkuchenstand eine Pause ein. Die Stimmung war eine völlig andere als auf dem Hinweg. Die Menschen waren müde und erschöpft. Es ertönte weder diese schreckliche Musik, noch wurde gepöbelt. Im Gegenteil, es herrschte eine unheimliche Ruhe. Nur ab und an schnappte Benedicta unfreiwillig leise Gesprächsfetzen auf. So wie in diesem Moment.

»Sie hatte den Leibhaftigen in den Augen, als sie am Galgen hing.«

»Ich habe gleich gesagt, man hätte sie sieden sollen, wie man es mit Kindsmörderinnen zu tun pflegt.«

»Zumindest hätte ich mir mehr Geschrei gewünscht. Sie war ja stumm wie ein Fisch. Das macht keinen Spaß!«

Angewidert wandte sich Benedicta ab. Sie war froh, dass sie den Markt gleich verlassen durfte. Sie hatte nämlich binnen kurzer Zeit ein einträgliches Geschäft gemacht. So viel verkaufte sie sonst an einem ganzen Tag. Nur noch wenige Lebkuchen waren übrig geblieben, als sich ein gut gekleideter mittelgroßer, kräftiger Mann dem Stand näherte.

Benedicta glaubte, ihr Herz müsse stehen bleiben. Auch wenn er damals erst fünfzehn Jahre alt gewesen war, sein dickes Kindergesicht hatte er nicht verloren. Sie versuchte sich nichts anmerken zu lassen, sondern reichte ihm die gewünschten Benedicten.

Er biss sofort hinein und murmelte mit vollem Mund. »Das ist köstlich. Gebt mir alle!«

Wenn Benedicta auf den ersten Blick noch nicht ganz sicher gewesen war, jetzt hatte sie die Gewissheit. So gierig stopfte nur ihr Stiefbruder Conrat das Essen in sich hinein.

»Schnell her damit! Ich nehme alle«, wiederholte er schmatzend.

Benedictas Hände zitterten, als sie ihm die letzten fünf Lebkuchen reichte. Noch immer mit vollem Mund erzählte er offenherzig, dass er eine junge Frau suche. Er wisse nicht genau, wie sie aussehe, aber sie sei sehr groß und mager. Dunkelhaarig und schön. Inmitten seines letzten Satzes stutzte er und musterte sie erschrocken von Kopf bis Fuß.

»O Gott! Benedicta? Bist du es?«, flüsterte er ungläubig.

Sie schüttelte heftig den Kopf, doch sie ahnte, dass Leugnen keinen Zweck hatte. Ihr war sämtliche Farbe aus dem Gesicht gewichen, und ihre Hände zitterten noch stärker.

Conrat aber nahm einen weiteren kräftigen Bissen und zischte schmatzend: »Pass auf, was ich dir jetzt sage! Verlass die Stadt, so schnell du kannst. Meine Mutter will dich hinter Mauern sehen. Schau nicht hin, sie steht dort drüben an dem Stand mit den Tongefäßen. Mit dem Rücken hierher. Ich gehe jetzt zu ihr hinüber und lenke sie ab. Und du gibst Fersengeld. Verstanden?«

Es dauerte einen kleinen Augenblick, bis Benedicta wieder klar denken konnte. Aus den Augenwinkeln beobachtete sie, wie Conrat sich neben seine Mutter stellte und sie offenbar in ein Gespräch über die Waren am Stand verwickelte. Mit pochendem Herzen schlich sich Benedicta davon.

Wortlos begleitete Gieselbert sie. »Ich werde dich beschützen, wer dir auch immer etwas antun will«, erklärte er im Brustton der Überzeugung.

Erleichtert atmete Benedicta auf, als sie die Tür des Bäckerhauses hinter sich zuzog. Mit letzter Kraft bat sie Gieselbert, Anselm in der Backstube zu helfen. Er sollte sie nicht weinen sehen. Doch kaum stand sie in der Diele, überfielen sie Angst und Traurigkeit mit einer Heftigkeit, die sie erzittern ließ. Sie bebte am ganzen Körper, ließ die Tränen fließen und schluchzte leise vor sich hin. Anselm und Gieselbert sollten es nicht hören. Denn eines war klar: Im Haus von Anselm Heller war sie fortan nicht mehr sicher. Und auch in der Stadt Nürnberg konnte sie nicht mehr lange bleiben. Das hieß über kurz oder lang, Abschied zu nehmen, ob sie wollte oder nicht.

Erst als sich eine Hand tröstend auf ihre Schulter legte, bemerkte sie, dass Anselm aus der Backstube gekommen war.

»Anselm, sie sind mir auf den Fersen«, schluchzte sie jetzt laut heraus.

»Wer? Hat es mit dem jungen Herrn etwas zu tun?«

»Welchem jungen Herrn?«

»Dann hatte er also recht. Vorhin war ein vornehmer Patrizier hier und fragte nach einer Benedicta. Ich sagte ihm, dass in meinem Haus keine Frauen leben. Er war ganz aufgeregt und behauptete, es sei dringend. Dir drohe Gefahr. Aber ich habe dich nicht verraten.«

»Wie sah er aus?«, fragte sie. Dabei ahnte sie bereits, wer sich auf die Suche nach ihr gemacht hatte.

»Er war groß, stattlich, hatte blondes Haar, ein kantiges Gesicht …«

»Das war der Gewürzhändler, der nach mir suchte, aber das nutzt mir nun auch nichts mehr. In seinem Haus fände man mich allemal. Ich brächte ihn nur unnötig in Gefahr. Anselm, ich muss auch dieses Haus bald verlassen.«

»Aber Leon braucht dich doch, und wohin willst du überhaupt?«

»Ich werde mich vorerst im Haus verstecken und nicht mehr auf den Markt gehen. Und eines Tages, Anselm, werde ich einfach fort sein. Ich werde es hier spüren, wann der richtige Zeitpunkt gekommen ist.« Und sie deutete auf ihren Bauch.

Anselm lächelte schief. »Hat Agnes dir den Mühlstein hinterlassen?«

Benedicta nickte. Wenn er wüsste, wie schwer der Stein schon in mir lastet!, dachte sie. Ja, sie würde sich eines nicht allzu fernen Tages ohne Abschied fortschleichen …

Anselm kämpfte offenbar selbst gegen die Tränen an, doch dann bat er sie zu warten. Nach einer Weile kehrte er mit einem Beutel voller Geldstücke zurück und reichte ihn ihr.

»Das hast du dir verdient. Ich habe es die ganze Zeit für dich zurückgelegt für den Fall, dass du es einmal brauchst.«

Benedicta zögerte nicht, den Beutel entgegenzunehmen. Sie hatte keine andere Wahl. »Ich werde mich rasch noch von Alisa, der Tochter des Fechtmeisters, verabschieden. Sie ist mir doch sehr ans Herz gewachsen. Aber nicht ohne mein Haupt zu verhüllen«, erklärte sie mit belegter Stimme. »Und heute Abend bereite ich uns ein köstliches Mahl zu.«

Dann wandte sie sich hastig ab und stieg zu ihrer Kammer hinauf. Anselm hatte ihr die Kleidungsstücke der verstorbenen Freundin gegeben, aber sie hätte es niemals übers Herz gebracht, eines davon zu tragen, doch nun nahm sie mit zitternden Händen Agnes' Gebände an sich.

Ach, liebe Freundin, wenn du mich doch nur beschützen würdest von da oben, dachte Benedicta wehmütig und verließ das Haus als verheiratete Frau.

50

Alisa schien völlig außer sich, als sie Benedicta die Tür öffnete. Sie stutzte zwar kurz beim Anblick des Gebändes, aber sie fragte nicht einmal danach. Benedicta wickelte es sich wortlos vom Kopf.

»Komm schnell ins Haus! Stell dir vor, er ist wieder da, er ist völlig erschöpft, aber er lebt, er …«, stammelte die Tochter des Fechtmeisters aufgeregt. »Du kommst wie gerufen. Ich will ihm gerade ein Mahl zubereiten. Solange könntest du an seinem Bett wachen.«

Alisa redete wie ein Wasserfall, ihre Wangen waren gerötet, und sie fuchtelte wild mit den Armen. Benedicta hatte vor lauter Verwunderung über Alisas seltsames Benehmen gar nicht auf ihre Worte geachtet.

»Er lebt! Er lebt! Er lebt!«, jubelte Alisa nun.

»Wer?« Während sie noch fragte, ahnte Benedicta bereits, von wem die Rede war. Im ersten Augenblick hätte sie sich am liebsten hastig verabschiedet, aber da hatte Alissa sie bereits in die Diele gezogen.

»Julian! Er kämpfte aufseiten des Burggrafen in Döffingen und wurde verwundet. Der Graf ließ die Überlebenden nach Nürnberg bringen. Und nun liegt er in seinem Zimmer. Er war bewusstlos, aber dann wachte er auf und rief nach einer Schwester Benedicta. Weißt du wohl, wer das sein könnte?«

Benedicta erschrak. Wenn ihr doch nur ein Vorwand eingefallen wäre, wie sie sich aus dem Staub hätte machen können! Aber ihr Kopf war leer.

Alisa hatte sie inzwischen an die Hand genommen und zu Julians Kammer geführt. »Setz dich ruhig an sein Bett, er schläft, und ruf mich, wenn er mich braucht«, flüsterte Alisa und verließ die Kammer. Die Tür ließ sie halb offen.

Im Flur angekommen, ließ Alisa ihre fröhliche Maske fallen und hielt den Atem an. Sie wollte sich mit eigenen Augen davon überzeugen, dass Brunhild und Benedicta ein und dieselbe Person waren, denn sie hatte der angeblichen Lebküchnerin nur die halbe Wahrheit offenbart.

Julian hatte, nachdem er vorhin kurz aufgewacht war, wiederholt gestöhnt: »Wo bist du, liebste Benedicta?« Sie, die Tochter des Fechtmeisters, aber hatte der Verwundete überhaupt nicht wahrgenommen, obwohl sie an seinem Bett gesessen hatte. Da war ihr sofort der Verdacht gekommen, dass sich jene Benedicta hinter der falschen Brunhild verbarg.

Alisa behielt deshalb von ihrem Platz aus das Bett und den Schemel, auf dem Brunhild mit dem Rücken zu ihr saß, im Blick. Natürlich hoffte sie insgeheim, dass ihr Verdacht sich als unbegründet erwies. Wenn er doch bloß bald wieder aufwachen würde!, dachte Alisa. Da hob er den Kopf. Ein Strahlen huschte über sein abgekämpftes Gesicht. Ein Gesicht, bei dessen Anblick Alisa warm ums Herz wurde. Sie liebte ihn. Trotz seines schändlichen Verrates an ihr. Sie betete, alles möge sich als bedauerlicher Irrtum herausstellen. Vielleicht war sie seine Schwester oder …

»Benedicta«, flüsterte er zärtlich. »Benedicta …«

Die junge Frau nahm die Hand, die er ihr entgegenstreckte, und drückte sie sanft.

»Ich lasse dich nie wieder los, mein Lieb. Wir gehen zusammen auf die Burg. Als Mann und Frau. Dort kann uns keiner etwas anhaben.« Seine Stimme war eine einzige Verheißung der Liebe.

Als Mann und Frau! Alisa wurde übel. Sie hatte genug gesehen und versuchte, gegen die Tränen anzukämpfen. Es tat so weh. Und nicht nur das Wissen, dass Julian eine andere liebte, wollte ihr schier das Herz brechen, sondern auch die Erkenntnis, dass Brunhild oder Benedicta, wie sie wirklich hieß, sie so übel hintergangen hatte. Wir hätten Freundinnen werden können, dachte Alisa, während sie über die Treppe nach unten schlich.

Als sie außer Hörweite war, brach sie in ein lautes Schluchzen aus. Ein Klopfen an der Haustür riss sie aus ihrer Verzweiflung. Mit dem Ärmel des Unterkleides wischte sie sich über das Gesicht und öffnete die Tür.

Vor ihr stand Konstantin von Ehrenreit. Er war in heller Aufregung. »Wisst Ihr, wo die junge Lebküchnerin steckt? Ich muss sie dringend sprechen. Sie befindet sich in großer Gefahr. Ich habe in jedem Bäckerhaus der Stadt nach ihr gefragt. Vergeblich. Sie muss vorerst die Stadt verlassen …« Er stockte. Jetzt erst bemerkte er Alisas versteinerten Blick.

»Macht Euch keine Sorge um Schwester Benedicta. Sie ist in besten Händen.«

»Ihr wisst Bescheid?«

»Ja, ich kenne die ganze Geschichte«, log Alisa.

»Da bin ich aber erleichtert, dass die Lügen ein Ende haben. Mein Onkel hat mir berichtet, dass ihre Familie sie verfolgt und dass sie dem Provinzial übergeben werden soll. Ich werde sie aus der Stadt bringen, denn ich bin mir nicht sicher, wie er entscheidet, wenn er unter Druck steht. Am liebsten würde er ja leugnen, dass eine Nonne mit einem Mann aus dem Kloster flüchtete. Kann ich zu ihr? Ich will keine Zeit verlieren und werde sofort mit ihr zur Burg reiten. Dort ist sie in Sicherheit …«

»Macht Euch keine unnötige Mühe. Euer Bruder wird sie zur Burg bringen«, unterbrach Alisa ihn scheinbar ungerührt.

»Mein Bruder?«

»Ja, er wurde heute von Kriegern des Burggrafen verwundet hergebracht. Er hat in Döffingen gekämpft. Er rief nach einer Schwester Benedicta, und wie ich eben miterleben durfte, liebt er diese Frau, die gerade an seinem Bett sitzt und seine Hand hält. Er hat ihr soeben versprochen, sie sicher zur Burg zu bringen. Als sein Weib! Wenn Ihr Euch selbst davon überzeugen wollt, tretet ruhig ein!«

Konstantin blieb wie angewurzelt vor der Haustür stehen. »Dann ist ja alles gut«, murmelte er tonlos.

»Und soll ich Eurem Bruder etwas von Euch ausrichten?«

»Nein, nein, ich komme in den nächsten Tagen wieder und sehe nach ihm, oder ich reite zur Burg, wenn er dort sicher angekommen ist. Sagt den beiden, sie sollen vorsichtig sein!«

Dann drehte er sich auf dem Absatz um und eilte von dannen.

Julian betrachtete Benedicta voller Verlangen. Sie hatte immer noch kein Wort hervorgebracht, sondern überlegte fieberhaft, was sie tun sollte.

»Benedicta, meine Benedicta, ich liebe dich und lasse dich nie wieder los. Dass ich flüchtete, war eine große Torheit. Ich danke Gott, dass die Männer des Burggrafen mich nach Hause brachten. Ich hätte mich vielleicht nie getraut, zurückzukehren. Du sollst wissen, als ich dich aus dem Kloster mitnahm, hatte ich bereits mit einer anderen Verlobung …«

Benedicta verschloss ihm mit dem Zeigefinger den Mund. »Nicht so viel sprechen!«, mahnte sie.

Er war abgemagert und sah älter aus. Sie empfand Mitleid mit ihm. In diesem Augenblick wusste sie, dass sie auf keinen Fall mit ihm gehen würde, denn sie liebte ihn nicht. Ihre Sehnsucht nach Konstantin hingegen wurde schier unerträglich.

»Du bist im Hause von Alisa, deiner Verlobten«, sagte Benedicta mit belegter Stimme.

»Sie ist ein wunderbares Mädchen. Sie wird mich freigeben«, erwiderte Julian hastig.

»Nein, Julian, sie liebt dich von ganzem Herzen. Mehr als ich. Mit ihr kannst du glücklich werden. Ich hingegen werde unbarmherzig von meiner Stiefmutter verfolgt und muss noch morgen die Stadt verlassen.«

»Dann gehen wir zusammen. Einer muss dich doch beschützen. Ich kann dich nicht alleinlassen.«

Benedicta atmete tief durch. Es lag ihr auf der Zunge, doch in diesem Augenblick wollte sie ihm lieber nicht an den Kopf werfen, dass er beim letzten Mal auch nicht gezögert hatte, sie ihrem Schicksal zu überlassen.

»Es gibt jemand anderen, der dich viel nötiger braucht. Das ist Alisa!«

»Aber ich lasse dich nicht ziehen. Jetzt, nachdem das Schicksal uns wieder zusammengeführt hat.« Das klang trotzig.

Benedicta nahm all ihren Mut zusammen. »Aber ich, ich kann nicht. Ich liebe einen anderen.«

»Einen anderen? Wird er mit dir fortgehen?«

»Nein, ich gehe allein. Und nun werde schnell gesund. Und bitte, sei gut zu Alisa, sie hat es verdient.«

Zum Abschied strich Benedicta dem Verwundeten über die eingefallenen Wangen und eilte, ohne sich noch einmal umzusehen, aus der Kammer.

Unten angekommen, rief sie nach Alisa, aber sie bekam keine Antwort.

»Alisa? Alisa?« Wo bist du?«

Es rührte sie nichts. Kein Laut war zu hören, denn Alisa, die sich hinter einer Tür versteckt hatte, hielt die Luft an. Schließlich verließ Benedicta traurig das Haus des Fechtmeisters Arnold, ohne sich von ihrer Freundin verabschiedet zu haben.

51

Benedicta fuhr erschrocken hoch. Es war mitten in der Nacht. Sie hatte schlecht geträumt, und dann hatte sie diese beschwörende Stimme gehört. »Steh auf!« Und wieder. »Steh auf!« Ganz nahe an ihrem Ohr.

»Brunhild, bitte steh auf. Es ist etwas Furchtbares geschehen.«

Benedicta rieb sich schlaftrunken die Augen. Das war kein Traum. Erstaunt blickte sie in Gieselberts verstörtes Gesicht.

»Steh auf, schnell ...« Die Stimme des Lehrjungen klang schwach, und er war aschfahl im Gesicht.

»Haben sie mich gefunden?«, fragte sie ängstlich, während sie aus dem Bett sprang. Das hatte sie nun davon, dass sie Leons wegen im Hause des Bäckers geblieben war, obwohl der Mühlstein in ihrem Bauch täglich schwerer wurde.

»Ich ... nein ... ich ... ich habe ihn noch weglaufen sehen, die ganze Backstube, alles rot ...« Gieselbert verdrehte die Augen und brach zusammen.

Benedicta hockte sich auf den Boden neben ihn und versetzte ihm eine leichte Ohrfeige, damit er wieder zu sich kam. Sie zuckte zusammen, als sie an dem Ärmel seines Bäckergewandes einen Flecken entdeckte. War das etwa Blut?

»Alles rot, alles!«, stammelte er, als er die Augen wieder aufschlug.

Ohne Gieselbert weiter zu beachten, schlüpfte Benedicta in ihr Kleid und rannte in die Backstube hinunter. Unvermittelt blieb sie stehen. Vorsichtig öffnete sie die Tür – um sie gleich darauf mit lautem Knall wieder zuzuwerfen. Ihr Atem ging schwer.

»Nein!«, keuchte sie. »Nein!«

Schließlich nahm sie all ihren Mut zusammen und betrat die Backstube. Am Boden vor dem Ofen lag Anselm auf dem Rücken und starrte sie aus weit geöffneten Augen entsetzt an. Das Blut floss ihm in Strömen aus der Brust. Der Dolch steckte noch in seinem Herzen.

Benedicta wandte sich ab, um die aufsteigende Übelkeit zu unterdrücken. Als sie sicher war, dass sie sich nicht erbrechen musste, stellte sie sich erneut dem grausamen Bild, das sich ihr bot.

»Das kann doch nicht sein«, murmelte sie. »Wir haben doch gestern Abend noch gemeinsam gespeist. Du hast geschworen, mich zu beschützen, wenn man mich holen will. Und nun ersäufst du in deinem eigenen Blut. Wer hat dir das bloß angetan?«

»Meister Burchard«, hörte sie von ferne Gieselberts Stimme flüstern. »Ich habe ihn fortlaufen sehen. Dafür wird er büßen.«

In diesem Augenblick sprang die Tür auf, und Meister Burchard stand leibhaftig in der Backstube. In der Hand einen zweiten Dolch.

»Bitte, verschone uns!«, bettelte Gieselbert.

»Du Wurm, was kümmert mich dein Schicksal?«, schrie der Alte und deutete höhnisch auf Anselms Körper. »Der Narr, er hätte nur meine Tochter zu heiraten brauchen. Stattdessen hat er sie in den Wahnsinn getrieben.«

Die Hände in die Hüften gestemmt, trat Benedicta dem Tobenden drohend entgegen. Sie hatte keine Angst vor ihm. »Deine Tochter war nicht von Sinnen. Sie gab nur vor, dem

Wahnsinn verfallen zu sein, um sich mildernde Umstände zu erschleichen. Sie war voller Rachegelüste, weil Anselm sie verschmähte und sein Vater es zuließ, dass er eine andere heiratete. Sie hasste Agnes, weil Anselm sie liebte, und mich, weil ich Agnes' Freundin war.«

»Du lügst, du dummes Weib. Du und das andere Bettelweib, ihr habt das Unglück über unsere Familien gebracht. Ohne euch würden wir hier noch in Frieden leben. Aber ich lasse meine Tochter nicht allein. Ich werde zu ihr in die Hölle hinunterfahren und ihr berichten, dass auch Anselm seine gerechte Strafe bekommen hat. Ich werde dafür sorgen, dass auch Anselm in der Hölle schmort.«

Mit diesen Worten umfasste Burchard den Dolch mit beiden Händen und stieß ihn sich mit voller Kraft in den Leib. Wie ein verletztes Tier schrie er auf, als er zu Boden sank und auf Anselms Leichnam fiel. Frisches Blut sprudelte aus seinem Körper. Doch sein Schreien wurde immer leiser, bis er nur noch röchelte.

Fassungslos wurden Benedicta und Gieselbert Zeugen seines langsamen Sterbens. Immer wieder, wenn sie glaubten, nun sei er endlich tot, entrang sich seiner Kehle ein weiteres Röcheln.

Plötzlich waren fremde Stimmen zu hören. Als Benedicta sich umsah, bemerkte sie, dass die Nachbarn herbeigeströmt kamen und neugierig die Hälse reckten. Die ersten drängten sich in die Backstube, die ganz plötzlich einem Hexenkessel glich.

In diesem Augenblick begriff Benedicta, dass sie keine Zeit mehr verlieren durfte und auf der Stelle die Stadt verlassen musste. Die schändliche Tat lockte immer mehr Schaulustige an. Und wo sich viele Menschen versammelten, war mit Sicherheit ihre Stiefmutter nicht weit.

Benedicta nahm Gieselbert, der noch immer wie betäubt auf die beiden toten Bäcker blickte, zur Seite.

»Sag deinem Vater, dass Anselm mit seinen letzten Worten angeordnet hat, dass du sein Nachfolger wirst.«

»Aber er war doch schon tot«, widersprach Gieselbert mit bebender Stimme.

»Bitte tu mir den Gefallen! Sag es deinem Vater so und nicht anders, wenn ich fort bin.«

»Aber du kannst doch nicht einfach weggehen! Ich brauche dich.« Der Junge weinte jämmerlich.

»Du hast so oft den Teig gerührt. Du wirst es schon schaffen, doch ich muss mich sputen und noch heute die Stadt verlassen.«

Gieselbert klammerte sich an ihrem Kleid fest, aber sie befreite sich vorsichtig. Immer mehr Menschen strömten zum Bäckerhaus. Sie spürte, dass ihr wenig Zeit blieb.

Benedicta warf Anselm einen letzten Blick zu, bevor sie in ihre Kammer eilte und ihr Bündel packte. Erst das klägliche Schreien des Kindes, das aus Anselms Kammer drang, machte ihr bewusst, dass Leon ja jetzt allein auf der Welt war. Aber was sollte sie tun? Das Kind seinem Schicksal überlassen? Dann würde man es in ein Haus für arme Waisen bringen. Nein, das konnte und durfte sie nicht zulassen.

Benedicta hastete zu dem schreienden Kind und versuchte es zu beruhigen, aber es half alles nichts. Zu guter Letzt machte sie den Oberkörper frei und gab dem Kind die Brust. Wenn sie dem Säugling schon keine Nahrung geben konnte, so hoffte sie ihn zumindest zu beruhigen. Wie gut, dass ich Anselms Geld genommen habe, dachte sie, so werde ich als Erstes eine Amme für ihn suchen. Doch erst einmal musste sie unbemerkt die Stadt verlassen.

Das Kind wurde ganz ruhig an ihrer Brust, bis es sanft einschlief. Vorsichtig wickelte Benedicta es in ein Tuch und kehrte noch einmal in ihre Kammer zurück. Dort legte sie das Kind auf ihrem Lager ab und schlüpfte in das schönste Kleid, das sie besaß. Man sollte sie unterwegs auf keinen Fall für eine Hure oder ein Bettelweib halten, sondern für eine junge Mutter auf dem Weg zu ihrem Ehemann.

Unauffällig bahnte sich Benedicta mit Agnes' Gebände auf dem Kopf einen Weg durch die Menge der Schaulustigen, die sich vor dem Bäckerhaus versammelt hatten. Sie konnte nur beten, dass sich ihre Stiefmutter nicht darunter befand und plötzlich ihren Namen kreischte.

Sie hatte Glück. Unbehelligt gelang ihr der Weg zum nahe gelegenen Stadttor, doch die Schlange derer, die an diesem Tag die Stadt verlassen wollten, war derart groß, dass sie kehrtmachte und den Weg zu jenem Tor einschlug, durch das sie mit Agnes gekommen war. Ihr schien es eine halbe Ewigkeit her zu sein. Dabei war seitdem noch nicht einmal ein Jahr vergangen.

Inzwischen kannte sie sich in der Stadt aus und fand den Weg mit Leichtigkeit. Den Langen Steg überquerte sie dieses Mal, ohne zu zögern, wenngleich ihr nicht wohl dabei war, doch sie war getrieben von dem Wunsch, die Stadt so schnell wie möglich hinter sich zu lassen. Nun, da sie auch für das Wohl des Kindes zu sorgen hatte.

Ein einziges Mal fragte sie sich, ob sie in dieser für sie neuen Lage nicht doch auf Julian bauen sollte, aber sie verwarf den Gedanken sofort wieder. Lieber, als mit ihm, den sie nicht liebte, auf der Burg zu leben, schlug sie sich in einer der fernen Städte durch, in denen ihre Stiefmutter bestimmt nicht nach ihr suchen würde. Sie hatte einmal gehört, dass es sich in Würzburg leben lasse. Und so beschloss sie, während sie auf das Stadttor zueilte, sich auf den Weg dorthin zu begeben. Vielleicht fand sie unterwegs einen Händler, der sie und das Kind ein Stück des Weges mitnahm.

Erleichtert stellte sie fest, dass am Frauentor niemand darauf wartete, aus der Stadt zu kommen. Sie zuckte allerdings ein wenig zusammen, als der schlaksige junge Wächter sie merkwürdig von Kopf bis Fuß musterte. Auch Benedicta hatte ihn sofort wiedererkannt. Es war Jasper, der sie einst in die Stadt eingelassen hatte. Sie tat allerdings so, als wäre sie ihm noch nie zuvor begegnet.

»Ich kenn dich doch«, sagte er. »Bist du nicht mit einem Hund in die Stadt gekommen?«

Benedicta wollte leugnen, aber dann bemerkte sie betont locker: »Ja, ja, der schöne Hund. Den hat es dahingerafft.«

»Und du bist wohlauf? Hattest du nicht die Bleichsucht?«

Sie schüttelte den Kopf. »Nein, das war ein Irrtum. Meine Schwester befürchtete es, weil ich so bleich war. In Wahrheit …« Vertraulich hob sie die Hand an sein Ohr und flüsterte. »In Wahrheit war ich bereits in anderen Umständen.« Sie deutete auf das schlafende Bündel in ihrem Arm und fügte hastig hinzu: »Und nun gehe ich nach Feucht zu meinem Mann. Er ist Zeidler, musst du wissen.«

Jasper grinste verschmitzt. »Dann habt ihr also vor der Hochzeit an den verbotenen Früchten genascht. Ich verstehe. Dann wünsch ich dir eine gute Reise.«

Benedicta lächelte den Wächter dankbar an und eilte in den Innenhof, um das Tor nach außen ungehindert zu verlassen, doch da stellte sich ihr das bullige Narbengesicht in den Weg.

»Jasper, komm mal her!«, schnauzte dieser und hielt Benedicta am Arm fest. »Schau dir das Vögelchen genau an! Was siehst du?«

Jasper fand den Ton, den der bullige Wächter Benedicta gegenüber anschlug, offensichtlich unangenehm. »Ich sehe eine junge Mutter mit einem schlafenden Kind«, knurrte er.

»Dann bist du blind, mein Lieber. Sie ist groß, stimmt's?«

Jasper nickte unwirsch.

»Sie ist dürr. Hab ich recht?«

»Hör auf damit!«, schnaubte Jasper.

»Sie hat große braune Augen, und ob sie auch schwarze Locken besitzt, wird sich erweisen.« Mit einem Ruck zog er an ihrem Gebände und deutete grinsend auf eine dunkle Strähne, die darunter hervorlugte.

»Was soll das?«, fauchte Jasper. »Lass sie endlich ziehen! Sie will zu ihrem Mann.«

»Der muss warten«, raunte das Narbengesicht mit drohendem Unterton.

Benedicta wurde abwechselnd heiß und kalt. Sie fragte sich, ob sie einfach loslaufen sollte, aber aus dem Innenhof gab es kein Entkommen. Sie atmete tief durch.

»Ich bring sie ins Katharinenkloster und kassier die Belohnung«, hörte sie den bulligen Kerl frohlocken.

»Du glaubst doch nicht, dass sie die junge Frau ist, die von den hohen Herrschaften aus Regensburg gesucht wird.«

»O doch, und ob ich das glaube!«, erwiderte der Wächter scharf. »Sieh sie dir doch an! Eine ungewöhnliche Erscheinung, und genauso hat sie uns die Frau beschrieben.« Nun wandte er sich an Benedicta. »Gib zu, dass du Benedicta von Altmühl bist!«

Benedicta aber presste die Lippen fest aufeinander und warf Jasper einen flehentlichen Blick zu.

»Aber schau doch, sie hat ein Kind bei sich! Davon hat man uns nichts gesagt.«

»Und wenn schon. Wen stört's, wenn sie das falsche Weib ist? Dann lässt man sie wieder laufen. Aber wenn sie die Richtige ist, und ich lass mir die Belohnung entgehen, dann wär ich ein Narr.«

Er packte Benedicta grob am Oberarm. Sie leistete keinen Widerstand. Jasper beobachtete das Ganze mit Widerwillen.

»Gut, dann bringe ich sie zum Kloster«, bot er schließlich an. »Du bist doch hier unabkömmlich.«

Der große Kerl lachte höhnisch. »Du bist wohl von Sinnen! Mir gebührt die Belohnung! Du hättest sie doch einfach durchgelassen. Und nun komm schon, Weib!«

Als Benedicta sich nicht von der Stelle rührte, packte er sie so hart am Oberarm, dass sie vor Schmerz aufschrie.

»Ich komme schon, aber wag es nicht, mich noch einmal anzufassen! Sonst kann ich das Kind nicht halten. Und wenn ihm etwas geschieht, wird man dich schwer bestrafen.«

»Hörst du nicht, was sie sagt?«, schrie Jasper, und das Narbengesicht ließ Benedicta fluchend los.

»Wenn du abzuhauen versuchst, wird das dir und deinem Balg schlecht bekommen«, brummt er und scheuchte Benedicta durch stinkende dunkle Gassen, in denen sie noch nie zuvor gewesen war.

52

Benedicta sah weder nach links noch rechts, als sie in Begleitung des Wächters das Tor von Sankt Katharinen passierte. Dort wurde sie zwei Klosterwächtern übergeben, die sie zu einer Klosterzelle brachten.

Sie hatte nur eine Sorge: Was würde mit dem Kind geschehen, wenn man sie bestrafte? Alles andere war ihr auf einmal gleichgültig.

Als die Klosterknechte die Tür von außen abschlossen, löste dies beinahe ein Gefühl von Geborgenheit in ihr aus. Endlich konnte sie ungestört Anselms Schicksal beweinen.

Wäre sie allein gewesen, sie hätte sich klaglos in ihr Schicksal ergeben, aber so? Was, wenn das Kind aufwachte und immer noch nichts zu essen bekam? Sie konnte sich jedenfalls nicht daran erinnern, in Engelthal jemals einen Säugling oder gar eine Amme gesehen zu haben.

Lange würde es nicht mehr dauern, bis Leon wach wurde. Seine Augenlider zuckten bereits verdächtig, und dann verzog sich sein Mündchen zu einem Schmollen. Er kommt nach Agnes, dachte Benedicta noch, als das kleine Wesen in ihren Armen ein fürchterliches Gebrüll ausstieß.

Benedicta sprach tröstend auf Leon ein, wiegte ihn hin und her, doch es half alles nichts. Selbst ihre leere Brust schien der Kleine als Verhöhnung zu empfinden, denn nun schrie er nur noch lauter. Benedicta war den Tränen nahe. Sie hatte Angst, man werde ihr das Kind einfach wegnehmen und es in ein Waisenhaus bringen, es sei denn … Plötzlich wusste Benedicta, was sie zu tun hatte, um dem Kind dies zu ersparen.

Jemand drehte von außen den Schlüssel herum und riss

die Tür auf. »Was hat das Kind hier zu suchen?«, keifte eine zornige Frauenstimme.

Benedicta blickte schuldbewusst auf und erstarrte. Eine deutlich ältere und wesentlich schmalere Schwester Walburga trat drohend auf sie zu. O weh, ging es Benedicta durch den Kopf. Nun bin ich verloren.

»Was sucht Ihr denn in Sankt Katharinen?«, fragte Walburga sichtlich überrascht.

»Eure Schwester hat mich in der Stadt aufgespürt. Da wollte ich fliehen, aber sie hat anscheinend alle Torwächter der Stadt mit hohen Belohnungen gelockt, mich einzufangen und herzubringen.«

Merkwürdigerweise war das Kind in Benedictas Arm in dem Augenblick verstummt, als Schwester Walburga die Zelle betreten hatte.

»Und was ist das?«, fragte Walburga dümmlich.

»Mein Sohn«, erwiderte Benedicta mit fester Stimme.

»Und wo ist Julian von Ehrenreit, der stolze Vater?«

»Tot! Aber warum seid Ihr nicht mehr in Engelthal?«

»Weil der hochehrwürdige Provinzial alle Spuren Eurer Flucht auslöschen wollte. Ich habe Euer Verschwinden damals entdeckt und ruchbar gemacht. Erst konnte man mir nicht genug danken, doch dann wendete sich das Blatt. Plötzlich, als einige reiche Adlige ihre Töchter nicht mehr der Obhut Engelthals anvertrauen wollten, wurde behauptet, ich hätte eine Lüge in die Welt gesetzt. Es sei gar keine Nonne aus dem Kloster entflohen. Und damit ich nicht mehr die Wahrheit verbreiten konnte, wurde ich nach Sankt Katharinen gebracht und mit einem Schweigegebot belegt.«

»Dann seid Ihr sicher böse auf mich, nicht wahr?«

»Nein, Ihr könnt ja nichts dafür, dass es mir nicht wirklich gedankt wurde.«

Nun verzog das Kind abermals den Mund und plärrte wenig später lauthals los.

»Was hat er?«, wollte Walburga wissen.

»Hunger. Er hat seit gestern keine Nahrung mehr bekommen.«

»Ja, dann gebt ihm doch Nahrung! Eure Brüste platzen doch sicher schier vor Milch.«

Benedicta schüttelte traurig den Kopf. »Ich habe keine Milch und kann ihn nicht an meinen Brüsten nähren. Ich brauche eine Amme.«

Walburga betrachtete sie zweifelnd. »Ihr seid immer noch so mager und habt gar nichts von einer jungen Mutter an Euch. Ich kenne mich zwar nicht besonders gut aus, aber die Frau des Klostergärtners hat gerade einem Kind das Leben geschenkt. Und das ist schwerlich zu übersehen. Sie ist immer noch prall wie eine reife Frucht.«

Neugierig beugte sich Walburga über das Kind und musterte es aufmerksam. »Merkwürdig. Es hat so gar nichts von Euch. Es besitzt die Augen der Köchin. Seht her! Auch der Mund, der scheint mir Agnes' Mund zu sein.«

Walburga hob den Kopf und musterte die vermeintliche Mutter durchdringend. Benedicta spürte, wie ihr die Hitze in die Wangen schoss. Sie blickte krampfhaft nach unten, damit Walburga ihr die Wahrheit nicht vom Gesicht ablesen konnte.

»Agnes ist tot. Man hat sie vergiftet«, sagte sie leise und wusste nicht, warum sie das preisgab; schon gar nicht ihrer einstigen Todfeindin. Sie wartete eigentlich nur darauf, dass Walburga ihr Leon mit hartem Griff aus den Armen riss und ihr höhnisch vorwarf, das Kind sei schließlich nicht von ihr.

Nichts dergleichen geschah. Es war still in der Zelle, bis das Kind, das eine Pause machte, um neue Kraft zu schöpfen, erneut losbrüllte. Dieses Mal wollte es nicht mehr aufhören. Es schrie und strampelte so lange, bis es krebsrot im Gesicht war.

Hilfesuchend wandte sich Benedicta an Walburga, doch die verließ nur wortlos die Zelle.

Dann soll Walburga doch jemanden holen, der mir den

Kleinen wegnimmt, dachte Benedicta trotzig. Hauptsache, er bekommt endlich etwas zu trinken. Sie befürchtete nämlich, das Kind werde entweder an seinem eigenen Geschrei ersticken oder vor Hunger sterben, doch da schlief es erschöpft ein.

Aber was wäre, wenn er wieder aufwachte? Benedicta mochte kaum daran denken, zumal in diesem Augenblick all jene Gefühle auf sie einzustürzen drohten, gegen deren Ausbruch sie in den letzten Tagen so tapfer angekämpft hatte.

Crippin, Artemis, Agnes und Anselm.

Der Schmerz über all diese schrecklichen Verluste wollte ihr schier die Kehle zuschnüren.

»Warum hast du das zugelassen, lieber Gott?«, schrie sie und trommelte mit den Fäusten gegen die Wand der kargen Zelle.

Und sie spürte eine fast unerträgliche Sehnsucht nach Konstantin, aber sie hatte keine Träne mehr. Im Gegenteil, ihrem Schicksal hinter dicken Mauern sah sie beinahe gleichgültig entgegen. Sie war so müde und abgekämpft, dass sie sich schließlich neben Leon auf die Pritsche legte und zur Decke hinaufstarrte.

53

Benedicta erwachte von einem saugenden und schmatzenden Geräusch. Als sie hochfuhr, blickte sie in das gutmütige Gesicht einer prallen jungen Frau, deren Wangen rosig glänzten und an deren Brust Leon gierig trank.

»Ich konnte die Frau unseres Gärtners überreden, ein wenig Milch für dein Kindchen abzugeben«, bemerkte Walburga und zwinkerte Benedicta verschwörerisch zu.

Benedicta rieb sich verwundert die Augen. Träumte sie, oder geschah das wirklich?

»Er war halb verhungert. Warum habt Ihr keine Milch? Und wenn Ihr ihn schon nicht stillen könnt, dann müsst Ihr

Euch wenigstens um eine Amme kümmern«, sagte die junge Frau vorwurfsvoll und strich dem Kind mitleidig über das Köpfchen. »Und er trinkt mindestens so viel wie mein Sohn. Er wird mal kräftig, nehme ich an.«

»Ja, der Kleine kommt so gar nicht nach seiner Mutter«, bemerkte Walburga und fügte hastig hinzu: »Aber der Vater ist ein strammer Bursche.«

Benedicta genoss diesen friedlichen Augenblick von ganzem Herzen. Wer weiß, wann ich so etwas wieder erlebe?, fragte sie sich bang. Sie hatte den Gedanken noch nicht zu Ende geführt, als sich draußen ein lautes Geschrei erhob. Walburgas Miene verfinsterte sich.

»Lasst mich durch! Ich will sie mit eigenen Augen sehen!«, keifte eine Frauenstimme, die Benedicta auch nach so vielen Jahren unter Hunderten wiedererkannt hätte. Ihre Stiefmutter Adelheit.

Benedicta warf Walburga einen fragenden Blick zu. Die stand auf und raunte: »Ich werde dafür sorgen, dass sie das Kind nicht beim Trinken stört.« Mit entschlossenen Schritten verließ Walburga die Klosterzelle.

Benedicta versuchte, ihre aufkeimende Angst zu unterdrücken, und beobachtete das Kind. Das lenkte sie von dem Toben vor der Tür ab. Leon trank immer noch an der anderen Brust der jungen Frau.

»Er ist fast noch gieriger als mein Kleiner«, lachte die Amme.

Nun war der Streit allerdings nicht mehr zu überhören. Die Stimmen draußen vor der Tür waren so laut, dass Benedicta in ihrer Zelle jedes Wort verstehen konnte. Dagegen half auch nicht, das Kind beim Trinken zu betrachten.

»Lass mich durch, du dummes Weib! Ich will zu meiner Tochter.«

»Tu nicht so scheinheilig! Sie ist nicht deine Tochter, und du wünschst sie immer noch zur Hölle, stimmt's?«

»Wie redest du mit mir? Weißt du eigentlich nicht, wen du vor dir hast? Wer bist du, dass du das wagst?«

»Deine Schwester Walburga, die deine Bösartigkeiten lange genug unterstützt hat.«

»Walburga? Warst du nicht einst eine unförmige Tonne? Weshalb sie dich ins Kloster schickten und nicht mich? Aber du bist immer noch so hässlich wie eh und je. Und dumm obendrein, wenn du nicht mehr weißt, welcher Seite du zu dienen hast.«

»Dir jedenfalls nicht. Du hast kein gutes Wort für mich eingelegt, als man mich nach Sankt Katharinen brachte. Ich habe dir Briefe geschrieben und dich um Hilfe gebeten, aber seit Benedicta fort war, hast du dich nie wieder gemeldet. Ich sollte dir nur als Handlangerin dienen. Am liebsten hättest du es doch gesehen, wenn das Mädchen seinem Leben aus lauter Verzweiflung ein Ende gesetzt hätte.«

»Du bist ja verrückt. So, und nun lass mich durch! Da du zu blöd warst, das Mädchen um den Verstand zu bringen, will ich ihr einen Vorgeschmack darauf geben, wo sie landen wird. In der Hölle nämlich. Ich werde ihr schildern, welche Qualen es sind, lebendig hinter einer Mauer zu leben und nur durch eine Öffnung das Nötigste ...«

»Halt ein!«, schrie Walburga. »Sie wird morgen dem Provinzial vorgeführt. Da kannst du sie in seiner Anwesenheit mit deinem Hass überschütten, aber in ihre Zelle lasse ich dich nicht. Ich habe strikte Anweisung, dass sie keinen Besuch bekommen darf.«

»Gütiger Himmel, ich will mich doch nur vergewissern, ob sie wirklich eingesperrt ist!« Adelheits Stimme klang plötzlich weinerlich. »Sie hat das Gelübde gebrochen, sie hat sich versündigt. Sie hat den guten Ruf unserer Familie aufs Spiel gesetzt.«

»Pah!«, stieß Walburga verächtlich aus. »Du befürchtest doch nur eines: dass sie ihres Vaters Erbe beanspruchen könnte.«

Den Rest verstand Benedicta nicht mehr, weil die beiden offenbar dazu übergegangen waren, leiser zu sprechen. Das

Herz klopfte ihr bis zum Hals. Ihre Stiefmutter hasste sie offenbar noch heftiger, als sie befürchtet hatte.

Die junge Gärtnersfrau hob den satten Leon hoch und wartete, bis er einen Rülpser getan hatte. Dann legte sie Benedicta das Kind in die Arme. Der Kleine schien hochzufrieden. Jetzt sieht er wirklich aus wie Agnes, dachte Benedicta gerührt und streichelte ihm zart über den dunklen Flaum auf dem Köpfchen.

Die junge Frau versprach, am nächsten Tag wiederzukommen. Benedicta nickte. Dabei wusste sie nicht einmal, ob sie morgen überhaupt noch in Sankt Katharinen weilen würde.

Walburga betrat die Zelle mit einer Schüssel in den Händen, aus der es lecker dampfte. Jetzt erst nahm Benedicta wahr, dass sie völlig ausgehungert war.

»Walburga, ich weiß gar nicht, wie ich Euch danken soll«, sagte Benedicta mit belegter Stimme. »Dafür, dass Ihr mich nicht verraten, mir die Amme besorgt und Adelheit den Zutritt zu meiner Zelle verwehrt habt. Das hätte ich Euch niemals zugetraut. Wie oft habe ich damals in Engelthal darüber nachgedacht, wie ich mich für Eure Quälereien rächen könnte.«

Walburga zuckte mit den Achseln. »Ich tue es nur für das unschuldige Wesen dort. Es kann doch nichts dafür. Ihr seid mir gleichgültig.«

Benedicta lächelte. So ganz glaubte sie der Schwester nicht, denn ein klein wenig hatte sie es wohl auch für die Gefangene getan. Sie scheint zu bereuen, dass sie mich während der Jahre im Kloster immer wieder angeschwärzt hat, vermutete Benedicta.

»Ihr werdet gleich morgen früh dem Provinzial vorgeführt. Er soll gar nicht erfreut darüber sein, dass Eure Flucht aus der Stadt vereitelt wurde. Aber meine Schwester sieht die Stunde der Rache gekommen. Seid vorsichtig, sie will Euch an einen Ort bringen lassen, von dem es keine Wiederkehr gibt.«

Benedicta seufzte. »Ich weiß, Euer Streit war ja nicht zu überhören, aber vielleicht könntet Ihr mir morgen noch einen kleinen Gefallen tun. Könntet Ihr das Kind so lange nehmen, bis das Urteil über mich gesprochen wird?«

»Ja, ich werde es gern hüten, während sie über Euch zu Gericht sitzen«, erwiderte Walburga und lächelte hintersinnig.

54

Walburga hielt Wort. Sie kam in aller Herrgottsfrühe und blieb mit Leon in der Zelle, nachdem ein Klosterknecht Benedicta ins Amtszimmer geholt hatte.

Benedicta betrat den Raum mit hoch erhobenem Haupt. Sie wollte ihrer Anklägerin und ihrem Richter offen in die Augen blicken. Der Provinzial sah harmloser aus, als sie ihn sich vorgestellt hatte. Er war klein, dick und hatte eine auffällig rote Knollnase. Obwohl er auf einem Stuhl saß, atmete er so schwer, als würde er rennen.

Beim Anblick der Stiefmutter gefror ihr allerdings das Blut schier in den Adern, denn die verbittert dreinschauende Frau sprühte nur so vor Hass. Benedicta wandte den Blick ab. Und doch war ihr so, als würden Adelheits funkelnde Augen ihr Löcher in die Haut brennen.

Der Provinzial forderte Benedicta freundlich auf, sich zu setzen. »Ihr seid doch die Schwester mit den Lebkuchen?«, fragte er und lächelte.

»Ich muss doch sehr bitten!«, keifte Adelheit dazwischen. »Ich weiß zwar nicht, wovon Ihr sprecht, aber ich glaube nicht, dass es der Angelegenheit, die wir hier verhandeln, dienlich ist.«

Der Blick des Provinzials wurde sofort strenger, und auch seine Stimme bekam einen schärferen Klang. »Ihr wisst, welche Sünde Ihr begangen habt?«

Benedicta nickte.

»Obwohl Ihr das Gelübde abgelegt habt, seid Ihr mit einem Mann aus dem Kloster Engelthal geflüchtet.«

»Und sagtet Ihr nicht, die beiden hätten auf der Flucht zwei Klosterknechte ermordet?«, mischte sich Adelheit ein.

»Gute Frau, das können wir nicht mit Gewissheit sagen. Wir sind hier zusammengekommen, um uns zu überlegen, wie wir Schwester Benedicta am besten bestrafen, ohne dem Ruf des Klosters Engelthal zu schaden.« Der Atem des Provinzials erzeugte pfeifende Geräusche.

»Mir ist der Ruf von Engelthal gleichgültig, denn es steht der Ruf der Familie von Altmühl auf dem Spiel. Es war der letzte Wille ihres Vaters, dass man sie in ein Kloster bringen solle«, schnaubte Adelheit.

»Ihr lügt!«, schrie Benedicta. »Mein Vater wollte, dass ich eine Familie habe.«

»Aber er hat es aufgeschrieben. Ich habe es mitgebracht, ehrwürdiger Provinzial, falls das sündige Weib Zweifel säen sollte.« Adelheit überreichte dem Provinzial ein Stück Pergament.

»Darf ich es auch sehen?«, fragte Benedicta, trat, ohne eine Antwort abzuwarten, an den Tisch und betrachtete das Geschriebene aufmerksam.

»Ich wusste, dass es gefälscht ist. Dies ist nicht die Schrift meines Vaters, es ist ihre Schrift.« Benedicta deutete auf Adelheit.

»Was fällt dir ein?«, kreischte die Stiefmutter.

»Ruhe!«, krächzte der Provinzial. »Es geht nicht darum, ob es rechtens war, dass Benedicta von Altmühl ins Kloster gebracht wurde, sondern einzig und allein darum, dass sie ihr Gelübde brach.«

»Genau, und deshalb fordere ich, dass dieses unkeusche Ding in ein fernes Kloster verbracht wird, wo man sie einmauert, damit sie den Rest ihres Lebens Buße tun kann.«

»Werte Frau, das ließe sich nicht in aller Stille durchführen. Das würde ruchbar werden und womöglich dem Ruf des Klosters schaden. Ich schlage daher vor, sie einfach hier in Sankt Katharinen zu lassen und ein Auge auf sie zu haben.« Er hielt inne und sah sie prüfend an.

»Ihr wärt doch bereit, in der Backstube zu arbeiten, nicht wahr?«

Wider Willen musste Benedicta lächeln.

»Damit sie Euch noch einmal entkommt?«, höhnte Adelheit. »Das halte ich für keinen guten Vorschlag. Und überhaupt, was sind das für Andeutungen? Welches Geheimnis teilt Ihr mit der Übeltäterin?«

»Nichts ... es ist gar nichts ... Ich dachte nur, hier im Kloster könnte sie nichts anrichten«, stammelte der Provinzial.

»Ich verspreche, dass ich keinen Fluchtversuch unternehme, wenn Ihr Euch im Gegenzug um das Wohl des ...«, mischte sich Benedicta ein. Mit dem Gedanken, in der Backstube des Klosters zu bleiben, konnte sie leben – unter der Bedingung, dass Leon in gute Hände kam.

Sie kam allerdings nicht dazu, das Wohl des Kindes anzusprechen, weil sich Adelheit wie eine Furie auf den Provinzial stürzte und ihn anbrüllte. »Hört, hört! Sie gibt falsche Versprechungen ab. Lasst Euch nicht von ihr in die Irre führen! Sie wird entkommen und damit auch den Ruf von Sankt Katharinen in den Schmutz ziehen.«

Der Provinzial, der erleichtert schien, dass ihm Adelheit nicht an die Kehle gegangen war, blickte zweifelnd von ihr zu Benedicta.

»Da mögt Ihr recht haben. Wir müssen sichergehen, dass sie nicht noch einmal flieht. Wir schließen sie einfach in ihrer Zelle ein und lassen sie nur heraus, damit sie backen ...«

»Was redet Ihr da? Ich höre immer nur backen. Und Ihr glaubt, so haltet Ihr sie von einer Flucht ab? Seid Ihr von Sinnen? Sie muss eingesperrt werden. Und zwar dort, wo ihre Helfer keinen Zutritt haben. Wo sie keiner kennt.«

»Gut, ich sehe es ein. Wir werden sie in ein anderes Kloster verbringen ...«

»... und dort einmauern. Sonst sehe ich mich gezwungen, mich an die Kirchenoberen zu wenden, und dann ist es nicht nur um den Ruf der Klöster geschehen, sondern auch um den Eurigen.«

Der Provinzial kniff die Augen zu Schlitzen zusammen. »Gut, gut, damit spreche ich das Urteil. Die Nonne Benedicta von Altmühl wird den Bruch ihres Gelübdes büßen, indem …«

Der Provinzial wurde in seiner Rede unterbrochen, als jemand, ohne anzuklopfen, das Amtszimmer des Klosters betrat.

»Wer stört da?«, schnaufte der Provinzial und fuhr herum.

Benedicta erschrak. Es war Walburga, auf dem Arm das Kind. Lieber Gott, betete sie, lass dem Kind kein Leid geschehen!

»Was ist das?« Der Provinzial deutete auf den kleinen Leon, der wach und friedlich in den Armen der Schwester lag.

»Verzeiht, dass ich die Verhandlung störe, hochverehrter Provinzial, aber ich denke, Ihr könnt nicht über Schwester Benedicta richten, ohne zu wissen, dass sie ein Kind hat«, erklärte Walburga unterwürfig.

»Verschwinde, Walburga, und nimm das Balg mit!«, keifte Adelheit und wandte sich ungeduldig an den Provinzial. »Los, sprecht weiter!«

Der Atem des Provinzials ging pfeifend. »Aber … das … das ändert alles. Wir können doch keine Mutter einmauern …«, stammelte er verstört.

Benedicta sah dem Geschehen fassungslos zu. Natürlich hätte sie gern etwas zu ihrer Verteidigung vorgebracht, aber es sah so aus, als sei das Kind Rettung genug.

»Was fangen wir nur mit ihr an?«, jammerte der Provinzial und kratzte sich den kahlen Schädel.

»Einmauern! Und das Kind gebt in meine Obhut!«, verlangte Adelheit mit schriller Stimme.

»Niemals!«, fuhr Benedicta dazwischen, sprang auf und stellte sich schützend vor Walburga und den Kleinen.

»Nein, gute Frau, Euch würde ich das Kind nicht anvertrauen«, ächzte der Provinzial und verfiel in grüblerisches Schweigen.

»Einmauern, sage ich«, wiederholte Adelheit.

»Könnt Ihr nicht einmal Euren Mund halten?«, knurrte der Provinzial die Stiefmutter an. »Ich denke nach.« Plötzlich hellte sich sein Gesicht auf.

»Ich hab's. Der Vater des Kindes heiratet Euch!«

»Der Vater des Kindes ist tot«, beeilte sich Benedicta zu sagen.

»Dann heiratet eben einen anderen Mann von Stand und sprecht niemals mehr davon, dass Ihr einst eine Nonne wart.«

»Ihr wollt ihr die Erlaubnis erteilen, unkeusch zu leben?« Adelheit war außer sich.

»Die Früchte der Sünde sind doch ohnehin nicht zu verbergen«, murmelte er kleinlaut und deutete auf das Kind. »Was ist es denn eigentlich?«

»Ein Junge«, erwiderte Walburga mit Stolz, als wäre es ihr eigenes Kind.

»Ein Junge?«, wiederholte Adelheit und wurde blass. Dann räusperte sie sich. »Ihr habt ja recht, hochverehrter Provinzial.« Ihre Stimme klang plötzlich ganz weich. »Ich war so verbohrt, weil ich Sorge um die Ehre der Familie hatte, aber wir müssen auch das Wohl des unschuldigen Menschenkindes dort bedenken.« Adelheit erhob sich, trat auf ihre Schwester zu und strich dem Kleinen über den Kopf.

»Finger weg von meinem Kind!«, schrie Benedicta, und Leon begann sogleich wie am Spieß zu brüllen.

»Benedicta, sei nicht so feinselig! Ich habe dich doch immer wie eine eigene Tochter geliebt. Und ich werde meinen guten Willen unter Beweis stellen.«

Adelheit hielt inne und wandte sich an den Provinzial. »Mein Sohn aus erster Ehe, Benedictas Stiefbruder, wird sie zur Ehefrau nehmen, sodass Mutter und Kind fern von Nürnberg in Regensburg leben können.«

»Das ist ja großartig!«, jubelte der Kirchenmann.

»Ich heirate doch nicht meinen Stiefbruder Conrat!«, widersprach Benedicta aufs Heftigste.

Der Provinzial aber war so begeistert über diese Lösung, dass er mit gewichtiger Stimme schnaufte: »Die Nonne Benedicta wird frei von ihrem Gelübde sein und auch wegen ihres Verstoßes nicht gestraft, wenn sie einen Mann ihres Standes heiratet. Conrat von Altmühl wird ihr einen Antrag machen. Wenn sie sich weigert, in Bälde einen Mann ihres Standes zu ehelichen, wird sie in ein fernes Kloster verbracht und das Kind ihrer Stiefmutter übergeben.«

»Aber Adelheit, warum willst du ihren Sohn mit nach Regensburg in das Haus ihres Vaters nehmen? Da stimmt doch irgendetwas nicht. Du willst doch sowohl sie als auch ihren Erben aus dem Wege räumen!«, rief Walburga empört aus.

Adelheit lächelte falsch. »Halte ein mit deinen bösartigen Verdächtigungen, liebe Schwester! Ich werde sie wie eine Tochter aufnehmen, jetzt, da wir den Willen ihres Vaters, dem ich mich zeitlebens verpflichtet fühlte, mit kirchlichem Segen übergehen dürfen.«

Benedicta warf dem Provinzial einen verzweifelten Blick zu, doch der erhob sich hastig und erklärte: »Nun nimm dein Kind und geh mit deiner Stiefmutter!« Dann stutzte er. »Ich müsste allerdings, bevor Ihr das Kloster verlasst, noch einmal unter vier Augen mit Euch reden.«

»Das passt mir gut«, mischte sich Adelheit ein. »Ich brächte meinem Sohn gern schonend bei, dass er sie heiraten wird. Und es wäre mir nur lieb, wenn wir Benedicta abholen könnten, sobald wir uns von unserem Gastgeber, dem Tuchhändler Peter Teffler, verabschiedet haben. Wenn Ihr meiner Tochter so lange ein Obdach gewähren würdet … Aber bedenkt, noch ist sie nicht so gefestigt, dass sie sich freiwillig in ihr gnädiges Schicksal ergeben wird. Wir sind bald zurück, denn wir wollen noch heute aufbrechen.«

Der Provinzial lachte wissend. »Ich verbürge mich dafür,

dass sie nicht fliehen wird. Walburga, Ihr werdet sie bewachen.«

Adelheit schüttelte heftig den Kopf. »Nein, werter Provinzial, meine Schwester ist nicht geeignet für diese Aufgabe. Mir scheint es, dass sie sehr unter Benedictas Einfluss steht.«

»Gut, dann bringe ich sie gleich höchstpersönlich in ihre Zelle. Und Ihr könnt gehen.« Er machte in Walburgas Richtung eine Bewegung, als wolle er eine Fliege verscheuchen. Walburga übergab daraufhin Benedicta das Kind und verließ mit ihrer Schwester das Amtszimmer. Die beiden wechselten kein Wort miteinander, sondern starrten grimmig vor sich hin.

»Ich darf mir Eurer Dankbarkeit gewiss sein wegen dieser milden Bestrafung, nicht wahr?«, schmeichelte der Provinzial, als er und Benedicta allein waren.

Benedicta zog es vor zu schweigen. Die Aussicht, den einfältigen Conrat zu heiraten, betrachtete sie nicht gerade als milde Bestrafung, doch sie war erleichtert, erst einmal Zeit gewonnen zu haben.

»Ich gehe davon aus, dass Ihr mir Eure Dankbarkeit beweist.«

Er trat einen Schritt auf sie zu. Benedicta zuckte zusammen. Erwartete er etwa jene Art von Dankbarkeit, die der Wärter im Lochgefängnis von ihr verlangt hatte?

»Ihr schreibt mir auf der Stelle das Rezept für Eure köstlichen Lebkuchen auf!«

Benedicta atmete erleichtert auf. »Dann bringt mir Pergament und einen Federkiel in meine Zelle. Aber dann darf ich auch noch eine letzte Bitte an Euch richten.«

»Ich höre.«

»Findet eine Amme für das Kind, die bereit ist, uns nach Regensburg zu begleiten. Meine Milch ist versiegt.«

»Amme? Wo soll ich denn eine Amme herbekommen?«

»Fragt die junge Frau des Gärtners. Die weiß sicher, wo Ihr eine Amme auftreiben könnt.«

Der Provinzial rollte mit den Augen. »Gut, gut, wenn Ihr mir das Rezept gebt, dann will ich Euch diesen Wunsch nicht abschlagen.«

»Schwört es!«

»Ich schwöre, dass ich Euch eine Amme besorge.«

»Schwört, dass Ihr mir sofort eine Amme besorgt!«

»Ja, ich werde Euch gleich eine schicken.«

Schwer atmend brachte er sie in ihre Zelle zurück.

Wenig später saß Benedicta vor dem Pergament und schrieb ein Rezept nieder. Plötzlich hielt sie inne, las das Ganze noch einmal durch und brach in lautes Gekicher aus. Sie hoffte allerdings, dass sie über alle Berge wäre, wenn der Provinzial Dietlindes Lebkuchen backen ließ.

55

Völlig außer Atem erreichte Adelheit das Haus von Peter Teffler. Sie war gar nicht erfreut, als sie ihren Sohn in angeregtem Gespräch mit Marie vorfand, der Tochter des Hauses. Sie kicherte gerade so, als hätte Conrat einen geistreichen Scherz gemacht.

»Mein Sohn, verabschiede dich schnell. Wir reisen ab!«, fuhr Adelheit dazwischen.

»Aber Mutter, wir wollten doch noch einige Tage bleiben!«, widersprach er heftig.

»Keine Widerrede! Ich habe es mir anders überlegt. Wir verlassen die Stadt noch heute. Worauf wartest du? Wird's bald?«

Marie sah mindestens so erschrocken drein wie Conrat. Sie war eine dralle junge Frau mit einem Kindergesicht wie er. Wer sie nebeneinander sah, musste zugeben, dass sie gut zueinander passten. Das aber scherte Adelheit wenig. Sie war von dem Gedanken besessen, Benedicta und das Balg loszuwerden.

»Mutter, Marie fragte gerade, was die Köchin uns heute zum Essen zubereiten solle.« Conrat wollte die Abreise offenbar mit aller Macht hinausschieben.

»Wir bleiben nicht zum Essen, und nun pack deine Sachen, mein Sohn! Wir müssen uns beeilen, damit wir vor Anbruch der Dunkelheit in einem Gasthaus sind.« Mit diesen Worten zog sie Conrat einfach mit sich fort und die Treppe hinauf.

»Mutter«, setzte er an, »ich muss dir etwas sagen. Marie soll meine Frau ...«

»Zu spät, mein Sohn ...«

»Aber ich möchte Marie wenigstens einen Antrag machen, bevor wir abreisen.«

»Nein, auch das ist unmöglich.« Sie schob ihren Sohn ins Zimmer und zischelte: »Es muss ja nicht das ganze Haus mitbekommen. Du wirst Benedicta heiraten.«

»Benedicta? Meine Stiefschwester? Aber ich denke nicht daran!«

»Du hast keine Wahl. Der Provinzial verlangt, dass sie einen Mann von Stand heiratet. Aber du hast dich ja geweigert, mit ins Kloster zu kommen und sie anzuklagen. Nun nehmen wir sie mit. Sie und ihren Sohn.«

»Ihren Sohn? Mutter, bitte hör auf! In dieser Angelegenheit werde ich dir den Gehorsam verweigern.«

»Ach ja? Und was unternimmst du, wenn ein anderer sie heiratet, so dass sie frei ist und dir dein Erbe streitig macht? Und wenn sie es nicht tut, dann wird es ihr Sohn tun. Du Narr, sie hat den Sohn, den sich der Alte immer wünschte! Dann verfügst du nicht mehr über die Mittel, Marie Teffler zu heiraten.«

»Aber wenn ich in eine Ehe mit Benedicta einwillige, dann kann ich Marie doch erst recht nicht zur Frau nehmen!«

»Doch, du kannst. Und zwar schon bald. Aber nur, wenn Benedicta und ihrem Bastard auf dem Weg nach Regensburg etwas zustößt. Hiermit erteile ich dir ausdrücklich meinen Segen zu dieser Ehe, wenn du erst ein trauernder Witwer bist.«

»Du verlangst doch nicht allen Ernstes von mir, dass ich

sie und vor allem ein unschuldiges Kind so einfach aus dem Weg räume!«

Adelheit lächelte dünn. »Nun, dann verzichtest du eben auf Marie Teffler. Es ist einzig und allein deine Entscheidung. Und nun spute dich! Wir müssen sie in unsere Gewalt bekommen, bevor sie auch noch aus Sankt Katharinen entkommt.«

Zusammengekauert saß Benedicta auf ihrer Pritsche und zermarterte sich den Kopf, wie sie die Ehe mit Conrat verhindern konnte. Ein kühner Gedanke beschäftigte sie. Was, wenn sie nun einen anderen Mann von Stand heiratete als Conrat? Dann wäre sie doch auch frei. Dem Provinzial ging es ausschließlich darum, dass sie sich verheiratete und man die Sache mit der entlaufenen Nonne damit endgültig aus der Welt schaffte. Doch wie konnte sie unauffällig mit Konstantin Verbindung aufnehmen? Und würde er sie überhaupt heiraten? Es gab einen einzigen Weg, dies herauszufinden – sie musste ihm eine Botschaft schicken.

Inständig hoffte sie, Walburga werde sie noch einmal besuchen und dann die Frau des Gärtners zum Haus des Gewürzhändlers schicken, aber sie wartete vergeblich. Walburga ließ sich nicht mehr blicken. Wahrscheinlich hielt man sie absichtlich von ihr fern. Dafür schob man ihr ohne Ankündigung eine dicke Frau mit riesigen Brüsten durch die Zellentür.

»Ich bin Berchta, Eure Amme«, stellte sie sich vor und lachte ohne Scheu, obwohl sie kaum Zähne im Mund hatte. »Ich werde Euch begleiten.«

»Das Kind schläft«, erwiderte Benedicta und musterte die Amme prüfend. Sie hatte ein offenes Gesicht und ein freundliches Lachen. Ich habe keine Wahl, sagte sich Benedicta. Wenn die Botschaft nicht ankommt, dann habe ich die Gewissheit, dass ich ihr nicht trauen konnte.

»Berchta, ich habe gleich einen Auftrag an dich. Ich soll einen Mann heiraten, den ich nicht liebe, und nun bitte ich dich, dem Mann meines Herzens eine Botschaft zu überbringen.«

Berchta lächelte breit. »Gern tu ich Euch einen Gefallen. Ihr habt mich doch schließlich vor dem Pranger gerettet.«

»Vor dem Pranger?«

»Ja, meine letzte Herrin behauptete, ich hätte ihr ein Schmuckstück gestohlen, aber ich hatte es nicht genommen. Heute sollte ich zum Gespött der ganzen Stadt am Pranger stehen, aber dann hat mich der Lochwirt ganz plötzlich nach Sankt Katharinen zu Euch geschickt. Man hat mir die Strafe erlassen, wenn ich Euch dafür nach Regensburg begleite.«

Unversehens schwand Benedictas Hoffnung, Berchta sei die geeignete Person, um Konstantin die rettende Botschaft zu überbringen. Eine Diebin! Das machte wenig Hoffnung. Trotzdem trug sie ihr auf, zum Haus des Gewürzhändlers zu eilen und dem jungen Herrn mitzuteilen, dass er sofort nach Sankt Katharinen zu Benedicta reiten solle. Was hatte sie schon zu verlieren? Schlimmer konnte es doch nicht werden.

Berchta wiederholte die Botschaft noch einmal, versprach, alles zu Benedictas Zufriedenheit zu erledigen, und pochte kräftig an die Tür. Der Klosterknecht, der vor Benedictas Tür wachte, wollte die Amme erst gar nicht aus der Zelle herauslassen. Berchta aber zeterte so lange, dass sie noch ihre Kleidung holen müsse, bevor sie nach Regensburg mitkommen könne, dass er schließlich zähneknirschend nachgab. Ich bin gespannt, ob ich sie jemals wiedersehe, dachte Benedicta seufzend.

56

Der Tuchhändler Peter Teffler war über den überstürzten Aufbruch seiner Gäste alles andere als begeistert.

»Aber Ihr wolltet doch noch unter vier Augen mit mir sprechen«, bemerkte er mit einem Anflug von Vorwurf in der Stimme.

Verlegen schlug Conrat die Augen nieder, aber Adelheit versicherte lautstark: »Wir besuchen Euch bald wieder, aber nun müssen wir uns wirklich sputen.«

Sie wollte Conrat nicht einmal mehr die Gelegenheit geben, sich von Marie zu verabschieden, doch dagegen wehrte er sich entschieden. Er fand Marie tränenblind in ihrem Gemach. Wortlos ging er auf sie zu und nahm sie in die Arme.

»Sei nicht traurig und vertrau mir! Ich komme zurück, und dann halte ich um deine Hand an. Im Augenblick kann ich es nicht tun. Ich habe vorher noch etwas Wichtiges zu erledigen.«

Er lächelte, obwohl ihm der Gedanke, welchen Preis er für diese Ehe bezahlen musste, Übelkeit bereitete.

»Was es auch immer sei, Liebster, ich warte auf dich«, flüsterte Marie und ließ ihn nur schweren Herzens gehen. Sie winkte ihm traurig nach, als sich der Pferdewagen langsam in Bewegung setzte.

Ihm ging das Herz über, als er sie so traurig dort stehen sah. Ich muss es tun, sprach er sich gut zu.

»Hast du es dir überlegt, mein Sohn?«, fragte Adelheit mitleidslos, während Conrat mit versteinerter Miene die Pferde antrieb.

»Sie und ihr Balg werden Regensburg niemals erreichen. Dafür werde ich sorgen«, knurrte er.

Im Kloster angekommen, ließ Adelheit sich sofort zur Zelle ihrer Stieftochter bringen. Sie wunderte sich, dass Benedicta über das ganze Gesicht strahlte, als sie die Zellentür öffnete, doch dann verfinsterten sich deren Züge.

»Ach, Ihr seid es nur!«, entfuhr es ihr enttäuscht.

»Hast du etwa jemand anderen erwartet?«, fragte Adelheit lauernd.

»Ja, ich dachte, mein Bräutigam gebe sich die Ehre«, log sie. Wie sehr hatte sie gehofft, dass Konstantin in Begleitung der Amme rechtzeitig eintreffe, um sie zu retten, aber jetzt war es zu spät.

»Pack dein Bündel!«, herrschte Adelheit Benedicta an.

»Genau, pack so viel ein, wie in deine kleine Reisekiste passt, habt Ihr damals befohlen.«

»Du bist immer noch so unverschämt«, schnaubte Adelheit und wollte Benedicta eine Ohrfeige versetzen. Die aber packte die Hand ihrer Stiefmutter, hielt sie fest umklammert und fauchte: »Wagt es nicht, mich zu schlagen! Ich bin zwar in Eurer Gewalt, aber ich bin nicht mehr das kleine Mädchen, das Ihr einschüchtern könnt. Und jetzt holt meinen Bräutigam, oder ich rühre mich nicht von der Stelle. Verstanden?«

Adelheit trat vor Schreck einen Schritt zurück.

»Ich will mit ihm reden, bevor wir aufbrechen«, erklärte Benedicta.

Adelheit zögerte, doch dann schien sie tatsächlich bereit, ihren Sohn zu holen, und stieß an der Tür mit der Amme zusammen.

»Wer bist du denn?«, giftete Adelheit Berchta an.

»Ich bin die Amme, die mit Euch reist.«

»Amme? Wir brauchen keine Amme!«, brüllte Adelheit.

»Ich glaube doch«, erwiderte Berchta. »Der Provinzial hat mich geschickt, mit Euch zu reisen. Und wenn es Euch nicht recht ist, müsst Ihr bei ihm vorsprechen. Ich tue, was er mich geheißen hat.«

Adelheit schoss die Zornesröte in die Wangen. Fluchend verließ sie die Zelle. Conrat wartete im Klosterhof bei dem Pferdewagen. Er hatte sich strikt geweigert, auch nur einen Fuß in Benedictas Zelle zu setzen, doch nun befahl seine Mutter es ihm.

»Ich will sie nicht sehen«, schnauzte er.

»Sie will dich aber sehen. Vorher setzt sie keinen Fuß aus der Zelle. Sie ist wirklich nicht mehr das kleine Mädchen von damals. Sie ist eine eigensinnige Person, deren Willen nur auf einem Wege zu brechen ist. Indem man ihr das Genick bricht. Und jetzt geh! Der Knecht dort wird dich führen.«

Widerwillig stolperte Conrat hinter einem Klosterknecht die Gänge entlang.

»Was hat er gesagt?«, fragte Benedicta atemlos, kaum dass sie mit der Amme allein war.

Berchta zuckte bedauernd mit den Achseln. »Er ist unterwegs auf einer Handelsreise, und man wollte mir keinerlei Auskunft über seine Rückkehr geben. Man hat mich aber zu seinem Onkel geführt. Ich habe ihm gesagt, dass ich eine Nachricht von Benedicta für den jungen Herren habe…«

»Das hast du seinem Onkel so gesagt?« Benedicta fasste sich an die Stirn.

»Ja, und er hat gesagt, ich solle dieser entlaufenen Nonne ausrichten, sie möge Konstantin in Ruhe lassen. Sie habe schon genügend Unheil über die Familie Ehrenreit gebracht.«

»So, das hat er gesagt? Und dann?«

»Dann hat er mich aus dem Haus geworfen und mir verboten, mich noch einmal blicken zu lassen.«

Benedicta ließ sich stöhnend auf die Pritsche fallen. Damit war ihr Schicksal besiegelt.

In diesem Augenblick betrat Conrat zögernd die Zelle. Bevor sie überhaupt etwas sagen konnte, fauchte er bereits: »Habe ich dir nicht gesagt, du sollst verschwinden?«

»Das habe ich ja versucht, aber deine Mutter hatte allen Torwächtern große Belohnungen versprochen, wenn sie meiner habhaft würden. Aber was ist denn in dich gefahren? Warum willst du mich plötzlich heiraten, du Narr?«

»Davon, dass ich es will, kann gar nicht die Rede sein. Meine Mutter zwingt mich dazu.«

»Aber du bist ein Mann. Wieso lässt du dich von ihr dazu zwingen?«

»Sie hat mir eine große Belohnung in Aussicht gestellt, wenn ich dir einen Antrag mache. Also, hiermit halte ich um deine Hand an.«

Da erwachte Leon aus tiefem Schlaf und fing zu weinen

an. Berchta nahm den Kleinen zärtlich hoch und legte ihn an ihre Brust.

Conrats Kindergesicht wurde bei dem Anblick des Kindes noch weicher, als es ohnehin schon war. Auf Zehenspitzen schlich er zu dem Säugling und murmelte: »Und das ist wirklich deiner?«

Benedicta nickte eifrig.

»Hör mir gut zu«, flüsterte er ihr zu. »Ich werde unterwegs Anstalten machen, dir und dem Kind etwas anzutun ...«

»Um Himmels willen, nein!«, entgegnete Benedicta erschrocken.

»Ich werde dich unter einem Vorwand in den Wald locken. Und wenn ich es dir sage, stößt du einen mörderischen Schrei aus und verhältst dich danach ruhig. Und erst wenn du dir ganz sicher bist, dass wir fort sind, wagst du dich aus dem Versteck hervor und gehst deiner Wege.«

»Und warum willst du mich verschonen?«

»Dich hätte ich eiskalt umgebracht, um danach Marie heiraten zu können, aber nicht das Kind.«

Benedicta musste schmunzeln.

»Du warnst mich nun schon das zweite Mal. Hoffentlich gibt es kein drittes Mal!«

»Wir müssen uns beeilen!«, zischte Conrat.

»Aber erst soll der Kleine trinken«, widersprach Benedicta. Sie wollte Zeit gewinnen, falls Konstantin doch noch kam, aber dann fiel ihr ein, dass es keine Hoffnung mehr gab. Denn woher sollte Konstantin Ehrenreit wissen, wo sie sich gerade befand? Er war auf Reisen. Es konnte Monate dauern, bis er wieder nach Nürnberg zurückkehrte.

Nachdem das Kind satt und zufrieden war, folgte Benedicta Conrat widerwillig zum Pferdewagen. Als sie durch die Klostergänge gingen, hielt sie nach Walburga Ausschau, aber von der Schwester fehlte jede Spur. Benedicta hätte ihr so gern für alles gedankt. Wenn ich geahnt hätte, dass sie einmal mein rettender Engel würde ..., ging es ihr wehmütig durch den Kopf. Wahrscheinlich hat Adelheit verhindert, dass ich Walburga noch einmal begegne.

Als sie auf dem Wagen durch die Gassen ratterten, hoffte Benedicta insgeheim, dass ihnen Konstantin begegnen würde. Dass er just in dem Augenblick von seiner Reise zurückkehrte. Vergeblich! Stattdessen drang ihr Adelheits Gezeter unangenehm ans Ohr. Ihre Stiefmutter schimpfte ohne Unterlass darüber, dass der Provinzial ihnen Berchta mitgegeben hatte.

Am Frauentor tat Jasper seinen Dienst. Er staunte nicht schlecht, als er Benedicta erkannte und sie in Begleitung der Regensburger fand.

»Was hast du mit denen zu schaffen?«, raunte er ihr zu, doch Adelheit besaß gute Ohren.

»Sie wird in Regensburg Hochzeit mit meinem Sohn feiern«, sagte sie schnippisch, während sie dem Narbengesichtigen, der sich kriecherisch vor ihr verbeugte, ein paar Geldstücke zusteckte.

Geflissentlich winkte er den Wagen durch.

57

Konstantins innere Unruhe wollte nicht weichen, nachdem er auf dem Rückweg von seiner Handelsreise einen Abstecher auf die Burg Ehrenreit gemacht hatte. Natürlich hatte er erwartet, das junge Paar dort anzutreffen. Schließlich war einige Zeit vergangen, seit Julian zurückgekehrt war. Warum hatte er Benedicta noch nicht aus der Stadt mitgebracht? Ob seine Verletzung ihn daran hinderte?

Es soll nicht meine Sorge sein, dachte er, während er sein erschöpftes Pferd in den Hof führte. Ich muss darauf vertrauen, dass Julian Benedictas Wohl im Sinn hat und dass er entsprechend handelt. Und trotzdem beruhigte ihn der Gedanke nicht, dass sich Benedicta nun in der Obhut seines Bruders befand. Im Gegenteil, er spürte eine unterschwellige Wut in sich aufsteigen. Und zwar auf Julian, der

Benedicta erst ihrem Schicksal überlassen hatte und zur Belohnung mit offenen Armen von ihr aufgenommen wurde. Außerdem tat ihm Alisa leid, deren Leiden Julian nicht im Geringsten zu bekümmern schien.

Und noch etwas wurmte ihn. Er hatte sich doch tatsächlich eingebildet, dass er, Konstantin, Benedicta etwas bedeute, aber das hatte sich nun als bedauerlicher Irrtum herausgestellt. Und doch quälte er sich mit der Frage, wie verlogen eine Frau sein musste, um ihn mit solcher innigen Leidenschaft zu küssen und dabei offenbar gar nichts zu empfinden. Vielleicht sollte er in Benedicta nur ein lockeres Frauenzimmer sehen, das nicht wählerisch war, wem sie die Gunst eines Kusses schenkte. Doch tief im Herzen wusste er, dass das nicht ihrem Wesen entsprach.

Konstantin war so tief in Gedanken versunken, dass er seinen Onkel erst bemerkte, als dieser ihn anfuhr: »Habe ich dir nicht gesagt, diese Nonne soll uns in Ruhe lassen? Jetzt hat sie sich erdreistet, uns vorhin so ein Weib mit einer Botschaft für dich ins Haus zu schicken.«

»Die Nonne? Eine Botschaft? Da hat sich jemand einen Scherz erlaubt«, erklärte Konstantin betont unbeteiligt.

»Die Frau, die diese Botschaft überbrachte, behauptete, die Nonne befinde sich in Sankt Katharinen.« Berthold lachte höhnisch. »Wahrscheinlich hat man sie endlich eingefangen, und der Provinzial wird endlich über sie zu Gericht sitzen. Vielleicht sollst du sie ja retten. Wir haben im Rat jedenfalls nichts mehr über ihren Verbleib gehört.«

»Bitte, Onkel, mir ist nicht nach Scherzen zumute. Ich weiß zufällig, dass sie in Sicherheit ist und dass sich jemand einen Spaß mit dir oder mir erlaubt hat.«

»Du liebst sie, nicht wahr?«

Ärgerlich schüttelte Konstantin den Kopf. »Nein, sie ist Julians Braut und nicht die meine.«

Berthold runzelte die Stirn. »Ein schöner Bräutigam, dein Bruder! Erst entführt er sie, und dann überlässt er sie ihrem Schicksal. Und wenn ich hart über sie urteile, dann aus einem einzigen Grund: Ich will nicht, dass du ihretwegen Scherereien bekommst.«

»Schon gut«, lenkte Konstantin ein. »Aber wenn dir ihr Wohl am Herzen liegt, dann kann ich dir versichern, dass sie sich in Sicherheit befindet. Mein Bruder hat sich eines Besseren besonnen und ist nach Nürnberg zurückgekehrt. Benedicta ist bei ihm. Sobald er sich von einer Verletzung erholt hat, wird er sie zur Burg bringen.«

Ohne eine Antwort seines Onkels abzuwarten, eilte Konstantin an ihm vorbei zum Lagerhaus. Er wollte allein sein.

Seine Laune hob sich in dem Augenblick, als ihn die Aromen der Gewürze umschmeichelten. Er atmete tief durch. Ingwer, Kardamom, Anis, Zimt. Er konnte die einzelnen Düfte auseinanderhalten und zuordnen. Dabei hatte er sich noch nie geirrt. Plötzlich fiel ihm ein, wie er zusammen mit Benedicta im Lagerhaus gewesen war. Ihm wurde warm ums Herz, als er sich an ihre kindliche Freude erinnerte.

Er konnte sich nicht helfen. Er musste sich vergewissern, dass sich jemand einen Scherz erlaubt hatte. Was, wenn die Botschaft doch echt war?, dachte er besorgt, und sein Herzschlag beschleunigte sich bei diesem Gedanken. Was, wenn man ins Haus des Fechtmeisters eingedrungen war und Benedicta mitgenommen hatte? Was, wenn der verletzte Julian gar nicht mehr in der Lage gewesen war, etwas zu unternehmen?

Konstantin konnte es drehen und wenden, wie er wollte – er brauchte die Gewissheit, dass es Benedicta gut ging. Ohne zu zögern, verließ er das Lagerhaus und machte sich auf zum Haus des Fechtmeisters. Selbst auf die Gefahr hin, dass er sich mit dieser übertriebenen Sorge der Lächerlichkeit preisgab, er musste sich mit eigenen Augen davon überzeugen. Sonst hatte er keine ruhige Minute mehr.

Konstantin eilte schnellen Schrittes durch die Gassen, als wäre er jemandem auf den Fersen. Er trug noch seinen Reisemantel, dessen Kapuze ihm so tief ins Gesicht reichte, dass von seinen Zügen nur der angespannte Mund zu erkennen war. Er sah zum Fürchten aus. Alle, die ihm begegneten, sprangen hastig zur Seite. Sogar das alte Bettelweib, das ihn erkannte und genau wusste, welch großzügiger Spender er war, wagte an diesem Tag nicht, ihn anzusprechen.

Außer Atem erreichte er das Haus des Fechtmeisters und hoffte, man werde nur das Pochen an der Tür und nicht das seines Herzens hören.

Alisa öffnete ihm. Das Strahlen in ihren Augen verwunderte ihn zutiefst.

»Ist er bereits fort?«, fragte er.

»Nein, er liegt noch im Bett. Er kann noch immer nicht reisen.«

»Ich muss zu ihm«, brummte Konstantin mit ernster Miene und schlüpfte an ihr vorbei ins Haus. »Ist seine Kammer dort oben?«

Alisa nickte. Konstantin stürzte die Treppe hinauf und riss alle Türen auf, bis er seinen Bruder erblickte. Auch der schien bester Stimmung.

»Gott sei Dank. Dann ist sie bei dir in Sicherheit!« Konstantin ließ sich erleichtert auf den Schemel fallen. »Aber wo steckt deine Braut?«

»Sie ist gerade nach unten gegangen, weil es klopfte. Sie muss dir die Tür geöffnet haben. Stell dir vor, sie ist damit einverstanden, mit mir auf die Burg zu ziehen.«

Konstantin sah seinen Bruder durchdringend an. »Benedicta hat mir nicht die Tür geöffnet.«

»Natürlich nicht, ich spreche von Alisa. Sie ist wunderbar. Benedicta hatte recht. Sie liebt mich und ...«

»Wo ist Benedicta? Ist sie etwa nicht hier?«, fragte Konstantin mit schneidend scharfer Stimme.

Julian hob wortlos die Schultern.

Inzwischen war auch Alisa ins Zimmer gekommen. Sie wurde blass, als Konstantin fordernd nach der Nonne fragte.

»Wo, um des Himmels willen, ist Benedicta?«, wiederholte er und funkelte sie wütend an.

»Ich weiß es nicht. Ich hatte mich vor ihr versteckt, als sie das Haus verließ.« Alisas Stimme klang schuldbewusst.

»Und du? Was hast du getan? Im Bett gelegen und mit der Tochter des Fechtmeisters getändelt? Sind sie gekommen und haben sie geholt? Und du hast nichts dagegen unternommen? Hast nicht mit dem Schwert für sie gekämpft?« Konstantin deutete auf Julians Schwert, das in einer Ecke der Kammer am Boden lag.

»Ich ... nein, es hat sie keiner geholt. Sie ist freiwillig gegangen«, stammelte Julian und warf seinem Bruder einen ängstlichen Blick zu.

»Hast du sie etwa gehen lassen?« Vor Aufregung hatte Konstantin Julian bei den Schultern gepackt und schüttelte ihn.

»Seid Ihr wahnsinnig? Er hat eine Verletzung an der Schulter«, mischte sich nun Alisa ein.

»Das ist mir völlig gleichgültig!«, schnauzte Konstantin. »Wenn er mir nicht augenblicklich sagt, warum er sie hat gehen lassen, wird er noch ganz andere Verletzungen beklagen.«

»Konstantin, bitte halt ein!«, flehte Julian. »Ich kann doch nichts dafür. Als ich erwachte, saß sie an meinem Bett. Sie hielt meine Hand, und ich versicherte ihr, wir würden heiraten, aber sie wollte nicht.«

»Was heißt das – sie wollte nicht? Warst du wieder zu feige, sie zu beschützen? Weißt du eigentlich, dass ihre Familie ihr nachstellt und Bestrafung verlangt? Sobald der Provinzial sie in die Finger bekommt, wird es ihr schlecht ergehen. Und du sagst, sie wollte nicht? Wie konntest du sie nur gehen lassen? Wenn ihr auch nur ein Haar gekrümmt wird, breche ich dir alle Knochen ...«

Julian starrte seinen Bruder fassungslos an. »Du bist der andere! Du hast dich an sie herangemacht, während ich fort war.«

»Was soll das? Wovon sprichst du?«

»Weißt du, warum sie nicht mit mir gehen wollte? Weil

sie einen anderen liebt. Und so wie du dich aufführst, ist nicht schwer zu erraten, dass du dieser andere bist. Und warum bist du nicht mit ihr gegangen? Sie hat gesagt, sie verlässt die Stadt, aber ohne den Mann, den sie liebt. Warum hast du sie allein gelassen?«

»Aber … ich … ich wusste doch nicht, dass … sie hat mir nichts gesagt, ich …«, stammelte Konstantin.

»Wäre ich nicht so glücklich mit Alisa, ich müsste dir böse sein, dass du Benedictas Herz gestohlen hast«, bemerkte Julian und warf Alisa einen zärtlichen Blick zu. Die junge Frau lächelte, doch dann verfinsterte sich ihr Gesicht.

»Aber wo ist sie bloß geblieben?«, fragte sie besorgt.

»Ich befürchte, man hat sie gefunden und eingesperrt. In Sankt Katharinen …« Er stockte. »Und sie hat wirklich gesagt, dass sie einen anderen Mann liebt?«

»Lieber Bruder, ja und noch einmal ja! Aber möchtest du nicht lieber etwas unternehmen, um sie zu retten? Oder willst du, dass sie für alle Zeiten hinter Klostermauern verschwindet?«

»Ich werde sie dort herausholen. Das schwöre ich bei meinem Leben!«, rief Konstantin entschlossen und verließ eilends die Kammer seines Bruders.

58

Der Provinzial wollte sich gerade auf den Weg zu seinem Kloster machen, als man ihm einen Besucher ankündigte.

»Ich bin schon fort«, sagte er und vertiefte sich in das Rezept für die Lebkuchen, das ihm Schwester Benedicta aufgeschrieben hatte. Merkwürdig, dachte er, was macht die Kuchen bloß so herrlich süß? Das Mehl?

»Er lässt sich nicht abwimmeln«, erklärte der Klosterknecht bedauernd. Und schon stand ein zornig dreinblickender junger Mann vor ihm.

»Wo ist sie?«, fragte Konstantin.

»Wen meint Ihr?«

»Ich spreche von Benedicta. Benedicta von Altmühl! Wo haltet Ihr sie versteckt?«

»Ich bin froh, dass ich sie los bin«, erwiderte der Provinzial.

»Wo habt Ihr sie hingebracht? Hört, ich gebe Euch alles Geld, wenn Ihr mir nur sagt, wo sie sich aufhält.«

»Sie ist mit ihrem zukünftigen Ehemann und ihrer Schwiegermutter auf dem Weg zu ihrem neuen Zuhause.«

»Mit ihrem Ehemann?«

»Ja, sie wurde von mir dazu verurteilt, einen Mann ihres Standes zu heiraten. Und das wird sie nun tun.«

»Und wen heiratet sie?«, fragte Konstantin verwirrt.

»Das geht Euch nichts an.«

»Und wo ist sie?«

»Das geht Euch auch nichts an!«, knurrte der Provinzial, bevor er Konstantin genauer betrachtete. »Wer seid Ihr eigentlich?«

»Ich bin Konstantin von Ehrenreit. Gewürzhändler in Nürnberg …«

»… und ich nehme an, Bruder des verstorbenen Übeltäters Julian von Ehrenreit, der Schwester Benedicta schwängerte …«

»Wie bitte?« Konstantin glaubte, sich verhört zu haben.

»Ja, nur wegen ihres Kindes habe ich sie nicht einmauern lassen, sondern sie dazu begnadigt, einen Mann von Stand zu heiraten.«

»Und mögt Ihr mir nun endlich verraten, wer sie heiratet?«

Der Provinzial lachte höhnisch. »Ihr denkt wohl, ich sei ein Narr. Ihr wollt mich doch nur aushorchen, aber ich verrate es Euch nicht. Ich bin froh, dass sie längst unterwegs ist und niemals zurückkehrt. So, und nun geht! Für mich ist die leidige Angelegenheit endgültig beigelegt.«

Konstantin stürzte sich auf den Provinzial und wäre ihm wohl an die Kehle gegangen, um eine Antwort zu erzwingen, doch der brüllte laut nach den Klosterknechten.

Wie vor den Kopf gestoßen ließ Konstantin vom ihm ab und trat den Rückzug an. Nun wurde er gar nicht mehr aus Benedicta schlau. Sie heiratete einen anderen und hatte ein Kind von seinem Bruder? Nein, das konnte nicht stimmen. Er hatte sie doch in Abständen immer wieder getroffen, und schwanger war sie sicher nicht gewesen. Hier stimmte etwas nicht. Er musste schnellstens herausfinden, was das alles zu bedeuten hatte. Wie betäubt schritt er durch die langen Klostergänge. Kurz vor dem Tor begegnete er einer älteren Schwester, die ihn neugierig anstarrte.

»Julian von Ehrenreit? Ihr lebt?«, fragte sie.

»Nein, ich bin sein Bruder Konstantin«, erwiderte er und fügte atemlos hinzu: »Kennt Ihr Benedicta?«

Sie nickte eifrig. »Ja, und ich weiß auch, dass sie auf dem Weg zur Hölle ist.«

»Bitte, sagt mir nur eines: Wo kann ich sie finden?«

»Sie ist unterwegs nach Regensburg und soll einen Mann heiraten, der ihr nichts Gutes will. Ich befürchte, sie wird niemals dort ankommen.«

»Wie meint Ihr das?«

»Meine Schwester hasst sie, und ihr einfältiger Sohn tut alles, was die Mutter von ihm verlangt. Er heiratet sogar seine Stiefschwester, nur damit sie nicht das Erbe ihres Vaters verlangt, jetzt, da sie frei ist. Benedicta war Adelheit schon immer ein Dorn im Auge. Deshalb hat sie auch den Letzten Willen ihres Mannes gefälscht. Niemals hätte der gewollt, dass seine Tochter ins Kloster geht.«

»Was heißt das – sie ist frei?«

»Sie erhält keine Strafe, wenn sie einen Mann ihres Standes heiratet.«

»Und das Kind? Von wem ist das?«

»Es ist das Kind der Klosterköchin Agnes, das sie bei sich hat. Aber meine Schwester und ihr Sohn glauben, es sei ihr Kind. Deshalb hat man sie nicht eingemauert. Weil sie denken, der Kleine sei ihr Sohn.«

»Aber dann müssen sie doch glauben, dass auch das Kind

eine große Gefahr für sie bedeutet. Benedictas Sohn würde doch sicher erben, was Benedictas Vater hinterlassen hat.«

»Ja, genau, das ist, was ich befürchte!«, erwiderte Walburga aufgebracht. »Ihr müsst sie finden. Ich glaube, meine Schwester wird nicht zulassen, dass Benedicta in ihr Elternhaus zurückkehrt, jetzt, da sie einen vermeintlichen Erben bei sich hat.«

»Wann ist sie mit ihrer Begleitung denn von hier aufgebrochen?«

»Heute am frühen Nachmittag, habe ich mir sagen lassen.«

Die Uhr von Sankt Lorenz schlug fünfzehnmal. Konstantin wurde bleich. Gleich ging die Sonne unter, und die Stadttore wurden geschlossen.

»Ich werde sie finden«, erklärte er entschlossen und überlegte, durch welches Tor die Reisenden die Stadt verlassen haben mochten. Auf dem Weg nach Süden hatten sie vermutlich das Frauentor genommen.

Konstantin wollte sich eilends auf den Weg machen, als er plötzlich innehielt. Was nutzte es ihm, wenn er die Stadt rechtzeitig verließ, aber kein Pferd bei sich hatte? Zu Fuß würde er Benedicta und ihren falschen Ehemann niemals einholen. Er überlegte kurz, bevor er sich umwandte.

Er musste sein Pferd holen und dann als einer der Letzten aus dem Stadttor schlüpfen. Noch hatte die Uhr den Garaus nicht eingeläutet.

59

Das gleichmäßige Rütteln des Pferdewagens machte Benedicta entsetzlich müde, doch um keinen Preis wollte sie einnicken. Der Weg führte sie durch den Reichswald. Benedicta ließ den Blick über die vorbeiziehenden Bäume schweifen. Sie versuchte sich wach zu halten, indem sie die Bäume benannte. Es waren vorwiegend Fichten. Und dann immer wieder Kiefern, die noch nicht so hoch gewachsen waren. Jost hatte ihr erzählt, dass diese in

Mengen von einem Nürnberger gesät worden waren. Und dass es inzwischen verboten war, im Wald unbefugt Holz zu schlagen. Benedicta hielt Leon fest im Arm, während Berchta an ihrer Schulter lehnte und mit offenem Mund laut schnarchte.

Kurz vor Sonnenuntergang erreichten sie Feucht. Dort befand sich das Gasthaus »Zum Bären«, das bei Reisenden äußerst beliebt war.

Auf dem Weg dorthin sah Benedicta viele Zeidler in ihren farbenfrohen Trachten. Sehnsüchtig dachte Benedicta an Jost, den Zeidler. Der würde ihr sicher zur Flucht verhelfen. Doch sosehr sie die Augen auch aufhielt, er begegnete ihr nicht.

Conrat ließ den Pferdewagen vor dem Gasthaus halten, das sehr einladend aussah. Er kannte es von Handelsreisen und versicherte Benedicta, dass sie dort sogar eine eigene Kammer haben werde, die sie nur mit dem Kind und Berchta teilen müsse.

»Du glaubst doch nicht etwa, dass ich sie dort allein schlafen lasse!«, zischte Adelheit ihrem Sohn zu.

»Mutter, ich werde natürlich die ganze Nacht Wache halten«, knurrte er als Antwort.

Benedicta musste sich das Lachen verbeißen. Wenn auch alles so furchtbar traurig war – Conrats ständiger Versuch, seiner Mutter zu beweisen, dass er kein Narr war, belustigte sie.

Das Zimmer, das ihr die bucklige Wirtin zuwies, war in der Tat nicht zu verachten. Es war geräumig und enthielt zwei Betten. Und es gab unten im Haus eine Schenke. Vor dem Schlafengehen aßen sie dort, umgeben von laut grölenden, betrunkenen Männern. Unter ihnen gab es auch Zeidler, wie Benedicta feststellte. Doch sosehr sie sich den Hals nach ihm verrenkte, Jost war nicht dabei.

»Benedicta«, schalt ihre Stiefmutter sie, »dreh dich nicht so nach den Kerlen um! Die glauben am Ende noch, du willst mit ihnen anbändeln.«

Benedicta überhörte diese Bemerkung, denn nun brachte die Wirtin das Essen. Sie hatte von der vielen frischen Luft einen gesegneten Appetit und konnte, was die Mengen an gekochtem Huhn anging, durchaus mit Conrat mithalten. Nach dem Essen zwinkerte er ihr verschwörerisch zu. Sie schenkte ihm ein Lächeln.

Benedicta vertraute dem jungen Mann. Sicherlich ließ er sie ziehen. Würzburg, dachte sie, ich werde bald in Würzburg sein. Und dann? Sie wollte nicht weiterdenken, zumal sie gerade wieder einen von Adelheits stechenden Blicken auffing.

»Das Schmunzeln wird dir noch vergehen!«, giftete ihre Stiefmutter.

»Warum hasst du mich eigentlich so?«, rutschte es Benedicta heraus. Es tat ihr sofort leid, aber nun stand ihre Frage im Raum.

Adelheit hatte schon mehrere Becher des Weins genossen, den der Ehemann der Buckligen in Mengen einschenkte. Jedenfalls antwortete sie mit verwaschener Stimme: »Du warst immer sein Augenstern. Er hat mich nur geheiratet, damit du eine Mutter hast. Im Schlaf hat er nach deiner Mutter gerufen. Brunhild! Brunhild! Er hat immer nur von dir gesprochen, nie von Conrat. Gut, er war nicht sein Sohn, aber ein Knabe. Deinem Vater war das gleichgültig. Er wollte, dass du den Handel weiterführst. Ein Weib als Tuchhändlerin … Ha, ich kann erst wieder ruhig schlafen, wenn dein Balg und du …«

»Mutter, schweig!«, unterbrach Conrat Adelheit unwillig, bevor er sich an Benedicta wandte. »Ich glaube, es ist besser, wenn wir jetzt alle zu Bett gehen. Wir haben morgen einen langen Weg vor uns, und ich möchte bis Neumarkt kommen.«

Conrat sah Benedicta durchdringend an. Sie merkte, dass er ihr eine stumme Botschaft übermitteln wollte, nur leider verstand sie nicht, was er meinte. Trotzdem ging sie auf ihr Zimmer.

Berchta stillte vor dem Schlafengehen noch einmal das Kind, während sich Benedicta genüsslich in das weiche Bett fallen ließ. Es war wesentlich behaglicher, darin zu liegen, als auf der harten Klosterpritsche.

Vor dem Einschlafen ging ihr noch allerhand durch den Kopf. Was wäre, wenn sie einfach zurück nach Nürnberg ginge und Konstantin aufsuchte?

Mit diesem Gedanken schlief sie ein. Sie träumte davon, mit Konstantin Hand in Hand durch das Lagerhaus zu schlendern. Es roch betörend. Zimt. Anis, Piment, Kardamon, Ingwer … Sie knetete Teig und formte herrliche Lebkuchen. Er sah ihr dabei zu und lachte. Artemis bellte fröhlich.

Benedicta, sagte er, und noch einmal: Benedicta, wach auf!

Doch was war das? Das war nicht seine tiefe, warme Stimme. Benedicta brummelte unwirsch. Keiner sollte sie stören.

»Wach auf!«

Unwillig öffnete sie die Augen. Im fahlen Mondlicht, das durch ein kleines Fenster in das Zimmer schien, erblickte sie Conrat.

»Du?«, fragte sie brüsk und setzte sich auf.

»Los! Nimm deine Amme und dein Kind, und dann verschwinde! Mutter liegt trunken im Bett und schnarcht. Einen besseren Augenblick gibt es nicht für eure Flucht.«

»Jetzt mitten in der Nacht?«, fragte sie müde und wäre am liebsten ins Bett zurückgesunken, um weiterzuträumen.

»Benedicta, wach endlich auf! Ich will dir zur Flucht verhelfen. Und ich berichte Mutter morgen früh, dass ich dich umgebracht habe.«

»Und du glaubst wirklich, dann wird sie aufhören, mich zu verfolgen?«, fragte Benedicta schon etwas wacher.

»Sicher. Sie wird wohl kaum daran zweifeln, dass ich mein Versprechen halte. Schließlich glaubt sie, dass es für mich der einzige Weg ist, meine Marie zu heiraten. Geh du deiner Wege. Ich gebe dir noch einen gefüllten Geldbeutel mit auf die Reise, damit du nicht als Bettelweib endest.«

Benedicta lächelte in sich hinein. Wenn er wüsste, dass ich bereits einen Geldbeutel bei mir trage …

Widerwillig verließ sie die warme Bettstatt und weckte Berchta, die erschrocken hochfuhr und um sich schlug.

»Wir verlassen das Gasthaus auf leisen Sohlen«, erklärte sie der Amme.

»Wollt Ihr etwa die Zeche prellen?«, fragte sie verwundert zurück.

»Nein, aber ich habe dir doch gesagt, dass ich Conrat nicht liebe und ihn niemals heiraten werde. Ihm geht es genauso, und deshalb verhilft er uns zur Flucht. Verstehst du?«

Die Amme nickte eifrig. »Und nun gehen wir zurück nach Nürnberg zu dem jungen Gewürzhändler.«

»Gewürzhändler?« Conrat musterte Benedicta mit großen Augen.

»Ja, Konstantin!« Berchta sprach seinen Namen schmachtend aus.

»Wie kommst du dazu, so von ihm zu sprechen?«, fauchte Benedicta sie an.

»Ihr habt das im Schlaf so laut getan, dass ich davon aufgewacht bin«, plapperte Berchta frei heraus.

»Benedicta, nach Nürnberg kannst du nicht zurück. Mutter wird Wind davon bekommen, dass du lebst. Das ist zu gefährlich«, mischte sich Conrat hastig ein.

»Ich weiß«, seufzte Benedicta. »Ich habe doch nur ein wenig geträumt. Nein, unser Weg führt uns nach Würzburg.«

Conrat atmete erleichtert auf. »Dann folgt mir, aber leise!«

60

Unruhig ging Konstantin auf und ab. Er konnte keinen klaren Gedanken mehr fassen, seit er zu spät beim Stadttor gewesen war. Man hatte ihn nicht mehr aus der Stadt hinausgelassen, obwohl er alles versucht hatte. Er hatte gebettelt, gejammert, gebrüllt und gedroht. Vergeblich.

Nun wartete er sehnsüchtig darauf, dass der Tag anbrach, um gleich bei Sonnenaufgang aus der Stadt zu kommen.

»Wenn du schon nichts isst, dann leiste mir bei Tisch wenigstens Gesellschaft!«, bat der Onkel, der allein an der reichlich gedeckten Tafel saß.

»Ich kann nicht«, erwiderte Konstantin.

»Keine Widerrede, du sagst mir auf der Stelle, was in dich gefahren ist! Du rennst wie ein Tier im Käfig herum, und ich möchte wissen, welchen Grund das hat.«

Unwillig ließ sich Konstantin auf einen Stuhl fallen.

»Sag bloß, es hat wieder etwas mit dieser Nonne zu tun«, mutmaßte Berthold vorwurfsvoll.

»Onkel, bitte! Ich liebe sie, und ich werde sie heiraten.«

»Sie heiraten? Du beliebst zu scherzen.«

»Nein, der Provinzial hat sie von ihrem Gelübde entbunden – unter der Voraussetzung, dass sie einen Mann von ihrem Stand nimmt.«

»Ja, und nun hast du dich bereit erklärt?« Fassungslos starrte Berthold seinen Neffen an.

»Nein, ihr Stiefbruder, der hat sie mitgenommen nach Regensburg.«

»Jetzt verstehe ich gar nichts mehr. Damit ist die Sache doch erledigt. Was redest du dann so wirr? Vergiss sie endlich!«

»Er will sie nur zum Schein zur Frau nehmen. In Wirklichkeit soll ihr auf dem Weg nach Regensburg etwas zustoßen.«

»Junge, wer hat dir bloß den Kopf verdreht und dir solche Schauermärchen erzählt?« Berthold lachte.

»Die Schwester ihrer Stiefmutter weiß, wie sehr diese Adelheit Benedicta hasst.«

»Schöne Geschichte«, murmelte der Onkel. »Und nun willst du sie retten?«

»Wenn ich das nur könnte! Ich wäre bereits bei ihr, aber die Torwächter haben mich nicht aus der Stadt hinausgelassen. Der Garaus war bereits eingeläutet«, klagte Konstantin.

»Aber das ist doch kein Hindernis. Ich bin schon zu ganz anderen Zeiten aus der Stadt geritten.«

»Ich habe nichts unversucht gelassen.«

»Und sie haben abgelehnt? Ich kenne keinen Torwächter in der Stadt, der dies ausschlägt.« Er deutete auf seinen Geldbeutel.

»Das habe ich natürlich nicht versucht«, gab Konstantin kleinlaut zu.

»Und nun willst du warten, bis der Morgen graut?«

Konstantin nickte.

Der Onkel schüttelte den Kopf. »Ach, du hast wirklich so gar nichts von der Schlitzohrigkeit deines Vaters! Du bist ein durch und durch aufrechter Bursche. Deshalb frage ich dich jetzt: Tätest du alles, um sie noch heute Nacht verfolgen und retten zu können?«

»Alles«, seufzte Konstantin.

»Gut, dann reite auf der Stelle zum Frauentor und weck den Wächter Jasper. Sag ihm einen schönen Gruß von deinem Onkel, dem alten Ehrenreit, und erzähl ihm, du müsstest die Stadt sofort verlassen. Es gehe um Leben und Tod. Dann greif in deinen Beutel und bezahl seinen Dienst. Und wenn er nun sagt, er könne es nicht tun, dann hast du ihm zu wenig gegeben. Dann bietest du ihm einfach noch mehr an.«

Konstantin sprang auf und umarmte seinen Onkel überschwänglich. »Das heißt, du bist einverstanden, dass ich sie als meine Braut mit in dein Haus bringe?«

»Ich möchte, dass du mit deinen Gedanken endlich wieder bei der Arbeit bist«, brummte Berthold. »Die Händler kommen bald, und wir müssen im Lager nachsehen, was wir brauchen.«

»Aber das erledige ich doch alles gern, wenn sie nur endlich in Sicherheit ist.«

»Meinst du, sie kann uns den Haushalt führen? Oder ist sie eine Klosterschwester, die nicht anzupacken versteht?«

»Onkel, sie liebt Gewürze über alles und ... Du erinnerst dich an die schmackhaften Lebkuchen, die ich dir neulich zum Kosten gab?«

Bertholds Augen leuchteten. »Und ob!«

»Die hat Benedicta nach einem eigenen Rezept gebacken.«

Berthold lachte. »Ja, worauf wartest du denn noch? Hol sie her, aber hurtig!«

Das ließ sich Konstantin nicht zweimal sage. Ohne sich von seinem Onkel zu verabschieden, stürmte er aus der Tür, holte sein Pferd und preschte durch die nächtlichen Gassen. Er war selten zu derart später Stunde unterwegs, und es schauderte ihn beim Anblick der finsteren Gestalten, die sich in der Stadt herumtrieben. Wenn er nicht hoch zu Ross gewesen wäre, er hätte sich nicht an jenen Burschen vorbeigetraut, die am Steg herumlungerten. Zu Fuß hätten sie ihn wahrscheinlich überfallen. So trauten sie sich nicht, sondern warfen ihm nur drohende Blicke zu.

Konstantin war froh, dass der Mond hell vom Himmel schien und ihm den Weg wies.

Völlig außer Atem erreichte er das Frauentor. Aus der Wohnung des Wächters drang ein Lichtschein nach außen. Vorsichtig pochte er gegen die Tür. Er hoffte nur, dass ihm nicht der Narbengesichtige öffnete, der vorhin so unfreundlich gewesen war.

Doch es war der lange Schlaksige, der bei dem anderen vergeblich ein gutes Wort für ihn eingelegt hatte.

»Bist du Jasper?«, fragte Konstantin.

»Ja, aber was fällt Euch ein, mich zu nachtschlafender

Zeit aus dem Bett zu holen?« Dann leuchtete er ihm mit dem Kienspan ins Gesicht. »Wart Ihr nicht vorhin am Tor?«

»Hör zu. Ich soll dir einen Gruß vom alten Ehrenreit ausrichten. Ich bin sein Neffe. Es geht um Leben und Tod. Ich muss die Stadt sofort verlassen.« Konstantin bekam einen roten Kopf, als er in den Geldbeutel langte und dem Wächter eine Handvoll Pfennige reichte.

»Was soll das? Ihr wisst doch, dass es uns strengstens untersagt ist, nächtens jemanden zur Stadt hinauszulassen.«

In seiner Aufregung vergaß Konstantin, was ihm sein Onkel aufgetragen hatte, nämlich, noch einmal in den Geldbeutel zu greifen.

»Bitte, guter Mann, helft mir! Man hat meine Verlobte heute gegen ihren Willen aus der Stadt gebracht und will sie in Regensburg mit ihrem Stiefbruder vermählen, aber sie ahnt nicht, dass ihr unterwegs etwas zustoßen wird. Die alte Frau und ihr Sohn führen Übles im Schilde!«

Jasper sah Konstantin durchdringend an. »Sprecht Ihr von der jungen Frau mit dem kleinen Kind?«

»Sie ist groß, sie ist schön, sie ist …«

»Zu dürr für meinen Geschmack.«

»Wann hast du sie gesehen – und wann und mit wem?«

»Ruhig Blut! Bevor Ihr mich ausfragt, bin ich dran. Ihr könnt gar nicht ihr Verlobter sein, weil sie nämlich mit einem Zeidler verheiratet ist oder zumindest war, denn die Alte hat nun plötzlich behauptet, sie werde ihren Sohn heiraten, diesen Regensburger.«

»O Gott, ja, das ist sie! Diese Menschen haben sie mitgenommen, um sie aus dem Weg zu räumen.«

Jasper lachte. »Das glaubt Ihr wohl selbst nicht. Ich kann die Alte zwar gar nicht leiden, aber wie eine Mörderin sieht sie nicht aus. Sie ist von hohem Stand.«

»Genau wie Benedicta. Darum geht es doch. Die Alte glaubt, dass der kleine Sohn der Erbe ist …«

»Nun verstehe ich gar nichts mehr. Also, die Alte aus Regensburg hat Sorge, dass …«

»Um des Himmels willen, lass mich endlich durch!«, zischte Konstantin, und nun fiel ihm ein, was der Onkel ihm geraten hatte. Er griff noch einmal in seinen Beutel.

Jasper aber lehnte verächtlich ab. »Ich will Euer Geld nicht. Ich will nur eines wissen: Wer seid Ihr? Und meint Ihr es wirklich gut mit ihr?«

Konstantin rollte mit den Augen. »Ich bin der Mann, der sie liebt und den sie liebt. Und ich werde verhindern, dass man ihr ein Leid antut, wenn du mich endlich durchlässt.«

»Warum sagt Ihr das nicht gleich? Ich schließe Euch sogleich auf, aber unter einer Bedingung. Wenn Ihr mit ihr in die Stadt zurückkehrt, verratet Ihr mir wenigstens, wer der Vater des Kindes ist. Ein Zeidler oder Ihr?«

»Alles! Ich verspreche alles, wenn du endlich …« Aber Jasper war schon an Konstantin vorbei zum Tor geeilt und schob den schweren Riegel auf. Dasselbe tat er beim zweiten Tor.

»Viel Glück!«, rief er Konstantin hinterher.

61

Adelheit erwachte von dem entfernten Geschrei eines Kindes. Sie besaß gute Ohren, vor allem was Geräusche anging, die von Benedicta und ihrem Balg stammten. Erschrocken fuhr sie hoch und horchte angestrengt, aber nun war alles still. Bis auf die lärmenden Burschen unten in der Schenke. Hatte sie geträumt?

Trotzdem stand sie leise auf und kleidete sich an. Ein merkwürdiges Gefühl überkam sie. Auf Zehenspitzen schlich sie zu Benedictas Kammer. Wie sie bereits befürchtet hatte, saß Conrat nicht mehr davor, um Wache zu halten. Sie hätte sich denken können, dass er das warme Bett dem zugigen Flur vorzog! Vorsichtig öffnete sie die Tür. Sie wollte sich nur vergewissern, dass Benedicta schlief.

Alles war still. Zu still, wie es Adelheit eiskalt durchfuhr.

Nicht einmal ein Atmen war zu hören. In diesem Augenblick hatte sie die Gewissheit, dass sie allein in dem Zimmer war. Sie eilte zu dem Bett, das vom Mondlicht beschienen wurde, und fand es leer. Prüfend betastete sie das Deckbett. Es war noch warm. Lange konnte sie noch nicht fort sein.

Adelheit überlegte, ob sie ihren Sohn wecken sollte, aber sie entschied sich dagegen. Eine große Hilfe war er ihr in dieser Angelegenheit ohnehin nicht. Überdies war er bestimmt viel zu träge, um mitten in der Nacht aufzustehen.

Aber sie musste etwas unternehmen, bevor Benedicta ihr entkam. Vor dem Gasthaus wusste sie nicht, welche Richtung sie einschlagen sollte. Rechter Hand gelangte man gleich in den Wald, linker Hand auf jenen Weg, auf dem sie gekommen waren. Das Herz klopfte ihr bis zum Hals.

Schließlich ging sie nach links. Sie war noch nicht weit gegangen, als sie vor sich zwei Frauen und einen Mann entdeckte. Benedicta, die Amme und ... erst dachte sie, der Mann sei ein Fremder, aber dann kamen ihr Zweifel. Die drei blieben plötzlich stehen. Adelheit schlug sich ins Gebüsch und schlich sich auf Hörweite näher.

»So, nun müsst ihr einfach den Weg weitergehen. Und wenn ihr an eine Weggabelung kommt, haltet euch links, wenn ihr nach Würzburg wollt«, sagte eine ihr bekannte Stimme. Adelheit erstarrte. Ihr eigener Sohn fiel ihr in den Rücken! Für wen tue ich denn das alles?, fragte sie sich zornig. Und dann wurde sie auch noch Zeugin, wie er dem Weib einen prall gefüllten Geldbeutel in die Hand drückte.

»Wie kann ich es dir je danken?«, fragte Benedicta gerührt.

»Indem ihr beiden vergesst, dass ich euch geholfen habe. Das gilt auch für dich, Amme. Verrate nie einer Menschenseele, dass ich euch in Sicherheit gebracht habe. Hast du verstanden?«

Adelheit bebte vor Wut. Was sollte sie tun? Aus dem Gebüsch springen und sich auf das Weibsstück stürzen? Nein, sie hatte einen viel besseren Einfall. Vorsichtig schlich sie zurück und traute sich erst auf den Weg, als sie die Stimmen nicht mehr hörte. Dann rannte sie zum Gasthaus, als ginge es um ihr Leben. Sie stürmte in die Schenke und rief: »Wer von euch ist noch nicht so betrunken, dass er sich eine Belohnung verdienen will?«

Das wollten alle, aber Adelheit suchte sich die zwei stämmigsten Kerle aus, die noch auf ihren Beinen stehen konnten.

»Folgt mir!«, befahl sie. Als sie mit ihnen die Schenke verließ, kam ihnen Conrat entgegen, aber Adelheit schaffte es noch rechtzeitig, hinter der Häuserecke zu verschwinden. Den beiden Männern befahl sie mit einem Zeichen, sich still zu verhalten.

Sie wartete noch einen Augenblick, bis ihr Sohn ins Haus gegangen war, und erteilte den beiden Männern dann den Auftrag. »Ihr geht den Weg Richtung Nürnberg, bis ihr zwei Frauen mit einem Kind einholt …«

Die Männer grinsten. »Wer wandert schon mitten in der Nacht durch den Reichswald?«, fragte der eine und fasste sich an die Stirn.

»Ich bezahle euch nicht, damit ihr dumme Fragen stellt. Hört mir genau zu! Die lange Dürre und das Kind bringt ihr mir zurück. Ich wohne im ersten Zimmer bei der Stiege. Und stopft ihr das Maul! Ich will nicht, dass sie das Gasthaus zusammenschreit. Und die andere, die Fette, die lasst im Wald zurück und sagt ihr, wenn sie es wagt, ins Gasthaus zurückzukehren, kann sie was erleben. Und gebt ihr ruhig eine Ohrfeige, damit sie weiß, dass mit euch nicht zu spaßen ist.«

Ohne eine Antwort abzuwarten, griff Adelheit in ihren Geldbeutel und reichte den beiden die Hälfte ihrer Belohnung. »Es gibt noch einmal so viel für jeden von euch, wenn ihr euren Auftrag ausgeführt habt.«

Die Männer betrachteten staunend die Münzen in ihren Händen, bevor sie sich eifrig ans Werk machten.

Adelheit schlich in ihre Kammer und atmete erleichtert

auf. Fieberhaft grübelte sie darüber nach, wie sie es am morgigen Tag wohl anstellen sollte. Denn dass sie die Sache nun selbst in die Hand nehmen musste, stand außer Frage. Dafür, dass Conrat wortbrüchig geworden war, würde sie seiner Ehe mit Marie zur Strafe nicht mehr zustimmen. Nein, sie würde ihn mit der Tochter eines reichen Regensburger Kaufmanns verheiraten. Das hat er nun von seiner Dummheit, dachte sie grimmig.

Auf einmal wurde die Tür aufgerissen, und die beiden Kerle stießen Benedicta ins Zimmer. Sie war schreckensbleich, blieb aber stumm wie ein Fisch.

»Gut gemacht«, zischte einer der Kerle Benedicta höhnisch ins Ohr. Er hielt den schlafenden Leon auf dem Arm. »Nun bekommst du zur Belohnung für dein Schweigen auch dein Kind wieder.«

»Und damit du gar nicht erst auf dumme Gedanken kommst, nehme ich es.« Adelheit griff in ihre Geldkatze, händigte den Männern ihren Lohn aus und ließ sich Leon auf den Arm geben.

Hastig verabschiedeten sich die beiden Häscher.

»Woher wusstest du, wo ich war?«, fragte Benedicta mit belegter Stimme.

»Ich stellte fest, dass mein Sohn seinen Wachposten verlassen hatte, und da schaute ich nach. Nun, und wo solltet ihr schon sein? Da schickte ich die beiden Männer aus, die dich suchen sollten.«

»Habt Ihr ihnen befohlen, Berchta im Wald zurückzulassen?«

Adelheit blieb ihr eine Antwort schuldig. »Conrat werde ich morgen etwas erzählen! Wie kann man nur so leichtgläubig sein und dir vertrauen?«

»Wie es Euch beliebt. Aber als Euer Sohn den Wachposten verließ, war er sicherlich nur müde. Und das bin ich jetzt auch. Ihr verzichtet sicher auf das weiche Bett, weil Ihr mich bewachen müsst.«

Scheinbar genüsslich streckte sich Benedicta auf der Bettstatt aus. Adelheit sollte auf keinen Fall merken, dass sie am ganzen Körper zitterte und völlig verzweifelt war. Dass man sie wieder eingefangen hatte, war dabei gar nicht so wichtig, sondern dass Adelheit sich nicht scheute, sogar das Kind für ihre teuflische Rache zu missbrauchen. Sie würde kein Auge zutun, solange diese Frau Leon in den Armen hielt.

62

Am nächsten Morgen betrat Conrat in fröhlicher Stimmung das Zimmer seiner Mutter.

»Hast du gut geschlafen?«, fragte er, bevor es ihm die Sprache verschlug. Fassungslos starrte er Benedicta an, die reisefertig auf einem Schemel saß. Bevor er eine unbedachte Äußerung tun konnte, fuhr sie ihn an: »Ja, schau nicht so, dass ich im Zimmer deiner Mutter bin! Ich wollte fliehen heute Nacht, während du süß und selig schliefst, und das wäre mir auch beinahe gelungen. Aber sie hat mein Verschwinden bemerkt und mir betrunkene Kerle aus der Schenke hinterhergejagt.«

»Und wo ist die Amme?«

»Die haben sie allein im Wald zurückgelassen. Sag deiner Mutter, ich will sie wiederhaben. Bis Regensburg ist es noch weit. Das Kind kann doch nicht hungern.«

»Mutter, da hat sie recht. Wir sollten die Amme suchen.«

»Du hältst lieber den Mund. Du bist schuld, dass sie sich fortschleichen konnten. Du hast sie nicht bewacht. Unter diesen Umständen muss ich mir sehr gut überlegen, ob du diese Marie heiraten …« Adelheit schlug sich die Hand vor den Mund.

»Was höre ich da? Er soll eine andere heiraten? Habt Ihr den Provinzial etwa belogen? Dann bringt mich sofort zurück nach Nürnberg!« Benedicta war sichtlich bemüht, empört zu klingen.

»Ich habe mich versprochen«, versuchte sich Adelheit herauszureden. »Ihr werdet euch schon verstehen. Wenn ihr erst einmal eigene Kinder habt, nicht wahr, mein Sohn?«

Zornig funkelte Conrat seine Mutter an, aber auch Benedicta bedachte er mit einem Blick, der alles andere als freundlich war.

Benedicta betete inständig, Conrat möge merken, was seine Mutter mit diesem Gerede beabsichtigte. Sie versuchte ihm damit zu drohen, dass er sie heiraten müsse, wenn er sie nicht endlich aus dem Weg schaffte.

»Du kannst mir übrigens mein Kind wiedergeben«, fauchte Benedicta. »Jetzt seid ihr ja wieder zwei, die auf mich aufpassen.«

Zögernd reichte Adelheit ihr Leon, der dabei aufwachte und in lautes Gebrüll ausbrach.

»Noch könnten wir die Amme suchen. Weit kann sie nicht gekommen sein«, schlug Benedicta vor.

»Sie bleibt, wo sie ist!«, zischte Adelheit.

Schweigend bestiegen sie schließlich den Pferdewagen und nahmen den Handelsweg nach Regensburg. Benedicta, die im Zimmer ihrer Stiefmutter kein Auge mehr zugetan hatte, kämpfte die ganze Zeit gegen eine bleierne Müdigkeit an. Und hätte das Kind nicht vor Hunger gebrüllt, sie wäre wohl eingeschlafen.

Conrat hingegen war in grüblerisches Schweigen verfallen. Nur Adelheit hatte derartig gute Laune, dass es Benedicta kalte Schauer über den Rücken jagte. Die Alte führte etwas im Schilde. Wenn sie nur gewusst hätte, was sie plante. Sie musste sie unbedingt im Auge behalten. Wähnte sie sich so sehr in der Sicherheit, dass Conrat sie schon aus dem Wege räumen werde?

Als sie an einen Fluss kamen, über den ein schmaler hölzerner Steg führte, forderte Adelheit ihren Sohn zum Anhalten auf.

»Der Wagen ist zu schwer, wenn wir alle darin sitzen bleiben«, erklärte sie. »Also bringst du erst das Fuhrwerk auf die andere Flussseite, und dann das Kind.«

»Aber Mutter, wir sind doch auf dem Hinweg, ohne auszusteigen, schon über die Schwarzach gefahren!«

»Da waren wir auch leichter«, wandte Adelheit ein.

Murrend lud Conrat das Gepäck vom Wagen, hieß Adelheit und Benedicta absteigen und führte zunächst das Pferd mit dem Wagen über den wackeligen Steg. Auf der anderen Seite band er es an einem Baum fest und kehrte mit grimmiger Miene zurück.

»Gib ihm das Kind!«, befahl Adelheit.

Als Benedicta sich weigerte, riss die Alte ihr Leon aus dem Arm und hielt ihn dem verdutzten Conrat hin. »Ja, nun nimm es schon!«, fauchte Adelheit.

Benedicta wurde heiß und kalt. Sie spürte, dass Unheil drohte, und ihr schwante bereits, was die Alte vorhatte. Benedicta spürte den Mühlstein in ihrem Bauch immer schwerer werden.

»Du gehst vor!«, befahl Adelheit. »Ich folge dir, und Conrat geht hinter mir.«

»Ich möchte aber nicht vorgehen«, widersprach Benedicta. Die alte Angst kroch in ihr hoch. Doch schon hatte Adelheit sie auf den Steg gestoßen. Das Holz wackelte verdächtig, Benedicta geriet ins Stolpern und stellte mit Schrecken fest, dass es kein Geländer gab. Im letzten Augenblick schaffte sie es, sich wieder aufzurichten und sicher auf den Beinen zu stehen. Langsam setzte sie einen Fuß vor den anderen. Schweiß rann ihr in den Nacken. Es gab nur noch sie und die Bewegung ihrer Füße. An nichts anderes denken!, sprach sie sich gut zu und versuchte, die hämischen Bemerkungen der Stiefmutter zu überhören.

»Schau nur, sie fürchtet sich vor dem Wasser!«

Vorsichtig ging Benedicta weiter. Das war nicht einfach, denn plötzlich wusste sie, wer sie damals auf dem Weg zum Kloster auf der Brücke gestoßen hatte. Panik kroch ihr den Nacken hoch. Nun musste sie ebenso auf ihre Schritte achten wie auf das Geschehen hinter ihrem Rücken. Denn wer einmal zu so etwas fähig gewesen war, täte es sicher ein zweites Mal. Benedicta wurde übel vor Aufregung.

Da schrie Adelheit: »Conrat, wirf das Kind in den Fluss, dann kannst du Marie heiraten! Ich kümmere mich um das Weibsbild!« Da spürte sie auch schon den Stoß im Rücken, geriet aber nur leicht ins Schwanken. Es gelang ihr, sich umzudrehen und am Rock der Stiefmutter festzuklammern.

»Nun mach schon, du Feigling, wirf das Balg doch endlich in den reißenden Fluss! Und hilf mir!« Adelheit trat nach Benedicta, traf sie aber nicht.

»Benedicta, lass ihren Rock los!«, brüllte Conrat.

Sie zögerte, musste sie doch befürchten, dass die Alte sie dann sofort ins Wasser stoßen würde.

»Bitte! Tu, was ich dir sage!«, schrie Conrat verzweifelt.

Benedicta tat, was er verlangte, und wurde Zeugin, wie Conrat seine Mutter mit der freien Hand eigenhändig vom Steg stieß. Entsetzt blickte Benedicta in Conrats verzweifeltes Gesicht.

»Was hätte ich denn tun sollen?«, fragte er weinerlich.

»Es ist gut, es ist richtig, es ist …«, stammelte Benedicta, rappelte sich auf und umarmte ihren Retter. Tränen standen ihr in den Augen.

»Holt mich heraus! So helft mir doch!«, drang es verzweifelt aus dem Wasser herauf, doch Conrat würdigte seine Mutter keines Blickes, sondern umarmte Benedicta so fest, wie es mit dem schreienden Kind zwischen ihnen möglich war. Dann gab er es ihr auf den Arm. Leon brüllte wie am Spieß.

»Was sollte ich denn sonst tun?«, schluchzte Conrat. »Was denn?«

»Du hattest keine andere Wahl«, erwiderte Benedicta mit tränenerstickter Stimme.

»Helft mir! Helft mir!« Es klang schon schwächer.

Benedicta und Conrat ließen einander erst los, als aus dem Wasser kein Lebenszeichen mehr zu ihnen heraufdrang.

63 Konstantin verfluchte sich bei jedem Schritt, dass er ohne eine Waffe losgeritten war. Nur deshalb war es möglich gewesen, dass eine Horde finsterer Gesellen ihn kurz vor dem Morgengrauen im Wald hatten überfallen können.

Dem Geld, das man ihm abgenommen hatte, weinte er keine Träne nach. Auch nicht seinem Gürtel. Er hatte die Burschen allerdings angebettelt, ihm das Pferd zu lassen, aber da hatten die Kerle ihre Armbrüste sprechen lassen. Er konnte allerdings froh sein, dass sie ihn nicht umgebracht hatten. Nicht alle Reisenden überlebten einen derartigen Überfall. Ungeachtet dieses betrüblichen Zwischenfalles war er zu Fuß weitergeeilt.

In Feucht wollte er sich ein neues Pferd besorgen, falls die Reisenden nicht im dortigen Gasthaus weilten. Da würde er zuerst nachsehen. In der Ferne erblickte er bereits die ersten Häuser des Ortes und atmete erleichtert auf.

Plötzlich meinte er, ein lautes Schluchzen zu hören. Er blickte sich neugierig um, und da entdeckte er eine füllige Frau, die auf dem Boden saß und bitterlich weinte.

»Kann ich dir helfen?«, fragte er.

Sie schüttelte den Kopf. »Mir kann keiner helfen, denn ich weiß nicht, wohin ich gehen soll. Nach Feucht kann ich nicht, weil mir die Männer angedroht haben, ich könne etwas erleben. Und sieh nur, was sie mir angetan haben.« Sie deutete auf ihre blutige Lippe. »Nach Nürnberg kann ich nicht, weil sie mich doch nur vom Pranger verschont haben, wenn ich als Amme mit nach Regensburg gehe. Aber so?«, fuhr sie verzweifelt fort.

»Als Amme nach Regensburg?«, wiederholte Konstantin aufgeregt. »Für wen?«

»Ach, das ist eine lange Geschichte. Sie ist eine junge Mutter, die keine Milch für ihr Kind hat. Und die ihren Stiefbruder heiraten soll, aber sie liebt ihn nicht. Deshalb haben wir auch versucht, bei Nacht zu flüchten, aber dieses böse alte Weib hat uns Häscher hinterhergeschickt. Benedicta und Leon haben sie wieder mitgenommen und mich im Wald ausgesetzt.«

»Dachte ich es mir doch«, murmelte Konstantin. »Und wohin haben sie Benedicta gebracht?«

Berchta zuckte mit den Achseln. »Wahrscheinlich in das Gasthaus.«

»Dann nichts wie hin!«

»Aber ich darf mich nicht in Feucht blicken lassen«, erwiderte die Amme verzweifelt.

»Das werden wir ja sehen. Los, steht auf! Das Kind braucht dich.«

»Ich gehe doch nicht mit jedem mit. Wer seid Ihr eigentlich?«

»Ich bin Konstantin von Ehrenreit und denke, wir sollten keine Zeit verlieren. Ich befürchte, das alte Weib führt nichts Gutes im Schilde.«

Berchta betrachtete ihn neugierig. »Warum kommt Ihr so spät? Und warum wart Ihr nicht daheim, als sie Euch brauchte?«

»Nun mach schon! Wir können auch auf dem Weg zum Gasthaus miteinander schwätzen.«

Schwerfällig stand die Amme auf und streckte sich ausgiebig. »Kann ich im Gasthaus etwas zu essen bekommen?«

Konstantin grinste. »Siehst du irgendwo eine Geldkatze?«

Berchta betrachtete ihr Gegenüber abschätzig. »Ihr habt ja nicht einmal einen Gürtel.«

Konstantin erzählte ihr, was ihm unterwegs zugestoßen war.

»Aber wovon wollt Ihr ein neues Pferd bezahlen?«

»Das lass mal meine Sorge sein.«

»Da ist es!« Berchta deutet auf das Gasthaus »Zum Bären«.

Konstantin kannte es. Er war ein paarmal auf Reisen

dort eingekehrt. Die Bucklige begrüßte ihn wie einen alten Bekannten. Er fragte sogleich nach den Herrschaften aus Regensburg.

»Die sind in aller Herrgottsfrühe aufgebrochen.«

»Habt Ihr ein Pferd?«

»Mehr als eins.«

»Könnt Ihr eines davon entbehren?«

»Das kommt auf den Preis an«, entgegnete die Wirtin listig.

»Ich zahle jeden Preis. Allerdings erst, wenn mein Onkel oder ich das nächste Mal bei Euch einkehren, denn man hat mich auf dem Weg hierher überfallen. Ich besitze nichts mehr als das, was ich am Leib trage, und auch das wollten sie mir noch nehmen.«

Die Bucklige tat so, als müsse sie erst noch nachdenken.

»Weil Ihr es seid«, sagte sie gönnerhaft und führte ihn zu den Stallungen hinter dem Haus.

Er suchte sich ein Pferd aus, das er auf den ersten Blick für schnell hielt und das kräftig genug schien, zwei Menschen zu tragen.

»Es ist unser bester Gaul im Stall«, brummte die Wirtin, aber das überhörte Konstantin geflissentlich. Er bedankte sich und holte die Amme, die es sich bereits bequem gemacht hatte, aus der Schenke.

»Aber lasst mich doch erst einmal essen!«

»Du kannst so viel essen, wie du willst, wenn wir Benedicta und das Kind gefunden haben. Stell dir vor, ihr stößt etwas zu, während du dich mit Brei vollstopfst.«

Murrend ließ sie sich von ihm auf das Pferd heben, was ihm nur unter größter Anstrengung gelang. Er zögerte, dem armen Tier eine weitere Last zuzumuten, aber er musste jetzt ausschließlich an Benedictas Wohl denken.

Sie waren schon eine Weile geritten, als Konstantin in der Ferne einen Pferdewagen erblickte, auf dem er Benedicta zu erkennen glaubte.

Ihm stockte der Atem, und er ließ das Pferd anhalten.

Ohne eine Erklärung zog er Berchta vom Gaul herunter und stieß sie hinter einen Baum.

»Was soll das denn?«, beschwerte sie sich.

»Still! Kein Laut, bis ich es dir sage!«, befahl er streng.

»Gegen das Knurren meines Magens kann ich aber nichts tun«, fauchte sie zurück.

Konstantin hielt den Atem an. Jetzt hörte er den Pferdewagen an ihrem Versteck vorüberfahren, sprang mit einem Satz hinter dem Baum hervor und rannte auf den Wagen zu.

Mit einem lauten Schrei packte er Conrat, zog ihn vom Kutschbock und warf ihn zu Boden. »Du wirst ihr nichts mehr zuleide tun, du Ohrfeigengesicht!«

Er hätte den jungen Mann wohl windelweich geschlagen, wenn Benedicta nicht laut gebrüllt hätte: »Aufhören! Du vergreifst dich an dem Falschen!«

Konstantin sah Benedicta verdattert an. »Aber das ist doch der Bursche aus Regensburg, der vorgibt, dich heiraten zu wollen, und Übles im Sinn hat.«

Conrat rappelte sich auf und fragte wütend: »Und wer ist das? Der mir fast alle Knochen gebrochen hat?«

»Das ist Konstantin. Das ist der Mann, den Benedicta liebt«, erklärte die Amme vorlaut.

»Ich will mich ja nicht in deine Angelegenheiten einmischen, aber die Art und Weise, wie er Fremde begrüßt, missfällt mir«, knurrte Conrat und rieb sich den Arm.

»Aber nun sag mir doch, warum ich ihn nicht verprügeln soll?« Konstantin stand immer noch mit geballten Fäusten da.

»Weil er mich vor dem sicheren Tod gerettet hat«, erwiderte Benedicta, während sie der Amme das Kind in die Arme legte, vom Wagen rutschte und auf Konstantin zutrat. Ganz dicht vor ihm blieb sie stehen und sah ihm in die Augen.

Er erwiderte ihren innigen Blick und fasste nach ihren Händen. Eine halbe Ewigkeit lang standen sie so da, und ihre Blicke verschmolzen miteinander, bis sich schließlich ihre Münder fanden und sie sich lange und leidenschaftlich küssten.

Dort, wo gestern noch der Mühlstein schwer in ihr gelastet hatte, wurde ihr auf einmal heiß. Wie ein kleines Feuer loderte es in ihrem Leib. Sie spürte das unbändige Verlangen, seine Frau zu werden. Sie küssten sich immer und immer wieder, bis sich Conrat laut räusperte.

»Wenn Ihr nichts dagegen habt, wäre ich gern vor dem Garaus in Nürnberg.«

Benedicta und Konstantin stoben auseinander und lachten.

»Wir müssen nur noch etwas in den Bären zurückbringen«, erklärte Konstantin. »Kommt ihr ruhig mit dem Wagen nach. Wir treffen uns dort.«

Er hob Benedicta behutsam auf sein Pferd, sprang hinter ihr auf und ritt mit ihr davon.

64

Benedicta, Konstantin, Conrat, die Amme und Leon kamen rechtzeitig am Frauentor an. Der grimmig dreinblickende Narbengesichtige hielt den Wagen an. Verächtlich deutete er auf Benedicta. »Was will die denn schon wieder hier?«

»Dein Ton gefällt mir nicht«, entgegnete Konstantin. »Ich glaube, du solltest kein Tor bewachen, durch das Handelsreisende die Stadt betreten. Sonst bekommen sie einen schlechten Eindruck von unserer Stadt.«

»Aber Herr, ich meinte nur, dieses Weib hat ja wohl einiges auf dem Kerbholz, und da …«

»… hast du sie meiner Mutter für ein paar lumpige Pfennige ausgeliefert«, mischte sich Conrat ein.

Jetzt erkannte der bullige Kerl den Regensburger und lief rot an.

»Die Herren im Rat sehen es nicht gern, wenn sich die Torwächter auf die Weise ihr Zubrot verdienen. Geh aus dem Weg!«, bemerkte Konstantin verächtlich.

Das Narbengesicht gehorchte.

In diesem Augenblick kam Jasper angerannt.

»Ihr habt es geschafft, wie ich sehe!«, rief er freudestrahlend.

»Ja, meine Verlobte, ihr Bruder, unser Kind und unsere Amme.«

»Ihr Bruder? Ich dachte, den sollte sie heiraten?«

»Aber Jasper, man kann doch nicht seinen Bruder heiraten!«, neckte Benedicta ihn.

»Und was ist mit dem Zeidler?«

»Der lebt mit seiner Braut im Reichswald.«

Jasper schien sichtlich verdutzt, doch dann machte er eine wegwerfende Bewegung. »Hauptsache ist ja doch, dass Ihr sie sicher in die Stadt zurückgebracht habt.«

Konstantin bat Jasper, ganz nahe zu kommen. »Und Euch werde ich schnellstens einen jungen Wächter zur Seite stellen lassen, der die Menschen nicht so verschreckt wie der da«, flüsterte er.

Jaspers Gesicht hellte sich auf. »Das wäre zu schön!«, seufzte er und ließ den Wagen passieren.

»Wo dürfen wir Euch absetzen?«, fragte Konstantin Conrat.

»Ich möchte auf dem schnellsten Weg zum Haus des Tuchhändlers Teffler, um Marie endlich den Antrag zu machen …« Dann stockte er und sah Benedicta erschrocken an. »Aber kann ich das jetzt überhaupt noch tun? Ich meine, verfüge ich überhaupt noch über die Mittel, nachdem du jetzt eine freie Frau und die rechtmäßige Erbin Deines Vaters bist?«

»Wenn es nach mir ginge, überließe ich dir gern das Geschäft und das Haus meines Vaters. Ich möchte nämlich nicht nach Regensburg zurück.«

Benedicta suchte Konstantins Blick.

»Nein, sie bleibt natürlich in Nürnberg«, bekräftigte er im Brustton der Überzeugung.

»So?« Benedicta lachte.

Konstantin sah sie verdutzt an, bis er sich an den Kopf fasste und grinste. »Benedicta, willst du meine Frau werden?«

Sie fiel ihm um den Hals und jauchzte. »Ja, ich will deine Frau werden.« Dann fügte sie hinzu: »Würdest du auch eine arme Frau nehmen?«

Konstantin stöhnte gespielt auf. »Ungern.«

»Conrat, behalte du meines Vaters Geschäft und sein Haus und werde dort mit deiner Marie glücklich. Ich möchte nur dreierlei aus dem Haus haben.«

»Alles, was du willst.« Conrat strahlte über das ganze Gesicht.

»Den Ring meiner Mutter, die Wiege, in der ich gelegen habe, und mein Himmelbett.«

»Ist es auch breit genug für zwei?«, fragte Konstantin verschmitzt.

»Es ist so riesig, dass sogar unsere Kinder noch Platz darin haben werden.«

Vor dem Haus des Tuchhändlers Teffler verabschiedeten sich Benedicta und Conrat tränenreich, bis eine junge Frau aus dem Haus gerannt kam. Da hatte er nur noch Augen für Marie. Benedicta gab Konstantin ein Zeichen, den Wagen in Bewegung zu setzen.

»Und deinen Pferdewagen, den nehmen wir auch mit!«, rief Benedicta belustigt.

Sie waren bereits in der Gasse, in dem das prächtige Haus mit den Türmchen stand, da rief Benedicta plötzlich: »Halt!«

Konstantin zuckte zusammen, doch sie legte ihm beruhigend die Hand auf den Arm. »Liebster, ich muss noch einen Besuch machen. Es ist dringend. Wenn wir uns den Provinzial nicht zum ärgsten Feind machen wollen, sollte ich ihm ein kleines Geschäft vorschlagen. Ich habe ihn nämlich ein wenig gefoppt, weil ich glaubte, ich sähe diese Stadt nie wieder. Aber nun … Wir wollen es uns doch nicht mit ihm verscherzen.«

»Nein, aber er kann dir die Ehe mit mir nicht verwehren, oder?«, fragte Konstantin besorgt.

»Nein, das nicht, aber wenn ich mich nicht spute, macht er sich meinetwegen zum Gespött seiner Klöster.«

»Gut, dann auf zum Predigerkloster! Und auf dem Weg dorthin erzählst du mir, was du dem Provinzial antun wolltest.«

»Aber dann bin ich längst verhungert und habe keine Milch mehr für Euer Kind«, murrte Berchta.

Benedicta und Konstantin sahen sich an und nickten.

»Steig ab und geh dort drüben zu dem Haus. Sag der Köchin, der junge Herr trägt ihr auf, ein köstliches Mahl für dich zubereiten zu lassen.«

Das ließ sich die Amme nicht zweimal sagen.

Der Provinzial staunte nicht schlecht, als er Besuch von Benedicta in Begleitung eines jungen Herrn bekam.

»Ich denke, Ihr seid in Regensburg«, krächzte er unwirsch.

»Nein, ich bin wohlbehalten zurück. Nachdem meine Stiefmutter unterwegs versuchte, mich umzubringen und ich es nur meinem Stiefbruder zu verdanken habe, dass ich noch am Leben bin.«

»Ja, und warum seid Ihr nicht bei ihm, Eurem Bräutigam?«

»Das bin ich ja«, lachte Benedicta und deutete auf Konstantin.

»Nein, nein, ich habe gesagt, Ihr werdet die Frau von Conrat aus Regensburg, und nun verschwindet für immer aus der Stadt!«

»Ihr habt gesagt, ich solle einen Herrn meines Standes ehelichen. Und das werde ich tun. Mein Bräutigam ist Konstantin von Ehrenreit.«

Konstantin verbeugte sich übertrieben.

»Aber ich will Euch in Nürnberg nicht mehr sehen.«

»Ich glaube, das wird sich gleich ändern. Ihr werdet mich

gar anflehen, dass ich bleibe«, widersprach Benedicta mit verschmitztem Lächeln.

Der Provinzial schnaufte verächtlich.

»Habt Ihr meine Lebkuchen schon backen lassen?«, wollte Benedicta lauernd wissen.

»Ja, sie sind in Sankt Katharinen gerade dabei. Morgen sollen sie an unsere Klöster geliefert werden.«

»Seht Ihr, dann werde ich dringend in der Backstube gebraucht.«

»Aber nein, das ist keinesfalls nötig. Ihr habt mir doch Euer Rezept gegeben.«

Benedicta grinste. »Kein Lebküchner wird Euch jemals sein Rezept verraten.«

»Aber was habt Ihr mir denn dann aufgeschrieben?«

»Etwas Scheußliches, das die Brüder und Schwestern ausspucken werden.«

»Aber ... aber ... ich ... ich habe ihnen versprochen, dass ... dass wir sie in Zukunft mit wahren Köstlichkeiten beliefern«, stammelte der Provinzial.

»Wer sagt denn, dass sie keine Benedicten bekommen sollen? Ich schlage Euch vor, dass ich fortan die Oberaufsicht über die Lebkuchen führe. Ich weihe eine Schwester aus dem Kloster in mein Geheimnis ein.«

»Ja, ich wüsste eine, die mir treu ergeben ...«

»Hochverehrter Provinzial, es sollte eine Schwester sein, die mir ergeben ist und Euch niemals das Rezept verrät. Nicht einmal unter der Folter. Und das kann nur eine sein. Schwester Walburga.«

»O nein!«

»Überlegt es Euch, und wenn Ihr in Zukunft gute Lebkuchen haben wollt, schlagt ein!«

»Gut, aber dann werden wir sie ebenfalls auf dem Markt verkaufen.«

»Aber nur in Abstimmung mit Gieselbert Ebert. Schickt doch morgen gleich einen Boten zum Haus des Bäckermeisters Heller und lasst den Gesellen herbringen, damit wir unsere Vorgehensweise abstimmen. Und dann reicht mir ein Stück Pergament, damit ich Euch aufschreibe, welche Zutaten wir brauchen.«

»Die Gewürze und der Zucker werden von uns geliefert. Über den Preis verhandeln wir später«, mischte sich Konstantin geschäftig ein.

»Gewürze? Preis?« Der Atem des Provinzials pfiff.

»Alles, was meine Braut für die Herstellung der ersten klösterlichen Benedicten braucht, das schenke ich ihr natürlich, doch in Zukunft müssen wir beide wohl über den Preis verhandeln. Aber wir werden uns sicherlich einig. Sie braucht ja nur Anis, Zimt, Piment, Ingwer, Nelken und Zucker.«

Zur Bekräftigung seiner Worte klopfte Konstantin dem Provinzial jovial auf die Schulter. Der starrte den Kaufmann fassungslos an, als rechne er die Summe für die hochwertigen Zutaten gerade im Kopf zusammen.

»Ja, und den Honig bestellen wir vom Zeidler Jost. Ich muss mich sputen, damit die Schwestern in Sankt Katharinen nicht versehentlich Dietlindes Lebkuchen in Umlauf bringen«, ergänzte Benedicta.

Kaum hatten Benedicta und Konstantin die Tür der Amtsstube hinter sich geschlossen, brachen sie in lautes Gelächter aus.

»Mein Weib ist nicht nur schön, klug, mutig, sondern auch bemerkenswert geschäftstüchtig.«

»Nein, nein, das Geschäft hast du daraus gemacht«, lachte Benedicta und umarmte ihn übermütig.

Epilog

Das Gesicht der Frau war leichenblass, ihre Haut durchscheinend, und unter den Augen lagen schwere schwarze Schatten. Sie musste einmal wunderschön gewesen sein, doch nun bestand sie nur noch aus Haut und Knochen.

Wegen des hohen Amtes, das sie bis vor Kurzem in Engelthal bekleidet hatte, lag sie nicht bei den anderen Schwestern im Siechsaal, sondern hatte eine kleine Zelle für sich. Doch die Wände waren so dünn, dass sie das Ächzen und Stöhnen hörte, als befände sich die Pritsche genau neben ihr.

Aber es schreckte sie nicht, sondern es feuerte sie an, Zwiesprache mit dem Herrn zu halten. Unermüdlich betete sie für die Seelen derer, die nun bald dort oben im Himmel bei ihm wären. Sie wartete bereits seit Wochen geduldig darauf, endlich selbst vor dem Jüngsten Gericht zu stehen.

Klaglos ertrug sie die Schmerzen. Kein Laut drang ihr je über die Lippen. Im Gegenteil, sie wurde unruhig, wenn sie ihre Male nicht spürte. Jeden Tag sah sie nach, ob sie bluteten, aber dieses höchste Glück schien ihr versagt zu bleiben. Nur den Schmerz, den fühlte sie. So als ob ihr Nägel durch die Hände getrieben wurden. Sogar an den Füßen fühlte sie das Leiden des Gekreuzigten in einer Heftigkeit, die ihr so manches Mal stumme Tränen in die Augen trieben.

Immer häufiger war sie dem Herrn zum Greifen ganz nahe. Dann hörte sie ihn locken: *Komm zu mir, Leonore!* Und das zauberte ein seliges Lächeln auf ihre Lippen. Wenn sie seine Stimme einige Tage lang nicht hörte, bekam sie Angst, dass sie doch in der Hölle schmoren musste für die Schuld, die sie auf sich geladen hatte.

Gerade war der Herr ihr wieder ganz nahe. Sie fühlte sich wie in eine warme weiße Wolke eingehüllt.

»Ihr habt Besuch«, sagte jemand.

Das riss sie aus ihren Visionen. Ihr missfielen sowohl diese Störung als auch die Stimme der Mitschwester, deren Namen sie inzwischen vergessen hatte. Beim Geräusch, das die Menschen verursachten, die nun ihr Heiligtum betraten, fuhr sie zusammen. Sie wollte niemanden sehen. Vielleicht gingen sie wieder, wenn sie die Augen noch fester zusammenkniff.

»Ich glaube, wir sollten lieber später noch einmal kommen. Sie schläft«, sagte eine freundliche und besorgt klingende Frauenstimme, die ihr entfernt bekannt vorkam.

»In diesem Dämmerzustand liegt sie schon seit Wochen danieder«, erwiderte die Mitschwester, und jetzt drang ihr auch deren Name wieder ins Gedächtnis. Dietlinde, die Unglückselige.

»Muhme, hörst du mich?« Diese Stimme hätte sie unter Tausenden erkannt.

Leonore öffnete die Augen, lächelte sanft und sagte leise: »Julian. Mein Junge. Mein Junge.«

Nun erblickte sie auch die anderen, die sie in ihrer Zelle besuchten. Es waren vier, aber sie hatte nur Augen für zwei: für Benedicta und das Kind in ihren Armen.

Das ist ein Zeichen, dachte sie voller Dankbarkeit. Er hat mir meinen Sohn und sein Kind geschickt, um mir zu sagen, dass er mir diese Sünde verziehen hat. Ich werde nicht in die Hölle kommen.

Leonore spürte, wie Julian liebevoll ihre Hand nahm. »Das ist Alisa«, sagte er, doch sie sah nur noch ihn, ihren geliebten Sohn, während eine Engelschar sie emporhob. Sie schwebte hoch und höher. Julian wurde immer kleiner unter ihr.

Bevor er ganz entschwand, flüsterte sie ihm mit schwacher Stimme zu: »Mein Kind, der Herr hat mir verziehen.«

Nachwort

Viele Geschichten und Legenden ranken sich um die leckeren Nürnberger Lebkuchen: dass es einst einen Bäcker namens Leb gab oder dass gar drei Engel einem armen Lebküchner das Rezept verrieten.

Nur eines ist gewiss: seine Herkunft. Die Mutter aller deutschen Lebkuchen war wohl der couque de dinant aus der belgischen Stadt Dinant, der im Mittelalter schließlich in abgewandelter Form seinen Weg in die fränkischen Klosterküchen fand.

Alles andere kann nur vermutet werden. Woher zum Beispiel der Name stammt. Kommt es von »leb«, dem in Klöstern gebräuchlichen Wort »libum« für Opferkuchen, oder wurde es von »Laib« für Brot abgeleitet? »Lebkuoche« wurden jedenfalls bereits im 13. Jahrhundert erwähnt.

Wer aber kam auf den Gedanken, den Teig auf Oblaten zu gießen, und warum? Wie fand der Lebkuchen seine Verbreitung aus den Klöstern in die Stadt Nürnberg? Und warum gelangte gerade der Nürnberger Lebkuchen zu weltweitem Ruhm?

Ein Lebküchner wurde jedenfalls schon 1395 in der Stadt Nürnberg erwähnt, aber war es wirklich der erste?

Vielleicht hat sich ja alles so zugetragen wie in meinem Roman, und Benedicta von Altmühl war die erste Nürnberger Lebküchnerin. Und die *Benedicten*, deren Zusammensetzung mit voller Absicht an die der bekannten Elisenlebkuchen angelehnt ist, waren die köstlichsten Speisen jener Jahre, die dann leider irgendwann in Vergessenheit gerieten.

Wie vieles, was in vergangenen Zeiten geschah, werden wir wohl auch das nie mit letzter Gewissheit sagen können. Vielleicht verrate ich Ihnen aber das Geheimnis, warum heute keiner mehr die *Benedicten* kennt, in einer Fortsetzung.

Ich danke auf jeden Fall einem echten Nürnberger Lebküchner, der seine Lebkuchen noch mit der Hand herstellt, für seine fachmännische Beratung. Mein Dank geht an das Ehepaar Düll.

Ein weiterer Dank geht an meine Labradorhündin Blacky, die mich mit ihrem hingebungsvollen Blick zu der Hündin Artemis inspiriert hat.

Und ein spezielles Dankeschön an all diejenigen bei Piper, die an die Geschichte von der Lebküchnerin glauben.

Martina Kempff

Die Marketenderin

Historischer Roman.
Mit einem Nachwort zur Taschenbuchneuausgabe. 432 Seiten.
Piper Taschenbuch

Februar 1812: Die willensstarke Marketenderin Juliane Assenheimer beschließt, mit den württembergischen Truppen zu ziehen, die Napoleons Armee im Rußlandfeldzug verstärken. Neben der harten Realität des Krieges macht ihr vor allem ihre Liebe zu Leutnant Gerter zu schaffen, die aufgrund des großen Standesunterschiedes unerfüllbar zu sein scheint. Mit viel Energie und Mut kämpft sich Juliane bis nach Moskau durch, wo sich die Lage dramatisch zuspitzt … Ein spannender Roman über eine mutige Frau, die sich gegen Gewalt und Unrecht auflehnt.

»Starke Frauenfiguren vor historischer Kulisse – Autorin Martina Kempff ist mittlerweile Spezialistin für diese Kombination.«
Norddeutscher Rundfunk

05/2262/02/L

Petra Balzer de García

Die Hoffnung von Tabarca

Historischer Roman. 432 Seiten.
Piper Taschenbuch

Als Piraten im Jahr 1769 die Stadt Alicante überfallen, verlieren die Geschwister Ana und José ihre Eltern. Zur gleichen Zeit beschließt der spanische König Carlos III., die Insel Tabarca im Meer vor Alicante zu besiedeln. Dadurch möchte er Piratenangriffe abwehren und seine Vorstellung einer »idealen Stadt« in die Wirklichkeit umsetzen. Voller Sehnsucht auf ein glücklicheres Leben begeben sich Ana und José auf die Insel. Doch die neuen Bewohner haben nicht nur ihre Hoffnung mitgebracht, sondern auch ihre Vergangenheit. Und die droht die Gemeinschaft zu sprengen …

Petra Balzer de García schildert voller Atmosphäre das Bild einer längst vergangenen historischen Epoche.

05/2277/02/R